In Afrika 1989 - 1990

Jo Haning

In Afrika 1989 - 1990

Bibliografische Information der Deutschen Nationalbibliothek: Die Deutsche Nationalbibliothek verzeichnet diese Publikation in der Deutschen Nationalbibliografie; detaillierte bibliografische Daten sind im Internet über dnb.dnb.de abrufbar.

ISBN: 978-3-7693-1884-5

© 2024 Jo Haning

Verlag: BoD · Books on Demand GmbH, In de Tarpen 42, 22848 Norderstedt
Druck: Libri Plureos GmbH, Friedensallee 273, 22763 Hamburg
Coverbild: © Stefan Elsing, Ausschnitt aus unbenanntem Gemälde, 1996

Jo Haning

Jo ist seit Studienzeiten in der internationalen Zusammenarbeit tätig. Nach ersten Projekterfahrungen in Afrika erarbeitete er sich als Beigeordneter Sachverständiger in der Delegation der Europäischen Kommission in Litauen tiefe Einsichten in die Prozesse der EU-Erweiterung.

In der Folge setze er diese Kenntnisse als Freiberufler in zahlreichen Projekten in Ost-, Mittel- und Südosteuropa ein. Später, nach dem Abschluss der EU-Erweiterungsrunden 2004 und 2007, weitete er seinen geografischen Aktionsradius auf den Südkaukasus und Zentralasien aus, es kamen Einsätze in Vietnam, China, Indien und der Mongolei hinzu.

In seinen 40er Jahren studierte er berufsbegleitend Journalismus und absolvierte Ausbildungen in den Bereichen Friedens- und Konfliktforschung sowie psychologische Beratung.

Als freiberuflicher Berater arbeitet Jo für verschiedene Auftraggeber, von denen die Deutsche Gesellschaft für Internationale Zusammenarbeit (GIZ) und die DW Akademie als Zentrum der Deutschen Welle (DW) für internationale Medienentwicklung aktuell die wichtigsten sind.

Wenn er nicht auf Reisen ist, lebt er in einem Ort in Brandenburg in der Nähe von Berlin.

Für C., H. und M.

Inhaltsverzeichnis

Vorwort

Die in diesen Reiseberichten beschriebenen Beobachtungen und Geschehnisse liegen mittlerweile eine geraume Zeit zurück. Seitdem hat sich viel verändert, was bei der Lektüre sicherlich deutlich wird. Einige der aufgeführten Institutionen existieren heute nicht mehr, oder zumindest nicht mehr in der damaligen Form. Die nachfolgenden Organisationen der deutschen Entwicklungszusammenarbeit waren in den Jahren 1989 und 1990 für Johans Tätigkeiten in Afrika relevant:

Die **Carl Duisberg Gesellschaft e.V. (CDG)** war ein gemeinnütziger Verein zur Förderung der internationalen beruflichen Bildung und Personalentwicklung mit Sitz Bonn. Die Gesellschaft kooperierte eng mit der staatlichen Entwicklungszusammenarbeit des Bundesministeriums für Wirtschaftliche Zusammenarbeit und Entwicklung (BMZ) und der Gesellschaft für Technische Zusammenarbeit (GTZ). Die CDG wurde 2002 mit der Entwicklungshilfeorganisation **DSE – Deutsche Stiftung für Internationale Entwicklung** zur Internationalen Weiterbildung und Entwicklung gGmbH (InWEnt) zusammengelegt.

Die **GTZ** war seit 1975 weltweit auf dem Gebiet der Entwicklungszusammenarbeit tätig. Sie war ein privatwirtschaftliches Unternehmen im Besitz der Bundesrepublik Deutschland. Sie ist die Vorgängerin der **Gesellschaft für Internationale Zusammenarbeit - GIZ.**

Das **ASA-Programm** (ursprünglich für Arbeits- und Studien-Aufenthalte) ist ein gemeinnütziges und politisch unabhängiges entwicklungspolitisches Bildungs- und Praktikumsprogramm, das 1989/1990 von der Carl-Duisberg-Gesellschaft getragen wurde (seit 2012 in der Trägerschaft von Engagement Global gGmbH, im Auftrag des BMZ). Seit 2014 nennt sich ASA nur noch *ASA-Programm* als Eigenname und verwendet die ursprüngliche Erklärung als *Arbeits- und Studien-Aufenthalte* nicht mehr.

Der **Deutsche Entwicklungsdienst (DED)** war einer der führenden europäischen Personalentsendedienste. Er wurde 1963 gegründet. Er ist gemeinsam mit der GTZ und InWEnt zum 1. Januar 2011 in der GIZ aufgegangen.

Im Text gibt es zahlreiche Hinweise auf die Kosten für Unterkünfte, Transportmöglichkeiten und Essen. Aus Johans Aufzeichnungen kann man rekonstruieren, dass während seines Aufenthaltes in Ghana in den Sommermonaten des Jahres 1989 der Wechselkurs der D-Mark zum ghanaischen Cedi bei ungefähr 1 : 170 stand, also 1 DM circa 170 Cedis entsprachen. In Kenia im Jahr 1990 dürfte nach Kalkulationen anhand von Johans Notizen eine D-Mark ungefähr 15 Kenia-Schilling entsprochen haben. Zum Kurs des Tansania-Schillings zur D-Mark 1990 konnten keine Angaben mehr gefunden werden.

Prolog

Dritter Oktober 2023. Dreiunddreißig Jahre liegen zwischen dem heutigen Tag der Deutschen Einheit und dem einmaligen Ereignis, das sich so tief in Johans Gedächtnis eingebrannt hat. Dennoch scheint die Erinnerung mit der Zeit zu verblassen. Und ihm wird bewusst, dass sich seine Einschätzung der Tragweite dieses Ereignisses für seinen Lebensweg verändert hat. Damals hat er ihm keine übermäßige Bedeutung beigemessen, erst jetzt, im Rückblick, meint Johan, darin ein entscheidendes Datum in seinem Werdegang zu erkennen. Die deutsche Wiedervereinigung fiel einfach in eine Zeit, in der er mit sehr wichtigen Dingen, mit dem Verwirklichen seiner Träume beschäftigt war.

In den Monaten vom Sommer 1989 bis zum Ende des Herbstes 1990 will es der Zufall, dass zwei voneinander völlig losgelöste – und gesamtgesellschaftlich gesehen sehr ungleichgewichtige – Entwicklungen in ihrem jeweiligen, vom anderen gänzlich unbeeinflussten Kurs den Verlauf von Johans Leben etwas aus der geplanten Bahn bringen. Nur ein ganz klein wenig, die neue Route läuft seitdem in einer nur geringfügig von der ursprünglichen Linie abweichenden Geraden, sodass er erst jetzt bemerkt, dass er sich stetig von seinen Träumen und daraus entsprungenen Plänen entfernt hat. Und alle Korrekturen ergaben Kursanpassungen, die zwar im besten Fall eine Annäherung an die ursprüngliche Spur brachten, aber nicht ausreichten, wieder auf den damals erträumten und schon in Ansätzen sichtbaren Weg zu gelangen.

Es ist heiß am dritten Oktober 1990 in Nairobi. Das Leben auf den Straßen in den Vierteln rund um die River Road lässt keine Rückschlüsse darauf zu, was hier, am Standort zweier deutscher Botschaften in Kenia, am Abend stattfinden wird. Das heißt, eigentlich findet das Ereignis weit weg von hier, ungefähr 6.353 Kilometer in nördlicher Richtung, statt. Aber es wird auch hier gefeiert. Johan ist in Nairobi und freut sich auf das Fest. Er realisiert, dass es in diesem Jahr schon so viele Anlässe gegeben hat, auf die er sich freuen konnte, aufregende Zeiten liegen hinter ihm. Und was sich am Horizont abzeichnet, klingt verheißungsvoll, spannend. Die nahe Zukunft wird ihm einige Entscheidungen abverlangen, das ist ihm klar. Grundsatzentscheidungen, die sein weiteres Leben bestimmen werden. Und dieser Abend wird ihn bei der ein oder anderen Richtungswahl stark beeinflussen. Aber das ahnt er noch nicht. Und er wird erst Jahrzehnte später darüber nachdenken.

Ein paar Wochen zuvor hat ihn die Nachricht in Marsabit erreicht, einer abgelegenen Provinzhauptstadt im Norden Kenias, die im Sommer 1990 gut zwei Tagesreisen mit dem Auto von Nairobi entfernt lag. Sie liegt natürlich weiterhin in gleicher Entfernung zu Nairobi, doch Dank der nun ausgebauten A2, einem Teil des Trans East Africa Highway, lässt sich die Strecke von 550 Kilometern heute in etwa acht Stunden bewältigen. Damals ist die Verbindung nur bis Isiolo gut ausgebaut. Wenn man den seinerzeit noch schneebedeckten Mount Kenia nördlich umfahren hat, geht es über Sandpisten mit Waschbrettoberflächen durch Halbwüsten und Wüsten. Im Jahr 1990 sind die Kommunikationsmöglichkeiten in ländlichen, abgelegenen Regionen wie Marsabit deutlich begrenzter. Die technische Infrastruktur ist weit entfernt von dem, was man heute kennt und erwartet. Telefonverbindungen, insbesondere internationale, sind unzuverlässig und teuer. In Marsabit ist der Zugang zu Telefonleitungen sehr beschränkt, mit nur wenigen öffentlichen Telefonen im General Post Office. Lange Wartezeiten und schlechte Verbindungsqualität sind keine Seltenheit. So ist der Briefversand die Hauptform internationaler Kommunikation. Allerdings dauert die Zustellung nach Marsabit oft Wochen oder gar Monate, ebenso in die andere Richtung. Telex- oder Faxgeräte für die Übermittlung wichtiger Dokumente gibt es in Marsabit nicht. Diese Technologie ist in ländlichen Gebieten Afrikas selten verfügbar und meist auf größere Städte oder institutionelle Einrichtungen, wie Unternehmen oder Botschaften, beschränkt. Es gibt noch kein Internet und somit keine eMails, soziale Medien oder Messaging-Dienste. Diese digitale Revolution, die eine sofortige globale Kommunikation ermöglicht, steht 1990 noch aus. Fernsehgeräte gibt es weder in seiner Unterkunft, noch in den Büros diverser Verwaltungen in Marsabit, mit denen er zu tun hat. Allein in einigen der Cafés und Restaurants der Kleinstadt läuft mitunter ein Fernseher.

Daher ist aus heutiger Sicht vor allem der Aspekt beeindruckend, dass ihn die Nachricht dort überhaupt erreicht hat. Johan erinnert sich, wie er darüber erstaunt ist, dass ihn die Zeilen aus einer ganzseitigen Anzeige in einer kenianischen Zeitung anspringen. Sie hatten ohnehin geplant, Anfang Oktober wieder in Nairobi zu sein. Sie mussten vor Beginn der Regenzeit zurück sein, denn gleich die ersten starken Regenfälle nach monatelanger Trockenheit würden die Sandpisten unpassierbar machen. Johan muss grinsen, als er sich erinnert, unter welchen Bedingungen zu jener Zeit solche Einsätze oder Reisen geplant werden mussten. Und noch mehr, als er sich seiner damaligen Unbefangenheit und Zuversicht bewusst wird. Wie sehr sich das doch in den mehr als drei Jahrzehnten seiner Tätigkeit in der internationalen Zusammenarbeit geändert hat. Wie sehr er sich verändert hat.

Johan dreht sich um und schaut auf die uralte Kommode, die er in Litauen, kurz nach der Unabhängigkeit, auf einem Bauernmarkt erstanden hat. Er hatte sich vorgenommen, sie aufzuarbeiten, aber dazu kam es nie. Sie erwies sich schnell als recht unpraktisch, weil man sie über einen Deckel von oben befüllen muss, und da sie hüfthoch ist, kommt man an die unten lagernden Dinge nur mühsam heran. Als sie in ihr kleines Häuschen zogen, gab es für dieses klobige Möbelstück einen einzigen möglichen Platz: in seinem Arbeitszimmer. Dort steht sie heute noch und er bewahrt wichtige und für ihn wertvolle Unterlagen und Gegenstände darin auf, auf die er ganz selten zugreifen muss. Jetzt geht er zu dieser Kommode, räumt den Deckel frei und öffnet ihn. Stück für Stück entnimmt er Stapel alter Briefe, Schachteln mit Fotos, Familienunterlagen und Geschenke seiner Kinder, bis er schließlich an einen roten Karton gelangt. Er hebt ihn heraus, öffnet ihn und sieht darin fünf wellige Notizbücher, die den Geruch alter Zeitungen verströmen. Es sind die Tagebücher, die er während seiner Reisen nach Afrika in den Jahren 1989 und 1990 geführt hat. Im dicksten der Notizbücher, dem mit einem grau-schwarz marmorierten Einband, sucht er nach den Einträgen von vor 33 Jahren.

„Freitag, 5. Oktober 1990

Die ersten Tage nach unserer Rückkehr nach Nairobi sind um und ich habe mich prima eingelebt. Es ist schon einige Tage her, dass ich das letzte Mal ins Tagebuch geschrieben habe. Der Grund hierfür ist schlicht Nairobi – diese Stadt lässt einem einfach keine Zeit, selbst wenn man in einem solch beschaulichen Hotel wie dem Hurlingham Hotel, etwas außerhalb des äußerst lebhaften Stadtzentrums wohnt, in dem die Zeit vor dem Krieg stehen geblieben zu sein scheint. Die Stadt gefällt mir beim zweiten Anlauf besser als zuvor (das ging mir ja in Accra genauso!). Bernhard und ich teilen uns ein geräumiges und schönes Hotelzimmer mit Erker. Die Arbeiten am Bericht laufen gut, wir können dazu die Räumlichkeiten im GTZ-Büro nutzen. Dort morgens Briefe für mich in der Post zu finden ist immer wieder ein großartiges Gefühl. Ich genieße es, mittags im YaYa Center neue T-Shirts und Shorts kaufen zu können – das ist nach den Monaten in der Wüste ohne Zugang zu fließendem Wasser und daher nur sehr eingeschränkten Möglichkeiten zum Wäschewaschen dringend notwendig.

Die Tage bis zum dritten Oktober sind so ruhig und gelassen verlaufen, dass ich mich immer wieder daran erinnern muss, wie wenig normal ein Tag für mich in Nairobi sein kann. Ich lasse mich vollkommen auf dieses normale Leben hier ein und es macht mich zufrieden und glücklich. Es ist ein ganz eigenes Gefühl! Regelmäßig treffe ich Leute, die ich in den unterschiedlichsten Situationen – entweder in der Vorbereitung in Deutschland oder hier in Kenia – kennengelernt habe. Viele Abende in dieser Zeit verbringe ich im Hotel, in dem ich ausreichend Platz und Ruhe finde und mich entsprechend wohlfühle. Vom Hurlingham Hotel kommt man schnell zu einem kleinen Shopping Zentrum an der Argwing Kodak Road, wo man etwas zu essen kaufen kann (das geht zur Not, ist aber nicht wirklich gut). Oft lese ich im Hotelgarten im Kenia Rough Guide und studiere verschiedene Ziele und Routen auf der Karte von Ostafrika und freue mich auf die freie Zeit zu Reisen, wenn wir mit unserem Projekt so weit sind, dass der Bericht fertig und abgegeben ist. Dann dusche ich in der richtigen, funktionierenden Dusche – und empfinde das nach dem langen Aufenthalt in Marsabit immer noch als Luxus.

Das Aufregendste an der Rückkehr nach Nairobi ist, dass ich Henrieke wiedersehen und in die Arme nehmen kann – diesmal für mehr als wenige Minuten mitten auf einer staubigen Piste im Nirgendwo unter den Augen staunender Mitreisender. Wir sind abends im Thorn Tree Café verabredet und ich verlasse daher schon gegen 15:45 Uhr das GTZ-Büro. Als ich gegen 16:30 Uhr im Thorn Tree ankomme, ist Henrieke schon da – und leider ebenso Ilka und ein mir unbekannter Engländer. Dennoch ist dieses zweite Wiedersehen nach der monatelangen Trennung toll! Wie ich auch schon beim Treffen in der Wüste bemerkt hatte, sieht Henrieke so leicht gebräunt mit den rotblonden Locken, in ihrer hellbraunen Traveller-Kleidung, den braunen langen Beinen und mit den Füßen in den schweren ledernen Bergsteigerschuhen total süß und zum Verlieben aus. Unser zweites Treffen dauert dann tatsächlich etwas länger als das erste, nämlich bis circa 10:30 Uhr am folgenden Morgen. Ich hatte das Doppelzimmer im Hurlingham für uns frei gemacht und Bernhard ein anderes Zimmer im gleichen Hotel gemietet, so dass wir abends gegen 21:00 Uhr „zu mir" fahren können und einen Raum für uns haben. Zuvor gibt es natürlich viel zu erzählen. Wir gehen zusammen in ein indisches Restaurant in der Latema Road, mit einem All you can eat Special für 70 Kenia-Schilling im Angebot. Das Essen übertrifft meine ohnehin hohen Erwartungen. Der Abend und die Nacht sind natürlich fantastisch.

Am Morgen frühstücken wir nach einer warmen Dusche. Ich fahre anschließend von dort zur GTZ, um zu arbeiten, Henrieke bricht zusammen mit Ilka Richtung Mombasa auf, wo sie ein paar Tage verbringen wollen, um am dritten Oktober wieder hier zu sein. An dem Tag wird in der deutschen Schule in Nairobi die Wiedervereinigung Deutschlands groß gefeiert. Die Deutsche Botschaft hat alle Deutschen und den Deutschen Verbundenen eingeladen: erst ökumenischer Gottesdienst, dann Schampus. Dort wollen wir natürlich hin – also vereinbaren wir, uns am dritten Oktober um 12:00 Uhr im GTZ-Haus zu treffen. Dort arbeitet unsere Marsabit Gruppe (und einige andere auch), obwohl der Tag der Deutschen Wiedervereinigung offiziell arbeitsfrei ist.

Wie geplant stoßen Henrieke und Ilka nach ihrer Rückkehr aus Mombasa zu uns. Am Nachmittag ziehe ich um: Ich checke aus dem Hurlingham Hotel aus und ziehe zusammen mit Henrieke in ein Zimmer im Iqbal. Dieses Hotel, ebenfalls in der Latema Road gelegen, gefällt mir von der Atmosphäre her auf Anhieb. Es wird im Kenia Rough Guide sehr empfohlen. Ich habe deshalb sofort zugestimmt, als Henrieke auf der Wüstenpiste eilig hervorbrachte, dass sie am dritten Oktober wieder in Nairobi sei und vorschlug, uns im Iqbal einquartieren. Dort zu wohnen ist nicht zuletzt aus Kostengründen interessant: Das Dreibettzimmer, das ich mit Henrieke bewohne (und für eine Nacht auch mit Ilka, die für diese letzte Nacht vor ihrer Rückreise nach Deutschland kein anderes Zimmer gefunden hat) kostet 75 Kenia-Schilling pro Person. Es ist ein ziemlicher Kontrast, erst im Hurlingham und dann im Iqbal zu wohnen, aber das ist es ja, was ich wollte. Zudem bin ich froh, nicht mehr mit Bernhard in einem Zimmer schlafen zu müssen und genieße die Atmosphäre hier mitten im Zentrum Nairobis.

Gegen 18:00 Uhr werden wir von einer GTZ-Mitarbeiterin abgeholt und wir fahren zur deutschen Schule, wo das Fest anlässlich des Unification Day stattfindet. Auf dieser Party ist, wie erwartet, einiges los. Der Rahmen ist dem Anlass angemessen, aber nicht zu übertrieben. Ich treffe gleich als Erstes eine Bekannte aus dem Kisuaheli-Kurs in Deutschland, sie arbeitet im Deutschen Kindergarten. Des Weiteren sind jede Menge andere Leute, die mir irgendwann in Kenia über den Weg gelaufen sind, auf der Feier. Es ist ein gelungener Abend: die Atmosphäre gut, Essen in Mengen und kostenlose – zum größten Teil deutsche – Gerichte und Getränke, vor allem Bier vom Fass und Wein. Ich bin wirklich froh, dass wir zu diesem Fest gefahren sind, allein der Leute wegen und um das alles einmal zu sehen und zu erleben, zum Beispiel die Ankunft der Botschafter und Diplomaten der in Kenia vertretenen Länder, der kenianischen Minister, der Journalisten – dazu die Anwesenheit der Botschafter und des Personals der Botschaften der zwei deutschen Staaten, Vertreter der deutschen Wirtschaft und überhaupt der ganzen deutschen Gemeinde in Ostafrika, mitsamt der Kinder und Kindermädchen, sowie dem Sicherheitspersonal. Eine Band spielt, es gibt viel zu sehen und auszutauschen. Die Stimmung steigt mit der Zeit, nicht wenige der Geladenen haben gegen Ende ordentlich einen sitzen. Wir brechen ziemlich zum Schluss mit den letzten Gästen auf und werden zurück in die Stadt gebracht.

Allerdings will die GTZ-Mitarbeiterin uns zunächst nicht zum Iqbal Hotel fahren, da aus ihrer Sicht die River Road Area zu gefährlich sei, vor allem nachts. Gleich in der ersten Nacht bekommen wir zu spüren, was damit gemeint sein könnte: Krawalle direkt vor dem Fenster, Steinewerfer, Geschrei und Polizei. Die Vorteile aber überwiegen in meinen Augen: die Nähe zu günstigen und dennoch guten Restaurants und Bars – vor allem zu tollen Frühstückslokalen, wo man mit den kenianischen Arbeitern ein deftiges Frühstück einnehmen kann, bevor es dann mit dem Matatu zur Arbeit geht. Außerdem ist das Hotel ein Treffpunkt für viele, die ähnlich wie wir daran interessiert sind, möglichst viel vom Leben in den quirligen Straßen Nairobis mitzubekommen. Gleich am ersten Morgen treffe ich Jens, den ich zuletzt vor Monaten auf unseren Vorbereitungsseminaren für die Einsätze in den Afrika-Projekten gesprochen hatte, vor der Dusche. Wir unterhalten uns kurz und sehen uns dann aber nicht wieder. Heute erfahre ich von Frank, den ein Arzt aus dem Nairobi Hospital angerufen hatte, dass Jens mit Rift Valley Fever im Krankenhaus liegt."

Rückblickend sieht Johan, dass er damals den Tag der deutschen Wiedervereinigung überhaupt nicht in seiner vollen Bedeutung erfasst hat. Er war fasziniert von der Feier, ergriffen in dem Moment, als zum Höhepunkt des Festaktes zwei riesige Torten – eine in Form der Bundesrepublik, eine in Form der DDR, jeweils oben, also im Norden, mit dunkler Schokolade, in der Mitte mit Erdbeerguss und unten im Süden mit einer gelben Zitronenglasur überzogen – zusammengeschoben und dann angeschnitten wurden. Er hatte sich nicht angestellt, um ein Stück des Kuchens zu bekommen, denn zusammen mit einigen anderen hatte er bereits am früheren Abend eine Ecke von Rügen gegessen. Aber weder an dem Abend selber noch in den kommenden Wochen in Kenia und Tansania wäre er darauf gekommen, dass sich seine Perspektive auf die Welt, sein Fokus auf den für ihn passenden Lebensentwurf ganz unmerklich verschoben hatte.

Er wuchs an der holländischen Grenze auf. Viel weiter entfernt von der DDR konnte man in Deutschland nicht wohnen. Seine Familie hat keine Ostverwandtschaft, keine Freunde „drüben", keinen Kontakt und kein Interesse. Die DDR war für ihn mehr oder weniger ein Staat wie alle anderen. Wie einer von denen, in die man eher nicht reisen möchte. Jubel bei ihm und seinen Klassenkameraden, als bekannt wird, dass sich sein Erdkundelehrer durchsetzen konnte mit der Idee, mit seinem Leistungskurs nach Italien in die Nähe des Vesuvs zu fahren, um dort geologische Untersuchungen durchzuführen. Das bedeutete, dass seine Klasse um die ansonsten obligatorische Klassenfahrt nach Berlin herumgekommen war und nun ein viel besseres Ziel hatte.

In der Vorbereitung auf den Einsatz in Kenia waren eine Reihe verschiedener Seminare zu besuchen. Das erste Vorbereitungsseminar fand vom achten bis elften Dezember 1989 in der internationalen Begegnungsstätte im Jagdschloss Glienicke statt. Also gerade einen Monat nach dem Mauerfall und der Öffnung des Grenzübergangs an der Glienicker Brücke, die in Sichtentfernung liegt. Das nahm er eher beiläufig wahr. Am ersten Abend gingen viele der Teilnehmer des Seminars zur Brücke, um den noch immer stetigen Fluss an Grenzübergängern zu beobachten. Er ging nicht mit. Am Abreisetag, als er auf dem Weg zum Bahnhof Zoo am Breitscheidplatz vor der Zugfahrt zurück nach Dortmund einen neuen Walkman kaufen wollte, stehen Menschen in langen Schlangen vor den Ausgabestellen für das Begrüßungsgeld und vor den Kassen bei City Music. Er staunte und hakte es als skurrile Situation ab. Er war glücklich, mit seinem Stipendium seinem Traum von Afrika und einer Arbeit in der Entwicklungszusammenarbeit näher gekommen zu sein. Es hat einer langen Anlaufphase bedurft, um hierher zu kommen. Über eine solch lange Zeit von mehreren Jahren bleibt man nur bei der Stange, wenn man etwas wirklich will, wenn es um einen Traum geht. Einen Traum, der von Anbeginn an in einem steckt, mit einem wächst, Teil der Persönlichkeit wird und es einen auf das Übelste spüren lässt, wenn man versucht, ihn zu ignorieren. Man kann sich nicht erklären, woher der Traum kommt. Man selber sieht ihn irgendwann als ganz normal an. Für andere Personen, selbst die engsten Verwandten und Freunde, ist oft kein Bezug zu erkennen zwischen der Person, die sie so gut zu kennen glauben, und dem auf einmal zutage tretenden Traum. Weil es keine Rationalität gibt, ist es für Johan die am schwierigsten zu beantwortende Frage: „Wie ist es dazu gekommen, dass Du unbedingt in die Entwicklungszusammenarbeit willst? Wieso zieht es Dich so nach Afrika?".

Diese Fragen stellten auch seine Eltern, als er ihnen an einem Tag Mitte 1989 erklärte, dass er einen Platz in einem Programm bekommen habe, das ihm einen Arbeitseinsatz in einer Selbsthilfeförderinstitution in Ghana vermittelt und er im Sommer für vier Monate dorthin reisen werde. Zu diesem Zeitpunkt hatte Johan schon lange damit begonnen, alles in Bewegung zu setzten, seinen Traum wahr werden zu lassen. Und so war er erstaunt, dass seine Eltern aus allen Wolken fielen, als er ihnen freudestrahlend den Ab- flugtermin nach Accra mitteilte. Aus heutiger Perspektive muss er zugeben, dass es wirklich nicht leicht zu erklären ist, wieso sich in ihm immer unverrückbarer ein Bild von einem Leben in der Entwicklungszusammenarbeit festge- setzt hat. Zumal er sich zu diesem Zeitpunkt noch über- haupt nichts unter dem Begriff vorstellen konnte. Später sollte ihm das Konzept der Suche nach einer sinnstiftenden Arbeit etwas helfen, in aller Kürze eine Antwort auf diese Frage zu liefern. In Gesprächen mit Freunden würde ihm auch klarwerden, dass es etwas mit einer Flucht aus der gefühlten Enge der Kleinstadtgesellschaft zu tun haben dürfte. Aber damals war es schwierig, eine sich wie die Wahrheit anfühlende Antwort zu geben. Die einfachste Erklärung, von der er aber spürte, dass sie der Wahrheit nicht nah genug kommt, ist, dass er einfach raus wollte, in die weite Welt.

Er erinnert sich gerne an seine erste große Reise: Er ist 16 und mit dem InterRail-Ticket durch halb Europa unterwegs – und zwar für sechs statt der eigentlich maximal möglichen vier Wochen. Er und sein Freund haben einfach beschlossen, bis zum Ende der Sommerferien weiterzureisen, nachdem sie bemerkt hatten, dass kein Kontrolleur auf die Gültigkeitsdaten der Tickets schaut. Damals können sie ihren Eltern nicht schnell mit dem Handy eine SMS oder WhatsApp-Nachricht senden. Und ein Anruf wäre zu teuer, vor allem da das Budget schon für vier Wochen echt schmal kalkuliert ist, eine Situation, die sich durch die Verlängerung der Reise auf sechs Wochen sowie dadurch, dass der Freund im Nachtzug nach Rom komplett ausgeraubt wurde, noch etwas verschärft hat. Also muss eine Postkarte zur Information reichen, die dann allerdings nahezu zeitgleich mit den Absendern bei den einigermaßen besorgten, aber keinesfalls hysterischen Eltern in Westfalen ankommt. Später aus Afrika sollten die Karten noch länger brauchen und Telefonate noch teurer und damit seltener werden.

Er kann absolut keinen konkreten Bezug zu Afrika aufführen, es gibt kein Vorbild, keine Erfahrungen oder Berührungspunkte in der Familie oder im Freundeskreis. In der Kleinstadt, in der er aufwuchs, waren in den 1980er Jahren Afrikaner nicht mal zu Besuch, soweit er sich erinnert. Da sind nur vage, unkonkrete und wahrscheinlich verklärte Vorstellungen von einem Leben in Afrika. Die Fernsehserie Daktari könnte eine Rolle gespielt haben, obwohl Johan sie als Kind kaum sehen durfte, aber Jahre später stellt er in seinem Kisuaheli-Unterricht überrascht fest, dass er sich an viele Namen der Tiere in der Sendung erinnert – und ihm nun auch deren Bedeutung klar wird. Seine Sehnsucht nach Afrika und die vage Vorstellung davon, in einem Beruf zu arbeiten, der ihn dorthin führen würde, bestimmte die Berufswahl. Er hatte eine recht sorglose Schulzeit hinter sich gebracht und ohne große Anstrengungen trotz exzessiv ausgelebter Freiheit ein akzeptables Abitur gemacht. Es ist ihm heute noch gegenwärtig, wie er bereits zu dieser Zeit seinen Freunden von seinem Wunsch erzählte, als Arzt in der Entwicklungshilfe in Afrika zu arbeiten. Damals hatte er wirklich mit einem Medizinstudium geliebäugelt, da es ihm als naheliegendstes erschien, als Arzt in der Entwicklungszusammenarbeit zu arbeiten.

Er nahm am Medizintest als Zugangsvoraussetzung zum Medizinstudium teil, erreichte aber kein Ergebnis, dass ihm den sofortigen Beginn des Studiums ermöglicht hätte. Da er nicht wusste, wie er die Wartesemester verbringen sollte, entschied er sich mithilfe eines Berufsberaters für die Aufnahme eines Studiums mit Hauptfach Statistik in Dortmund und Nebenfach Medizin in Bochum. Dass die Wahl falsch war, stand nach gut vier Wochen fest. Sein Statistikstudium war eine Katastrophe. Bereits nach wenigen Monaten wechselte er in sein Nebenfach, zunächst mental, nach zwei Semestern dann offiziell. Dieses Nebenfach war zu dem Zeitpunkt bereits nicht mehr Medizin, denn was der Berufsberater offensichtlich nicht gewusst hatte: Die Kooperation der Universitäten Bochum und Dortmund, die diese

Fächerkombination möglich gemacht hatte, wurde pünktlich zu seinem Studieneinstieg aufgelöst. Er hatte dann Raumplanung gewählt. Grund dafür war, dass es an der Universität Dortmund am Fachbereich Raumplanung das SPRING-Institut für „Spatial Planning for Regions in Growing Economies" gibt. Das interessierte ihn und er fühlte sich unwiderstehlich davon angezogen.

Ein klares Berufsbild hatte er auch zu diesem Zeitpunkt noch nicht. Im Vordergrund standen zwei voneinander zunächst unabhängige Vorstellungen: Zukünftig als Freiberufler mit einem eigenen kleinen Büro arbeiten zu können, sowie in der Entwicklungszusammenarbeit tätig zu sein. Ob und wie er diese beiden Aspekte jemals in seinem Arbeitsleben zusammenbringen könnte, war ihm in keiner Weise klar. Er hielt die Augen offen auf der Suche nach Möglichkeiten für Praktika, Auslandssemester oder ähnliches, vorzugsweise in einem Entwicklungsland. Zunächst galt es aber, die Vordiplomsprüfungen hinter sich zu bringen. Ohne Vordiplomszeugnis gab es keine Möglichkeit, sich um ein Stipendium bei einer Organisation, die Studienaufenthalte im Ausland vermittelt, zu bewerben. Da seitens seiner Familie nur begrenzte finanzielle Unterstützung möglich und das Bafög recht knapp bemessen waren, arbeitete Johan in dieser Zeit als Aushilfsfahrer bei einem Obst- und Gemüsegroßhandel: morgens in aller Frühe erst zum Großmarkt, dann die Ausliefertour durchs halbe oder ganze Ruhrgebiet, um 08:15 Uhr an die Uni. Wenn es denn sein musste. Dazu schob er ein- bis zweimal die Woche Nachtschicht in der Küche bei McDonalds in Bochum. Dann, nach dem Vordiplom, bekam er einen Job in einem angesehenen privaten Planungsbüro. Und konnte die ersten Bewerbungen um ein Stipendium für einen Studienaufenthalt in Afrika abschicken. Vom vielversprechendsten und renommiertesten Nachwuchsförderprogramm für die Entwicklungszusammenarbeit, dem ASA-Programm der Carl Duisberg Gesellschaft, erhielt er beim ersten Versuch eine Absage mit der Begründung, er habe nicht ausreichend Auslandserfahrung und zu geringe Kenntnisse der Entwicklungszusammenarbeit. Nachdem er seinen Ärger darüber verarbeitet hatte, dass eine Institution zur Förderung des Nachwuchses in der EZ bereits tiefe Einblicke darin und sogar Auslandserfahrung voraussetzt, schmiedete er erstmals einen richtigen Plan. Er schaffte es, einen Jobwechsel vom Planungsbüro zum SPRING-Institut zu organisieren, wo er von da an bis zum Ende seines Studiums als studentische Hilfskraft arbeitete. Und er informierte sich, wie er an relevante Auslandserfahrung kommen kann.

Bei seinen Recherchen stieß er schnell auf die Vermittlungsorganisation pro international. Dieser Verein ist ein konfessionell und politisch nicht gebundener Zusammenschluss mit dem Ziel, die Begegnung und den Dialog zwischen jungen Menschen aus den verschiedensten Ländern und unterschiedlichsten gesellschaftlichen Kulturen und Systemen zu fördern. Dazu arbeiten die Jugendlichen zusammen in internationalen Teams an sozialen, gemeinnützigen oder dem Gemeinwohl dienenden Aufgaben. Damals bot pro international vor allem Workcamps in Afrika an. Johan erinnert sich an Angebote in der Elfenbeinküste (heute Cote D'Ivoire) und Ghana. Der dortige Partner war die Voluntary Workcamps Association of Ghana (Volu). Volu bietet auch heute noch Freiwilligeneinsätze in einer Vielzahl von Bereichen an. Zu den Projekten gehören der Bau von Schulen oder die Mitarbeit bei der Wiederaufforstung eines Regenwaldes. Die Ziele der Workcamps sind die Förderung des freiwilligen Dienstes an der Gemeinschaft, die Zusammenführung von Stadtbewohnern und Dorfbewohnern, Afrikanern und Nicht-Afrikanern in gegenseitigem Respekt. Die Volunteers können die Gemeinschaften vor Ort bei Arbeiten unterstützen, die sie sonst nicht selbst verrichten könnten. Das klang großartig in seinen Ohren, und so meldete sich Johan für die Teilnahme an ein oder zwei Workcamps in den Sommersemesterferien 1989 in Ghana an. Seitens des Fachbereichs gab es breite Unterstützung: Er konnte die Prüfungen an den Beginn der vorlesungsfreien Zeit legen, seinen Job bei SPRING konnte er pausieren. Die Kollegen dort gaben ihm viele Tipps mit auf den Weg, sowie Briefe und Pakete für die Mitarbeiter an Partnerfachbereich an der Kwame Nkruma University of Science and Technology in Kumasi.

Johan versucht, sich Bilder von seinem ersten Kontakt mit Afrika ins Gedächtnis zu rufen. Es gelingt ihm kaum, aber die Gefühle, die diese Gedankengänge bei ihm auslösen, kennt er. Sie sind angenehm, lockend, und er möchte ihnen nachspüren. Er greift zu dem Stapel mit den vier

altrosafarbenen Kladden und zieht die mit der handschriftlich auf die Vorderseite geschriebenen römischen Eins heraus.

„Die nächtliche Ankunft in Accra Anfang Juli 1989 ist
überwältigend, die Luft ganz anders als ich sie kenne, die
ganze Atmosphäre ist mir so fremd. Meine Mitreisenden
und ich sind froh, als uns aus der unüberschaubaren Menge
aufgeregter Menschen unmittelbar hinter der Ausgangstür
des Flughafens, aus diesem Gewimmel heraus ein freundli-
cher junger Mann direkt anschaut, zuwinkt, in aller Ruhe
auf uns zukommt und sich als Volu-Mitarbeiter zu erkennen gibt. Kduku schleust uns dann kundig und geduldig
durch die ganzen Formalitäten an irgendwelchen Schaltern
bis hin zum Taxi vor dem Flughafengebäude. Die Taxifahrt
verläuft wie im Kino: Wir werden vorbei an einer Riesen-
menge von Menschen zum Taxistand und dort in ein war-
tendes Taxi gedrückt. Ein paar Ghanaer rufen mir etwas
nach, wahrscheinlich geht es um Geldforderungen, zu denen sie sich berechtigt sehen, nachdem sie unaufgefordert –
und auch gegen meinen durch Festhalten an Rucksack-
schlaufen demonstrierten Willen – mein Gepäck in den
Kofferraum des Taxis gehievt haben. Bis ich durchblicke
und reagieren kann, fährt das Taxi los.

Der nächste Eindruck von Accra ist geprägt von den
für mich gänzlich neuen Erfahrungen mit Transportmitteln
in afrikanischen Städten: Das Taxi, mit dem wir fahren, ist
total im Eimer (nach meinen bisherigen Vorstellungen). Die

Tür neben mir schließt nicht richtig, überall sind Löcher in der Karosserie, aber das Radio läuft, was man vom Motor nur mit Einschränkungen behaupten kann. Der Blick nach draußen irritiert, weil er einerseits genau das zeigt, was ich erwarten musste, aber mich dennoch überrascht. Alles ist in einem desolaten Zustand: die Gebäude, die Straßen, vor allem aber die Autos. Ich nehme das alles neugierig und unaufgeregt auf, die Begleitung Kdukus beruhigt mich und führt dazu, dass ich mit wachsender Neugier das Kommende freudig erwarten kann. Die Ankunft im Volu-Office zum Beispiel. Ich hatte einen zwar einfachen, schlichten und zweckmäßigen Mehrzweckbau erwartet, aber nicht eine einstöckige Holzbaracke, in zweiter Reihe zur Straße in einer auf den ersten (und zweiten) Blick unüberschaubaren und Hinterhofatmosphäre erzeugenden Gemengelage. Aber einigermaßen sauber. Wir werden in einem größeren Raum mit einigen Feldbetten untergebracht, bauen unsere Moskitonetze auf, waschen uns flüchtig in einem Wellblechverschlag, in dem immerhin Wasser aus einem Schlauch läuft, und legen uns schlafen. Morgen erstmal alles bei Tageslicht betrachten! Die Nacht über kann bin ich unruhig – Vorfreude oder doch leichte Beklemmungen? Auf jeden Fall finde ich nicht richtig in den Schlaf.

Ziemlich müde, aber neugierig stehen wir alle früh auf. Außer uns und den zwei Freiwilligen, die für den Internationalen Jugend-Gemeinschaftsdienst IJGD arbeiten und die wir schon im Flugzeug kennengelernt haben, ist niemand im Volu-Office. Wir gehen zum erstmal ans Meer, wo wir zu meiner Enttäuschung feststellen, dass der Strand an diesem Abschnitt als Lager und Abladefläche für allerlei Material und Müll genutzt wird und in überhaupt keiner Weise der allgemeinen (oder doch nur meiner?) Vorstellung von einem Tropenstrand entspricht. Wir duschen im Wellblechverschlag unter dem dünnen Strahl mit mäßig warmen Wasser (Umgebungstemperatur halt) und gehen dann frühstücken. Bei einer Frau, die nicht weit vom Volu-Office einen Stand am Straßenrand aufgebaut hat, finden wir etwas Vertrautes: Brot mit Spiegelei und Kaffee. Daran halten wir uns, auch weil wir noch nicht abschätzen können, ob es schwierig werden könnte, sich hier in Ghana – vor allem später auf dem Land – einigermaßen gut zu ernähren. Auf dem Rückweg stellen wir fest: Bananen kann man sehr gut essen, die sind zumindest hier in Accra billig und überall zu kaufen, zudem wahnsinnig lecker (aber klein). Nach dem Frühstück fährt uns Kduku zu einer Forex-Geldwechselstube.

Die Fahrt durch die überfüllten Straßen von Accra raubt einem den Atem, man kann gar nicht alles verarbeiten, was man sieht. Trotz der unübersehbaren Armut herrscht auf den Straßen ein farbenfrohes Getümmel, der Lärm besteht aus Stimmengewirr und Autogeräuschen – und dabei vor allem aus Hupen. Hier wird gehupt was das Zeug hält, manchmal glaubt man, der Verkehr fließt überhaupt nicht, alle stehen nur, rufen, gestikulieren oder hupen halt. Afrika riecht ... Ja, das würde ich hier nur zu gern beschreiben. In der ja nun schon ungewohnten tropischen

Luft liegt ein bestimmter fremdartiger Geruch, der mir schon bei der Ankunft aufgefallen ist, den ich aber hier in den Straßen besonders intensiv empfinde. Manchmal kommt es mir unangenehm vor, es stinkt aber nicht wirklich. Wir werden von allen Seiten angelacht, angerufen, bestaunt – und immer wieder aufgefordert, irgendwelche Dinge zu kaufen, vor allem von Frauen, die dabei die unterschiedlichsten Waren meterhoch gestapelt freihändig auf ihren Köpfen balancieren– zum Teil sehr große Gewichte. Man kann nur staunen. Kinder rennen uns pausenlos und ausdauernd hinterher.

Eindrücke brechen über mich hinein, die ich nicht verarbeiten kann, ich kann keinen klaren Gedanken fassen. Abends essen wir auf der Straße, wo es ab 18:00 Uhr heiße Gerichte wie Reis und eine Art dickflüssige Soße oder Suppe gibt, die hier „Stew", nach dem englischen Eintopf, genannt wird. Manchmal verlassen wir die uns mittlerweile von den Tagesbesorgungen bekannten, beleuchteten Hauptstraßen und gehen in die dunklen Nebenstraßen. Heute essen wir in einer solchen. Tina und ich probieren Gari. Es schmeckt fürchterlich, aber wir geben unser Bestes, um vor den hunderten von Augen, die uns umringen, zum größten Teil von Kindern, zu bestehen. Manchmal denke ich, dass es nicht möglich ist, sich auf Dauer hier zu ernähren, ohne auf die wenigen und teuren europäischen oder amerikanischen Restaurants zurückzugreifen. Und wir sind noch in der Hauptstadt des Landes. Nach dem abendlichen Essen gehen wir in den Wato Club. Das ist der Treffpunkt aller Volu Leute außerhalb des Office. Ein kleines Bier kostet circa 0,90 DM, ein großes (0,625 l) circa 1,10. Er liegt an einem lebhaften Kreisverkehr im ersten Stock eines pavillonartigen Gebäudes und besteht im Prinzip nur aus Balkon. Es ist echt gut da.

Wir frühstücken an den Wochentagen meistens ganz prima an einem Stand im Bankenviertel. Sonntags ist dort alles geschlossen und die Straßenstände sind nicht aufgebaut. Wir gehen stattdessen zu einem Markt, auf dem zumindest einige Stände geöffnet sind. Wir können nichts finden, was wir bedenkenlos essen könnten (der Regel „Cook it, Peel it or Forget it" folgend), außer zwei Ananas, einer Melone und einer Packung Kekse. Damit wandern wir zum Strand, um sie zu essen. Wir setzen uns etwas abseits hin und haben gerade die erste Ananas aufgeschnitten, als plötzlich vom Gelände des Riviera Beach Clubs, einem völlig verwahrlosten Hotel in einem heruntergekommenen Gebäude aus der Kolonialzeit, Ghanaer zu uns gerannt kommen und uns ziemlich eindringlich vor dem hier am Strand vorhandenen „Lumpenpack" warnen, uns erzählen, hier gäbe es nur Diebe und gestern noch seien Touristen ausgeraubt worden. Sie bringen uns dazu, eine Klippe hoch zu den Ausläufern der Hotelanlage zu klettern und dort zu frühstücken. Einige der Leute, die in unserer Nähe waren, werden mit Stein beworfen und verjagt. Uns ist das alles total unangenehm und ich fühle mich echt mics. Wir beschließen, nach dem Essen mit einem Trotro nach Labadi, dem Stadtstrand von Accra, zu fahren. Dort finden wir tatsächlich einen traumhaften Palmenstrand und wir schwimmen zum ersten Mal im Golf von Guinea.

Tina und Ruth haben den ersten Durchfall, mir geht's zum Glück gut. Heute Nacht sind jede Menge Freiwillige im Volu-Office angekommen, darunter Volker, Astrid und Andrea, die wir aus der Vorbereitung in Marburg kennen. Sie waren in Kordiabe. Ein längerer Austausch muss leider erstmal entfallen, denn wir müssen zum Immigration Office, uns registrieren lassen. Ein Volu-Mitarbeiter fährt uns mit dem Jeep, da es stark regnet. Dennoch kommen wir ziemlich spät dort an und die Reisepässe können heute nicht mehr bearbeitet werden. Also müssen wir morgen wiederkommen. Im Immigration Office treffe ich Sportstudentinnen aus Köln, die zwei ehemalige Klassenkameradinnen von mir aus dem Gymnasium kennen. Verrückt. Ich versuche erstmals, zu Hause anzurufen, was nicht ganz einfach ist. Die Atmosphäre im Post Office ist herrlich! Begeistert beobachte ich die Szenerie, bis die Verbindung mit meinen Eltern in Borken über London zustande kommt. Zunächst läuft was schief. Die Vermittlung in London gibt mir einen anderen Empfänger in Borken. Ich sage der Frau in London, die mich fragt, ob ich richtig verbunden sei, nochmal die Telefonnummer und dann habe ich Papa am Apparat. Ich weiß gar nicht was ich sagen soll und versuche sachlich zu bleiben. Als ich dann auch mit Mama spreche, würde ich am liebsten stundenlang mit den beiden reden.

An den Abenden ist es schwierig, etwas zu essen zu bekommen. An Fleisch und Fisch traue ich mich zunächst nicht heran, das süße Brot hängt mir langsam zum Hals raus. Kurz bevor die Supermärkte schließen, greife ich in der Eile nach einem Fertiggericht im Glas – da habe ich mich aber vergriffen, denn es enthält eine Substanz, die man vor dem Essen backen muss, und es riecht ohne Zubereitung so abscheulich, dass ich es nicht essen will. Ich bringe es aber auch nicht fertig, das Glas zu verschenken, obwohl wir auf unserer Suche nach Essbarem genügend Menschen treffen, die es wahrscheinlich wirklich gebrauchen können. Aber es ist sehr schwer einzuschätzen, wie man sich als wohlhabender Weißer in einer Stadt wie Accra verhalten soll. Ich komme noch lange nicht mit meiner Situation hier zurecht und bin froh, genügend Zeit zu haben in dieser fremden Stadt, in diesem fremden Land und auf dem Kontinent, der schon so lange mein Interesse auf sich zieht. Ich habe für Tina elf Bananen gekauft, da sie im Volu-Office geblieben ist: Sie hat weiterhin Durchfall. Als ich in einer Seitenstraße nach Reis und Stew Ausschau halte, umringen mich auf einmal fünfzehn Kinder und wollen alle eine Banane. Ich laufe schneller und die meisten Kinder bleiben zurück. Zwei besonders hartnäckigen gebe ich dann je eine Banane und genau anderthalb Sekunden später bedrängen mich wieder fünfzehn diesmal noch aufdringliche Kinder mit großen Augen. Ich versuche, möglichst schnell wieder auf eine belebtere Straße zu kommen, aber auf meiner „Flucht" werde ich meine Bananen los. Das ist kein finanzieller Verlust, aber über mein Selbstverständnis, das ich habe oder haben sollte, wenn ich mich hier in Afrika befinde, muss ich nachdenken.

In den Nächten schlafe ich nicht gut und habe morgens das Gefühl, kaum ein Auge zugemacht zu haben. Angesichts dessen fühle ich mich tagsüber erstaunlich fit. Nach einem guten Frühstück – das haben wir mittlerweile raus – müssen wir uns beeilen, zum Immigration Office zu kommen. Dort läuft zunächst alles problemlos und wir bekommen unsere Reisepässe ohne weiteres zurück und sonstige Einreisepapiere ausgehändigt. Danach aber hakt der Prozess, da die Application Forms von Volu für die Verlängerung unserer Visa noch nicht getippt sind. Wir müssen also bis nachmittags warten."

In dieser Wartezeit beginnt Johan mit seinen tagebuchartigen Aufzeichnungen. Am Ende füllen diese Notizen vier ghanaische Schulhefte. Mehr als dreißig Jahre liegen die vollgeschriebenen Ghana Schools Exercise Books dann zusammen mit einem Brigadetagebuch aus DDR-Zeiten, in das die (aus 2024er Perspektive erstaunlich wenigen und überwiegend grottenschlechten) Fotos eingeklebt worden sind, unbeachtet in der litauischen Kommode. Heute ist Johan den Beamten im Immigrationsbüro in Accra für die langwierige Bearbeitung der Visa dankbar.

Buch I

1 Anhwiam

Im Volu-Office geht es zu wie in einem Taubenschlag, Leute kommen und gehen. Nach ein paar Tagen erhalten wir zum ersten Mal Informationen und Hinweise vom Volu-Vorsitzenden und vom Leiter des Büros, Francis, zur Organisation der in diesem Sommer stattfindenden Workcamps. Tina, Ruth, Julia und ich entscheiden uns für ein Workcamp in Anhwiam, einem sehr kleinen Dorf in der Region Sefwi Wiawso, und wollen morgen dorthin aufbrechen. Francis und Kduku genehmigen unsere Entscheidung.

Nach einer kleinen Mahlzeit besorgen wir uns Taxen, um die nächste bürokratische Hürde zu nehmen: Wir haben bisher ja nur die umfangreichen Antragsunterlagen für die Visaverlängerung abgegeben, noch haben wir die Visa nicht. Jetzt sitzen wir zusammen mit weiteren Europäern im zweiten Immigration Office. Es gibt Probleme mit Julias Fotos. Alles in allem eine eigenartige, aber nicht unangenehme Atmosphäre in diesem Kolonialbau, der ziemlich heruntergerockt aussieht und stark bewacht wird. Aber wenn man aus den Fenstern die tropische Vegetation sieht, passt alles irgendwie zusammen. Auch die Leute, die mittlerweile das gesamte Office füllen, passen hierher. Es ist wie im Film.

Ich freue mich darauf, endlich das ländliche Afrika kennenzulernen. Francis nahm mir bei seiner Rede heute Mittag die Worte aus dem Mund, als er sagte, dass die Großstädte der Welt sich im Prinzip alle ähnlich seien. Die Eigenarten und Besonderheiten des riesigen afrikanischen Kontinents könne man aber erst in dessen Innerem, in den ländlichen Regionen, kennenlernen. Ich freue mich auf das Workcamp. Heute wollen wir noch letzte Vorbereitungen für die Reise treffen: Apotheke, Survey Office (um Karten zu besorgen), Toilettenpapier. Den letzten Abend vor der Reise nach Anhwiam verbringen wir in James Town, einem sehr einfachen Viertel von Accra, dicht bebaut und bewohnt, direkt der Küste gelegen. Wir gehen dunkle, aber lebhafte Straßen hinunter zum Strand, die nur von einigen Petroleumlampen vor den Häusern sowie den zahlreichen Bars und Ständen beleuchtet sind, auf denen von überall her Musik zu hören ist und wo sich im Flackerlicht Menschenmassen tummeln. Wir essen auf der Straße Reis mit Bohnen und erstmals Pfannkuchen (sehr lecker!). In James Town stehen die Gebäude, viele von ihnen gerade mal Hütten, für die großen Familien viel zu klein, eng beieinander. Teilweise leben Menschen unter improvisierten Dächern auf Pfählen, ohne Wände. Es gibt nicht einmal entlang der Hauptstraßen durchgehend Licht, wahrscheinlich keine Elektrizität und auch keine Wasserleitungen. Hier stehen keine Bauwerke aus der Kolonialzeit, eigentlich gar keine richtigen Gebäude. Von solchen Viertel habe ich im Studium gelesen, ich bin mit grundlegenden Aspekten der Stadtentwicklung in Entwicklungsländern vertraut. Auch habe ich mich mit Studenten aus Afrika an der Universität Dortmund ausgetauscht. Aber was ich hier sehe, kann ich nicht so leicht begreifen oder einordnen. Wie so oft denke ich, dass es gut ist, noch einige Zeiten in Ghana zu sein. Ich lege mich schlafen, voller Vorfreude auf die Reise in Landesinnere, zu unserem Workcamp.

Nach einem sehr guten Frühstück bei der Frau, die ihren Stand auf dem Gelände zwischen dem Volu-Office und dem Strand hat, müssen wir noch ein paar Besorgungen erledigen, dazu gehören das Fotokopieren verschiedener Landkarten von Ghana, die wir im Survey Office gefunden haben, sowie das Einkaufen einiger Lebensmittel, die wir für die Reise und die ersten Tage im Camp als sinnvoll erachten. Danach steigen wir ins Taxi, das uns zu der Busstation bringt, von der aus die Busse nach Kumasi fahren. Wir setzen uns in ein „Mama Lorry" und warten auf die versprochene Abfahrt. Aber der Bus fährt erst, als er gerammelt voll ist – und das ist erst ungefähr zwei Stunden später der Fall. Die Fahrt ist etwas ungemütlich, doch das Erlebnis, zum ersten Mal durch tropische Regenwälder zu fahren, die tolle Aussicht aus dem Fenster, die kurzen Pausen an den Stationen direkt an der Piste (von Straße kann man nicht sprechen), entschädigen mich vielfach! Bei der Ankunft in Kumasi bieten sich uns ganz neue, spannende Eindrücke. Die Stadt erscheint uns schöner, strukturierter, grüner und weniger verbaut als Accra. Es herrscht auch hier ein Verkehrschaos, wir sehen einen riesigen Markt, der sich über ein ganzes Tal erstreckt. Auf dem Busbahnhof, an dem wir

aussteigen müssen, tobt eine verwirrende Betriebsam-
keit. Wir steigen aus und sofort sprechen uns fünf bis sechs
Ghanaer an, darunter auch einer, der etwas Deutsch spricht.
Er besorgt uns ein Taxi, das uns zur Universität fahren soll.
Wir wollen versuchen, dort zu übernachten. Zudem will ich
Christian Butenhagen, einem ehemaligen Dozenten am
SPRING-Institut an der Uni Dortmund, den Brief von seinen ehemaligen Kollegen aushändigen. Die Fahrt wird zu
einem Abenteuer, da der Taxifahrer probiert, das allabend-
liche Verkehrschaos im Zentrum von Kumasi zu umfahren.
Die Straßen, die er benutzt, bestehen aus Sand (rot, natürlich, wie überall) und Schlaglöchern. Innerhalb der Stadt
haben wir das Gefühl aufpassen zu müssen, dass in den
Momenten, wo das Taxi steht, unsere Rucksäcke nicht aus
dem durchgehend offenstehenden Kofferraum geklaut
werden. Auf den holprigen Pisten außerhalb der Stadt müssen wir aufpassen, dass sie nicht aus dem Wagen fliegen.

Es ist bereits dunkel, dennoch rast das Taxi viel zu
schnell über die unebenen, löchrigen Fahrbahnen und ich
warte darauf, dass die Kofferraumhaube abfällt. Vor allzu
großen Schlaglöchern geht der Fahrer voll in die Bremsen.
Als wir an der Universität stehen, sind wir unsicher: Bekommen wir hier eine Unterkunft? Wo sollen wir fragen?
Wenn das alles schiefgeht, wie kommen wir in die Stadt
zurück? Zunächst erteilt uns der Pförtner in der Independence Hall eine Absage. Er wisse auch nicht, wo wir schlafen können. Als wir so ratlos herumstehen, spricht uns
George an, ein Kunststudent im zweiten Semester. Er zeigt

uns einen Saal, in dem wir schlafen können, gibt uns den Schlüssel, zeigt uns Toiletten etc. Alles geht ganz unbürokratisch. Wir machen uns kurz frisch und gehen dann mit George und einem Freund Abendessen. In der Kantine wird laute Musik gespielt (Bee Gees, ABBA), das Essen ist gut und es gibt zu trinken. Wir leben auf! Unsere beiden Begleiter zeigen uns die Uni, die verschiedenen Halls, George lässt uns seine Arbeiten bestaunen und dann wollen wir schlafen. Alles wäre perfekt, aber: Ich entdecke Ratten in dem Saal, in dem wir schlafen sollen. Ruth und Julia holen noch mal George, der uns in einen anderen Raum, eine Art Aula, bringt. Dabei gibt es leichte Schwierigkeiten, da er wohl hätte fragen müssen, ob er uns tatsächlich unterbringen darf, und durch den Umzug bekommt der zuständige Verwalter oder Hausmeister Wind von der Sache. Zu unserem Glück erklärt er sich schließlich bereit, uns übernachten zu lassen, lachend gibt er uns sein OK. In dieser Nacht schlafen wir alle sehr schlecht. Irgendwann schreckt Ruth hysterisch hoch, weil sie denkt, eine Ratte sei an ihrem Kopf. Ich bin froh, als es wieder hell wird.

Am nächsten Morgen versuche ich, den Brief an Christian loszuwerden. Als ich ihn endlich antreffe, ist die Begegnung nur kurz. Ich bin etwas enttäuscht, hatte ich mir doch mehr Information über den Fachbereich Spatial Planning an der Uni in Kumasi erhofft. Aber egal, es soll ja schnell weitergehen nach Anhwiam, in das Workcamp. Die Fahrt von Kumasi dorthin ist das größte Abenteuer, dass ich bisher in Sachen Reisen mit dem Bus erlebt habe. Der

Reihe nach: Zunächst gilt es, auf einem der riesigen Busbahnhöfe ein Gefährt Richtung Sefwi Wiawso zu ergattern. Auf dem ersten Busbahnhof sind wir falsch und wir müssen ein weiteres Taxi zu einer zweiten Busstation nehmen. Dort finden wir mit Georges Hilfe dann ein Trotro nach Wiawso. Es ist ein Lastwagen, auf dem ein Aufsatz mit circa 25 bis 30 Sitzplätzen plus einigen improvisierten Sitzen dazwischen aufgebaut ist. Wir setzen uns in die letzte Reihe und warten darauf, dass es losgeht. Aber der Busfahrer muss ja noch erst alle Sitzgelegenheiten in seinem Bus besetzen. Nach zwei Stunden ist der Bus mit circa 50 Personen eigentlich voll und wir erwarten jede Minute die Abfahrt. Aber es soll noch dauern. Auf dem Busbahnhof herrscht ein buntes Treiben. Überall sind fliegende Händler, Frauen balancieren riesige Türme von essbaren oder sonstigen Gegenständen vorzugsweise auf ihren Köpfen, kommen an die Fenster und versuchen, etwas zu verkaufen. Da das Fensterglas an meinem Sitzplatz fehlt, kann ich bequem vom Sitz aus einkaufen. Ich stelle fest, dass vor allem Eiswasser nachgefragt wird – allerdings nicht von uns, da wir davon ausgehen, dass das Wasser nicht vorher abgekocht wurde. Aber es gibt allerlei Gebackenes und da langen wir zu! Nachdem der Busfahrer noch mehr Leute in den Bus gepackt hat, müssen wir in der für fünf Personen ausgelegten letzten Reihe noch enger zusammenrücken, als die sechste Person kommt. Die Hitze wird unerträglich und ich bin froh, am Fenster ohne Fensterglas zu sitzen. Es ist mittlerweile 15:00 Uhr, um 11:45 Uhr waren wir in unserer Naivität abfahrbereit auf unseren Plätzen. Auf die Bemerkung von Ruth, nun könnten wir ja wohl mal langsam losfahren, antworte ich aus Spaß: „Wieso? Es passen doch noch sicherlich vier bis acht Personen hinein". Zu diesem Zeitpunkt ist der Bus schon dermaßen überfüllt, dass ich denke, hier müsse beim kleinsten Anlass eine Panik ausbrechen. Aber der Fahrer verkauft tatsächlich noch weiter Fahrkarten. Vorne, am Eingang der Kabine, tauchen ständig Leute auf, die laut Bücher, Medizin und sonst irgendetwas an den Mann oder die Frau bringen wollen, ab und zu kommt auch mal ein Prediger.

Jetzt gibt es etwas Tumult, weil wieder einige Leute in den Bus gequetscht werden und noch jemand in der letzten Reihe sitzen soll. Wir versuchen halbherzig, uns dagegen zu wehren (eigentlich wissen wir, dass es wohl immer so ist und der Fahrer weiß, wie er das Optimum aus seinem Gefährt herausholt) und sagen, das sei unmöglich, was es besonders für mich angesichts der geringen Beinfreiheit auch ist. Zunächst können wir uns durchsetzen, doch dann quetscht sich doch noch jemand zwischen uns und wir müssen alle auf einer Pobacke sitzen. Als wir gegen 15:45 Uhr endlich losfahren, befinden sich circa 80 Passagiere im Bus! Wir fahren über eine Piste, gegen die die Straße von Accra nach Kumasi eine Autobahn ist. Schlaglöcher noch und noch, der Fahrer muss immer wieder abrupt bremsen, das Fahrzeug setzt regelmäßig auf und so werden wir gründlich durchgeschüttelt – manchmal fliegen wir einen halben Meter hoch von unseren Sitzen. Ich bin extrem froh, dass ich am Fenster sitze: Zum einen denke ich mir, dass ich bei einer Panik hier am schnellsten nach draußen komme, zum anderen ist das, was man durch das Busfenster sehen kann, einfach überwältigend. Der Regenwald stellt sich so dar, wie ich ihn mir vorgestellt habe: Hohe Bäume, Lianen, dichtes Buschwerk, alles in einem tiefen, satten Grün. Dagegen als Kontrast nur die rote Sandpiste, auf der unser Bus daherhoppelt, auf besseren Streckenabschnitten beschleunigt, dann wieder abbremst, um im Schritttempo durch wassergefüllte Schlaglöcher und schwankend durch ausgewaschene Spurrillen zu fahren. Einzelne, ausgedehnte Abschnitte der Strecke bestehen nur aus Schlamm. Wir bleiben immer wieder darin stecken, dann müssen die Passagiere aus den ersten Reihen aussteigen und anschieben. Es ist wie in der Werbung für die Camel Trophy. Wir sehen ganz winzige Dörfer links und rechts an der Straße, Lehm oder Bambushütten, ganz selten auch mal Steingebäude. Die Schriften auf irgendwelchen Tafeln sind immer seltener in Englisch geschrieben. Die Landschaft lässt mich nur noch staunen. Aus dem dichten Grün stechen einzelne wunderschön blühende Pflanzen, richtige Blütenwunder, hervor, ebenso wie gigantische Bäume. Man sieht Affen, Ziegen und Hühner, jede Menge bunte Vögel. Ab und zu hält der Bus in einem dieser kleinen Dörfer, dann kommen einige der Bewohner mit Töpfen und Schalen auf dem Kopf an die Fenster, um zu verkaufen. Irgendwann bricht die Dämmerung herein. Wir fahren an einem winzigen E-Werk mitten im Dschungel vorbei, auch an einer Goldmine. Man sieht nur ganz selten Lichter an den Hängen der vereinzelt sich am verdunkelnden Himmel abzeichnenden Berge. Der

Regenwald wirkt jetzt schwarz gegen den abendlichen afrikanischen Himmel. Es fängt an zu regnen. Da das Glas im Fenster fehlt, werde ich auf meinem Sitz völlig durchnässt.

Als wir endlich in Wiawso ankommen, regnet es noch immer. Aber in dem Dorf herrscht jetzt, wo der Bus eingefahren ist, dennoch rege Geschäftigkeit. Wir nehmen unser Gepäck, welches auf dem Dach des Busses verstaut war und daher ebenfalls durchnässt ist, in Empfang. Dabei versuchen wir, einige aufdringliche Jugendliche zu ignorieren, die irgendwas von uns wollen, was wir aber nicht verstehen – und es fehlt uns die Ruhe, uns mit ihnen auseinanderzusetzen. Martin, ein Einheimischer, den wir im Bus kennengelernt haben, bringt uns unter ein Vordach und besorgt etwas zu Essen. Mit Appetit stürzen wir uns auf den großen Teller Reis mit Bohnen, verschiedenen Gemüsen und Sauce, den wir in einer winzigen Unterkunft angeboten bekommen. Die Stimmung ist einzigartig, großartig: in einem Dorf, mitten im tropischen Regenwald in Afrika hocken wir in einer Hütte von Fremden und schlingen auf die Schnelle ein Essen in uns rein, während draußen der Regen wie aus Eimern fällt und dennoch das ganze Dorf auf den Beinen ist. Es wird entladen, kleine Karren oder die Köpfe der Frauen balancieren Ladung und Gepäck, es wird begrüßt, geschrien und so weiter. Wir nehmen ein Taxi nach Anhwiam, welches uns Martin besorgt hat. Es fährt noch eine weitere Person mit, der ich jedoch nicht recht traue. Ich sage das den anderen, doch die winken ab. Auf dem Weg nach Anhwiam begegnen wir endlich den ersten Volu-Leuten. Erst jetzt fange ich an zu glauben, dass wir hier wirklich richtig sind. In Anhwiam gibt es keine Elektrizität, das wissen wir. Trotzdem sind wir erstaunt, wie dunkel das Dorf daliegt, als wir aus dem Taxi steigen. Niemand hat an diesem Abend mit unserer Ankunft gerechnet. Doch flugs werden die wichtigsten Leute zusammengetrommelt und wir erst einmal in Empfang genommen. Der Typ, dem ich nicht traue, verlangt 1.000 Cedi fürs Taxi – viel zu viel (ich hab`s ja geahnt!). Da das Workcamp noch nicht eingerichtet ist, übernachten wir in dieser Nacht in einer Hütte mitten im Dorf, die entweder in aller Eile für uns freigemacht wurde, oder die unbewohnt ist. Wir sind alle hundemüde. Ich schlafe in dieser ersten Nacht in einem kleinen Dorf im Regenwald Ghanas entspannt und unbekümmert durch bis zum Morgen.

Der erste Morgen in Anhwiam. Beim vorsichtigen Rundgang erscheint es mir wie die Dörfer, die wir vom Bus aus gesehen haben. Die Häuschen bestehen aus Lehm, Holz und Bambus, einige wenige sind gemauert. Überall laufen Hühner, Ziegen, Katzen, Hunde herum. Um die Siedlung herum liegt direkt der Regenwald. Unbeschreiblich, und schwer zu begreifen: ich bin nun wirklich und endlich in einer ganz anderen Welt, von der ich bislang nur geträumt habe, die ich mir aber noch nicht konkret vorstellen konnte. Es gibt natürlich keine Trinkwasserleitungen und kein Abwassersystem im Dorf. Man zeigt uns das Klo: Eine leider nicht so tiefe Grube, bedeckt mit Baumstämmen, auf denen man steht und versuchen muss, durch die Spalten zwischen den Stämmen hindurchzuscheißen. In der Grube bewegt sich alles: Ein amorphes Gebilde aus Würmern und Maden. Millionen!

Das Frühstück ist erstmal enttäuschend: Es gibt Porridge, einen Brei aus Maismehl und Wasser, dazu Brot. Es schmeckt im besten Fall neutral. Wenn das jetzt so weitergeht... Aber nachdem wir uns in den dafür vorgesehenen Kabinen mit kaltem Wasser (Regenwasser) aus dem bereitstehenden Eimer gewaschen haben, sieht die Welt gleich etwas besser aus. Wenn wir durch das Dorf laufen, werden wir bestaunt. Die Kinder laufen ein Stück hinterher, schreien „Hello" und winken, manche kommen und geben uns die Hand. Die Erwachsenen sind freundlich, aber zurückhaltend. CK-Man, Volu-Mitglied und unser Betreuer in den ersten Stunden, ist nett, hilfsbereit, dabei etwas unsicher. Die anderen Gesichter, die uns entweder gestern oder heute vorgestellt wurden, kann ich mir noch nicht merken.

Wir laufen nach Wiawso, um einzukaufen, zu essen und zu trinken. Der Aufenthalt dort baut uns auf: Nur circa 45 Minuten von unserer Unterkunft entfernt gibt es dort eine Bar, einen Markt und Sachen, die man essen kann. Der Weg über die Piste, über die wir gestern mit dem Taxi gekommen sind, ist wunderschön. Man hört nur die Geräusche aus dem Wald, sonst nichts. Ab und zu ein Auto und Menschen, die auf dieser Straße unterwegs sind. Sie grüßen uns und heißen uns willkommen. Wir hören es oft: „Welcome!". In der Bar in Wiawso hat sich Disco Dancer zu uns gesellt, ein Workcamper aus der Umgebung von Anhwiam. Auf dem Weg zurück holen wir den Camp Leader an seinem Haus ab. Er ist ein Mann, der gerne lacht. In seinem Haus in Lowcost hat er Fernseher, Kühlschrank und Ventilator: Eine gutsituierte Person also.

Als wir gegen 15:00 Uhr wieder im Dorf sind, heißt es umziehen: Aus der Hütte inmitten des Dorfes werden wir in die Secondary School am Dorfrand verfrachtet. Die Schule ist ein recht großzügig angelegtes Gebäude mit deutlichen Gebrauchsspuren und Zeugnissen mangelnder Möglichkeiten zum Erhalt der Bausubstanz, mit einer Zufahrt von der Piste nach Wiawso. Ich schlafe ab jetzt mit dem Camp Leader und einigen anderen Männern in einem leeren Raum der Secondary School, nur eiserne Doppelbettgestelle mit Holzlatten auf den unteren Rahmen stehen darin. Die Latten ersetzen die Matratze, in das Gestell kann ich mein Moskitonetz hängen. Somit habe ich mein Bett für die kommenden Wochen. Im Raum direkt neben uns Männern sind die Frauen untergebracht.

Das Abendessen ist lecker und stimmungsvoll. Als es dämmert, fängt es an zu regnen. Die Atmosphäre auf der Veranda im ersten Stock des Schulgebäudes ist jetzt so, wie es in Film mitunter dargestellt wird. Die Einheimischen singen, spielen auf Trommeln und anderen Rhythmusinstrumenten. Es ist dunkel, nur ein paar Petroleumlampen brennen und es regnet in Strömen. Wir lernen die ersten Volu-Lieder und einige Brocken Twi. Hier geht man sehr früh ins Bett und so liegen wir dann auch um 22:00 Uhr schon in der Falle. Mir geht es gesundheitlich ganz gut, ich befürchte dennoch, dass die Aufrechterhaltung grundlegender Hygienestandards sicher schwierig werden wird. Das Klima ist heiß und feucht, die Sonne steht zur Mittagszeit im Zenit, man kann sich dann nur im Schatten aufhalten. Man schwitzt bei jeder kleinen Anstrengung, auch wenn die Sonne nicht brennt.

An die etwas umständliche morgendliche Toilette muss ich mich erst noch gewöhnen, es geht aber. Zum Frühstück gibt es meist entweder Porridge oder Reisbrei, der zu meiner Überraschung relativ gut schmeckt. Nach dieser Stärkung gehen wir auf die Farm zum Arbeiten. Dazu müssen wir circa eine Stunde laufen. Manchmal haben wir Glück und werden unterwegs von einem vorbeifahrenden Pick-up auf der Ladefläche mitgenommen. Auf dem Weg zum Arbeitseinsatz sieht man viele Menschen auf der Straße. Alle grüßen und rufen „Welcome", wenn sie uns inmitten der ghanaischen Workcamper erkennen. Es ist ein tolles Gefühl. An der Farm angekommen können wir sie zunächst gar nicht erkennen: Es gibt keine Zäune, Gräben oder ähnliche Abgrenzungen. Am ersten Arbeitstag werden wir in unsere Arbeit eingeführt. Im Wesentlichen geht es darum, wie wir die auf der für uns noch nicht als solche erkennbaren Plantage die Palmen, die zur Gewinnung von Palmöl und Palmwein genutzt werden, freilegen. Danach geht der Camp Leader noch ein Stück weiter mit uns in den Busch. Bis zu der Stelle, wo wir ab jetzt arbeiten sollen. Er erklärt uns die Pflanzen, die neben den Palmen hier angebaut werden und daher stehen bleiben sollen: Cassava, Pfeffer (rot und grün), Papaya, Plantaines, Kukuja. Alles andere sollen wir mit unseren Macheten „niedermachen". Wir roden den Vormittag durch, danach sammeln wir Holz, zusammen mit Disco Dancer und Smart Killer – die Camp-Namen, die sich die Volunteers selber geben dürfen, sagen so einiges über die Personen aus! Das gesammelte Holz wird dann auf alle verteilt und gemeinsam zurück ins Dorf getragen.

Im Camp bekommen nun auch wir Europäer unsere Camp-Namen. So heiße ich ab jetzt Kwabena, das bedeutet „der Mann, der an einem Dienstag geboren ist". Der Camp Leader wird Suman Guru genannt. Andere Namen sind Fire, Captain, Sibrikin und Happy. Gegen Abend dann ein Höhepunkt: Wir werden nacheinander dem Assembly Man, dem Patron und dem Chief des Dorfes vorgestellt. Der Assembly Man ist der gewählte Vertreter der Area, einem Gebiet, das sechs kleine Dörfer umfasst. Er ist der ältere Bruder von Fire. Wir werden herzlich begrüßt, eine Ledergarnitur wird aus einer Hütte herausgeholt und draußen aufgebaut. Dort nehmen wir Platz (ich trage Shorts und muss mit den nackten Beinen aufpassen, denn das Leder ist nach kürzester Zeit knallheiß). Während wir uns vorstellen, müssen wir aufstehen. Der Assembly Man erzählt von seinen politischen Aufgaben und Möglichkeiten und erläutert grob das politische System von Ghana. Auf meine Frage hin sagt er, dass die Belange der ländlichen Bevölkerung noch nie so viel Berücksichtigung gefunden hätten wie heute. Die politische Macht der lokalen Ebene sei noch nie so groß gewesen. Der Assembly Man begleitet uns zum Chief des Dorfes. Unterwegs begegnen wir dem Patron, einem von der Regierung für diesen Posten bestimmter alter, grauer Mann. Er ist sehr nett, muss sich aber entschuldigen, da er gerade irgendwohin reisen will. Wir gehen weiter bis zum Palast (O-Ton Fire) des Chiefs. Dieser empfängt uns auf seiner Veranda auf einem kleinen Thron sitzend, zunächst ohne eine Miene zu verziehen. Wir gehen alle der Reihe nach an ihm vorbei und geben ihm mit einer kleinen Verbeugung die Hand. Dann setzen wir uns. Daraufhin geht nun der Chief der Reihe nach auf uns zu und gibt uns die Hand. Dann setzt er sich wieder und lässt den Assembly Man für sich reden. Der erklärt uns, wir würden jetzt nach traditioneller Art und Weise willkommen geheißen. Daraufhin nimmt der Chief eine Flasche mit Schnaps und gießt einige Tropfen davon auf den Boden, dorthin, wo das Erdreich zwischen den Steinen hervorkommt, und murmelt etwas wie ein Gebet für uns. Dann müssen wir alle einen Schluck vom Schnaps aus einem kleinen Gläschen trinken. Das alles soll eine Waschung (libation) symbolisieren.

Schon bald steht unser erster Waschtag an. Nachdem es uns gelungen ist, einige der ghanaischen Camper dazu zu überreden, uns Wasser zum Waschen auf dem Feuer zu erhitzen – sie können nicht verstehen, warum man heißes Wasser zum Waschen braucht – arbeiten wir an unserer Wäsche, bekommen sie aber trotz aller Mühen nicht sauber. Wie schaffen es die Leute hier, immer so adrett auszusehen? Sie tragen oft weiße Kleidungsstücke – in der Kirche, in der Schule – und immer strahlen diese. Bei uns legt sich nach maximal einer Stunde ein rötlicher Schleier über das Weiß (und auch über alle Farben). Dieses Rot ist an Kragen, Ärmeln und sonstigen exponierten Stellen unserer Kleidung nicht herauszubekommen. Der Abend verläuft ruhig, abgesehen von den lauten Gesängen erstens von den betrunkenen Dörflern, zweitens von den neu angekommenen Campern und drittens auch von uns: Wir mussten ein weiteres Volu-Lied lernen. Die Nächte in meinem Bett werden etwas unruhiger, da Fire unwahrscheinlich laut schnarcht. Und je mehr Männer in dem Raum untergebracht sind, desto mehr Rein und Raus gibt es in der Nacht. Die Luft ist stickig, da die ghanaischen Camper nachts alle Fenster schließen. Dazu kommt der Gestank des Palmweins, der bereits an sich stinkt, aber schlimmer noch ist der Duft, den die Leute ausströmen, wenn sie ihn getrunken haben.

Am Sonntag stehen wir gegen 7:00 Uhr auf, damit wir um 9:00 Uhr in der Kirche in Wiawso sind. Das Frühstück nehmen wir zum ersten Mal in der Küche ein und der Porridge schmeckt heute in warmen Zustand sogar ganz annehmbar. Danach ziehe ich mich für die Kirche um: saubere Hose, sauberes Hemd. In der katholischen Kirche findet heute keine Messe statt, da die Leute aus der Gemeinde alle dabei sind, einige Gebäude zu bauen. Wir gehen also in die anglikanische Kirche. Die Messe, die dort zelebriert wird, unterscheidet sich erheblich von den katholischen Gottesdiensten. Das Kirchengebäude an sich wirkt ärmlich und verkommen, allerdings liegt es wunderbar auf einem Berg, sodass man durch die großen offenen Fenster weit über den Regenwald sehen kann. Der Himmel über dem dampfenden Dunkelgrün ist bedeckt. Wir werden von einigen Gemeindemitgliedern in Roben an der Tür empfangen. Man ist sehr freundlich zu uns. Es wird viel gesungen, die Gesänge klingen fantastisch, die Texte sind in Englisch. Ein Frauenchor in Uniformen mit Doktorhüten sitzt quer vor dem Altar, der auf einer Bühne aufgebaut ist. Die Männer tragen zum großen Teil traditionelle Kleidung. Als der Priester seine Predigt beginnt, begrüßt er uns und verkündet, dass er aufgrund unserer Anwesenheit zum ersten Mal seit drei Jahren wieder eine Kanzelrede in Englisch hält.

Während dieser Predigt rennt er pausenlos auf der Bühne herum und spricht die Gemeinde insgesamt oder einzelne Gruppen oder Personen an. Uns fragt er, woher wir kommen, ob wir von Volu seien, und so weiter. Es wird sehr viel gesungen und bei den Gesängen, die zum Rhythmus von verschiedenen Percussions gesungen werden, wird getanzt. Dabei tanzen alle in den Gängen und auf einem freien Platz in der Mitte des Kirchenraumes um einen Topf herum, in den man Geld wirft. Beim Tanz am Schluss der Messe wird es sehr laut und es ist eine großartige Stimmung in der Kirche. Als wir gehen, müssen wir uns von allen verabschieden. In Wiawso kaufen wir noch Brot und Eier und trinken in einer Bar ein oder zwei Bierchen – wie bei einem Frühschoppen in Westfalen. Auf dem Rückweg entdecken wir Martin vor seinem Haus. Er verspricht uns, am Nachmittag vorbeizukommen. Auch Fire treffen wir. Er war einen Freund in einem gut 23 Kilometer entfernten Dorf besuchen. Als wir im Camp ankommen, sind auch zwei Niederländerinnen, die wir aus dem Volu-Office in Accra kennen, dort und haben bereits Camp Namen bekommen: Dede und Abena. Wir essen zu Mittag in der Küche Reis mit Bohnen und Stew und probieren eine gegrillte Plantaine, die uns Fire anbietet.

Zum Abendessen gibt zum ersten Mal Fufu, einen festen Brei aus Maniok oder Yams und Kochbananen, der als Beilage zu Cassava, Plantaines und Stew gereicht wird. Sehr lecker! Mein Appetit entwickelt sich langsam und ich beginne, immer größere Portionen zu vertilgen. Der Abend wird damit verbracht, Volu-Songs zu singen. Zunächst singen wir nur, was schon toll ist, dann begleiten uns einige Dorfbewohner mit ihren Percussions und langsam entwickelt sich eine Dance Session. Auch wir Europäer müssen mittanzen. Das wirkt wohl ziemlich hölzern gegenüber den Ghanaern, die ihre Körper unheimlich gut zu den Rhythmen bewegen. Schon die kleinsten Kinder können tanzen, dass man stundenlang zuschauen könnte. Als wir in den Betten liegen beginnt es zu regnen, ich schreibe noch einen Brief an meinen Freund Achim. Obwohl der Schlafraum heute ruhig (Fire ist bis Mittwoch als Lehrer eingebunden) und gut temperiert ist, ich sogar Zeit finde, vor dem Einschlafen etwas Musik auf dem Walkman zu hören, kann ich lange Zeit nicht einschlafen. Ich fühle ein eigenartiges Drücken im Bauch, keinen Schmerz, aber es lässt mich nicht schlafen.

Heute stehe ich wieder um 7:00 Uhr auf, was an einem Arbeitstag jedoch viel zu spät ist, denn gerade klingelt Suman Guru uns zum Frühstück. Nachdem ich schnell meinen Porridge geschlürft habe, bleibt gerade noch Zeit, mich kurz zu waschen, dann marschieren wir auch schon los zur Farm. Um 8:30 Uhr kommen wir dort an und beginnen mit der Arbeit. Diesmal bearbeiten wir ein ganz anderes Stück Land, wir können alles außer den Palmen abhauen. Das macht Spaß, ist aber sehr anstrengend und noch schneller als sonst sind wir alle durchgeschwitzt. Auf dem Rückweg nehmen wir wieder Feuerholz mit und sind am frühen Nachmittag zurück im Camp. Ich bin heute dran mit dem Logbuch – in solches wird in jedem Workcamp abwechselnd von den Campern geführt. Zum Mittagessen gibt es Gari, ebenfalls eine Speise aus Maniok. Um Gari herzustellen, werden die geschälten und geriebenen Knollen zur Fermentation in Säcke gepackt und einige Tagen getrocknet. Dabei entsteht ein helles Pulver, das mit heißem Wasser zu einem Brei angerührt wird.

Nach dem Essen laufen Tina, Julia und ich nach Wiawso, um etwas für die Feier von Ruths 23. Geburtstag zu besorgen. Wir suchen nach Schokolade, es gibt aber im ganzen Ort keine zu kaufen. Es gibt heute, da kein Markttag ist, überhaupt nur ganz wenige Dinge – nicht mal Bananen. Wir stellen fest, dass man selbst von Wiawso aus nicht telefonieren oder telegrafieren kann. Für die Geburtstagsparty kaufen wir Kekse, Kwensch (!) , etwas frittiertes Brot (riecht wie Berliner Ballen, schmeckt aber nur ganz entfernt so), 23 Bonbons und pflücken Blumen. Als wir Martin vor seinem Haus sehen, folgen wir seiner Einladung und trinken bei ihm Wasser (nicht desinfiziert, wir werden nachlässig – oder entspannt, je nach Perspektive und Stimmung). Zurück im Camp feiern alle Ruths Geburtstag. Sie hat Local Gin besorgt und auch Suman Guru stiftet eine Flasche. Es wird getrunken, gesungen, getrommelt und getanzt, was das Zeug hält. Disco Dancer lässt sich von uns mit Medikamenten behandeln, da er angeblich Bauchschmerzen hat. Drei Minuten später ist er wieder voll dabei. Wie immer ist aber schon sehr früh Schluss. In dieser Nacht schlafe ich wieder gut.

Julia scheint Heimweh zu haben, Ruth verhält sich seit zwei Tagen schon etwas merkwürdig, aber ich glaube, dass es bei beiden nichts Ernstes ist. Meine eigene Stimmung ist über längere Zeit gesehen ganz gut, aber es gibt einen ständigen Wechsel von Hochs und Tiefs. Für die Hochs, die im Großen und Ganzen überwiegen, ist das Bewusstsein verantwortlich, hier in Afrika, in Ghana, in den Tropen, im Regenwald, abgeschnitten von vielen für uns selbstverständlichen Errungenschaften der Zivilisation zu sein. Dazu die Begegnungen mit den Menschen, das Leben in dieser ungewohnten, aber faszinierenden Landschaft, die mich immer wieder staunen lassen. Auch die Vorfreude auf das unabhängige Reisen in diesem Land baut mich auf, die

Neugier und Freude auf all das, was ich noch sehen möchte und erleben will. Die Tiefs werden durch Sorgen verursacht, die meine Gesundheit betreffen, zurzeit besonders bei der Arbeit. Beim Herumhantieren mit den Macheten kann schnell mal was passieren. Solange genug Wasser (also Regenwasser) da ist, kann ich meine Hygienevorstellung einigermaßen aufrechterhalten, da sehe ich nun kein Problem mehr. Die Ernährung dürfte auch keine Schwierigkeiten machen, ich habe so ziemlich alle Ghanaian Dishes probiert und bisher keine Probleme gehabt (toi toi, toi). Auch sehe ich die Gefahr einer Malaria nicht mehr so groß, ich habe kaum Mückenstiche. Mein Dschungelöl habe ich bisher kaum benutzt.

Am folgenden Morgen gelingt es mir, etwas früher aufzustehen, was mich aber auch nicht weiterbringt, da heute schon früher gefrühstückt wird. Es gibt Reiswasser, was ich dem Porridge vorziehe. Der Arbeitstag verläuft wie gestern auch, die Arbeit ist hart, dafür arbeitet man nicht so lang. Zu Mittag gibt es Banku – das ist ein Kloß, der aus einer Mischung aus Mais- und Maniokmehl hergestellt wird. Ein Bankukloß wird als Beilage zu soßigen Gerichten wie Stews und Eintöpfen serviert. Heute gibt es dazu eine Sauce aus Kukujablättern, was ganz gut schmeckt (oder lag es nur an meinem Riesenhunger?). Ich genieße die Landschaft und die Leute hier umso mehr, je mehr Ruhe ich finde. Die Ghanaer im Camp und im Dorf sind unwahrscheinlich offen, nett, freundlich, aber manchmal ist man von der eigenen Exponiertheit überfordert. Nie ist man allein, immer muss man Fragen beantworten, wird verfolgt und manchmal sogar angefasst. Damit kann ich nicht immer gelassen umgehen. Wenn es einem ohnehin nicht gut geht, sei es körperlich oder mental, dann kann das schnell nerven. Manchmal fehlt mir ein Rückzugsraum, ein Ort, an dem ich unbeobachtet bin. In solchen Momenten empfinde ich die Menschen nicht mehr als interessiert und neugierig, sondern als aufdringlich und unhöflich. Und mir fällt auf, dass ich mit den meisten der ghanaischen Bekannten aus dem Camp und aus dem Dorf sehr gut auskomme, aber mir einige wenige so gar nicht liegen. Aber was erwarte ich auch? Ich muss überall mit Leuten zurechtkommen, die mir nicht unbedingt sympathisch sind, die mir vielleicht nicht einmal wohlgesonnen sind. Wieso denke ich, dass das hier in diesem speziellen Kontext anders sein sollte? Ich will ja sehen, wie der Alltag hier ist, wie die Menschen hier sind – und genau das erlebe ich.

Nach einem anstrengenden Ein-Stunden-Marsch unter Afrikas Sonne den Berg hinauf nach Wiawso (mit Walkman, den ich aber nur aufsetzte, wenn es keiner sieht) fühle ich mich großartig und alles ist okay. In meiner Lieblingsbar trinke ich kühles Bier, das baut mich schnell wieder auf. Viele Leute grüßen mich, einige kenne ich bereits. Ich reagiere zunehmend routiniert, finde mich damit ab, auch damit, dass die Kinder ständig hinter mir herlaufen. Wenn ich zurück im Camp bin, bin ich bester Stimmung.

Eines Tages nehme ich meinen Fotoapparat mit zur Farm und am Nachmittag gehen Julia und ich ins Dorf, um zu fotografieren. Das ist ein Erlebnis besonderer Art: Sofort rennen die Kinder in Scharen hinter uns her und wollen fotografiert werden, auch einige Erwachsene fordern uns auf, ein Bild von Ihnen zu machen. Eine alte Frau schleift uns durch das halbe Dorf hinter sich her, verschwindet dann in einer Hütte und kommt mit einem neugeborenen Baby, es ist noch ganz rosig, wieder heraus. Mein erster Film ist voll. Ich muss mit den mitgebrachten Filmrollen sparsam umgehen, denn ich habe noch nicht gesehen, wo ich welche hier in Ghana nachkaufen könnte, außer in Kumasi und Accra. Nach der Fotosession machen sich die meisten Camper auf den Weg in die Klinik in Wiawso, wo Smart (eine der Frauen des Camps) wegen einer Malaria behandelt wird. Unterwegs sehen wir den Beerdigungsumzug für ein Mädchen, das vom Pflanzenvernichtungsmittel DDT getrunken hat. Die Menschen schreien und rufen. Jemand trägt den Sargdeckel, einige Meter dahinter der offene Sarg, mit Matten aus Bast ausgelegt, von mehreren Leuten getragen. Wenn ich mit der Malariaprophylaxe mit der Zeit nachlässig geworden bin, so hat der Besuch im Hospital dazu beigetragen, wieder etwas disziplinierter zu sein. Auch bei Action vermuten wir Malaria – diese Gegend ist wohl doch gefährlicher, als wir nach den ersten Tagen ohne nennenswerte Mückenstiche geglaubt haben. Erneut des hohen Malariarisikos bewusst, richte ich mein Moskitonetz sehr sorgfältig und messe mal die Temperatur, da mir heiß ist. Aber sie ist nicht erhöht. Der Raum ist wohl so warm, weil es jetzt schon zwei Tage nicht mehr geregnet hat. Der Regenwassertank ist daher fast leer! Wir haben Panik vor dem drohenden Wassermangel, denn das Flusswasser ist für uns, wenn überhaupt, nur nach vorhergegangenen Filtern, Abkochen und gegebenenfalls zusätzlichem Desinfizieren genießbar.

Eine Routine stellt sich ein: Frühstück, Morgentoilette, Abmarsch zur Farm („Weeding with our cutlasses"). Nach dem Arbeitseinsatz unternehmen wir manchmal noch gemeinsam etwas. An einem Tag gehen wir von der Farm aus zu einer Gin Destillerie. Aus Palmwein oder aus Raifa wird dort der Local Gin destilliert. Mir liegt der Palmwein ja nicht unbedingt, den Raifa-Wein kann ich nicht ausstehen: Er stinkt noch penetranter. Mit dem Gin komme ich einigermaßen klar. Wir bekommen einen Snack (Eier, Cassava und Stew), wir trinken Raifa und Gin in Mengen, singen und tanzen. Die Destillerie liegt in einem winzigen Dorf, in dem nur fünf Familien leben. Auf dem Rückweg werden wir von einem Traktor mit Anhänger, der eigentlich schon rammelvoll ist, mitgenommen. Darüber bin ich echt froh, denn von der Destillerie bis zum Camp läuft man gute zwei Stunden. Und das wäre nach dem Arbeiten in der Mittagshitze und mit dem durch Wein und Gin angefeuerten Riesenhunger eine echte Strapaze geworden. Im Camp dann die große Panik: kein Regenwasser mehr da. Seit mehr als drei Tagen hat es keinen Tropfen geregnet, es ist unwahrscheinlich heiß in der Sonne und nun ist kein Wasser mehr im Regenwasserspeicher! Ich bin gespannt, wie es nun werden wird.

Eines Nachmittags fragt Tina mich, ob ich mit ihr am nächsten Tag nach Kumasi fahre. Sie muss dringend wegen eines Studienplatzes in München anrufen. Nach dem Abendessen ist alles klar: CK, den wir um Erlaubnis fragen müssen, gibt grünes Licht. In dieser Nacht müssen wir um ein Uhr morgens (!) aufstehen und nach Wiawso laufen. CK und ein weiterer Local Camper werden uns zur Busstation bringen, wo der Bus nach Kumasi zwischen drei und vier Uhr morgens abfährt. Alleine zu gehen, wäre zu gefährlich, sagen sie. Nicht einmal die Einheimischen würden nachts alleine außerhalb der Dörfer über die Straßen gehen. Ich freue mich total auf Kumasi.

2 Kumasi

Um ein Uhr nachts stehen CK, Disco Dancer, Ello, Tina und ich auf und machen uns recht rasch reisefertig. Es ist kalt, aber Tina und ich tragen nur die Kleidung, die wir auch in der Tageshitze in Kumasi tragen wollen. Mit Taschenlampen bewaffnet gehen wir los. Es ist bemerkenswert, wie genau Ello den Weg und das Dickicht links und rechts davon ableuchtet. Er bemerkt jede Bewegung, jede Unregelmäßigkeit. Viele unbekannte Geräusche sind zu hören, es ist eigentlich sogar laut. Um 2:15 Uhr erreichen wir Wiawso, wo schon fünf oder sechs Leute an der Busstation ausharren. Eine ganz eigenartige Stimmung herrscht hier. Der Bus soll zwischen drei und vier Uhr kommen. Wir warten, dösen. Unsere einheimischen Begleiter schlafen teilweise. Von ihnen kommt kein Wort, das darauf schließen ließe, dass sie ungeduldig sind. Tina und ich frieren, aber sind beide gespannt auf den Tag, reden schon von einem Frühstück mit Kaffee und Ei und Brot. Der erste Bus kommt um 4:30 Uhr. Er ist bereits bei der Ankunft ziemlich voll, was die inzwischen auf circa 40 Personen angewachsene Menge wartender Menschen aufbringt, denn damit hatten die meisten (dazu zählen anscheinend auch unsere Begleiter), wohl nicht gerechnet – und jetzt wird deutlich, dass nicht alle mit dem Bus mitfahren können. Es wird gedrückt, geschrien, getreten, ein wahnsinniges Gedränge. Tina und ich geben völlig überrascht und geschockt auf. Disco Dancer erklärt uns, dass gleich ein zweiter Bus kommen muss, der dann zwei Stunden später in Kumasi sein wird. So ist es dann auch. Dieser Bus ist sogar leer und sammelt erst unterwegs in einigen kleinen Ortschaften weitere Passagiere ein. Ohne Stoßdämpfer jagt er munter über die Piste, an Schlafen ist gar nicht zu denken. Wir halten uns mit dem Gedanken an das Frühstück bei Laune. An den Stationen kaufen wir mal süßes Gebäck, mal Eier. Aber wir wollen uns ja hauptsächlich in Kumasi die Bäuche vollschlagen. Um 11:20 Uhr kommen wir dort an, werden auf dem bevölkerten Busbahnhof sofort von unserem Busfahrer von der ersten Fahrt nach Anhwiam erkannt und begrüßt. Er besorgt uns ein Taxi zum Post and Telecommunication Office.

Tina ruft zu Hause an, ich kaufe inzwischen Schreibpapier, Air Mail Umschläge, 20 Schokoladen, Briefmarken, jede Menge Bananen. In der Cafeteria des Postgebäudes trinken wir Kaffee. Herrlich! Dazu essen wir eine Schokolade. Das tut gut. Wir überlegen uns, dass Tina für ihren Anruf lässige neun Stunden gereist ist, quer durch den tropischen Regenwald. Und es gab keine wichtigen Neuigkeiten! Um 14:00 Uhr müssen wir schon wieder am Busbahnhof sein. In einem Supermarkt kaufen wir Pflaster und Wattestäbchen (Luxus!). Entspannt laufen wir durch die Stadt, die mir immer besser gefällt. Jetzt wollen wir etwas essen, vor allem muss ich dringend auf die Toilette. Im Viertel der Stoffverkäufer und Schneider fragt Tina nach einem Restaurant. Ein junger Mann führt uns ein paar Straßen weiter in einen Hinterhof, dann eine Treppe hoch in einen Flur, der mit seinen roten Lichtern und den schweren Türen aus dunklem Holz sowie den Frauen davor eher an ein Bordell erinnert. Wir müssen, bevor wir durch eine der Türen gehen dürfen, 350 Cedi bezahlen und sollen dafür im Restaurant eine Speise bekommen. Angesichts der Aussicht auf Zugang zu den Toiletten lasse ich mich darauf ein, sicher ist ein bisschen Neugierde im Spiel. In dem Raum, in den wir geführt werden, essen gut angezogene Ghanaer und eine Weiße, die ich im Immigration Office in Accra gesehen habe. Sie grüßt. Es ist dunkel, rote Vorhänge sind vor den Fenstern, große Ventilatoren drehen sich langsam an der Decke. Hinter der massiven Theke drängeln sich reichlich viele weibliche Angestellte. Die übersichtliche Speisekarte bietet die Auswahl zwischen Reis und Fufu, wobei mir die Wahl nicht schwerfällt. Dazu ein Bier für mich! Das Essen schmeckt prima, allerdings ist an dem Stück Huhn, das auf dem Reis mit Stew liegt, fast nichts genießbar. Wir haben einen Mordsspaß und angesichts unserer siffigen Kleidung und Tinas lauter Lache in der sonst sehr gedämpften Atmosphäre rechnen wir schon mit einem Rausschmiss. Aber dazu kommt es nicht. Nachdem zu der Seife, die schon die ganze Zeit auf dem Tisch steht, eine Schüssel Wasser gestellt wird, zahlen wir und gehen. Wir kaufen noch einen Trichter für den Wasserfilter und marschieren dann zum Bus.

Der ist bereits fast voll und wir müssen genau in der Mitte sitzen. Die Rückenlehne des Sitzes vor mir ist defekt, sodass mir die Beine eingeklemmt werden, als sich jemand auf diesen Platz setzt. Aber wir sind ja schon Profis im Reisen in Afrika und nehmen das gelassen hin. Nach nur einer Stunde geht es um 15:00 Uhr auch schon los. Es ist wieder wahnsinnig eng und ständig tut mir ein Bein weh. Aber es geht. Gegen 19:00 Uhr fängt es stark an zu regnen, dabei gewittert es. Das ist schon ein Erlebnis: Der Regen hat die Piste in ein einziges Schlammloch verwandelt, der Bus muss im Schritttempo ganze Wasserläufe überqueren. Dabei explodieren immer wieder gigantische Blitze und lassen die eindrucksvolle Silhouette des Regenwalds vor dem erleuchteten Himmel erscheinen. Nach einiger Zeit sind alle Fenster geschlossen und Minuten später ist der ganze Bus von innen beschlagen. Die Luft ist zum Schneiden, wir bekommen Panik und schwitzen wie wild. Erst nach 20 Uhr kommen wir endlich in Wiawso an, und wie beim ersten Mal regnet es in Strömen. Wir stellen uns in den Regen, lachen, sind auf einmal tierisch ausgelassen. Schnurstracks steuern wir das Mother's Inn an, das ist der Name meiner Lieblingsbar, wie ich mittlerweile herausgefunden habe. Dort begrüßt uns zu unserer Überraschung Philipp. Bei ein paar Bier lassen wir den Tag Revue passieren: Wir haben circa zwanzig Stunden hinter uns, davon siebzehn Stunden Warten und Busfahren und drei Stunden Aufenthalt in Kumasi, wo wir dann angerufen, etwas eingekauft, gegessen und getrunken haben. Aber es war toll. Jetzt fällt in Wiawso das Licht aus. Es ist stockduster und draußen regnet es weiter. Wir fragen Philipp, ob er uns ein Taxi besorgen kann. Welch eine Frage, natürlich kann er. Wir müssen nur warten. Als wir schon ungeduldig werden, kommt endlich Philips Bruder mit einem Lastwagen und bringt uns zur Secondary School. Dort erwarten uns einige Camper und Dorfbewohner, die sich, angelockt von dem sich nähernden Wagen, wie die Orgelpfeifen auf der überdachten Treppe zur Schule aufgestellt haben und uns lautstark begrüßen. Tina und ich berichten noch kurz von unserem Tag. Dann lege ich mich hin und schlafe sofort ein.

An dem Tag, an dem ich als „Orderly" zum Küchendienst eingeteilt bin, stehe ich schon um kurz nach sechs auf. Eigentlich wird von den Volunteers, die Orderly-Dienst haben, der Schichtbeginn um 5:30 Uhr erwartet. Als ich in die Küche komme, ist das Frühstück fast fertig. Es sind am Vortag noch fünf Deutsche und eine Schweizerin angekommen, die aber in das Camp nach Amafie weiterreisen wollen. Suman Guru teilt mir mit, dass ich heute mit ihm und einigen anderen Arbeitern nach Wiawso kommen soll, wo wir in einer Fabrik eingesetzt werden, wo sie die auf den Volu-Farmen geernteten Palmfrüchte zu Palmöl und Palmkernöl weiterverarbeiten. Dort bekämen wir von Santana einen Lunch, sodass im Camp erst zum Supper wieder ein Orderly gebraucht werde.

Der Hinweg schleppt sich, wir kommen erst gegen 9:15 Uhr an der Fabrik an und werden in die Arbeit eingewiesen: Eine Fläche von circa zwölf Quadratmetern soll betoniert werden. Als wir damit fertig sind, zeigt uns Santana, wie die Maschinen in der Fabrik funktionieren. Was man sich unter dieser Fabrik vorstellen muss, ist ein Wellblechdach auf Pfeilern, unter dem drei Maschinen und mehrere große Metallbehälter stehen. Nach der Arbeit bleiben einige der Arbeiter noch in Wiawso, denn dort findet eine Beerdigungsfeier statt. Die anderen gehen zurück nach Anhwiam. Im Camp angekommen, sind wir völlig durchgeschwitzt, wie fast immer in den letzten Tagen. Heute ist es besonders schlimm, denn nach dem Regen ist die Luftfeuchtigkeit extrem hoch und die Sonne scheint unerbittlich, es ist also sehr heiß und schwül.

Nachdem ich mich umgezogen und gewaschen habe, gehe ich zu Thick Mama in die Küche und helfe beim Kochen. Das ist interessant und ich finde es angenehm, in der Küche zu sitzen, die Gerüche einzuatmen und zu beobachten, wie die Küchencrew, dirigiert von Thick Mama, stets geschäftig, aber nie hektisch die anfallenden Arbeiten erledigt: Das Feuer schüren, Töpfe mit Sand auswaschen, den Lehmboden mit Reisigbesen fegen, dabei die Hühner verscheuchen und bei all dem die Kinder um sich herum haben. Thick Mama ist absolut klasse. Ich lerne ein Spiel namens Owari. Nach dem Abendessen spüle ich, natürlich nicht allein: Einige Kinder helfen mir, ob ich will oder nicht. Der Sonnenuntergang ist mal wieder sehenswert. Zwischen 18:00 und 19:00 Uhr ist die Gegend in ein einmaliges Licht getaucht. Dort, wo die Sonne untergeht, ist der Himmel tiefrot und die unterschiedlichen Wolkengebilde nehmen alle ihr eigenes, spezielles Rot an. Mittlerweile fühle ich mich sehr wohl hier in Anhwiam und im Camp. Die letzten Tage gingen so schnell vorbei. Jetzt freue ich mich darauf, im Bett zu legen und etwas Musik zu hören, nachzudenken und zu träumen.

An einem freien Sonntag gehe ich allein nach Wiawso in die katholische Kirche. Ich komme dort schwitzend und geschlaucht um 9:00 Uhr an. Die Messe beginnt um 9:30 Uhr. Erst um 12:00 Uhr ist sie beendet. Der Unterschied zum anglikanischen Gottesdienst ist beträchtlich. Es wird in Twi gesprochen und gesungen, es wird nicht getanzt, die Lieder sind ganz anderer Art, eher wie bei uns in Westfalen. Die Kollekte wird ähnlich wie bei den Anglikanern zele-briert – das gleiche Lied, nur keine Trommeln und kein Tanz. Während der Messe steht der Priester in einer Kanzel oder sitzt hinter dem Altar. Er rennt nicht so herum wie sein anglikanischer Kollege. Die Katholiken tragen bunte Kleider, verschiedene Umhänge und Tücher. Die meisten Männer sind mit dicken goldenen Ketten behängt. Nach dem Kirchgang trinke ich im Mother's Inn ein Bier, kaufe mir zwei Zeitungen und höre der Musik zu, die mal wieder von einer Beerdigungsfeier kommt. Auf dem Rück-weg nimmt mich ein Laster im Fahrerhaus mit, sodass ich pünktlich zum Lunch im Camp bin. Nach dem Mittagessen kann ich gerade noch mit einem Brief an Henrieke begin-nen, da muss ich auch schon los, mich mit den anderen männlichen Volu-Campern auf das Fußballmatch gegen die Lowcost Youngstars vorbereiten.

Das Spiel findet auf einem total holprigen, zu einem Teil mit überknöchelhohem Gras bewachsenen, zum anderen Teil mit feinem Sand bedeckten Platz statt, der außer den zwei Toren aus Bambusstangen über keine nennenswerten Markierungen verfügt. Zum Match versammelt sich das gesamte Dorf. Es herrscht Volksfeststimmung. Man singt, trommelt, tanzt und trinkt Local Gin. Ich bin der einzige Weiße und sicher der schlechteste Spieler auf dem Platz. Die Stimmung erreicht einen ersten Höhepunkt, als Volu eins zu null in Führung geht. Nach 45 Minuten lasse ich mich völlig fertig auswechseln. Wir verlieren eins zu drei. Das tut der guten Stimmung aber keinen Abbruch. Thick Mama hat sich fein gemacht und sieht mit ihrer irren Frisur und den bunten Tüchern einfach beeindruckend aus. Natürlich stoße ich unzählige Male mit dem Local Gin an, den es für alle Spieler zur Belohnung gibt. Danach muss ich mich beeilen, aufs Klo zu kommen, denn ich habe Durchfall. Aber es bleibt zum Glück bei diesem einen Mal.

Nach dem Supper gehen wir alle in eine Video-Show in Wiawso. Wir laden die Camper dazu ein (50 Cedi Eintritt pro Person). Den Ort der Veranstaltung muss man einfach gesehen haben – die Filme, die dort gezeigt werden, nicht. Ein Videorecorder steht in einem Hinterhof, davor sitzen circa 50 Leute entweder auf Bänken, auf dem Boden, auf Treppen oder lehnen an der Wand. Sie alle amüsieren sich köstlich über den Vorfilm, einen chinesischen Kriegsfilm billigster Machart, und den Hauptfilm, eine italienische Bibel-Geschichtsschnulze. Während der Vorführung will ich kurz bei Mother's ein Bier trinken und treffe dort Julia. Wir kaufen noch Brot und Erdnüsse und sehen uns den

Film zu Ende an. Um 23:15 Uhr sind wir wieder im Camp, ich falle sehr müde ins Bett und schlafe, nachdem ich zunächst wegen der Hitze Schwierigkeiten beim Einschlafen habe, fast bis 7:15 Uhr.

Morgens komme ich nur schwer in Gang. Und mit der Zeit verdrängt eine gewisse Routine in den Tagesabläufen die Spannung und Neugier, die in den ersten Tagen und Wochen für den Antrieb auch frühmorgens gesorgt haben. Eines Morgens stehe ich viel zu spät auf, nämlich als Suman Guru schon mit der Glocke im Zimmer bimmelt und „Breakfast is ready" ruft. Dann das Beste: es fängt an, in Strömen zu regnen. Der Abmarsch zur Farm wird verzögert, als es um 9:15 Uhr immer noch nicht aufgehört hat zu regnen, wird der Tag für arbeitsfrei erklärt! Großer Jubel! Ich setzte mich an meinem Lieblingsplatz auf der Veranda an einen kleinen Tisch und schreibe Briefe an Henrieke und meine Mitbewohner im Studentenwohnheim in Dortmund. Es ist herrlich: Angenehme Temperaturen, der Regen prasselt auf die Bäume und auf den nicht überdachten Teil der Veranda. Alles ist so friedlich. Von überall her zirpt, zwitschert oder brummt es. Es gibt wunderschöne Vögel hier. Ein Paradiesvogelpärchen balzt laut zwitschernd in dem dichten Grün direkt vor mir. Es ist erstaunlich, wie sich das Männchen mit seinem langen Federschwanz in der Luft halten kann, zum Teil sogar auf einer Stelle. Diese Atmosphäre muss man genießen!

Der Marsch zur Arbeit wird immer anstrengender, da das Wetter zunehmend schwül wird. Auch die Arbeit selber geht schwerer von der Hand, dazu kommt das Gefühl, dass sich einige der ghanaischen Volunteers immer mal wieder vor der Arbeit drücken. Oft sind nur circa zehn Personen von insgesamt im Schnitt 25 Campern auf dem Feld. CK und Suman Guru fehlen auch hin und wieder, das wirkt sich auf die Moral der verbleibenden Arbeiter aus. Zudem nutzen einige Camper das Fehlen der „Bosse", um die anderen Volunteers herumzukommandieren – und das ab und zu in einem Befehlston, der mich extrem reizt. Eines Vormittags passiert auch noch ein weiteres Missgeschick, dass meine Moral an dem Tag herunterzieht: Dede tritt falsch auf und bleibt mit schmerzhaftem Gesicht am Boden liegen. Es stellt sich heraus, dass sie sich einen Muskelriss oder ähnliches zugezogen haben muss, sie hat sehr starke Schmerzen. Nach einiger Zeit beschließt man, sie zurück zum Camp zu tragen. Zu ihrem und unserem großen Glück hält schon nach kurzer Zeit auf der Straße ein Wagen, der sie mitnimmt (und auch Ruth, die als Leader des Health Committees mitfährt, obwohl der Wagen schon übervoll ist). Auf dem Rückweg sind wir nur noch sechs Mann.

Wir sind unzufrieden mit Queen Mother, der Vertretung von Thick Mama. Sie ist unfreundlich, lässt sich nicht helfen, auch nicht vom Orderly (Dede ist deshalb stinkig). Sie ist dazu übergegangen, die Mittagsmahlzeiten einfach in die Küche zu stellen und dann zu gehen. Wenn wir von der Arbeit zum Lunch kommen, ist das Essen bereits kalt. Zudem ist es nun mengenmäßig sehr knapp bemessen. An einem Tag hat Julia als Orderly große Mühe, das wenige Essen auf die vielen Volunteers zu verteilen. Vor allem die ghanaischen Camper wollen das nicht akzeptieren. Viele nutzen das als Vorwand, nicht oder weniger zu arbeiten. Wenn CK und Suman Guru nicht da sind, machen sie, was sie wollen. Es gibt eine Gruppe ghanaischer Volunteers, mit denen ich sehr gut auskomme und mit denen ich auch abseits der Arbeit viel Zeit verbringe. Vor allem Fire wird mir immer lieber. Mit ihm kann ich mich sehr gut unterhalten. Er weiß sehr viel über das Land. Er weiß auch, wie Volu nach Anhwiam gekommen ist.

An einem Nachmittag bereiten die Camper aus Deutschland für das Abendessen ein deutsches Gericht zu, und zwar soll es ein Eintopf werden. Dazu nehmen wir als Grundlage gekochte Plantaines und Cassava als Kartoffelersatz. Dann kommt so ziemlich alles, was wir an Fleischbrühe und Tütensuppen dabei haben, in das Wasser. Weitere Zutaten: Garden Eggs, Bohnen, Zwiebeln, Tomaten, Pfeffer, Salz. Tina macht aus Eiern, Gari, Kondensmilch und etwas Brühe einen Teig, der in Palmöl gebacken werden soll. Ich bin sehr skeptisch, ob das gelingen wird. Auch gefällt mir nicht, dass wir so viele Zutaten für eine Mahlzeit verwenden, wie sie die Einheimischen nicht in drei Tagen verbrauchen würden. Meine Zweifel sind aber schon nach ein paar Minuten, in denen die Suppe kocht, wie weggeblasen. Sie ist richtig gut gelungen, wird ordentlich dickflüssig und ist geschmacklich einem deutschen Eintopf sehr ähnlich. Auch das Brot, das Tina gezaubert hat, schmeckt frisch frittiert wahnsinnig gut. Diese Meinung teilen ausnahmslos alle Camper, was deshalb verwunderlich ist, da die Ghanaer sonst keine Brühe mögen und sie auch alle bisherigen Gerichte, die Ihnen von nicht-ghanaischen Campern serviert wurden, abgelehnt haben. Auf unsere Suppe startet ein heftiger Andrang, sodass wir auf einmal aufpassen müssen, dass für alle etwas da ist. Schließlich, nachdem man uns schon von allen Seiten gelobt hat, beschließt man, dass wir an einem anderen Tag noch mal etwas Ähnliches kochen müssen.

Heute war ich zum ersten Mal am Fluss Tano, der nicht allzu weit vom Dorf entfernt fließt. Es ist dort unbeschreiblich schön, so still und es riecht leicht modrig. Man hat ständig das Gefühl, dass gleich ein Alligator auftaucht. Heute waren wieder zwei Volu-Leute hier auf Stippvisite: eine Deutsche, die wir schon aus dem Volu-Office kennen, und ein Holländer. Sie haben sich in Wiawso Fahrräder ausgeliehen und wollen in den Dschungel fahren. Die Idee klingt für mich verrückt, auch ohne den Dschungel zu kennen! Es ist ein riesiger Urwald, der noch naturbelassen ist und noch höher und dichter als der Regenwald in unserer Umgebung sein muss. Fire hat uns davon erzählt und will uns am Sonntag dorthin führen. Wir sind alle sehr gespannt. Die beiden Radfahrer erreichen den Dschungel nicht, da die Deutsche schon vorher stürzt und sich verletzt.

Wenn wir abends nicht singen (da ich gar nicht so viele deutsche Lieder kenne, habe ich an einem Abend den Ültje-Song aus der Werbung zum Besten gegeben: „Kaum steh ich hier und singe...“), erzählen wir uns gegenseitig afrikanische und deutsche Geschichten und Sagen. Wir Deutschen tragen mit verschiedenen Märchen dazu bei. Es ist sehr interessant, die afrikanischen Geschichten, die immer dazu da sind, irgendeinen Sachverhalt zu erklären, zu hören. So gibt es die Sagen, die klären, warum Babys nicht sprechen können, warum Hühner Eier legen, und so weiter. Wir erfahren viel über einige afrikanische Sitten und Moralvorstellungen. Bei einem Spiel, bei dem CK uns trickreich Fragen stellt und wir durch Kombinieren auf die richtige Antwort kommen müssen, wird uns klar, dass die afrikanische Denkweise sich doch sehr von unserer unterscheidet.

Die Tage vergehen mit Arbeit und verschiedenen Aktivitäten an den Nachmittagen und Abenden. Oft laufe ich allein oder in Begleitung gleich nach dem Lunch nach Wiawso, um zu sehen, ob ich dort eine einigermaßen aktuelle Zeitung bekomme und um in meiner Lieblingsbar ein paar Bierchen zu trinken. Bevor ich mich auf den Rückweg mache, kaufe ich Kekse, Brot, Cola, Eier und Orangen für die Leute im Camp und im Dorf. Mittlerweile treffe ich bei meinen Besuchen in Wiawso viele Bekannte, die Kinder rufen mich beim Namen: Kwabena! Es ist nur etwas schade, dass der Kontakt zu den Bewohnern Anhwiams nicht so intensiv ist, wie ich es mir wünschen würde. Wir sind in der Schule unter uns und kommen nur selten in die anderen

Viertel der Siedlung. Und die Leute von dort kommen nur selten zu uns in die Secondary School. Manchmal werden die Kinder aus dem Dorf sogar aus unserer Umgebung verjagt. Insgesamt fühle ich mich aber in dieser Zeit sehr wohl, das Leben im Dorf bereitet mir keine Probleme. Ich genieße die Tage hier und freue mich gleichzeitig wahnsinnig auf das Reisen.

Der Camp-Alltag wird von gelegentlichen Ausflügen in die Nachbardörfer und in den Dschungel aufgelockert. Diese sind immer Highlights. So zum Beispiel, als wir das Dorf Amafie, in dem es ebenfalls ein Workcamp gibt, besuchen. Der Weg ist wunderbar, es geht über eine kleine Anhöhe und man hat eine fantastische Aussicht. Man sieht kein Dorf, kein Haus und es fahren auch keine Autos auf dieser Strecke. Wir werden dem Chief vorgestellt, der noch recht jung ist. Danach gehen wir zu Santana, der uns zu Local Gin einlädt und uns Fotos aus Hamburg, der Sowjetunion (dort hat er ein Jahr in Sibirien studiert) und Afrika zeigt. Er ist offensichtlich in Rawlings Partei, das verraten die Poster und T-Shirts in seinem Haus. Er führt uns durch das Dorf und dann zum Volu-Workcamp in Amafie. Dort sind bisher zwölf Europäer aus Dänemark, Großbritannien, Niederlande, Deutschland und der Schweiz, und nur sieben Ghanaer. Ich bin froh, dass wir im Camp nur sechs Europäer und aktuell 22 Ghanaer sind. Wir treffen Monika aus unserer Vorbereitungsgruppe. Der Rückweg nach Wiawso ist sehr angenehm, da die Sonne nicht mehr so hoch steht. Wir trinken im Mother's Inn ein Bier und kaufen noch schnell ein, dann fährt uns Bobojos Vater mit seinem Taxi für 500 Cedi nach Anhwiam. Wir sind zu neunt in dem japanischen Mittelklassewagen, aber die Stimmung ist großartig und wir singen lauthals Volu-Songs. Das Abendessen ist nicht so gut, Fufu oder Banku mit Fischsuppe. Es tut meinem Magen auch nicht so gut. Jetzt habe ich Blähungen und etwas Verstopfung. Aber solange es nichts Ernstes ist…

Am Tag, als Fire mit uns in „den richtigen Dschungel" gehen will, werden wir um fünf Uhr von ihm geweckt. Ich bin gespannt und stehe erwartungsvoll auf. Kurz darauf ist alles in Eile, um sich möglichst schnell, noch im Dunkeln, auf den Abmarsch vorzubereiten. Und wirklich, um 5:30 Uhr starten wir. Es ist noch kühl. Es dämmert. Angenehm zu laufen. Wir gehen an der Farm vorbei, auch an der Destillerie, nach circa zwei Stunden nimmt uns ein Traktor die letzten Kilometer mit. Wir halten in einem Dorf auf einer kleinen Anhöhe. Von dort aus kann man um sich herum den Regenwald im Nebel liegen sehen. Obwohl ich einen Fotoapparat dabei habe, mache ich keine Fotos, zum einen, weil ich denke, dass ich diesen Ausblick ja doch nicht auf ein Foto kriege und es niemals so wie jetzt wirken würde, zum anderen, weil ich mich angesichts des Volksauflaufs, den unsere Ankunft verursacht hat, nicht richtig traue.

Wir werden im Haus des Headmasters (ein Freund von Fire) begrüßt und es findet die übliche Begrüßungszeremonie statt, inklusive Local Gin (um nicht einmal acht Uhr!). Wir bekommen nach einiger Zeit, die mit Singen und Tanzen verbracht wird, ein Frühstück (Reiswasser), dann gehen wir zum Dorfältesten, zum Chief, und werden nach dem traditionellen Verfahren „libation" begrüßt. Diesmal machen wir alle Fotos, der Chief bittet sogar darum und gestattet uns einen Fototermin. Übrigens, er möchte Julia heiraten, und bittet sie, ab jetzt seinen Namen zu tragen! Komischerweise lehnt sie höflich ab... Nach der Zeremonie gehen wir noch einmal zum Haus des Headmasters, wo eine kleine Stärkung eingenommen wird. Es gibt Kenkey, das ist ein Banku-ähnlicher Kloß aus fermentiertem Mais, der in Bananenblätter gewickelt und darin gekocht wird, dazu eine schnell zubereitete und nicht abgekochte Stew, die ich diesmal nicht esse. Ein Kind zeigt uns einen Kolibri, den es an einem Band, das um ein Bein des Vögelchens gebunden ist, festhält. Als Florette den Kolibri in die Hand nimmt, hält sie das Band nicht fest und der Kolibri schwirrt blitzschnell ab. Das ist Florette recht peinlich.

Dann geht's endlich los, wir wandern in den Dschungel. Zunächst ist der Busch noch relativ licht, doch das ändert sich rasch. Der Weg ist sehr schlammig, nach einiger Zeit müssen wir Bäche und Tümpel überqueren, die alle gut 20 Zentimeter hoch Wasser führen. Es ist nun ziemlich still, stiller, als ich es erwartet hatte. Man sieht außer Schmetterlingen in den allerschönsten Farben, Schnecken und Krebsen eigentlich keine Tiere, obwohl es hier sehr viele Antilopen, Affen und Beuteltiere geben soll. Das erzählen uns die

Einheimischen und man kann es glauben, da sie mit uns Plätze aufsuchen, wo sie Fallen aufgestellt haben. Zudem sehen wir immer wieder leere Patronenhülsen, mit denen Jäger ihren Weg markieren. Irgendwann existiert kein Pfad mehr, Captain, Baa-Pai und andere schlagen den Weg mit Macheten frei. Ich hoffe, die Fotos werden was. Eigentlich ist es zu dunkel zum Fotografieren.

Wir sind total durchgeschwitzt, die Schuhe und die Hosen sind bis zu den Knien mit Schlamm bedeckt, aber es ist ein tolles Gefühl, durch diesen Dschungel zu tapern, die riesigen Bäume zu sehen, deren Stämme wie gigantische Felsen grau und zerklüftet vor uns auftauchen. Die Sonne erreicht nur selten den Boden. Überall sind Lianen und Schlingpflanzen. An einer bestimmten Stelle fangen die Einheimischen an, Lianen und anderes biegsames Holz zu schlagen. Sie nehmen es mit ins Dorf, wo sie es zum Hausbau benutzen. Auf dem Rückweg tragen Sie es dort, wo es geht, auf ihrem Köpfen, ansonsten wuchten sie es irgendwie durchs Dickicht, wodurch unser Ausflug noch mehr den Touch einer Expedition bekommt und nicht den einer organisierten touristischen Führung. Nach dreieinhalb Stunden sind wir wieder im Dorf, sehr, sehr hungrig und dreckig. Wieder begrüßt uns der Chief, dann gibt es ein hervorragendes Mittagessen: gekochte Cassava und Stew für die Europäer, Fufu für die Afrikaner. Direkt nach dem Essen fahren wir mit dem Traktor zurück nach Anhwiam.

In Anhwiam der Schock: kein Tropfen Trinkwasser mehr da, der Regenwassertank restlos leer. Und wir total verschwitzt und verschmiert. Zum Glück organisiert Jonny Walker einen Eimer einigermaßen sauberes Flusswasser, so können wir uns zumindest ganz grob waschen. Das Trinkwasser, das wir im Zehn-Liter Kanister für Notfälle aufbereitet haben, ist am Abend zu Ende! Am nächsten Tag bin ich Orderly – kein leichter Job an einem Tag, an dem kein Regenwasser vorhanden ist und man höllisch aufpassen muss, ob das Flusswasser, das zur Essenszubereitung genutzt wird, ausreichend abgekocht ist. In unserer Vorbereitung haben wir gelernt, dass man sich schon beim Spülen mit dem unbehandelten Flusswasser leicht eine Bilharziose holen kann. Waschen ist heute natürlich nicht drin. Nach dem Mittagessen, welches, obwohl mit dem Wasser aus dem Fluss zubereitet, meiner Aussicht nach essbar ist (Ausnahme: die Bohnen!), muss ich aber notgedrungen mit dem frisch aus dem Fluss geschöpften Wasser spülen. In Gedanken gehe ich die Symptome einer Bilharziose durch.

Das Rückspiel im Fußball gegen die Mannschaft aus Lowcost gewinnt Volu zwei zu eins, wobei ein Tor durch Bobojo nicht gegeben wird. Zum Spiel blasen Ruth und Florette entgegen unserer Bedenken jede Menge Luftballons auf und wollen sie an die Kinder verteilen. Die Aktion endet in einem unvorstellbaren Chaos. Die Kinder laufen in vorher nicht erlebten Mengen hinter uns Europäern her und wollen Luftballons. Sie versuchen, sich die Ballons untereinander abzujagen. Es ist ein wahnsinniges Geschrei und obwohl Ruth auch noch jede Menge nicht aufgeblasener Ballons verteilt, reicht es natürlich nicht für alle. Tina und ich beschließen, daraus zu lernen und so etwas nicht zu machen. Mit Shampoo und Zahnpasta hatten wir bereits ähnliche Fälle erlebt. Als Tina erstmals im Dorf ihre Haare gewaschen hat, ist das zu einer regelrechten Schaumschlacht ausgeartet. Und auch mit meiner Zahnpasta habe ich natürlich Begehrlichkeiten geweckt. Eines Tages hatten bei unserer Rückkehr von der Farm alle Kinder ganz weiße Münder. Das erklärte sich, als ich meine Zahnpastatuben bis zum Letzten ausgequetscht vor meinem Bett liegen sah. Auch Pflaster und Tabletten gegen alles sind extrem begehrt. Als wir mit CK und Suman Guru darüber reden sind sie sind der Meinung, dass das Verteilen von Drogerieartikeln, Verbandsmaterial und Medikamenten nichts nützt. Wenn die Camps nach dem Sommer vorüber und die Europäer gegangen sind, können sich die Dorfbewohner all diese Dinge ohnehin nicht mehr leisten. Sie sollten sich lieber angewöhnen, Wunden auf eine Weise zu behandeln, die ihnen jederzeit möglich ist. Sehr wichtig sei eine Aufklärung in Sachen Hygiene, Ernährung und etwas Grundwissen der Medizin.

Die Abende zum Ende der Campzeit verlaufen ruhig, da alle wegen der Hitze und der Arbeit sehr müde sind. Dazu kommt etwas Melancholie, wenn für Volunteers der Abschied ansteht. Man weiß nicht, ob man sich noch einmal wieder sieht. Die Verabschiedung von Campern, insbesondere von Ruth und Julia, mit denen ich jetzt schon so lange

Wochen ununterbrochen und ohne Streit zusammen war und mit denen ich so viel erlebt habe, stimmt mich traurig. Bei den obligatorischen Fototerminen mit dem gesamten Camp vor jeder Abreise kommen mir fast die Tränen. Der Gedanke an den Beginn einer abenteuerlichen Reise durch Ghana, meinen großen Traum, kann mich jedoch immer wieder aufmuntern. Oft höre ich vor dem Einschlafen Henriekes Kassette (natürlich ist es jetzt meine Kassette, aber Henrieke hat sie für mich aufgenommen) und denke dabei an meine Freundin, die ich sehr vermisse. Ich träume sehr oft (eigentlich fast immer in irgendeiner Weise) von ihr. Wenn sie nur wüsste, wie gerne ich sie habe.

Die Toilettensituation wird langsam kritisch, aber irgendwie scheint das niemanden so richtig zu beunruhigen. Die Gefäße, die das, was wir von uns geben, auffangen, sind fast randvoll. Überall sind Würmer, Millionen Würmer und Maden. Noch machen wir Witze darüber, aber es schickt sich niemand an, diese Situation zu ändern. Ich schätze, dass die Scheiße in spätestens drei Tagen überläuft. Viel Spaß dann damit! Tina und ich wollen vorher aus dem Camp abreisen und unsere Rundreise durch Ghana starten. Zudem planen wir den Besuch eines zweiten Workcamps im Norden Ghanas.

Dann ist der letzte Tag für Tina und mich im Camp in Anhwiam gekommen. Nach langem Forschen finde ich heraus, dass der Bus nach Dunkwa bereits morgens zwischen 7:30 Uhr und 8:00 Uhr abfährt, und zwar ab Dwenasi, das circa eine halbe Meile von Wiawso entfernt ist. Wir müssen also wieder recht früh los! Der letzte Abend ist noch mal super: Entertainment mit besonders vielen Percussions und Trommeln und lauten Gesängen. Beim Abschied umarmt mich Thick Mama, sie ist so lieb und so natürlich, richtig süß. Mir wird auf einmal doch schwer ums Herz. An diesem letzten Abend werden natürlich viele Reden gehalten (vor allem wieder CK) und diesmal nimmt sich Tina ebenfalls ein Herz, hält eine Rede und spendiert eine Full Bottle of Local Gin im Namen der morgen abreisenden Camper (sie und ich). Da wir morgen gegen 5:30 Uhr aufstehen müssen, gehen wir so gegen 22:00 Uhr ins Bett. Die Nacht schlafe ich kaum, ich habe mal wieder Durchfall. Bei dem Gedanken an die morgige lange Busfahrt wird mir mulmig.

3 Kpandu

Am Tag der Abreise aus dem Workcamp in Anhwiam stehen wir pünktlich um 5:30 Uhr auf, fast das ganze Camp ist schon wach. Der Rucksack ist schnell gepackt, kein Problem. Sorgen macht mir der Durchfall. Ich schlucke zwei Kapseln Imodium und esse erst mal nichts zum Frühstück. Der Abschied ist dann kurz und fast schmerzlos. Jonny Walker habe ich meine Sonnenbrille geschenkt, Bako und Victory je ein Kartenspiel, Action die elastische Binde für sein Knie und Smart Killer hat meine Arbeitshandschuhe bekommen. Damit habe ich – glaube ich – nicht viel falsch gemacht.

Der Fußmarsch nach Dwenasi ist nicht so beschwerlich, wie ich angenommen habe und wir kommen gegen 7:30 Uhr dort an. Es ist bereits sehr viel los. Dieser Ort ist um eine Holzfabrik herum entstanden. Viele kleine Geschäfte und Bars säumen die Hauptverkehrsstraße. Es herrscht reger Betrieb: Staff Busses, andere Arten von Bussen sowie Trotros in alle möglichen Richtungen. Tina und ich warten auf den Tata Bus nach Dunkwa, der sich widersprechenden Angaben zufolge zwischen sieben und acht Uhr oder zwischen zehn und elf Uhr kommen muss. Dabei sitzen wir in einer der kleinen Bars. Die Atmosphäre ist gut und ich frühstücke erst mal zwei Sprite, eine Resochin, Brot, Ei und Kekse. Tina wird zu gekochten Plantaines eingeladen, ich traue mich wegen meines Magens noch nicht daran. Nach einiger Zeit sagt man uns, der Tata-Bus komme heute nicht mehr, aber dort stehe ein Trotro nach Dunkwa, das gleich abfahre. Aufgrund der bisherigen Erfahrungen mit Trotros sind wir skeptisch, auch wegen der offenen Motorhaube, des Wagenhebers unter dem Fahrzeug und des fast leeren Gästeraumes. Aber wir steigen letztendlich ein. Und nach dem üblichen Gerangel um den Preis geht es wirklich ziemlich schnell los - nach nur circa einer Stunde. Und wir haben jeder einen eigenen Sitzplatz!

Die Straße nach Dunkwa, der Fahrer und die Stoß-dämpfer sind furchtbar schlecht, aber das Imodium wirkt. Nach abenteuerlicher Fahrt mit vielen Stopps in kleinen Dörfern und Reparaturpausen kommen wir gegen drei Uhr am Nachmittag in Dunkwa an, überrascht von dem regen Treiben und den vielen kleinen Geschäften der Stadt. Es gibt etliche Gebäude aus der Kolonialzeit, mit Säulen, Veranden und Dachziegeldächern, welche diesem Ort ein ganz eigenartiges Flair verleihen. Er wirkt auf mich wie eine Goldgräberstadt. Diesen Verdacht zu erhärten tragen auch die vorbeifahrenden Busse mit der Aufschrift „Dunk-wa Goldfield" bei. Wir fahren bis zum Bahnhof, holen uns Auskunft über die Bahnfahrten nach Obuasi (dort - so wissen wir - gibt es definitiv eine Goldmine!) und sind überrascht von den vielen sich bietenden Optionen. Auf dem Bahnhofsvorplatz lassen wir uns von einem Einwohner ein Hotel empfehlen und den Weg dorthin erklären. Das Gran-dee Hotel sieht von der Hauptstraße sehr ansehnlich aus, beim Näherkommen stellt man fest, dass sich der hintere

Teil des Gebäudes noch im Bau befindet. Wir lassen uns ein Zimmer zeigen, für das wir nach Handeln 1.200 Cedi zahlen sollen, Bad, Dusche – also eine Kabine mit Wasserhähnen und Eimern – und Toilette sind auf der Etage. Wir sagen zu. Das Zimmer, das uns der Hotelmitarbeiter zeigt und aufbereitet, hat sogar zwei Einzelbetten und einen Ventilator. Erst nach und nach kriegen wir raus, dass dieses Zimmer 1.540 Cedi kostet. Aber angesichts des Ventilators und der fehlenden Möglichkeiten, Moskitonetze aufzubauen, bleiben wir dort. Wir glauben an die Aussage von erfahrenen Fernreisenden, dass, wenn ein Ventilator im Raum ist, man nicht unbedingt ein Moskitonetz braucht. Als Nächstes stellen wir fest, dass kein Wasser aus den Hähnen kommt. Der Mann von der Rezeption sagt, das Wasser sei in ganz Dunkwa abgestellt, ab 19:00 Uhr solle es aber wieder laufen und bis dahin bringe man.uns so viel Wasser wie wir wollten. Nach kurzem Frischmachen geht's in die Stadt.

Schnell ergreift uns eine beschwingte und erwartungsfrohe Stimmung an unserem ersten freien Reisetag. Diese steigt noch bei einem Bier in einer sehr netten Bar. Beim zweiten Rundgang sehen wir abseits der Straße, auf der wir gekommen sind, viele interessant wirkende Gebäude, eher verwittert als heruntergekommen. Wir gehen in ein zweites Lokal, sitzen und klönen dort ziemlich lange und bummeln danach im Dunkeln über die Hauptstraße, wo ähnlich wie in Accra nun viele Stände mit verschiedensten Speisen aufgebaut sind. Aus den Bars kommt buntes Licht. Ich esse (endlich wieder) Reis mit Stew und Ei auf einem Palmblatt.

Eine Ghanaerin bietet mir Platz auf ihrer Bank, als sie sieht, dass ich mich zum Essen auf den Bordstein setzen will. Da ich weiterhin Hunger habe, kaufe ich an einem anderen Stand noch eine Portion Reis und Stew, die, wie die erste auch, fantastisch schmeckt. Danach gehen wir zurück ins Hotel, wo es immer noch kein Wasser gibt (wer hätte auch daran geglaubt). Trotzdem bleibt die Laune bestens, wir lassen uns Wasser bringen und waschen uns, anschließend genieße ich es, auf dem frisch bezogenen, weichen Bett (mit Matratze und Kopfkissen!) zu liegen, den Luftstrom des Ventilators zu spüren. In der Nacht habe ich wieder Durchfall. Langsam geht's mir auf den Geist.

Am Morgen jagt mich der Durchfall schon früh auf die Toilette. Ich stelle fest, dass es im Hotel immer noch kein Wasser gibt. So muss der Hotelmitarbeiter erneut Eimer schleppen. Wir verlassen das Hotel, nachdem wir uns gewaschen und angezogen haben, kaufen direkt davor drei warme, ofenfrische Brote und suchen einen der Stände, die Milo, Kaffee, Brot und Eier anbieten. Einen solchen Frühstücksstand finden wir letztendlich nach einem Gang durch ganz Dunkwa am Bahnhof. Das Frühstück ist hervorragend. Wir bummeln anschließend durch die Stadt, trinken in einer Bar ein Bier (super Laune!) und gehen dann um 10:30 Uhr wieder zum Bahnhof, wo um 11:20 Uhr der Zug nach Obuasi abfahren soll. Dort lernen wir den Bahnhofsvorsteher und viele andere Ghanaer kennen, die sich mit uns unterhalten. Der Zug kommt um 11:45 Uhr, ist zu unserer Überraschung nicht überfüllt und kommt auch ohne Zwischenhalt kurz vor 13:00 Uhr in Obuasi an.

Diese Stadt ist eine wahre Bergbaustadt, eine Goldminenstadt eben. Viele sehr gut erhaltene, helle, großzügige Gebäude fallen uns auf. An den Hängen der umliegenden Berge ist der Regenwald stark ausgedünnt, man sieht kaum noch große, hohe Bäume. Es herrscht wuseliges Treiben, viele Menschen in Uniform oder Bergarbeiterkleidung – also Helm, Schutzwesten, Stahlkappenschuhe. Wir fragen recht naiv nach, wo wir uns über Möglichkeiten, die Goldmine zu besichtigen, erkundigen können. Man führt uns zum Security Service der Ashanti Goldfield Corporation. Es ist ein sehr gut erhaltenes, repräsentatives Gebäude mit einer riesigen Empfangshalle, darin Rezeption und Sitzgarnituren, Ventilatoren und Neonröhren. Dort rennen überall Uniformierte herum. Man sagt uns, dass wir auf den PR-Manager warten müssten, der würde uns weiterhelfen. Nach einer Stunde kommt er und begrüßt uns freundlich. Er erklärt uns, dass man sich eigentlich schon Wochen vorher um eine Erlaubnis für eine Besichtigung bewerben muss. Dazu gehört eine Application mit Adresse in Ghana und im Heimatland, eine Erklärung der Gründe für das Interesse an einer Führung und so weiter. Anders gesagt: Keine Chance für uns auf eine sicherlich spannende Besichtigung.

Nach einem Essen bei einer Großfamilie schlendern wir über den wahnsinnig bunten Markt mit seinen engen Gassen und unendlich vielen Läden und Ständen, kaufen Schokolade und gehen zum Bahnhof, um uns über den Nachtzug nach Takoradi zu informieren. Doch wir werden desillusioniert: Der Zug um 20:30 Uhr sei sicherlich überfüllt, an einen Sitzplatz oder gar Schlafplatz, wie wir es uns so schön vorgestellt haben, sei gar nicht zu denken, auch nicht erste Klasse. Um 23:00 Uhr gehe ein Express-Zug nach Takoradi, der sei leerer, aber auch dort könne man uns selbst in der ersten Klasse keinen Sitzplatz garantieren. Wir wollen versuchen, im zweiten Zug Plätze zu bekommen. Die Zeit bis zur späten Abfahrt verbringen wir in einer großen Goldminenarbeiter-Bar, wo wir diverse Drinks, Bier und Schokolade genießen. Die Stimmung ist gehoben, aber trotzdem ist da eine gewisse Anspannung wegen der Ungewissheit über das, was wohl noch kommen mag. Ich richte mich innerlich auf eine schlaflose Nacht in einem völlig überfüllten Zug und eine übermüdete Ankunft in Takoradi morgen früh ein.

Draußen herrscht eine ganz eigenartige, geschäftige Atmosphäre und wir wollen bis zur Abfahrt noch einen Rundgang unternehmen. Wir geben unser Gepäck am Bahnhof bei einer Frau ab, was ganz problemlos funktioniert, obwohl es keine offizielle Gepäckaufbewahrung gibt. Dann schlendern wir unbeschwert drei- bis viermal durch die ganze Stadt, essen hier und da etwas und setzen uns schließlich in eine andere Kneipe. Es ist entspannt, obwohl wir in Obuasi und auch schon in Dunkwa deutlich häufiger unangenehm angestarrt, angesprochen und teilweise auch beschimpft werden. Wir können uns das nicht erklären. Zwar gibt es hier kaum Touristen (wir sehen überhaupt keine und es ist ja auch keinerlei touristische Infrastruktur vorhanden), aber wir sehen einige weiße Arbeiter, wahrscheinlich aus den Minen oder zugehörigen Betrieben. Die meisten Einheimischen sind jedoch offen und freundlich, wenn auch nicht so überschwänglich wie in Anhwiam.

Um 22:00 Uhr gehen wir zum Bahnhof, wo im Office und auch auf dem Bahnsteig alles schläft. An einem Stand können wir zwei Milo kaufen und warten, bis um 22:30 Uhr jemand wach ist, der uns unser Gepäck aushändigen kann. Dieser Mensch versucht auch, zwei Erste Klasse-Sitzplätze für uns zu sichern. Der Zug soll jetzt um 23:30 Uhr kommen. Das tut er auch tatsächlich, aber die Plätze in der ersten Klasse bekommen wir nicht, also stürzen wir uns in die Kämpfe um Plätze in der zweiten Klasse. Nach längerem Hin und Her kann ich zwei Sitze gegenüber ergattern. Während der Zug durch die Nacht schnauft, macht es mir Spaß zuzusehen, wie die Passagiere versuchen zu schlafen. Sie liegen quer über oder unter den Bänken. Ich tue es ihnen irgendwann gleich, lege mich unter eine Bank und probiere zu schlummern, was teilweise auch klappt. Ab fünf Uhr morgens bleibe ich aber wach und setze mich auf einen freien Platz in dem seit Tarkwa recht leeren Zug. Die Morgendämmerung ist herrlich, Nebelschwaden liegen im ersten Sonnenlicht über dem Regenwald. In den Dörfern, durch die die Eisenbahn fährt, herrscht schon eine Menge Treiben.

In Takoradi angekommen sind wir entzückt, als wir zum ersten Mal wieder das Meer sehen – und zahlreiche Palmen. Wir nehmen ein Taxi in die Innenstadt. Schon auf den ersten Blick bin ich begeistert: So viele schöne, helle, gut erhaltene und interessante Bauwerke habe ich noch in keiner der anderen ghanaischen Städte gesehen. Selbst die Farben blättern nur selten von den Fassaden. Es ist sehr viel Grün im Stadtbild, vor allem Palmen. An einigen Stellen im Zentrum wird gebaut. Nach einem Frühstück sind wir trotz der Nachtfahrt hellwach und aufgeregt. Mehr durch Zufall als alles andere entdecken wir das Arvo Hotel, das zweite, in dem wir nach dem Preis fragen, und obwohl es inzwischen teurer ist, als im Reiseführer Westafrika (von Anne Wodke) angegeben, nehmen wir ein Doppelzimmer für 1.480 Cedi. Das Hotel ist gar nicht so schmutzig wie berichtet, aber total verschachtelt gebaut. Es besteht aus zwei Gebäuden, die teilweise verbunden sind – schlecht zu beschreiben, aber interessant. Das Zimmer ist klein, der Ventilator an der Decke macht viel zu viel Wind. Aber es gibt elektrisches Licht und das Trinkwasser (das wir dann natürlich noch mit Mikropur aufbereiten müssen) wird in Kalebassen ins Zimmer gebracht. Waschraum und WC sind auf dem verwinkelten Flur. Er führt auf einen Innenhof mit Fischbassin und Grünpflanzen. Einfach, aber nett.

Tina versucht, beim Post Office nach Hause zu telefonieren, was nicht klappt. Währenddessen finde ich bei einer alten Frau ein hervorragendes Mittagessen: zwei Banku-

Bälle mit sehr viel Stew. In der Zeitung lese ich, dass am kommenden Samstag das Homowo Festival in Accra stattfindet. Das wird uns beim Takoradi Tourist Board bestätigt und so beschließen wir, am Samstagmorgen um 4:00 Uhr aufzustehen und den STC Bus nach Accra zu nehmen. Nun wollen wir endlich an den Strand und finden beim Sports Club einen klein, aber feinen, kaum besuchten Strandabschnitt, wo wir relaxen. Zudem nutze ich dort eine Möglichkeit, mal wieder einige meiner Klamotten zu waschen. Beim abendlichen Bummel überrascht uns das lebendige Takoradi mit vielen kleinen Geschäften, Bars und Stränden – und mit der größten bisher in Ghana erlebten Auswahl an Speisen und Getränken. Wir fühlen uns prächtig, dennoch werde ich nach ein oder zwei Bier müde und gehe ins Hotel, um zu schlafen.

Am nächsten Tag bekommt Tina ihre Telefonverbindung und erfährt, dass sie einen der begehrten Studienplätze an der Filmhochschule in München bekommen hat. Wir feiern das bei Gin-Cola. Anschließend wollen wir auf dem Markt Hosen für uns schneidern lassen. Dazu suchen wir uns Stoffe aus, die Schneiderin erklärt uns, sie benötige zwei Yard für eine Hose. Für mich sind das 1.800 Cedi für den Stoff und 1.000 Cedi für das Schneidern einer Hose. Die Stimmung ist euphorisch, bis wir am Abend die Hosen abholen und im Hotel anprobieren: Sie sind einfach beschissen geschnitten, man hat uns übers Ohr gehauen. Später, beim Abendessen an einem Stand auf der Straße ist Spülmittel im Milo und Tina tritt in eine Kloake. Aber wir tragen noch alles mit Humor. Im Hotelzimmer hole ich mir durch den viel zu stark eingestellten (und nicht regulierbaren) Ventilator eine Mordserkältung, bin beim Aufwachen um vier Uhr morgens total verspannt und habe starke Kopfschmerzen.

Das frühe Aufstehen ist nötig, da wir den STC Bus nach Accra nehmen wollen. Dort sitzen wir wieder eingequetscht mit sechs Leuten in einer Reihe – mit Kopfschmerzen ist das nochmal unangenehmer. Zum Glück verläuft die Fahrt ruhig und schnell. Bei der Ankunft in Accra gehen wir vom Busbahnhof direkt zum Volu-Office. Dort ist es recht ruhig und es gibt viel Platz. Wir treffen keine Bekannten, leider. Einem Zettel am schwarzen Brett entnehmen wir, dass bereits vier Leute aus unserer Vorbereitungsgruppe krank abgereist sind. Toll ist, dass Briefe aus Deutschland auf uns warten - für mich zwei von Henrieke und einer von meinen Eltern. Ich bin glücklich und aufgeregt. Zum Brieflesen verziehe ich mich in eine Kneipe, wo ich Brot mit Ei und Kaffee bekomme. Danach muss ich dringend zum Forex-Büro, Geld tauschen.

Ich stelle fest, dass ich mittlerweile über 38° Fieber habe. Daher ruhe ich mich am Nachmittag im Volu-Schlafsaal etwas aus, gehe aber trotzdem abends zum Homowo Festival. Es ist riesig was los und es gibt viel Interessantes zu sehen. Wir werden zu Gari und Soup eingeladen, trinken ein paar Bier, ich gehe relativ früh zurück. Im Volu-Büro ist mein Fieber auf 39,2° gestiegen, also lege ich mich sofort auf meine Pritsche. Im Schlafsaal liegt auch ein sympathischer Engländer, der Geografie mit Schwerpunkt Entwicklungsplanung studiert und mit dem ich noch lange diskutiere. Am nächsten Morgen ist das Fieber verschwunden.

Seit Tina von der Bestätigung ihres Studienplatzes erfahren hat ist klar, dass sie nicht mehr viel Zeit zum Reisen in Ghana hat. Ich möchte unbedingt in den semiariden Norden Ghanas und dort in der Nähe der Grenze zu Burkina Faso ein zweites Workcamp besuchen. Dazu wird Tinas Zeit nicht reichen, aber sie will zumindest einen Teil der Strecke mitkommen, vor allem die Fahrt auf dem Schiff den Volta-Stausee hoch Richtung Norden reizt sie. Daher reisen wir direkt nach dem Homowo-Wochenende nach Akosombo ab. Die Fahrt dorthin in einem kleinen Trotro mit zwölf Passagieren ist trotz der Enge angenehm, die Ankunft in Akosombo jedoch eine Enttäuschung: Der Ort besteht hauptsächlich aus Arbeitersiedlungen, es ist keine zusammenhängende Ortschaft oder ein Zentrum erkennbar. Wir nehmen nach langem Warten an der Lorry Station einen Bus, der aber nach einer kurzen Rundfahrt, ohne an einem richtigen Ort vorbeigekommen zu sein, wieder am Ausgangspunkt ankommt. Genervt beschließen wir, sofort weiter nach Ho zu fahren.

Diese Reise verläuft passabel, zwar müssen wir überraschend in einer winzigen Ortschaft umsteigen, das klappt aber gut. In Ho ist es schon dunkel, also lassen wir uns von einem Trotrofahrer zu verschiedenen Hotels fahren, im vierten bekommen wir endlich ein Zimmer mit Bad und WC, allerdings ohne Wasser, dafür sehr gut gelegen (und mit Ventilator, der sich regulieren lässt). Am Abend entdecken wir eine tolle Chop-Bar (150 Cedi für Fish and Stew with Banku) und eine Drinking-Bar. Der Tag ist gerettet und wir sind nach dem Frust von Akosombo froh, schon in Ho zu sein. Und wir beschließen, in Ho einen entspannten Tag einzulegen.

Ich schlafe lange, solange wie ich bisher in Afrika noch nie geschlafen habe, nämlich bis 9:30 Uhr. An der Lorry Station finden wir einen Milo-Brot-und-Eierstand, frühstücken und fragen gleich nach den Möglichkeiten, nach Hohoe zu kommen. Da gibt es recht viele Optionen und auch die Chancen, mit dem Schiff von Kpandu nach Yapei fahren zu können, stehen nicht schlecht. In Yapei liegt der Hafen von Tamale, und Tamale ist das Ziel unserer gemeinsamen Reise, da Tina von dort nach Accra zurückfliegen möchte. Zuversichtlich treten wir den Bummel durch Ho an. Am Nachmittag landen wir zufällig auf einem kleinen Marktplatz, wo wir uns umschauen wollen. Wir werden von einem alten und offensichtlich kranken Mann um Geld angebettelt. Ihm ist das, was wir ihm geben, nicht genug und er fängt an zu zetern. Wir sind jetzt Mittelpunkt des Interesses. Die Marktfrauen schreien und gestikulieren uns und dem Mann zu, ich kann nur ahnen, mehr fühlen, dass sie den Mann davon abhalten wollen, uns zu belästigen. Der aber wird immer lauter und verfolgt uns beharrlich, als wir versuchen, durch das Marktgetümmel zu fliehen. Ja, es ist wirklich eine Flucht. Das Geschrei der Marktfrauen wird immer lauter, sie helfen uns, Distanz zwischen uns und dem überraschend flinken Verfolger zu schaffen. Wir verlassen den Markt zügig, ich fühle mich ziemlich mies und weiß nicht, wie ich eine solche Situation beim nächsten Mal besser meistern kann.

Auf den Schreck lassen wir den Rest des Nachmittags entspannt verstreichen, beruhigen uns, und machen uns dann abends wieder auf Erkundungstour. Das Supper auf einem nächtlichen Markt versetzt uns erneut in eine angenehme, verklärte Stimmung. Es ist dunkel, nur die selbst gebauten Petroleumlampen (Dochte, die aus Konservendosen – meistens Milo-Dosen – herausstehen) brennen, die meisten Menschen essen oder trinken, es ist Vollmond. Toll! Ein Barbesuch und dann noch einer und dann ein letzter Milo am Stand vor dem Hotel runden den Abend ab.

Eine nicht untypische Begebenheit in kleinen Hotels im ländlichen Ghana: Schon um 5:30 Uhr klopft es an der Hotelzimmertür, die Frau von der Rezeption will uns die Quittung für das Geld geben, dass wir ihr gestern Abend für die zweite Nacht gezahlt haben. Dann um 6:30 Uhr der nächste Hammer: ein Togolese, den wir am Abend zuvor getroffen hatten, klopft und singt vor der Tür. Er will hinein und möchte zudem, dass ich einen Brief für ihn in Deutschland einwerfe. Das Palaver dauert 15 Minuten, danach kann ich nicht mehr einschlafen. Wir stehen also recht früh auf, waschen uns, packen die Rucksäcke und sind schon um 8:15

Uhr aus dem Hotel. Beim P+T telefoniert Tina mithilfe einer sehr netten Angestellten mit Ghana Airways in Accra und sie bekommt eine Buchung für einen Flug rechtzeitig vor dem Einschreibetermin in München. Drei Tage vor dem Abflug muss sie zur Reconfirmation des Fluges in Accra sein.

Wir gehen wieder zur Lorry Station, frühstücken dort, kaufen Tickets und fahren gegen 10:00 Uhr ab nach Hohoe. Die Fahrt vergeht schnell. Es sind 23 Personen im Trotro, in Hohoe kommen wir um 12:15 Uhr an. Es gefällt uns, es ist größer als erwartet. Wir trinken etwas, dann gehen wir zum Africa Unity Hotel, das uns mehrfach empfohlen wurde. Zweimal werden wir von verwirrten Polizisten angehalten, die uns mit zwei anderen Weißen, die bis heute Morgen in Hohoe waren, verwechseln. Das Afrika Unity Hotel ist ein Gebäudekomplex, um einen Innenhof angelegt, zweige-schossig. Wir nehmen ein Doppelzimmer ohne Ventilator, Bad ohne Wasser auf dem Flur. Und: Das Zimmer hat kein Fenster. Ich versuche mich zu erinnern, wer mir dieses Hotel empfohlen hat... Ich will Geld wechseln, aber das Forex-Büro hat einen miesen Kurs. So leihe ich mir einige Cedis von Tina und nehme mir vor, in Kpandu oder Tamale zu tauschen.

Am Nachmittag bekommen wir die Gelegenheit, auf den Turm einer Kirche (die E.P. Church) zu steigen, beglei-tet von circa 10 bis 15 aufgeregten, meist weiblichen Ju-gendlichen. Von oben hat man eine unwahrscheinlich tolle

Aussicht. Hohoe liegt, von drei Seiten von tiefgrünen Hügeln und Bergen umgeben, in einer kleinen Ebene. Die Leute hier sind sehr freundlich und nett, das fällt sofort auf. Schon in Ho habe ich bemerkt, dass sie zu den Deutschen als Vertreter der ehemaligen Kolonialmacht gar nicht auf Distanz gehen oder sie gar verachten, sondern das Gespräch suchen. Hier sprechen einige Einheimische auch Französisch, was an der Nähe zu Togo liegt. Früher gehörte die Volta Region zu Togo, wurde aber nach einer Volksabstimmung Nkrumas Ghana zugeschlagen.

Unter meinem Moskitonetz schwitze ich in dem kleinen, stickigen Raum ohne Fenster wie wild. Am Morgen stelle ich fest, dass ich mein Klopapier verbraucht habe und es im Hotel keins gibt. Also muss ich erst losgehen, Toilettenpapier zu kaufen. Waschen kann ich mich und meine Klamotten auch nicht, da natürlich die Dusche nicht funktioniert und sich kein Eimer finden lässt, mit dem ich Wasser holen könnte. Nach längerem Suchen und Fragen findet sich schließlich ein Gefäß, in dem wir unsere Klamotten waschen können. Die nasse Kleidung hängen wir zum Trocknen ins Zimmer, was das Klima dort noch unerträglicher macht.

Wir wollen zu den Wli-Wasserfällen. Der Mann, der uns um 10:15 Uhr dorthin führen will, begegnet uns auf dem Hof und sagt, er wolle noch erst baden. Wir einigen uns darauf, dass Tina und ich in der Zeit frühstücken gehen und wir danach mit ihm zu den Wasserfällen fahren. Als wir wieder im Hotel ankommen, steht unser Mann dort gestriegelt im Business-Anzug. Mir schwant, dass er uns wohl nicht führen wird. Das sagt er dann auch und fordert uns auf, zu warten. Der Mann erklärt, alles sei wahnsinnig kompliziert und es sei besser, wir warteten auf seinen Junior Brother, der uns hinführen könne. Als der kommt, kann man seinem Gesicht ablesen, dass er keineswegs begeistert von seiner Aufgabe ist. Er stiefelt dann auch lustlos neben uns her. An der Lorry Station ist gerade kein Trotro Richtung Wli da. Unser Guide sagt zunächst, wir sollten warten, es würde gleich ein Auto kommen. Dann erklärt er, dass heute kein Wagen mehr kommt, wir aber dennoch warten könnten und schließlich fragt er, ob wir nicht lieber morgen fahren wollten. Wir bieten ihm an, zu gehen, wir würden die Wasserfälle auch alleine finden, aber er bleibt. Gerade als ich mir auf dem nahe gelegenen Markt etwas zu essen kaufe, kommt ein Trotro. Wir steigen ein und schnell geht es ab. Ich darf vorne beim Fahrer sitzen – die absolut beste Fahrt in Ghana bisher. Die Landschaft ist unbeschreiblich: Man fährt ständig auf eine Bergwand zu, die die Grenze zwischen Ghana und Togo darstellt. Sie ist in den unterschiedlichsten Grüntönen eingefärbt. Wolken und Nebelschwaden hängen direkt über oder in ihr.

In Wli angekommen müssen wir zum Registration Office. Dort werden wir begrüßt, müssen uns in eine Liste eintragen, 1.000 Cedi bezahlen und dürfen nach intensiver Überzeugungsarbeit unsere Kameras mitnehmen. Dann wird uns noch zu unserem eigenen Guide ein weiterer zugeteilt, dem wir dann auch noch Geld geben müssen. Endlich geht es los. Wir müssen elfmal einen Fluss überqueren (Schuhe dabei anlassen wegen der Steine), der ungefähr kniehoch Wasser führt und ziemlich schnell fließt. Das macht zwar Stürze wahrscheinlicher, senkt aber das Risiko einer Bilharziose. Dann die Wli Falls: Schon vom Trotro aus und auf dem Fußweg dorthin habe ich sie ausschnittsweise sehen können. Nun sind sie nicht zu überhören und schließlich kann man sie in ihrer ganzen Pracht sehen. Wunderbar! Laut stürzen die Wassermassen die Bergwand hinunter in einen kleinen See. Es ist sehr windig, überall fegt der Wind kleine Wassertropfen durch die Luft. Schon nach kurzer Zeit sind wir völlig durchnässt. Da spielt es keine Rolle, dass es in Strömen regnet. Wir machen Fotos, ich gehe ins Wasser. Nach viel zu kurzer Zeit müssen wir zurück. Die Wanderung im Regen ist angenehm, da wir ohnehin bis auf die Haut nass sind. Ein unglaubliches Vogelgezwitscher dringt durch das Regengeprassel an unsere Ohren, jede Menge Vögel nisten in dem tiefgrünen Dickicht, es herrscht emsiger Flugbetrieb.

Am Registration Office haben wir die Gelegenheit, direkt in ein Trotro zu steigen, das uns nach Hohoe fährt. Dort kommen wir gegen 17:00 Uhr an und gehen erst mal ins Hotel, um uns trockene Sachen anzuziehen. In einer Bar, wo wir bei Tonic Water und Bier in entspannter Atmosphäre den wunderschönen Sonnenuntergang bestaunen, holt der Barbesitzer plötzlich jemanden herbei, den er als Volu-Mitglied kennt. Es ist Pee, wie sich herausstellt Mitinhaber des African Unity Hotels (daher die Empfehlungen!) und Volu-Kontaktperson in Hohoe. Beim Smalltalk und Austausch über unsere Erfahrungen mit Volu und generell in Ghana kommt heraus, dass die 1.000 Cedi Registration Fee, die wir als Eintritt zu den Wli-Falls gezahlt haben, deutlich zu viel sind, laut Pee seien 100 Cedi pro Person der aktuelle Preis. Uns geht ein weiteres Licht auf. Pee und sein Freund fahren uns durch die Stadt. Gemeinsam kaufen wir Reis, Bohnen und viele Zutaten für eine Stew und bereiten daraus bei ihm zu Hause zusammen mit Tomaten und Zwiebeln eine extrem schmackhafte Mahlzeit. Dann fahren wir zur Großmutter von Pees Freund, die weiß, wie wir von Kpandu mit dem Schiff nach Yapei kommen. Anschließend geht's ab in die Tanoa Gardens Bar, wo wir viel Bier trinken und uns gut unterhalten. Erst gegen Mitternacht begeben wir uns in das muffige Hotelzimmer.

Bereits um 5:30 Uhr wache auf, weil ich dringend aufs Klo muss und stelle wieder fest, dass alles Klopapier verbraucht ist. Um diese Zeit ist natürlich in der Stadt auch noch keins aufzutreiben. Also lege ich mich wieder hin und grummele. Um 7:20 Uhr gelingt es mir, an einem Stand gegenüber Klopapier zu kaufen. Nach dem Frühstück machen wir uns auf den Weg. Die Klamotten sind alle noch nass und müffeln im Rucksack vor sich hin. An der Lorry Station bekommen wir nach überraschen schneller Verhandlung ein Trotro nach Kpandu, wo wir nach relativ kurzer Fahrzeit heil ankommen. Schräg gegenüber der Ankunftsstation entdecke ich das Lucky Hotel, wo wir uns die Zimmer zeigen lassen und uns schließlich für eine Luxus-Suite mit Bad und Dusche direkt im Zimmer und mit großem Ventilator entscheiden. Das ganze Hotel ist ebenerdig, sehr sauber und wohl erst letztens renoviert oder zumindest gestrichen. Es hat sogar ein eigenes Restaurant. Bis zum Sonnenuntergang, der wie so oft traumhaft schön ist, wandern wir in dem Ort herum, essen dann Banku bei einer Frau am Stand — für 50 Cedi so viel, dass ich es nicht ganz schaffe. Den Rest teile ich mit zwei Kindern, die sich darüber sehr freuen. Gerade als wir wieder in einer kleinen Bar sitzen, fängt es an wie aus Eimern zu regnen. Als wir nass und schlammbedeckt im Hotel ankommen, stellen wir fest, dass eine saubere Dusche mit genügend Wasser, ein gut funktionierendes WC und ein Zimmer mit Ventilator, wo die Klamotten schnell trocknen können, das Geld absolut wert sind! Ich fühle mich sehr wohl und schlafe recht gut.

Und ich schlafe auch recht lange. Die morgendliche Dusche und Toilette sind in diesem Hotelzimmer angenehm, der Tag beginnt vielversprechend. Erst gegen 10:00 Uhr gehe ich zusammen mit Tina in die Stadt, wo ich nach einem Frühstück versuche, Geld zu wechseln. Ein gut Deutsch sprechender Ghanaer, den wir schon gestern kennengelernt haben, hilft mir, aber letztendlich kann ich nirgendwo an Cedis kommen. Da wir zum Hafen wollen und dieser in dem kleinen Ort Torkor etwas außerhalb liegt, nehmen wir das Angebot eines weiteren Deutsch sprechenden Ghanaers an, mit ihm ein Taxi zu teilen. Er erzählt uns, dass er lange in Deutschland war und nun hier in seiner Heimatstadt eine Schuhfabrik und eine Farm aufbauen will. Auf dem Weg nach Torkor halten wir an der Stelle, wo bereits der Rohbau seines neuen Hauses steht: ein Traum! Von diesem Ort, der auf einer Anhöhe liegt, hat man einen imposanten Blick auf den Volta See. Sehr beeindruckend. Wir machen Fotos, tauschen Adressen aus und fahren mit dem Taxi, das auf uns gewartet hat, weiter nach Torkor. Dort ist heute nichts los, dennoch ist es sehr schön hier am See und ich freue mich darauf zu erleben, wie es ist, wenn das Schiff in der Bucht liegt und die kleinen Fischerboote die Passagiere und die Ladung zwischen Land und Schiff hin und her transportieren. Zudem soll hier morgen ein großer Wochenmarkt stattfinden, sagt der Taxifahrer.

Wieder in Kpandu verlangt der gute Mann 1.500 Cedi, da er so lange gewartet habe. Als wir stutzen geht er von sich aus auf 1.200 herunter, die ich ihm auch gebe. Auf jeden Fall wird nun das Geld knapp. Ich lebe schon seit Tagen auf Pump und habe jetzt 7.000 Cedi Schulden bei Tina, da wir kein Forex-Büro finden, wo wir unsere Reiseschecks einlösen können. Nun geht auch ihr Geld zu Ende und wir müssen noch das Hotel, die Überfahrt auf dem Schiff, Verpflegung für die Fahrt, mindestens eine Taxifahrt und Essen bezahlen! Wir müssen jetzt mit jedem Cedi rechnen. Als wir feststellen, dass wir auch mit dem Trotro nach Torkor fahren können, kommt Luft in unsere Finanzplanung, und als uns dann noch ein Organisator vor der Lorry-Station erzählt, die Schifffahrt nach Yapei würde nur 400 Cedi kosten, gönnen wir uns doch ein Milo Brot und Ei zum Frühstück. Danach holen wir unser bereits gepacktes Gepäck aus dem Hotel und fahren zum Hafen.

Dort ist wirklich jede Menge los, wahnsinnig geschäftige Atmosphäre. Dann wieder der Dämpfer: Hier erzählt man uns, die Fahrt würde doch 1.200 Cedi für jeden kosten, zuzüglich Geld für die Fahrt im kleinen Boot, das uns zur Volta Queen (so scheint das Schiff zu heißen) bringt. Das Schiff fährt auch nicht nach Yapei, sondern nur bis Teji. Das liegt noch einiges von Tamale entfernt und da brauchen wir zusätzlich Geld für einen Bus oder Ähnliches in die Stadt. Die Stimmung sinkt, trotz der interessanten Umgebung. Schließlich mache ich mich auf, um irgendwie zu versuchen, ein paar Dollar zu tauschen. Dazu gehe ich in eine winzige Filiale der Rural Bank und frage dort nach. Aber man sagt mir, hier könne ich nicht wechseln und das Angebot, einem Mann die Dollars zu geben und zu warten, bis er mit den Cedis zurückkommt, lehne ich ab. Als ich das Bankgebäude verlassen und gerade eine Runde über den Markt gedreht habe, kommt mir einer der Männer, die in der Bank standen, nachgelaufen (damit hatte ich gerechnet) und führte mich zum Bankmanager. Der bietet mir 270 Cedi je Dollar, es gelingt mir, nach langen Verhandlungen auf 300 Cedi pro Dollar zu kommen und ihn zudem zu überreden, auch einen 20 $ Schein zu nehmen, da ich zu diesem miesen Kurs keine 50 $ wechseln will (normalerweise haben alle US-Dollar Beträge unter 50 $ einen deutlich schlechteren Kurs). Ich bekomme also 6.000 Cedi – gerettet! Die Stimmung steigt wieder.

Abwechselnd gehen jetzt Tina und ich essen oder bummeln, während der andere auf das Gepäck aufpasst. Das Schiff sollte ursprünglich zwischen 19:00 und 20:00 Uhr, nach neuester Information allerdings erst um 22:00 Uhr kommen – das wird ein langer Nachmittag. Inmitten des bunten Treibens vergeht er aber doch einigermaßen schnell. Jetzt ist es 17:30 Uhr, der Markt leert sich seit circa 16:00 Uhr merklich. Ich habe gerade noch im Voraus gegessen, auf dem Schiff gibt es angeblich nichts, deshalb schleppen wir auch den gefüllten 10 l Wasserkanister mit uns rum. Einerseits freue ich mich auf die Fahrt auf dem Volta, andererseits habe ich Angst, wir bekommen keinen gescheiten Platz – vor allem, wenn es regnet, soll es nach Aussagen von einigen Leuten echt unangenehm sein. Das Boot ist halt ein Frachtschiff. Eine Geschichte, die uns in der Vorbereitung erzählt wurde, fällt mir wieder ein: Demnach hätte sich bisher jeder, der auf einem Schiff den Voltastausee befahren hat, Milben eingefangen.

Gegen 22:00 Uhr gehen wir zum Seeufer, wo wir in ein Boot geladen werden. Irgendwie ist es schon spannend, bei Dunkelheit in einen kleinen wackeligen Kahn zu steigen – wir müssen etwa drei Meter durch das Wasser gehen und ich denke an Bilharziose. Nach nur kurzer Zeit wird der Außenborder angeworfen und wir tuckern los. Es ist weit und breit kein großes Schiff zu sehen. Gut 25 Minuten später erreicht das Boot eine kleine Insel, wo wir alle aussteigen müssen. Alle Passagiere setzen sich auf und zwischen die Steine und richten sich offensichtlich auf eine längere Wartezeit ein. Ich finde nach einiger Zeit eine Stellung, die es mir erlaubt, ohne große Schmerzen auf einigen Felsen zu dösen. Es wird kalt und ich wünsche mir das Schiff her. Das kommt aber erst gegen 1:30 Uhr am nächsten Morgen.

4 Volta

Die Volta Queen legt an. Das ist aber offensichtlich noch nicht das Schiff, auf das wir warten müssen. Kurz darauf, gegen 2:00 Uhr morgens, läuft die Yapei Queen ein, dort steigen wir zu. Es gibt keinen Steg und es ist eine akrobatische Leistung, mit dem Rucksack auf dem Rücken, dem randvollen zehn Liter Wasserkanister in der einen und den prall gefüllten Tagesrucksäcken in der anderen Hand durch das Gewühle am Boden zu torkeln. Der Pott ist schon ordentlich voll, überall liegen Menschen zwischen den Frachtstücken. Wir finden einen Platz, auf dem dritten, dem obersten Deck, so ziemlich der letzte freie Platz, der groß genug ist, die Isomatte auszubreiten. Dort schlafen wir (oder ich versuche es zumindest) unter freiem Himmel. Zum großen Glück regnet es nicht (oder nur ganz wenig). Wir finden Platz in einem Gang, der zum einzigen Wasserhahn auf dem Deck führt, sodass durchgehend Leute über uns hinweg steigen, um Wasser zu holen. Die Motoren des Schiffes liegen ein Deck unter uns, es ist also recht laut und es stinkt es nach Diesel.

Um 6:30 Uhr wachen wir auf, es ist hell, man kann zu beiden Seiten die Ufer des Voltasees sehen. Zu unserer Überraschung riecht es nach Kaffee und schon bald hat Tina die Quelle entdeckt. Dort gibt es auch Reis, Banku, Cassava – toll! Jetzt ist es gerade 8:00 Uhr und bereits tierisch warm. Ich überlege, ob ich die langen Klamotten anbehalten soll wegen der Milben, oder ob ich sie aufgrund der Hitze doch lieber ausziehe – ich ziehe sie zu guter Letzt aus. Gegen 10:45 Uhr sind wir in Kete Krachi, wo es hoch hergeht. In dem kleinen Dorf an der Anlegestelle mit circa 20 Hütten wird das Schiff ent- und beladen, lautstarkes Palaver an Bord und an Land. Nacheinander schlendern Tina und ich durch die Ansammlung von Rundhütten und Marktständen, die anscheinend den Hafen von Kete Krachi darstellt, trinken dort lauwarme Getränke und genießen den Trubel, den die Ankünfte der Yapei Queen und der Volta Queen, die bei unserem Einlaufen bereits vor Anker lag, ausgelöst haben. Viele aus einem einzigen Baumstamm gefertigten Boote werden von geschickten Ruderern um die großen Frachtschiffe manövriert und entladen sie von der Seite.

Um 13:00 Uhr geht's weiter, diesmal ist es ruhig bei uns auf dem oberen Deck hinter der Brücke. Die Ruhe rührt daher, dass viele Passagiere von Bord gegangen sind, aber der Lärmpegel ist vor allem deshalb jetzt niedriger, weil die Dieselmotoren der Yapei Queen nicht laufen: Wir werden von der Volta Queen, die seitlich angedockt ist, geschoben. Die Fahrt streckt sich. Abwechslung bringen die drei Zwischenstopps an winzigen Dörfern am Volta-Ufer. Das Geschehen beim Ent- und Beladen ist vom dritten Deck großartig zu beobachten. Sehenswert auch die Landschaft, die sich von der im Süden des Stausees nun wesentlich unterscheidet: Man kann kilometerweit sehen, die Bäume sind nicht so hoch und stehen weit auseinander. Jetzt, in der

Regenzeit, leuchtet alles in einem Farbenspektrum von Gelb bis Dunkelgrün. Dazu der Himmel, an dem die Wolken die schönsten Form- und Farbspiele vorführen. Die Sonnenunter- und -aufgänge lassen mich regelmäßig melancholisch werden. Hier fühle ich endlich die beeindruckende Weite dieses Kontinents. Immer wieder stelle ich mir vor, wie das alles wohl in der Trockenzeit aussehen muss. Das zu sehen wäre mein Traum, das ist – glaube ich – genau das, was ich mir unter der weiten, afrikanischen Savannenlandschaft vorgestellt habe. Die Vorstellung reizt mich so sehr, dass ich überlege, wie ich es schaffen könnte, nach Burkina Faso zu kommen. Das geht ja nur illegal, da mein Reisepass im Immigration Office in Accra liegt.

Der Tag vergeht langsam, aber es wird mir nicht langweilig. Am Abend legen wir uns nach Einbruch der Dunkelheit auf unsere Isomatten und dösen. Dabei werden wir von fliegenden Raupen gestört: Tierchen, die wie verrückt auf jede Lichtquelle und helle Flächen zufliegen, in rauen Mengen. Sie sehen aus wie Raupen oder Maden mit Flügeln und sie fliegen auch nur sehr unelegant und schwerfällig. Aber diese Viecher gibt es wohl nur abschnittsweise auf dem Volta, irgendwann sind sie verschwunden. Noch vor Mitternacht macht die Queen im Hafen von Yeji fest, wir dürfen aber bis drei Uhr auf dem Deck schlafen, dann soll sie zur Rückfahrt ablegen. Mitten in der Nacht müssen wir also auf das Fährschiff überwechseln, das Yeji mit dem anderen Volta-Ufer verbindet, zu dem wir übersetzten müssen, um nach Tamale zu kommen. Dann auf einmal eine

Überraschung: Ein Ghanaer fragt uns, ob wir Volu-Members seien. Als wir bejahen, sagt er, unten auf dem Schiff seien zwei Deutsche, die hole er jetzt rauf. Minuten später steigen da doch glatt unsere Bekannten aus der Vorbereitung in Marburg, Thomas und Ulrike, die Treppe hoch! Das gibt natürlich eine große nächtliche Erzählrunde. Thomas hat eine Woche im Hotelbett in Bolgatanga verbracht: Malaria. Er hat sich einer Resochin-Kur unterzogen, die nicht angeschlagen hat, und danach Fansidar genommen. Er sieht immer noch schlecht aus. Die beiden sind in Begleitung von Eugene, einem Volu-Ghanaer, den sie in ihrem Camp kennengelernt haben. Als alle sich ein Platz zum Schlafen suchen, fängt es kräftig an zu regnen. Tina und ich dürfen auf der Brücke schlafen, die anderen ziehen sich zurück aufs mittlere Deck. Wir verabschieden uns schon voneinander, da wir sie nicht wecken wollen, wenn wir das Schiff in der Früh verlassen. Das tun wir bereits gegen eins in der Nacht, denn ab dem Zeitpunkt wird es ungemütlich. Immer mehr Menschen drängen auf die Brücke, machen Licht und laufen mit Schlammschuhen über meine Isomatte und den Schlafsack, sodass wir entscheiden, uns schon jetzt auf die Fähre zum anderen Ufer zu legen. An Land kann man immer noch, beziehungsweise schon wieder, Essen bei einigen Frauen kaufen. Das Fährschiff hat Holzbänke, die überdacht sind und auf denen man auch schlafen kann. Ich friere in meinen klammen Klamotten im Schlafsack, schlafe aber relativ gut und fast durch bis 6:30 Uhr. Nicht gerade lange, aber erfrischend.

Als ich aufwache, geht die Sonne über dem Volta auf. Es ist noch sehr kühl, die Stimmung ist morgendlich: Einwohner des Dorfes und Passagiere waschen sich im Fluss, die Schiffsbesatzung macht an Bord ebenfalls ihre Morgentoilette, am Ufer sind immer noch die Essenstände, es wird schon Ladung aufgenommen. Fischer sind auf dem riesigen Stausee unterwegs… Ich habe gleich gute Laune, obwohl meine Glieder noch steif sind. Wir gehen frühstücken: Brot und Milo. Da wir nicht so lange auf das Ablegen der Fähre warten wollen, das sich immer wieder nach hinten verschiebt, wechseln wir schließlich auf eines der kleineren Boote mit Außenbordmotoren, die am Ufer liegen. Das legt auch gleich ab und wir überqueren den Voltasee. Die Landschaft ist faszinierend! Kahle, abgestorbene Baumkronen, die aus dem Wasser ragen, zeugen davon, dass vor dem See hier einst ein Wald war. An den Ufern sind die Bäume auch weitestgehend verschwunden, man kann weit in das Land hinein sehen. Am anderen Ufer angekommen erfahren wir, dass es einen Omnibus nach Tamale gibt, der aber, wie alle anderen Trotros und Vans, erst abfährt, wenn die große Fähre angekommen ist. Immerhin können wir uns direkt nach der Ankunft des Busses schon hineinsetzen und gute Plätze sichern. Das erweist sich als ein entscheidender Vorteil, denn obwohl nachher drei Leute auf jeweils zwei Plätzen sitzen, müssen viele Passagiere stehen. Vor und während der Fahrt und auch bei jedem Stopp gibt es ein riesiges Gezeter, da viel Gepäck geräumt werden muss.

Erst um 16:00 Uhr kommen wir in Tamale an, finden ziemlich schnell das Alhassan Hotel, bekommen dort auch ein Zimmer. Aber die ganze Stadt ist ohne Strom. Ventilator und Licht funktionieren also nicht. Duschen muss man – wie eigentlich immer – mit einem Eimer, hier wird er mit trübem Voltawasser gefüllt. Die Toilette liegt weit vom Zimmer weg, den Schlüssel muss man an der Rezeption abholen und sie ist ziemlich siffig. Wir sind fix und fertig. Nach knapp drei Tagen ohne Waschen und richtige Toilette hatten wir uns schon auf ein gutes Hotelzimmer gefreut – waren wir doch von der letzten Unterkunft in Kpandu sehr verwöhnt. Und nun das! Die Angst vor Milben besteht weiterhin, daher kaufe ich in einer Apotheke ein Desinfektionsmittel, welches man ins Badewasser tun kann. Damit waschen wir uns und die Klamotten, die wir auf dem Schiff getragen haben. Danach stinken wir zwar bestialisch und ungesund, fühlen uns aber besser. Und um etwas Positives festzustellen: Das Hotelzimmer ist das geräumigste bisher. Die Laune steigt wieder und wir gehen hinaus in die dunkle Stadt, essen und trinken etwas. Getränke sind natürlich ohne Stromversorgung nur warm zu bekommen. Das Laufen über die schlechtesten Straßen, die ich je gesehen habe, ist sehr gefährlich: riesige Schlaglöcher, nur ab und zu notdürftig abgedeckt, tiefe Kanalisationsgräben, überall Schlamm und Pfützen. Dann beginnt es auch schon wieder heftigst zu regnen. Aber es ist nicht wie im Regenwald, es hört gar nicht mehr auf, die ganze Nacht nicht. Wir laufen durch die gespenstisch leere, dunkle und nasse Stadt zurück ins Hotel.

In Tamale steht Geldwechseln ganz oben auf dem Programm. Auf dem Weg ins Forex-Büro sprechen uns zwei Männer an und fragen, ob wir Dollars wechseln wollen. Ein Bekannter an der Busstation sei bereit, Cedi zu einem guten Kurs zu tauschen. Wir gehen hin und alles läuft ganz problemlos ab. Also steuern wir die nächste Bar an – die sind eher rar gestreut in Tamale! Und Bier gibt es auch nicht überall, also müssen wir warme Cola trinken. Dann geht es quer durch die Stadt, denn Tina, ihre baldige Rückreise vor Augen, möchte Souvenirs kaufen. Die Stimmung auf dem Markt und das Angebot verleiten auch mich, bereits jetzt einige Mitbringsel zu erstehen. Wir decken uns mit geflochtenen Körben und Hüten sowie diversen Lederwaren ein. In Hochstimmung versuchen wir anschließend, nach fast vier Tagen endlich wieder kühle Getränke zu bekommen und eine Kleinigkeit zu essen. Wir gehen in ein einladend aussehendes Restaurant, von dem wir annehmen, dass es einen Generator zum Betrieb eines Kühlschrankes hat. Wenn es einen solchen besitzen sollte, nutzen die Besitzer ihn jedoch nicht zum Getränkekühlen: Es gibt auch dort keine kühlen Drinks, dafür wird aus der Kleinigkeit zu Essen eine großartige Tafel mit frittierten Plantaines, einer Art Hackfleischsauce, Omelette, Bohnen, Zwiebeln. Es schmeckt fantastisch, obwohl die Zusammenstellung nicht typisch afrikanisch ist, wie uns die Bedienung sagt. Dass die Zeit drängt, stört uns nicht. Wir wollen den Bus um 14:00 Uhr zum Mole Nationalpark nehmen, wo wir ein paar Tage verbringen möchten. Erst gegen 14:15 Uhr verlassen wir das

Restaurant und laufen zur Bus-Station. Wie vermutet kommt der Bus tatsächlich erst gegen 15:15 Uhr und fährt kurz vor 16:00 Uhr ab. Manchmal klappt es tatsächlich, afrikanische Gelassenheit an den Tag zu legen.

Ich kann mich an der grünen und teilweise überfluteten Savannenlandschaft nicht satt sehen. Die Dörfer sind total anders als im Süden Ghanas: Rundbauten mit Schilfdächern, eng beieinander stehend, teilweise mit kleinen Mäuerchen verbunden. Viehherden, Ziegen und vor allem Rinder, laufen oder stehen mit Vorliebe auf der Piste und räumen diese erst nach langem Hupen – manchmal muss sogar ein Mitfahrender aus dem Bus springen und die Tiere vertreiben. Leider ist es auf dem letzten Stück der Fahrt schon dunkel, Tina und ich sind die letzten Passagiere im Bus, als dieser innerhalb des Mole-Nationalparks zum Motel fährt. Dort steigen wir aus, werden zur Rezeption begleitet, bekommen Zimmer mit Dusche und WC. Beim Eintragen in das obligatorische Registration Book sehe ich, dass Christian Butenhagen vor drei Tagen hier war. Die Zimmer sind sauber, das Wasser eher das Gegenteil. Ohne außer dem fantastischen Sternenhimmel viel gesehen zu haben, gehen wir gegen 22:30 Uhr ins Bett, nachdem wir wegen des Wassers etwas widerwillig und bei Kerzenlicht, da um 22:00 Uhr im Nationalpark der Generator abgestellt wird, geduscht haben. Ohne Ventilator und Moskitonetz wecken mich ein ums andere Mal die Mücken.

Schon früh stehen wir auf, ein Guide ist für 6:45 Uhr bestellt. Der Morgen ist wunderbar, die Savanne liegt im Morgenlicht, alles ist noch feucht. Nebel steht hier und da über Wasserlöchern und entlang der Flussufer. Das Licht wechselt ständig. Wir marschieren pünktlich mit unserem Guide los. Er erzählt uns, dass es heute zum ersten Mal seit Tagen nicht regnet. Dass wir kaum eine Chance haben, Tiere zu sehen, wissen wir ja bereits. In der Trockenzeit kann man Elefanten, Löwen, Affen, Alligatoren und vieles mehr sich am Wasserloch direkt unter dem Motel abwechseln sehen. Jetzt in der Regenzeit aber gibt es genügend Wasser, ja sogar zu viel davon, denn einige Huftiere können nicht durch den Schlamm laufen und ziehen sich auf Hügel zurück. An diese Anhöhen kommt man zu dieser Zeit selbst nicht mit dem Geländewagen heran: Alles steht unter Wasser. So begnügen wir uns mit einem zweistündigen Marsch durch die morgendliche Savanne, sehen einige wenige Antilopen, Elefantenspuren, ich sehe einen Büffel von hinten, vor allem aber erleben wir die beeindruckende Landschaft und die einzigartige Stimmung mit dem sanften Licht und den Wolkenformationen – einfach großartig. Als wir zum Hotel zurückkommen, bekommen wir ein englisches Frühstück serviert. Dabei bemerken wir, dass wir die einzigen Gäste in der Hotelanlage sind. Das Dinner (auf Lunch verzichten wir) wird nur für uns zubereitet. Der Speisesaal wirkt mit den riesigen Tischen, schweren, dunklen Holzmöbeln und den Trophäen an der Wand wie aus einer anderen Welt. Die Zeit verbringen wir schlafend, lesend und schreibend am Swimmingpool, der sehr verlockend aussieht, in den wir uns aber nicht hinein trauen. Spaziergänge ohne Guide sind nur sehr eingeschränkt möglich. So unternehmen wir noch eine zweite Fußsafari – und wieder überrascht uns der Regen. Von einer Anhöhe aus können wir in wortwörtlich kommen sehen! Es ist wunderbar: von einer Sekunde auf die andere regnet es in Strömen, teilweise scheint trotzdem die Sonne, am Himmel zeigen sich Regenbögen vor den tollsten Wolkenformationen und ständig liegt die Savanne in einem anderen Licht vor uns. Als wir wieder im Hotel sind, sind wir komplett durchnässt, aber glücklich. Regenwasser ist eh besser als unser Duschwasser.

Zum Dinner werden wir Zeugen eines perfekten afrikanischen Sonnenuntergangs. Einfach genial, überall, wo ich bisher in Ghana Sonnenuntergänge gesehen habe, waren sie absolut beeindruckend und unterschieden sich von allen anderen. So auch dieser in der Savanne, vom Mole Motel aus. Der Speisesaal liegt in ganz tollem Licht, ein Ventilator dreht sich langsam, das Essen ist klasse (Fisch, Reis und Stew). Am Abend vor der Abreise vergewissern wir uns, dass unsere nassen Klamotten so im Ventilatorwind hängen, dass sie über Nacht trocken werden. Wir schaffen es, um 4:30 Uhr wach zu werden, um 05:30 Uhr soll der Bus abfahren. Ich habe die Nacht kaum geschlafen, mies geträumt, geschwitzt… Wahrscheinlich beunruhigen mich nun langsam die Gedanken daran, bald alleine reisen zu müssen. Es ist wirklich kein gutes Gefühl zu wissen, dass ich in ein paar Tagen auf mich allen gestellt sein werde und mich mit niemandem besprechen kann. Das alles auch noch im Norden Ghanas, der sich als deutlich schwerer zu bereisen herausgestellt hat, als ich das erwartet hatte. Nun fühle ich mich zerschlagen und matt. Ich packe, um 5:30 Uhr kommt der für 4:30 Uhr, bestellte Weckdienst.

An der Rezeption warte ich zusammen mit Tina, bis wir in den schon bereitstehenden Bus einsteigen können. Offensichtlich startet der Bus hier. Da es ab Damongo voller werden soll, nehmen wir uns jeder einen Fensterplatz, da man dort von dem Gedränge weniger mitkriegt (das gilt nur für STC Busse!). Die Fahrt dauert ewig, der Bus hält in jedem Dorf, überall wird stundenlang umgeladen. Es herrscht ein ziemlicher Luftzug, dem ich nicht ausweichen kann, ein um Nacken und Kopf gewickeltes Handtuch bietet auch keinen ausreichenden Schutz. Dazu kommt, dass ich schwitze wie wild. Als wir in Tamale ankommen, ist mir völlig übel, eine Hitzewallung nach der nächsten, Gliederschmerzen und Magenrumoren. Wir gehen wieder ins Alhassan Hotel, im Nachhinein ärgere ich mich darüber: Es stinkt im Flur nach Urin, die Toilette ist unerträglich, ein Mitarbeiter nie zu greifen… Das Zimmer ist allerdings sauber. In der ganzen Stadt gibt immer noch keinen Strom – der fällt nach Aussagen des Rezeptionisten für mindestens zwei weitere Wochen aus. Mittlerweile riecht es an vielen Stellen der Stadt sehr unangenehm. Ob meine innere Verfassung meine Aufnahmefähigkeit beeinflusst? Mir ist, als würden wir in den Bars unfreundlicher bedient, als würde wortlos und mit kaltem Blick serviert und kassiert. Die Leute am Busbahnhof, in den Geschäften oder an den Ständen benehmen sich abweisend. Eigenartig! Mir geht's gegen 14:00 Uhr so dreckig, dass ich nur noch zwei Schokoladen kaufe, mich aufs Bett lege und Musik auf dem Walkman höre. Gegen 16:30 Uhr klopft Tina, wir wollen eigentlich eine Runde in die Stadt, ich bin aber immer noch schlapp. Wir regeln unsere Finanzen und besprechen die getrennte Weiterreise. Danach dusche ich, fühle mich etwas besser und gehe doch mit hinunter.

Im Innenhof des Hotels läuft Fußball: Auf einer Groß-leinwand werden die Spiele der WM 89 als Vorfilm zum eigentlichen Kinofilm gezeigt. Wir laufen durch das absolut dunkle Tamale, Tina isst Banku mit Soße, ich kann nicht, habe auch keinen Hunger, fühle mich zu schwach zum Weiterlaufen, sodass wir uns entscheiden, im Hotel den Film zu sehen, dabei etwas zu trinken und dann schlafen zu gehen. Es tut mir leid, an diesem letzten gemeinsamen Abend in Ghana keine angemessenere Begleitung zu sein. Aber es hätte eh kein kaltes Bier gegeben … Der gezeigte Streifen ist der letzte Mist: Kampfsport billigster Machart. In meinem aktuellen Gemütszustand erschreckt mich noch mehr, wie das Publikum auf die Aneinanderreihung bru-talster blutiger Szenen mit einer solchen Begeisterung rea-giert. Es ist ein einziges Johlen, Brüllen und Schreien. Hinter uns hat die Aggressivität der Handlung einige Männer an-gesteckt, die gerade noch dran gehindert werden, sich zu schlagen. Warum werden hier fast ausschließlich diese idio-tischen chinesischen Produktionen gezeigt? Auf allen Ankündigungstafeln sieht man nur Filme dieses Genres, Kriegsfilme oder indische Liebesfilme. „Another brutal Chinese Film" reicht als Beschreibung eines Films vollkommen aus und das Kino (meistens irgendein Hinterhof, oft in einem Hotel) ist voll. Nach der Vorführung gehen wir noch in die Bar gegenüber und regen uns bei warmem Bier etwas ab. Im Bett beschleicht mich wieder ein ungutes Gefühl. Ich bin nicht mehr sicher, ob ich mich auf das Alleinreisen über einen so langen Zeitraum freue. Unsicherheit hat mich diesbezüglich in den letzten zwei Tagen ergriffen. Vielleicht liegt das daran, dass ich gerade auch körperlich etwas schlapp bin. Der Gedanke, dass ich im zweiten Workcamp, sollte ich es finden, sicher jemanden treffen werde, der danach mit mir zusammen zurück nach Kumasi und Accra und an die Küste reist, beruhigt mich etwas. Dennoch beängstigt mich in dieser Nacht meine Abenteuerlust, die mich in die Situation gebracht hat, ab morgen allein in einem fremden Land ohne Anleitung, Kontakte oder Erfahrung quer durch dünn besiedelte ländliche Regionen reisen zu müssen. Ich denke über meine bisherigen Reiseerlebnisse nach.

Die Reisen nach Ghana und innerhalb des Landes sind wirklich abenteuerlich. Das gilt auch schon für die An- und Abreisen mit dem Flugzeug. Fliegen ist hier ein Erlebnis für sich. Es sind nur wenige und sehr teure Interkontinentalverbindungen verfügbar, man muss sehr früh buchen und extrem flexibel sein. Die eingeschränkten Kommunikationsmöglichkeiten mit den Airlines machen die Buchungen und die vorgeschriebenen Bestätigungen dieser Buchungen – die Reconfirmations – zu einem spannenden Vorgang, vor allem, wenn man sich überwiegend auf Reisen in ländlichen Regionen befindet. Erstaunlich gelassen bin ich diese Angelegenheiten bisher angegangen, gerade angesichts der Tatsache, dass es sich bei meiner Flugreise nach Ghana um meinen ersten Flug überhaupt handelte. Die Erinnerung an den Hinflug nach Accra lässt mich auch in meiner aktuellen Situation über meine Unbekümmertheit – und die der ganzen Gruppe – schmunzeln.

Ich hatte beschlossen, bereits am Tag vor dem Abflug nach Düsseldorf zu fahren, von wo der Ghana Airways Flug abgehen sollte, und dort in einer Jugendherberge zu übernachten. Die anderen Mitreisenden aus meiner Vorbereitungsgruppe, die aus weiter entfernten Gegenden Deutschland anreisten, hatten das sinnvollerweise für sich so geplant und ich habe mich der Gruppe angeschlossen, obwohl für mich eine Anreise aus Dortmund auch am Tag des Abflugs möglich gewesen wäre. Der Abschied von Henrieke in ihrer Wohnung in Dortmund fiel schwer, verlief aber harmonisch. Abends gingen wir alle in Düsseldorfs Altstadt aus, die letzten Gruppenmitglieder stießen gegen 0:30 Uhr nachts zu uns. Am nächsten Morgen frühstückten wir in aller Ruhe, während andere Gäste, die auch nach Ghana wollten, wie wir am Vorabend herausgefunden hatten, sich bereits auf den Weg zum Flughafen machten. Alles lief cool und entspannt, nur als wir am Bahnhof in Düsseldorf merkten, dass die S-Bahn erst um 9:08 Uhr zum Flughafen fährt, wir aber bis spätestens 9:30 Uhr zum Einchecken dort sein müssen, wurden wir etwas nervös, was sich an der zunehmenden Anzahl von Witzen bemerkbar machte. Der Abflug war planmäßig um 10:30 Uhr, wir kamen genau um 10:30 Uhr am Flughafen an und sahen eine riesige Menschenmenge vor dem Schalter der Ghana Airways. Wir waren so ziemlich die letzten und wir hatten unsere Tickets noch nicht. Aber dann kam die Nachricht, dass die Maschine aus London erst um 12:30 Uhr in Düsseldorf landen würde – puh!

Die Wartezeit beim Einchecken gestaltete sich kurzweilig, wir waren alle ziemlich aufgekratzt. Dann aber der Schock: Wir standen zu fünft vor dem Schalter und es waren nur noch vier Plätze frei! Herr Gapko von Ghana Airways beschloss, trotzdem alle einchecken zu lassen! Das Flugzeug war also hoffnungslos überbelegt. Einige Passagiere der Tourist Class bekamen einen Sitzplatz in der Business Class. Als letzter Passagierin aus unserer Gruppe wurde Julia eine Einstiegskarte ohne Sitzplatznummer in die Hand gedrückt. Erstaunt sahen wir, dass auch den Passagieren, die weit hinter uns in der Reihe standen, ebenfalls noch Boarding Passes ausgestellt wurden. Am Gate dann das große Gedränge. Alle ahnten, dass nur derjenige mitfliegen würde, der sich hier nach vorne drängelt. Und so war es auch. Es zählten keine Sitzplatznummern mehr, keine Unterscheidung zwischen Business und Tourist Class. Wir fünf schafften den Sprung, viele blieben zurück. Was mit ihnen passierte, wissen wir nicht. Der nächste Flug nach Accra ging erst in zwei Wochen. Um 13:20 Uhr startete das Flugzeug. Zwischenlandung in Rom 15:10, Weiterflug nach Accra um 17:05 Uhr. Wir konnten die Sahara unter uns sehen und den Sonnenuntergang, später in der Nacht Gewitter über dem Regenwald. An Bord herrschte eine ausgelassene Stimmung.

In Ghana erhalten wir früh einen Eindruck davon, mit welchen Herausforderungen wir bei den Buchungen der Rückflüge zu rechnen haben. Sowohl Julia als auch Tina müssen aus unterschiedlichen Gründen als erste von uns zurück nach Deutschland. Beide haben einen Aufenthalt in Accra dazu genutzt, ihre Flüge dort im Ghana Airways Büro zu reservieren. Dennoch gestaltet sich das alles andere als einfach. Für Julia gibt es große Probleme, einen Flug für die kommende Woche zu bekommen. Tina würde gerne am 31. August fliegen – sie ist zu unruhig wegen der ganzen Dinge, die sie noch vor Studienbeginn erledigen muss. Das ist zu dem Zeitpunkt noch einige Wochen ent-fernt. Sie kann dennoch nur einen Rückflug für den 9. September reservieren. Sie kommt auf eine Warteliste für die wenigen früheren Flügen und muss sich ab da regelmäßig nach dem Stand der Dinge erkundigen. Irgendwann hatte sie bei einem ihrer zahlreichen Anrufe Erfolg und hat einen Flug Ende August reservieren können.

Während des Aufenthalts in Accra nach dem Work-camp planen Tina und ich zunächst, wegen des Zeitdrucks, der sich bei ihr wegen des Studienplatzes ergeben hat, in den Norden Ghanas zu fliegen. Also gehen wir zu Air Tours, der Inlands-Fluggesellschaft von Ghana Airways. Der Mann am Schalter ist lahmarschig und unfreundlich. Als wir dss Büro verlassen, haben wir keine Flüge in den Norden Ghanas bekommen und miese Laune. Abends überarbeiten wir unsere Reisepläne. Heraus kommt die Route, die wir nun auch tatsächlich genommen haben: über den Volta nach Tamale. Gerne würde Tina zumindest die Rückreise von Tamale nach Accra mit dem Flugzeug machen, um Zeit zu gewinnen. Also statten wir Air Tours einen zweiten Besuch ab, diesmal um einen Flug Tamale – Accra zu buchen. Leider geht auch das nicht, also trotten wir erneut unverrichteter Dinge zurück.

Erst hier vor Ort in Tamale hat es geklappt und Tina konnte bei Ghana Airways einen passenden Flug nach Accra klarmachen. Überraschenderweise schien es überhaupt kein Problem zu geben, was uns dann doch irgendwie stutzig gemacht hat. Zu dem Zeitpunkt hatten wir gerade kein Bargeld zur Verfügung und mussten angeben, dass Tina den Flug erst später würde zahlen können (wenn wir eine geöffnete Bank oder ein Forex-Büro gefunden haben würden, die unsere Reisechecks oder Dollars wechselt). Die Mitarbeiter bei Ghana Airways lächeln und sagen: „No Problem!" - Wo ist der Haken?

Heute ist der Tag, an dem Tina nach Accra fliegen wird, um von dort nach Deutschland abzureisen. Für mich ist es der Tag, an dem ich meine Reise ganz alleine fortsetzten werde. Wir stehen früh auf und mir geht's relativ gut. Vorfreude und Beklemmung bei dem Gedanken an die weitere Reise halten sich anscheinend die Waage. Wir packen unsere Sachen, Tina geht schon mal zu Ghana Airways, kommt unverrichteter Dinge wieder zurück und sagt, sie solle gegen 8:30 Uhr noch mal hinkommen. Bis dahin wollen wir frühstücken, aber wie wir schon festgestellt haben, gibt es in Tamale morgens kein Milo-Ei-Brot-Frühstück. Wir trinken im Stehen einen Softdrink, wollen Geld wechseln, doch der Mann im Forex-Büro ist wohl noch nicht da. Als wir durch die Straßen laufen, kommt uns ein Mann von Ghana Airways entgegen und sagt uns ganz trocken, der Flug nach Accra sei gecancelt, da es keinen Strom gibt und zudem Treibstoff fehlen würde. Tina wird bleich und ist ganz von den Socken. Der Mann sagt, sie müsse halt ein Gefährt nach Accra suchen.

Da hilft kein Aufregen, schimpfend (vor allem Tina) laufen wir zur Busstation. Dort fährt heute noch ein STC Bus nach Accra, der für die Strecke – wenn alles gut geht – circa zehn Stunden benötigt. Das würde reichen, aber Tina hätte nur einen winzigen Zeitpuffer in Accra. Daher wollen wir auch noch nach einer Möglichkeit fragen, mit einem der Nissan Express Busse nach Accra zu kommen. Kaum an der entsprechenden Junction angekommen spricht uns schon ein Typ an und bietet uns Platz in einem Peugeot 504 nach Accra an. Er ist tatsächlich bereit zu warten, bis Tina ihr Gepäck aus dem Hotel geholt hat. Das geht dann so schnell, dass sie noch fix die Mitarbeiter im hiesigen Ghana Airways

Büro Bescheid bitten kann, in Accra anzurufen und auszurichten, sie würde ihren gebuchten Flug auf jeden Fall nehmen, könne aber erst morgen zur Reconfirmation kommen. Währenddessen gehe ich schon zum Auto und halte den Fahrer hin. Tina kommt, wirft ihr Gepäck in den Kofferraum, steigt auf den freien Platz auf der Rückbank des Nissans, und ab geht die Fahrt. Und ich bleibe etwas unsicher zurück, spüre aber schon in dem Moment, wo der Wagen zunächst in der von ihm aufgewirbelten Staubwolke, dann hinter dem ersten Hügel verschwindet, meine Abenteuerlust über alle Bedenken siegen.

5 Nalerigu

In ganz Tamale gibt es keine Zeitung. Ich renne mir die Hacken ab und in zwei Kiosken, wo der People's Daily Graphic liegt, will man ihn mir nicht verkaufen. Im zweiten Kiosk werde ich sogar angemacht, weil ich es wage, noch nach dem Mirror zu fragen. Sauer laufe ich durch die Stadt, kaufe Bananen und Schokolade, trinke etwas, besorge mir Wasser und ziehe mich ins Hotelzimmer zurück, um zu schreiben. Dort gehe ich auch erst wieder fort, um zu Abend eine Portion Reis und Stew zu essen. Direkt gegenüber dem Hotel lerne ich an einem erstklassigen Essenstand Frank kennen, einen ghanaischen Seemann. Er spricht mich an und er ist sehr sympathisch, sein Englisch ist gut verständlich und so unterhalten wir uns so lange, dass ich beschließe, eine weitere Portion des hervorragenden Reisgerichts mit Bohnen und Vegetable Stew zu futtern. Frank zeigt mir eine Bar, wo es kühle Getränke gibt. Der Abend ist gemütlich, ich genieße das kalte Bier und die Unterhaltung mit Frank, der viel gesehen und zu erzählen hat.

Ich beschließe, nach Bolgatanga weiterzureisen. Das liegt auf dem Weg in die Region, in der ich ein zweites Workcamp mitmachen will. Zudem könnte ich von dort aus nach Burkina Faso weiterreisen, sollte sich eine Gelegenheit dazu ergeben. Frühmorgens holt mich Frank mit seinem Bruder im Hotel ab und sie bringen mich zur Nissan Station, von wo aus ich gut nach Bolgatanga kommen kann.

Dort steht aber kein Nissan, sondern nur ein Trotro. Als es dann anfängt zu regnen, steige ich dort ein und nach einiger Zeit geht es los. Die Fahrt ist extrem anstrengend: Wir fahren durch die Viertel Tamales, die vor wenigen Tagen beim Bruch eines Dammes stark zerstört worden sind. Man kann maximal im Schritttempo über die schlammigen und immer wieder in Teilen weggespülten Straßen juckeln. Die Ansicht der Zerstörung ist bedrückend und ich empfinde es als zusätzlich belastend, dass ich mit niemandem über das reden kann, was ich sehe.

Erst nach fünf Stunden komme ich gut durchgeschüttelt und mit plattem Hintern in Bolgatanga an. Ein netterer älterer Herr, der mich auf der Straße anspricht, will auch zum Central Hotel (ein Tipp von Frank!) und wir gehen zusammen. Dort ist allerdings kein Zimmer frei, daher lasse ich mich von einem kleinen Jungen zum Black Star Hotel führen, wo mir die Zimmer jedoch zu teuer sind. Während ich noch überlege, ob ich es im sehr einfachen Social Center oder in den weit außerhalb liegenden Sun Guardians versuchen soll, kommt mir Astrid, die ich damals in meinem alten VW Passat von Dortmund nach Marburg zum Vorbereitungsseminar mitgenommen habe, als Sozius auf einem Moped entgegen. Sie hat Malaria, ist völlig zerstochen, will heute oder morgen zurück nach Kumasi, ist aber bis dahin bei der ghanaischen Familie des Fahrers des Motorrads in guten Händen. Die Unterhaltung bleibt recht knapp, da sie sich schnell hinlegen möchte. Der Freund sagt, ich könne bei ihm schlafen, ansonsten würde er mir gleich bei der

Hotelsuche helfen. Ich solle an der NIB Bank auf ihn warten. Der Junge führt mich jetzt noch zur Bank, dort gebe ich ihm 100 Cedi. Zum Glück kann man gleich um die Ecke kalte Cola kaufen, ich muss nämlich einige Zeit warten.

Inzwischen kommt ein Engländer auf einer Enduro vorbei und bietet mir eine Übernachtungsmöglichkeit für den Fall der Fälle an. Als Astrids Freund nach einer Dreiviertelstunde noch nicht da ist, mache ich mich alleine weiter auf die Suche und finde ein Zimmer im Bolco Hotel. Es ist schön gelegen und auch von der Architektur her ansprechend: Eingeschossig, um ein Atrium herum angelegt, sehr viel Grün. Leider ist der Raum ohne Ventilator, das daran angeschlossene Bad ohne Kloschüssel und natürlich ohne Wasser. Trotzdem nehme ich das Zimmer mit dem Hintergedanken, gleich morgen in ein besseres Hotel umzuziehen. Nach dem Duschen und Umziehen gehe ich in die Stadt, in Richtung zweier Hotels, an denen wir auf der Hinfahrt vorbeigekommen waren. Auf dem Weg treffe ich Alexander, einen Angestellten der Volta River Authority, der mich nach einer kurzen Unterhaltung einlädt, ihn morgen in seinem Büro zu besuchen. Die beiden Hotels sind beide zu weit draußen und zu teuer. Ich esse in der Stadt, trinke in einer Bar ein Bier und schreibe dabei Briefe. Das setze ich später in der Nacht fort und schlafe unter meinem perfekt aufgebauten Moskitonetz sehr gut.

Am nächsten Tag komme ich an einem Post Office vorbei und entscheide mich spontan, im Volu-Büro in Accra anzurufen und mir nochmal Details zum Auffinden des zweiten Workcamps geben zu lassen. Das klappt sogar ganz unkompliziert und man kann mir ausrichten, das Camp finde nicht in Kamalo, sondern in Nalerigu, einem Ort in der Nähe, statt. Gut, dass ich nochmal gefragt habe! Als ich mich nach Tinas Rückflug erkundige, erzählt man mir, es habe Probleme gegeben, sie sei gerade zum x-ten Mal bei Ghana Airways. Ich erfahre zudem, dass Bernd Malaria hat.

Im Hotel kann ich mein Zimmer gegen eines mit besserem Bad und Ventilator tauschen, ohne Aufpreis! Damit bin ich zufrieden und mache mich auf den Weg zur Volta River Authority. Das Gebäude liegt weit hinter der Stadt, aber der Spaziergang dorthin ist schön. Ich treffe Alexander, als ich schon wieder auf dem Rückweg bin. Er war unterwegs, einige Dinge zu erledigen und ist offensichtlich froh, mich dennoch erwischt zu haben. Ich bekomme Kaffee und Brot mit Ei, wir unterhalten uns etwas, tauschen Adressen, er bringt mich auf seinem Motorrad in die Stadt und wir verabreden uns für den Abend. Danach kaufe ich eine Zeitung, setze mich in eine Bar und will gerade anfangen zu lesen, da setzt sich ein Ghanaer zu mir und sprich mich an.

Er bietet mir an, mich nach Paga zu begleiten, wo ich Krokodile sehen könne. Nachdem ich mich schnell umgezogen und meine Kamera eingesteckt habe, sitzen wir auch schon in der Fahrerkabine eines Trotro und fahren nach Navrongo. Von dort müssen wir das Trotro chartern, da wir ansonsten eine zu lange Wartezeit auf eine Fahrgelegenheit hätten. In Paga gebe ich einem Guide 400 Cedi, um ein Huhn zu kaufen, mit dem die Krokodile angelockt werden sollen. Dann gehen wir zu dem Gewässer, wo sich die Viecher aufhalten. Der Landlord, dem das Land gehört, will von mir 2.000 Cedi: 1.000 Cedi um die Krokodile zu sehen, weitere 1.000 um fotografieren zu dürfen. Ich rege mich furchtbar auf und mein Begleiter handelt auf 500 Cedi runter. Immer noch zu viel, richtiger Touristennepp, aber wo ich jetzt schon mal hier bin... Einige Jungen, die uns gefolgt sind, versuchen, die Krokodile mit Pfeifen anzulocken, was auch wirklich klappt! Eines kommt ziemlich schnell auf uns zu geschwommen, bleibt aber in einiger Entfernung im Wasser. Dann kommt der Landlord mit einem lebenden Huhn...

Es tut mir so leid! Die ganze blöde Situation – hier als Weißer vor einem Krokodilteich, der dafür bezahlt, dass circa zehn Einheimische mit einem lebenden Huhn versuchen, Krokodile anzulocken – ist mir total unangenehm und ich mache kein Hehl daraus. Das arme Tier wird geschwenkt und piept dabei, was die Krokodile dazu veranlasst, ganz dicht ans Ufer zu kommen. Eines der großen kommt direkt vor uns an Land. Es sieht schon beeindruckend aus und ich mache Fotos. Es bewegt sich langsam auf den Landlord mit dem todgeweihten Huhn zu und nachdem dieser sich vergewissert hat, dass ich auch fotografiere, wirft er das Huhn dem Krokodil zu, da nur kurz zuschnappt und das Huhn in einem Happen verschlingt. Jetzt fangen die Einheimischen an, das Krokodil an den Schwanz zu fassen, stellen sich neben ihm in Pose und fordern mich auf, zu fotografieren. Das Tier ist völlig handzahm! Wie peinlich! Ich stehe jetzt da und darf so tun, als ob ich die Jungen fotografieren würde. Also, die Sache war ihr Geld nicht wert.

Um eine Erfahrung reicher, gehe ich mit meinem Begleiter zur Trotro-Haltestelle, lehne auf dem Weg dorthin eine Forderung der Jungs nach Geld ab (wäre ja noch schöner) und warte auf eine Fahrgelegenheit nach Navrongo. Die kommt nach kurzer Zeit, für 30 Cedi kommen wir dort an und gehen in eine Bar, wo mein Begleiter mir seine Freundin vorstellt, die in diesem Ort wohnt. Wir trinken Bier, diskutieren mit anderen Barbesuchern über das geteilte Deutschland und Ost-West-Beziehungen. Anschließend besuchen wir noch weitere Bekannte meines Begleiters in Navrongo, darunter ein sehr alter Mann und eine kranke Freundin. Sie hat eine Chloroquin-Injektion bekommen, obwohl sie keine Malaria hatte! Für die Rückfahrt nehmen wir neben dem Fahrer eines Kastenwagens Platz und ab geht's Richtung Bolgatanga.

Als ich in diesen Tagen nochmal mit dem Volu-Office telefoniere, erfahre ich, dass Tina definitiv noch keinen Rückflug, aber ganz gute Karten habe, da sie auf Nummer eins der Warteliste für den nächsten Flug stehe. Zudem sagt man mir, dass fünf oder sechs Briefe an mich im Office warten – ich werde nervös, überlege, ob ich nicht statt ins Camp nach Accra fahren beziehungsweise fliegen soll. Aber beim Spaziergang durch die Stadt, beim wieder hervorragenden Frühstück, bei dem ich zwei Zeitungen von gestern (People's Daily Graphic und Ghanaian Times) lesen kann, entschließe ich mich, bei meinem ursprünglichen Plan zu bleiben und morgen ins Camp zu fahren. Vorher aber gehe ich über den Wochenmarkt in Bolgatanga. Dieser Markt unterscheidet sich sehr von denen, die ich in den südlicheren Regionen Ghanas gesehen habe, er hat mehr den Charakter eines orientalischen Basars. Leider lassen sich die überwiegend muslimischen Markthändler und -besucher nicht fotografieren, sie sehen in ihrer traditionellen Kleidung schon interessant und reizvoll aus.

Nachmittags sitze ich in einer Bar, die Hitze draußen ist unerträglich, die Sonne knallt nur so herab, aber plötzlich bezieht es sich und nach nur wenigen Minuten geht ein unfassbarer Hagel herunter. Tischtennisballgroße Hagelkörner bei diesen tropischen Temperaturen! Erstaunliche Wassermassen stürzen die Straßen herunter, reißen jede Menge Erdreich, Sträucher und auch Tiere mit. Die Barbesucher sitzen jetzt alle auf einem Haufen in der Mitte des großen Gastraumes, wo nur wenig Regen hinkommt. Nach kurzer Zeit gibt es eine Regenpause, die Zwangsgemeinschaften in Bars, Läden und unter Vordächern lösen sich auf, alles strömt nach Hause. Gerade als ich das Hotel erreiche, regnet es schon wieder. Gegen 17:00 Uhr hört es auf, ich gehe in die Stadt und ein verhängnisvoller Abend nimmt seinen Lauf.

Ich treffe einige Einheimische, die ich bei unterschiedlichen Gegebenheiten kennengelernt habe, darunter auch derjenige, der mich zu den Krokodilen begleitet hat. Wir trinken jede Menge Bier, irgendwer besorgt Reis mit Bohnen und Stew, jemand anderes später am Abend nochmal Reis mit der leckeren Vegetable Stew. Einige aus der Gruppe sind nun eindeutig darauf aus, Frauen abzuschleppen. Als sich hier und da Erfolg einstellt, werden Hotelzimmer benötigt. Aber sowohl das Central als auch das Bolco sind voll belegt und ich ahne, was kommt, als mich einer der Ghanaer geheimnisvoll zu sich ruft, im Innenhof des Bolco: Ob sie nicht bei mir im Zimmer… Ich verneine sofort und antworte auch auf seinen Vorschlag, sie beide (oder ich!) könnten doch auf dem Boden schlafen, wohl so entschieden mit Nein, dass er sich ziemlich schnell und kurz angebunden verabschiedet. Als ich im Bett liege, bin ich vollgefressen und etwas mehr als angetrunken von meist warmen Bier. In der Nacht bekomme ich Durchfall…

Auch am Morgen muss ich sofort auf die Toilette (der Stuhl ist komplett flüssig), ich habe Kopfschmerzen und knapp 38° Fieber. Nach einigem hin und her stehe ich kurz vor 9:00 Uhr auf, obwohl mir ganz komisch ist, nehme Kohletabletten, Aspirin, Vitamintablette und Resochin, packe und gehe zur Tamale Station. Dort kann ich mich schon bald in ein Trotro setzen. Bei der Abfahrt geht's mir ganz gut, was sich aber mit zunehmender Dauer der Fahrt ändert. Abwechselnd friere und schwitze ich, die Schlaglöcher, die der Fahrer mitnimmt, verursachen stechenden Schmerz in meinem Kopf. Um 12:00 Uhr kommen wir in Walewale an, ich bin schon ziemlich schlapp. Ich frage einen Polizisten nach einer Möglichkeit, nach Nalerigu zu kommen: Also, der Bus fährt erst am Abend, vielleicht kann man aber an der Junction ein Auto erwischen.

Da ich sehe, dass die Kreuzung der zwei unbefestigten Pisten komplett in der prallen Mittagssonne liegt, gehe ich in eine kleine Bar in Sichtweite, bekomme dort eine warme Cola und auf meine Frage, wie ich nach Nalerigu komme, die gleiche Antwort wie vom Polizisten. Dann sehe ich, dass an der Junction ein Trotro steht, an dem gerade ein Reifen gewechselt wird. Ich habe Glück, kann für 400 Cedi mit nach Nalerigu fahren. Während des Reifenwechsels messe ich Fieber, 39,3°! Sofort eine weitere Aspirin. Kinder, die mich dabei beobachten, trinken nun Wasser und machen mein Gesicht nach, das ich beim Schlucken der Tablette wohl verzogen haben muss. Die Fahrt geht relativ schnell los. Die Piste ist schlimmer als jede andere, die ich bisher gefahren bin, der Sitz im Trotro ist zu schmal, mir tut der Hintern weh, die Kopfschmerzen hämmern bei jedem Wellblechabschnitt der Straße, mir ist total schlecht. Das ist die übelste Fahrt bisher und hoffentlich für die ganze Zeit! In einem winzigen Ort wartet der Wagen auf irgendwas, fährt erst nach 45 Minuten Warten in der Nachmittagshitze weiter, die Piste wird noch schlechter... Mir auch!

Endlich, um 16:00 Uhr erreichen wir Nalerigu. Und dann der Hammer: Keiner im Dorf kennt Volu, keiner weiß von einem Workcamp. Tausend verschiedene Hilfen werden mir angeboten. Ich werde nervös. Irgendwann veranlasst ein Mann einen Jungen, mir meinen Korb (den ich in Bolgatanga gekauft habe, und den ich nun als drittes Gepäckstück neben meinem großen Trekkingrucksack und dem Tagesrucksack mit mir schleppe) zu tragen und mich zum Assembly Man zu führen. Dass ich mich in einem der typischen Dörfer mit den traditionellen Rundbauten befinde, nehme ich nur am Rande wahr. Beim Assembly Man geht's mir völlig dreckig. Während er im Dorf etwas herauszufinden versucht, kann ich nicht mehr sitzen und muss mich hinlegen. Letztendlich entscheidet er, mich mit seinem Motorrad zur Secondary School zu fahren. Ich schöpfe Hoffnung, klemme mich hinter den Assembly Man auf die Sitzbank des ziemlich unrund laufenden Motorrads. Den großen Rucksack auf dem Rücken balanciere in der einen Hand den Tagesrucksack, in der anderen den Korb, und presse meine Oberschenkel fest von außen an die Sitzbank, um nicht beim Überfahren der Bodenwellen und Schlaglöcher vom Sitz gerissen zu werden.

Auch in der Schule ist kein Volu Camp zu finden! Niemand weiß überhaupt davon! Man bietet mir einen Raum neben der Schulkantine an zum Übernachten. Ich nehme dankend an – es gibt hier keine Hotels oder Ähnliches. Der Raum ist nicht gerade sehr sauber und vor allem die von irgendwoher aufgetriebene Schaumstoffmatratze sieht eher abweisend aus, aber ich bin froh, mich überhaupt hinlegen zu können. Und es gibt Licht ab 18:30 Uhr und Wasser aus Eimern. Man bietet mir sogar Softdrinks an (warm natürlich). Also baue ich das Moskitonetz auf, decke die Matratze ordentlich mit meinem Tuch ab, wasche mich und lege mich dann auch schon hin. In dem Raum gibt es Mäuse, Fledermäuse, jede Menge Eidechsen, aber all das stört mich nicht. Da man die Tür wie überhaupt alle Türen im ganzen Gebäude nicht verriegeln kann, schiebe ich eine Kommode davor. Abends höre ich noch einige Männer in der Kantine nebenan trinken und singen, dennoch schlafe ich schon recht bald ein.

Um kurz nach fünf klopft jemand an meiner Tür und redet auf mich ein, aber ich verstehe nichts. Etwas beunruhigt stehe ich auf, zieh mich an, lausche dann, aber der Mann scheint gegangen zu sein. Also lege ich mich angezogen wieder hin und versuche, noch etwas zu schlafen. Draußen gewittert es und regnet in Strömen. Daher glaube ich nicht, dass der Besucher bereits der Assembly Man war, der mich heute mit seinem Motorrad nach Gambaya fahren will. Dort würde ich telefonieren und bei Volu nachfragen können, wie es mit dem Workcamp in Nalerigu aussieht. Ich bin mir nicht sicher, ob ich überhaupt hierbleiben soll. Einerseits möchte ich schon noch mehr von diesem Dorf sehen, andererseits habe ich nach dem gestrigen Tag das Gefühl, mich ziemlich verlassen am Arsch der Welt zu befinden. Dazu kommt die Ungewissheit, ob mein Fieber gestern nicht vielleicht doch ein erster Malariaschub war.

Wenn dem so wäre, würde ich alles daran setzen, um nach Kumasi oder zumindest nach Tamale zu kommen. Das gestern war der schlimmste Tag bisher in Ghana, da kamen so viele Faktoren zusammen: Fieber, Unsicherheit, Angst, stressige Fahrt über schlechte Pisten, Hitze. Und dann wurde meine Hoffnung, in Nalerigu ein Workcamp vorzufinden, wo ich womöglich Bekannte (Bernd wollte ja auch in dieses Camp) treffen würde, abrupt zerstört. Kein Ort, an dem ich meine Krankheit einigermaßen entspannt auskurieren könnte. Eigentlich verwundert es mich, dass ich angesichts der ganzen Situation nicht noch verzweifelter bin. Nachdem ich auf Toilette war (immer noch flüssiger Stuhl) und mich gewaschen und meine Sachen etwas aufgeräumt habe, sitze ich hier im Aufenthaltsraum der Schulkantine und überlege, was ich jetzt machen soll.

Alle Alternativen sind eher unattraktiv, vor allem, da sie mit viel Risiko (Trampen, um nach Tamale zu kommen) oder in meinem Zustand zu viel Anstrengung (mit Gepäck ins drei Kilometer entfernte Dorf gehen) verbunden sind. Da wird auf einmal eine Amerikanerin hereingeführt. Sarah ist ebenfalls Volu-Member und seit gestern Abend im Dorf. Auf die Frage, ob hier ein Camp stattfindet oder nicht, hat sie leider auch keine Antwort. Wir warten den ganzen Morgen, irgendwann gehe ich ins Dorf, um einzukaufen. Eigentlich bekomme ich nur Brot und obwohl Markttag ist, gibt es keine Eier, Bananen oder Orangen. Ich esse etwas Fufu-ähnliches mit Stew und gehe dann schnell zurück: Sarah hatte berichtet, dass der Regional Secretary of Volu ihr gegenüber erwähnt habe, heute Nachmittag hierherzukommen. Als ich in der Secondary School ankomme, hat sich noch nichts getan. Später kommen mit Silke und Sandra zwei weitere Deutsche, beide von der IJGD und ebenfalls ziemlich verwirrt. Nach etwas Unterhaltung gehe ich mit Silke ins Dorf, um zu fotografieren. Außerdem essen wir etwas und trinken in einer Bar Cola. Nicht alle Bewohner des Dorfes wollen fotografiert werden und so ist es sehr schwierig, Fotos von den interessanten Gehöften und von einigen Einwohnern zu machen. Als wir schon auf dem Rückweg sind, treffen wir Sandra und gehen mit ihr noch mal in die Bar, klönen dort mit einem ghanaischen Lehrer, kaufen Essen und gehen dann zurück.

Auf dem Rückweg stoßen eine Schweizerin, die ich in Wiawso schon mal gesehen habe, und der Kantinenwirt zu uns. Im Dunkeln erreichen wir die Secondary School. Da sich den ganzen Tag über nichts Konkretes ergeben hat, wollen wir alle morgen um 4:00 Uhr den Bus nach Tamale nehmen. Eine Versammlung von Ghanaern, allen voran der Kantinenwirt und der Assistent Headmaster der Schule, versuchen, uns zum Bleiben zu überreden. Vielleicht komme morgen der Camp Leader oder der Regional Secretary... Ihnen liegt einiges daran, dass Volu in ihrer Stadt ein Projekt durchführt und bei Erfolg öfter in diese Region kommt. Spät am Abend fährt der Bus aus Tamale ein und wenig später stehen Bernd, Johannes, den ich schon vom Volu-Office kenne, und der Regional Secretary, der gleichzeitig der Camp Leader ist, in der Tür. Alle sind erleichtert und die meisten wollen ihre Abreise-Entscheidung nun nochmal überdenken. Bernd rät mir eindringlich, eine Malariauntersuchung machen zu lassen: Er und Johannes hätten trotz nur geringem Fiebers und Unwohlseins Malariaparasiten im Blut und mussten sich behandeln lassen. Nachdem mir von vielen Seiten versichert wird, in Nalerigu gäbe es eine der drei besten Kliniken in Ghana, von amerikanischen Baptisten betrieben, zu der selbst aus Accra Patienten extra anreisen würden, entscheide ich mich zu bleiben. Wir erzählen eine ganze Weile, bis es Zeit wird für die Neuankömmlinge, ihre Moskitonetze aufzubauen, da um 22:00 Uhr der Generator abgeschaltet wird. Morgen werde ich also versuchen, obwohl Sonntag ist, in der Klinik eine Blutuntersuchung machen zu lassen. Da es mir zurzeit ganz gut geht, ich aber etwas erhöhte Temperatur habe (immer noch Durchfall, aber nicht ganz so schlimm), glaube ich selbst an eine Malaria. Für den Fall, dass es eine ist, bin ich froh, dass einige Europäer hier sind, dass ich ein Platz zum Schlafen in einem Camp habe und dass Bernd mich morgen in die Klinik begleitet. Fazit: diesen Tag entschieden die letzten Minuten!

Wir stehen ziemlich spät auf, frühstücken Tee (mit viel Milch und Zucker trinke auch ich ihn) und Brot mit Margarine und ziehen danach um in das richtige Camp. Das ist ein Gehöft, bestehend aus sechs weißen runden Hütten mit Wellblechdächern, die alle durch eine brusthohe Mauer verbunden sind. Es sieht ganz witzig aus: Teils traditionelle Bauweise, teils modern. Ich belege mit Johannes und Bernd eine Hütte. Nachdem der Umzug vollzogen ist, begleitet mich Bernd ins Dorf, wo wir etwas essen, Coke trinken, und anschließend in das Baptist Medical Center gehen. Diese Klinik sieht sehr tatsächlich sauber, ordentlich und vertrauenserweckend aus. Die Gebäude sind eingeschossig, aus großen Natursteinblöcken gebaut und sehr gut in Schuss. Da Sonntag ist, sind nur wenige Menschen außerhalb der Krankenzimmer anzutreffen, und wir müssen auf den Doktor on Call warten. Bevor der eintrifft, werde ich registriert, bekomme eine Karte, der Blutdruck wird gemessen und meine Temperatur genommen. Schneller als ich erwartet hatte, kommt der Arzt und ich bin auch der einzige, für den er gekommen ist, alle anderen Leute, die auf den Bänken liegen oder sitzen, sind wohl Verwandte der Kranken. In Ghana müssen die Patienten in den Krankenhäusern von ihren Angehörigen versorgt werden, da seitens der Einrichtungen kein Essen und keine Getränke verteilt werden. Auch die Medikamente müssen selber gekauft werden. Im Behandlungszimmer untersucht mich der amerikanische Arzt, nachdem ich ihm die Beschwerden geschildert habe. Dann schickt er mich ins Labor zur Blutabnahme für die Blutuntersuchung. Ich bin beruhigt, als der Arzt und der Labormitarbeiter mir die einzeln und steril verpackten Lanzetten zeigen.

Zwischen Blutabnahme und Untersuchungsergebnis vergeht eine Zeit, die aber nicht zu langweilig ist, da wir uns die Klinik anschauen dürfen und ich mich mit Bernd gut unterhalten kann. Schließlich kommt der Doc und erklärt mir, man habe im Blut Malariaerreger festgestellt. Deshalb will er mich mit Fansidar behandeln und verschreibt mir zusätzlich Tabletten gegen einen hier weitverbreiteten Darmvirus, der für eine Krankheit mit den von mir geschilderten Symptomen verantwortlich ist. Mein aus Deutschland mitgebrachtes Lariam, das aktuell das neueste und wirksamste Mittel gegen Malaria ist, soll ich für eventuelle Neuinfektionen und schwerere Anfälle aufbewahren. Er möchte es auch nicht einsetzen, damit sich in der Gegend keine Resistenzen ausbilden können. Der Arzt bietet mir an, mich wegen der bei Fansidar oft auftretenden Nebenwirkungen unter Beobachtung zu halten. Ich stimme ihm zu und bleibe an dem und am folgenden Tag in der Klinik, wo ich – da ich mich einigermaßen fit fühle – mich mit einigen Hilfsarbeiten nützlich mache. Für die Medikamente und vier Tüten Rehydrationstrank (ORS) bezahle ich 1.800 Cedi. Ich bin froh, dass ich endlich etwas habe, nach dessen Einnahme ich eine Malaria ausschließen kann. Eine verschleppte Malaria kann schlimme Folgen haben.

Als ich wieder im Camp bin, hat sich dort noch nichts Entscheidendes getan. Workcamp-Aktivitäten wurden noch nicht aufgenommen. Der Tag vergeht eher langweilig. In der Nacht gewittert und regnet es wie wild. Der Regen läuft unter der Tür hindurch in unsere Hütte, sodass wir versuchen, dass eindringende Wasser mithilfe unserer Handtücher, Hemden und Hosen zu stoppen. Wenn es blitzt, ist es fast taghell, und die Blitze halten sich sehr lange am Himmel. Der Donner ist wahnsinnig laut und für einige Minuten ist das Gewitter genau über uns. Der Regen prasselt so heftig auf das Wellblechdach, dass wir uns kaum verstehen, wir müssen schreien. Im weiteren Verlauf der Nacht falle ich nur ab und zu in einen schlafähnlichen Dämmerzustand mit beunruhigenden Alpträumen. Wenn das die berüchtigten Nebenwirkungen von Fansidar sind, ist es für mich noch akzeptabel. Erst gegen Morgen falle ich in einen tiefen Schlaf, wache dementsprechend spät auf und kann mich sogleich einer Gruppe anschließen, die sich auf den Weg zum Frühstücken ins Dorf aufmacht.

Es ist nicht ideal und ich empfinde es als sehr unangenehm, als Gruppe in ein kleines Dorf wie Nalerigu einzufallen. Wir ziehen sämtliche Aufmerksamkeit auf uns. Aber ich kann lokale Peanutbutter und Brot kaufen, darauf hatte ich riesigen Hunger. Wir besichtigen die Klinik, ich schwatze mit einigen der Angestellten, die ich dort kennengelernt habe. Anschließend zeigt uns ein Volu-Camper eine Pito-Bar, wo die Besitzer ihr Bier aus fermentierter Hirse selbst herstellen. Ich darf wegen der immer noch nicht vollständig abgeklungenen Beschwerden mit meinem Magen den Pito nur probieren – nicht unbedingt mein Ding. Zurück im Camp gibt es ein reichhaltiges Essen. Im Gegensatz zum Camp in Anhwiam gibt es hier Kondensmilch, Zucker, Brot, Tee, Margarine und sogar Fleisch, und sehr viel Stew. Zudem gibt es Dosenfisch – und das alles anscheinend in großen Mengen. Warum das so ist, bekomme ich nicht heraus.

An diesem Abend gehen wir ins Dorf, dort hat die Bar aber geschlossen und so geht's zurück zur Secondary School und dort in die Kantine, wo wir noch Getränke bekommen. Danach ist auch schon Schlafen angesagt. Alles in allem stelle ich fest, dass sich heute nichts getan hat, die Spaziergänge und die Unterhaltungen waren das Aufregendste an diesem Tag. Ich entschließe mich, weiterzureisen, sobald ich wieder völlig fit bin. Das ist früher als gedacht der Fall. Ich genieße noch einen Markttag in Nalerigu, nette Gespräche in der dortigen Bar, gemeinsame Essen mit den Workcampern, die auf der Suche nach einem Camp hier gestrandet sind, dann mache ich mich auf den Weg nach Kumasi. An meinem Abreisetag kommt ein Lastwagen mit dem Zement, auf den der Camp Leader gewartet hat. Jetzt, wo der Zement da ist, kann die Arbeit morgen anfangen. Das Workcamp beginnt… ohne mich.

6 Accra

Um 3:30 Uhr stehe ich auf, packe leise meine Sachen und gegen 4:00 Uhr verlasse ich das Camp. Es ist noch dunkel und recht kühl. An der Junction warte ich bis 5:15 Uhr auf den Bus, bekomme einen guten Platz und zügig geht es ab Richtung Tamale. Schon vor 11:00 Uhr bin ich dort, kaufe Bananen und gehe direkt zur Accra – Kumasi Urvan Station. Dort setze ich mich in einen Datsun Urvan, der als nächster nach Kumasi abfährt. Das dauert aber noch, da es heute kaum Passagiere dorthin gibt. Zwischendurch lasse ich mich von einem Polizisten zu einer Toilette führen, da ich wahnsinnige Bauchschmerzen habe. Wieder im Bus beiße ich auf eine Karamell-Erdnuss-Stange und dabei bricht mir ein Stück aus einem Backenzahn! Jetzt habe ich den Papp aber wirklich auf: schmerzhaftes Magendrücken, ein abgebrochener Zahn und vor mir noch sieben Stunden Fahrt in einer Sardinenkiste. Der Platz im Urvan ist sehr knapp bemessen, ich weiß gar nicht, wo ich mein Gepäck lassen soll. Während des Trips überlege ich ständig, was ich wohl mache, wenn der Zahn jetzt anfängt zu schmerzen.

Irgendwann macht der Bus eine längere Pause in einem Dorf. Es ist schon dunkel. Ich habe immer noch ziemliche Bauchschmerzen. Ein Ghanaer spricht mich an und obwohl ich in meiner aktuellen Verfassung sicherlich eher abweisend wirke, beginnt er, als er hört, woher ich komme, eine Unterhaltung auf Deutsch mit mir. Er ist auch aus Dortmund, wohnt in der Herderstraße. Seine Frau stößt nun zu uns und redet ebenfalls ein paar Sätze Deutsch mit mir: Sie hat einen neuen Job in Duisburg, nächste Woche fliegen sie mit Aeroflot zurück. Die Fahrt geht weiter, zumindest kann ich ab und zu etwas dösen, denn wir haben etwas mehr Platz, da einer aus unserer Reihe unterwegs in einem Dorf ausgestiegen ist. In Kumasi angekommen, habe ich wegen des Fahrtwindes neben den Bauchschmerzen auch noch Kopfschmerzen. Daher wehre ich mich nicht mehr, als mir der Taxifahrer, dem glücklicherweise einer der Mitreisenden den Weg zum Montana Hotel erklären konnte, viel zu viel Geld abgeknöpft. Im Hotel ist zum Glück ein wunderschönes Zimmer frei, mit fließendem Wasser, Dusche und WC auf dem Flur, Ich stürze auf die Toilette und dusche danach ausgiebig. Das tut gut, in den letzten Tagen stand ich im Dreck. Wenn ich mir über den Rücken gekratzt habe, waren die Fingernägel schwarz! Anschließend genieße ich es, bei angenehmen Temperaturen im Bett zu liegen und mich erst mal in den nächsten Tagen erholen zu können. Oft denke ich an meinen Rest-Backenzahn, er macht keine Schwierigkeiten, toi, toi, toi!

Am Morgen werde ich durch meine Bauchschmerzen geweckt und kann sie einfach nicht ignorieren und weiterschlafen. So schlimm war es morgens noch nie. Und ich habe kein Klopapier! Nach einigem Hin und Her entschließe ich mich, ein paar Seiten aus meinem Tagebuch herauszureißen und renne auf die Toilette. Dort dann die erste positive Überraschung: Es steht eine Rolle Toilettenpapier da! Danach geht's mir besser. Im Cultural Center kann ich eine Map of Kumasi kaufen und erhalte gute Tipps. Auf dem Weg am Busbahnhof entlang gibt es an einem Stand Brot mit Ei und Milo – mir gefällt Kumasi! Anschließend erwandere ich die Stadt. Ärgern tut mich nur, dass ich beim Geldwechseln im Forex-Büro erst mühsam einen günstigen Kurs aushandeln muss – das ist allein deutlich anstrengender als in einer Gruppe oder zu zweit.

Ich erfahre, dass donnerstags der Asantehene, der König von Ashanti, persönlich Hof hält und besuche den Palace of the Asantehene. Der Palast ist ein wunderbar großzügiges Gebäude, nicht zu protzig, einige Gebäudeflügel erscheinen sogar eher schlicht, aber diejenigen, die in den weiträumigen Palastgarten ragen, sind mit Säulen, Statuen von Menschen und Tieren, vor allem Löwen, verziert. Teilweise wirken sie wie Kolonialbauten. Im Garten stehen gewaltige Bäume, die Einfahrt durch das Haupttor wird von Palmen gesäumt. Heute halten sich viele Ashanti hier auf, in ihren Trachten gekleidet stehen sie in Gruppen in dem Innenhof, wo in einer Art offenem Pavillon der Asantehene sitzt. Trotz des Daches wird ein großer, bunter Schirm über ihn gehalten. Dem König werden Streitfälle dargelegt und die Konfliktparteien erwarten gespannt die Urteile. Alte Männer dominieren die Szene. Einen Anflug von Moderne nehme ich wahr: die Anwälte sprechen in Mikrofone!

Die Tage verbringe ich damit, verschiedene Essenstände, Restaurants und Bars auszuprobieren. Etwas Besonderes ist die Stimmung im Restaurant des YMCA, in der Gefängniskantine und in der Snack Bar des Post Office. Auf den unterschiedlichen Märkten kaufe ich ghanaische Schals aus den bunt-gewebten Kente-Stoffen, außerdem zwei Yards Ashanti-Tuch, geschnitzte Figuren, ein Buch mit afrikanischen Legenden und so Einiges mehr. Leider muss ich immer im Kopf behalten, dass ich ja noch eine Zeit lang mit dem Rucksack unterwegs sein werde, und dass es auch bei Rückflügen Begrenzungen beim Gepäck gibt. Besonders das Aussuchen der Geschenke für Henrieke bereitet mir Freude und ich lasse mir dafür viel Zeit.

In Kumasi fühle ich mich richtig wohl! Ich lerne unterschiedliche Leute kennen, einer davon macht mich auf eine Veranstaltung in der Great Hall der Universität Kumasi aufmerksam. Ich beschieße, zur Uni zu fahren und bei der Gelegenheit George zu besuchen. In der Großen Halle findet das Cultural Festival 1989 statt. Verschiedenste Gruppen treten auf, afrikanische Musik und ein Kostüm- und Tanzwettbewerb werden geboten. Es ist großartig, die Trachten und Tänze verschiedener Volksgruppen Ghanas in diesem Rahmen bestaunen zu können. Die Musik ist mitreißend, bisher habe ich so etwas noch nicht live gesehen. Nachdem ich von Georges Zimmergenossen gehört habe, dass dieser erst gegen 20:00 Uhr von seinen Vorlesungen zurückkommt, gehe ich in die Independence Hall zum Essen. Danach trinke ich Bier und lausche der tollen Musik, relaxe in einem Sofa, unterhalte mich mit einigen Studenten, die Stimmung ist gut! Um 20:00 Uhr treffe ich dann George, der sich wirklich freut, mich zu sehen. Da er noch was essen will, gehen wir in die Halle, wo wir alle auch am ersten Abend in Kumasi gewesen sind. Gegen 23:30 Uhr lasse ich mich von einem Studenten zur Junction bringen, bekomme nach einiger Zeit ein Taxi, laufe durch die leere Stadt vom Busbahnhof zum Hotel und genieße es! Als ich am Hotel ankomme, ist es abgeschlossen und erst nach heftigem Rütteln am Tor, lautem Rufen und zweisprachigem Schimpfen, wird das Gatter geöffnet und ich kann schlafen gehen.

Andere Abende verbringe ich im Viertel um das Hotel. Entlang der Bahngleise schallt von überall her Musik auf die Straße – eigentlich handelt es sich weder um eine Straße noch um einen Weg, sondern um eine Bretterbuden-Zeile parallel zu den Gleisen! Es gibt dort kleine Bars, die abends und bei Regen voll sind mit den Aufbauten und Waren der Verkaufsstände, die normalerweise draußen stehen, aber in der Nacht und zum Schutz vor dem Regen in Sicherheit gebracht werden müssen. Ich gehe oft auf ein Bier in Kate's Bar. Nach den Regenfällen ist es angenehm, davor auf einer der grob gezimmerten Holzbänke zu sitzen. Die Atmosphäre ist total fremd und großartig. Irgendwann komme ich mit dem Mann und dem Schwager der Besitzerin ins Gespräch. Die beiden erzählen, dass außerhalb der Regenzeit in Kumasi das Leben auf den Straßen noch lebhafter und vielfältiger ist, dass bis in die tiefe Nacht getanzt werde. Nun sei alles viel ruhiger. Mir gefällt es schon jetzt! Ich würde gerne mal in der Trockenzeit nach Ghana kommen! Vielleicht…

Am letzten Tag in Kumasi will ich noch ins Kriegsmuseum. Dort angekommen erklärt mir ein Mitarbeiter, man warte noch auf die Schlüssel und rechne erst mit der Öffnung in 30 Minuten. Diese Zeit nutze ich, um noch einmal dort zu frühstücken, wo ich das beste Frühstück ausgemacht habe. Auf dem Weg begegnen mir einige Bekannte. Im Kriegsmuseum, das in einem ehemaligen Fort eingerichtet ist, gibt eine gute, leider nur kurze englischsprachige Führung. Zurück im Hotel packe ich, breche am frühen Nachmittag auf und rechne mir noch die Chance aus, vor 20:00 Uhr in Accra anzukommen. Ich laufe zur Accra Station, um einen Nissan Bus zu nehmen und finde sofort einen, in dem ich sogar vorne sitzen darf. Somit habe ich einen eigenen Sitz für mich, genügend Beinfreiheit und der Wagen fährt auch sofort ab. Die Straße ist gut, manchmal habe ich etwas Angst wegen der hohen Geschwindigkeit und der riskanten Überholmanöver. Leider kommen wir in ein Unwetter und die Fahrt geht von dort an nicht mehr so zügig voran. In Accra nehme ich ein Taxi zum Volu-Office. Dort ist Platz für mich und das Beste: elf Briefe! Ich reserviere mir gerade noch eine Pritsche und dann geht's raus, schnell was essen und dann in den Watu Club, wo ich in aller Ruhe die Briefe lesen will.

Dort treffe ich allerdings einige Volu-Leute und ich muss erst mal erzählen. Aber dann: Zunächst sortiere ich die Briefe nach Datum, danach fange ich genüsslich und gespannt wie ein Flitzebogen zugleich an zu lesen. Das Gefühl ist einfach unbeschreiblich. Ich lese nicht alle Briefe sofort, drei hebe ich mir fürs Bett auf. Mit schwirrenden Gedanken im Kopf, aber glücklich liege ich schließlich unter meinem Moskitonetz und denke an die Leute, die mir geschrieben haben, allen voran an Henrieke. Ich vermisse sie so sehr. Es dauert lange, bis ich endlich einschlafe.

Lange will ich nicht in Accra bleiben, sondern schnell weiter an die Küste, wo es mit Cape Coast und Elmina zwei touristische Highlights gibt, die ich vor der Rückreise gerne noch besuchen möchte. Aber da ich dringend mal wieder richtig meine Kleidung waschen und trocknen lassen muss, richte ich mich für zwei Tage im Volu-Schlafsaal ein. Während die Wäsche trocknet, schließe ich mich einer Gruppe von Volunteers an, die raus zum Labadi Beach wollen. Der Strand ist zwar weiterhin bei Weitem nicht voll, aber doch deutlich voller als bei meinem letzten Besuch. Ich genieße es, endlich mal wieder im Meer zu schwimmen. Die Brandung ist perfekt, schöne hohe Wellen! Zwischendurch esse ich frittierte Cassava mit Pfeffer, Zwiebeln und Tomaten, dann Schokolade... Es geht mir bestens. Auf dem Rückweg treffe ich Heiko, den ich vor Wochen in Hohoe kennengelernt habe. Wir sind noch nicht mal an der richtigen Straßenseite, um nach einer Fahrgelegenheit Ausschau zu halten, da hält ein Auto vorbei und die Insassen laden uns ein, mitzufahren. Eigentlich ist der Wagen mit vier Personen bereits gut besetzt, aber wir fünf Volu-Leute passen doch noch rein und ab gehts. In der Stadt laden wir den Fahrer und seine Freunde zu einem Bier ein und schon stehen wir in einer Bar – es ist ganz gemütlich und lustig.

Schließlich wird es dunkel, wir haben noch unsere Strandklamotten an und lassen uns zum Office bringen. Dort ist es bereits wieder voller, einige Iren und Engländer, aber auch Skandinavier sind angekommen. Nach dem Duschen machen wir uns auf, um zum Nkruma Circle zu fahren. Dort essen wir erst mal etwas. Ich gleich anschließend noch einmal – ich habe nach dem Strandtag und den Bierchen einen Riesenhunger! Dann gehen wir direkt zum Picadilly Square. Das ist ein riesiger Laden, dem eine Live Band spielt. Doch es ist komisch: Ich hatte mich darauf gefreut, auszugehen, Musik zu hören, was zu trinken... Nun sitze ich hier in diesem Schuppen, es laufen nur piekfein angezogene Leute rum, ich fühle mich deutlich underdressed. Das würde mich normalerweise nicht stören, was mich verstört, ist eine Art Kulturschock: innerhalb weniger Tage komme ich von Nalerigu in die Hauptstadt und sitze auf einmal in einem Laden, der so auch in einer deutschen Großstadt existieren könnte. Man zeigt, was man hat und will sich kräftig amüsieren. Einige Jugendliche, die versuchen sich zu kleiden wie Michael Jackson, scheinen hier ziemlich viel Geld verprassen. Und keine 20 Kilometer um Accra herum und auch schon nur einige 100 Meter weiter in innerhalb von Accra selbst leben die Menschen in Hütten, fast ohne Geld. So extrem sind mir die Disparitäten in diesem Land noch nie aufgefallen. Mir macht es keinen Spaß, hier zu sitzen. Ich nehme bald ein Taxi zurück zum Office.

Beim Frühstück bei einer der „Frühstücksfrauen" mit ihrem Stand an der Straße nach James Town treffe ich einige aus der Gruppe von gestern Abend, die die ganze Nacht durchgemacht haben. Anschließend gehe ich zu Ghana Airways und lass mir meinen Rückflug vorläufig bestätigen – eine echte Reconfirmation bekommt man allerdings erst frühestens drei Tage vor dem Flugdatum. Im Volu-Office suche ich einen Mitarbeiter, der den Tresor für mich öffnen kann, damit ich an meine deponierten Wertsachen kann und ich nehme mir 100 $ heraus. Nach einigem Suchen finde ich ein Forex-Büro, in dem ich einen guten Kurs und vor allem den Betrag in kleinen Scheinen ausgezahlt bekomme. Mit dem Geld in der Tasche gehe ich erst mal einkaufen (Farbfilm, Socken) sowie Essen und Trinken. Das großartige Grilled Cheese Sandwich wird zu einem meiner Favoriten! Ich lasse mir mit allem viel Zeit, bin aber trotzdem schon vor 12:00 Uhr fertig. Da beschließe ich, heute noch nach Cape Coast zu fahren. Meine bisherigen Einkäufe und einen Teil meiner Klamotten deponiere ich im Store. Der Rucksack ist jetzt ziemlich leicht und ich habe viel Platz darin. An der Main Station ergattere ich einen Bus, der nach nur einer Stunde auch losfährt und weitere drei Stunden später in Cape Coast ist. Ich bin auf Anhieb begeistert von der Stadt, auch das Palace Hotel (den Tipp habe ich im Volu-Office bekommen) ist total klasse. Einziger Nachteil: Die Türen sind sehr leicht zu öffnen. Bei den ersten Rundgängen durch die Stadt bestaune ich die Gebäude, die Palmen, das Fort Victoria, den Leuchtturm, Kirchen. Besonders gefällt mir natürlich die Küste. Ich bin euphorisch.

Die Restaurants bieten nochmal ein paar neue Gerichte zu denen, die ich bereits kenne. So esse ich zum ersten Mal Schweinefleisch, greife an einem der verführerischen Essenstände aber auch auf das bewährte Kenkey mit Stew zurück. In einer Art Strandbar lädt mich ein älterer Ghanaer ein und freut sich sichtbar, als ich mich wirklich zu ihm setze. Daher er kaum Englisch spricht, ist die Verständigung umständlich. Als ich denke, dass er mich gefragt hat, ob ich schon mal Kenkey gegessen habe und ich ihm antworte: ja, gerade heute Abend hätte ich welches gegessen, rennt er los und kommt mit einer großen Portion Kenkey in der einen und einer Schale Bohnen, Salat, Zwiebeln, Tomaten und Stew in der anderen Hand wieder zurück. Zum Glück bin ich, was meinen Appetit angeht, im in Höchstform und ich schaffe auch diese Herausforderung. Als Gegengeschenk gebe ich dem Alten einige Bierchen aus. Sein Sohn kommt noch dazu und wir unterhalten uns angeregt über alles mögliche, unter anderem auch wieder darüber, ob Jesus weiß oder schwarz war, ob ein Christ einen Ohrring tragen darf, warum ich mit keiner der mir angebotenen Ghanaerinnen schlafen möchte… Zu guter Letzt werden Adressen ausgetauscht und Ata (der Sohn) bringt mich noch ein Stück nach Hause. In der jetzigen Stimmung würde ich gerne noch mehrere Tage in Cape Coast bleiben. Im

Bett unter dem Moskitonetz schlafe ich so gut, wie ich es erwartet hatte.

In den nächsten Tagen erkunde ich weiter die Stadt. Was mir sofort auffällt ist, dass ich hier anders als bei den bisherigen Stationen meiner Reise wahrgenommen werde. Ständig wird mir „Obloni", „Whiteman" und Ähnliches hinterhergerufen, ich werde vom Pfeifen und Zischen verfolgt. Nach einiger Zeit geht es mir gehörig auf den Keks. Ein Höhepunkt ist der Besuch im Cape Coast Castle. Das kostet 600 Cedi, die 500 Cedi für den Fotoapparat kann ich mir schenken, da mein Blitz kaputt ist. Also keine Fotos vom Castle. Das Museum im Castle ist weniger, die Führung durch das Castle selbst dafür sehr interessant. Der Guide erzählt lebhaft von den Kämpfen zwischen verschiedenen europäischen Mächten und den Ashanti, sowie zwischen den Kolonialmächten untereinander. Und er schildert die Realität des Sklavenhandels. Dazu sieht man die Räume, in denen bis zu 1.000 Sklaven eingesperrt waren, ohne Licht, ohne Abflussmöglichkeiten für die Exkremente. Dann die Auktionshalle (Palaver Hall), die Räume des Gouverneurs, die Verteidigungsanlagen, den Condemption Room und vieles mehr. Es ist beeindruckend und erschütternd.

Nachdenklich setze ich meine Besichtigungstour durch Cape Coast fort. Dabei laufe ich bis an das eine Ende der Stadt an der Küste, um von dort aus am Strand entlang an das andere Ende, wo die Strandbar von gestern Abend und ungefähr auch das Palace Hotel sind, zu wandern. Dieses

Unterfangen ist aber nicht so angenehm wie gedacht, da der gesamte Strand vor Cape Coast vollgeschissen ist! Im wahrsten Sinne des Wortes! Überall liegt Scheiße und es stinkt ekelhaft. Ich ekele mich sogar schon vor dem Kontakt mit dem Meerwasser, der sich aber nicht vermeiden lässt, da sich vom Strand aus einige schöne Motive für ein Foto ergeben. Einige Abschnitte sind sauberer, aber es gibt keinen Beach in dem Sinne, dass man dort liegen und schwimmen könnte. Diese Feststellung veranlasst mich zu der Überlegung, schon morgen nach Elmina weiterzureisen, um dort vielleicht einen Strandtag einzulegen.

Ich beeile mich, ins Hotel zu kommen, wo ich mich erst einmal gründlich dusche und die Schuhe wasche. Erst danach gehe ich in die Strandbar, um was zu trinken. Das Erlebnis am Strand hätte mich eigentlich nicht so schocken dürfen. Wusste ich doch, dass die Strände vor den Städten und Dörfern als Naturklos benutzt werden. Aber in diesem Ausmaß hatte ich das doch nicht erwartet, gerade bei einer sonst so sauber erscheinenden Stadt wie Cape Coast. Trotz dieser Eindrücke bleibt Cape Coast aber wirklich als ein wunderschöner Ort in Erinnerung. Hier in der Strandbar kann man sich wie in Kalifornien vorkommen. Aber was ist schon Kalifornien gegen Westafrika! Mir fällt ein, dass gemäß ursprünglicher Planung Henrieke heute wieder aus Kalifornien zurück in Dortmund (oder zumindest in Deutschland) sein müsste. Aber wer weiß, ob es bei ihr alles wie geplant gelaufen ist – ich habe keine Informationen dazu. Ich denke oft an sie und vermisse sie ständig. Ob sie sich das wohl vorstellen kann und mir glaubt, wenn ich ihr das erzähle?

Auf dem Weg ins Hotel höre ich aus einem Musikladen wieder eines dieser Lieder, die mich ständig und überall in Ghana begleitet haben. Ich betrete den Laden, um zu fragen, wer das singt. Es ist Yvonne Chaka Chaka. Es gibt von ihr zwei LPs, die aktuell überall gespielt werden. Von denen könnte ich jedes Lied mitsummen, so oft habe ich sie bereits gehört. Ich beschließe, die beiden LPs aufnehmen zu lassen (für 900 Cedi) und die Kassette Henrieke zu schenken. Ziemlich früh verziehe ich mich ins Hotel. Vor dem Einschlafen höre ich noch mal die Kassette (mäßige Qualität) und denke an meine Freundin. Das Hotel ist an sich wirklich angenehm. Das Aufstehen fällt leicht. Erst mal eine Dusche, Zähneputzen am Waschbecken im Zimmer – das ist Luxus. Tolle Aussicht, Sonne... Ich habe super Laune. Aber mein Lieblingsfrühstück finde ich auch heute nicht. Na ja, fast ebenso gern frühstücke ich mittlerweile afrikanisch: Reis mit scharfer Stew, Bohnen und anderem gekochten Gemüse.

Ich gehe zum Strand und schaue den Fischern zu, die gerade nach einer Nacht auf dem Meer mit ihrem Fang an den Strand zurückkehren, wo sie von einer Menge Marktfrauen und Helfern, um die Netze an Land zu ziehen, erwartet werden. Fotografieren darf ich nicht, das machen mir die Einheimischen deutlich. Nirgendwo kann ich einfach als Beobachter sitzen, überall kommen die Leute, wollen irgendwas, vor allem Kinder sind hartnäckig und betteln oft. Jugendliche bedrängen mich, wollen Geld sehen, spielen sich auf. Ich überlege, warum die Menschen hier so anders sind – oder ob ich das nur so empfinde, jetzt, wo ich alleine reise. Ich glaube das eigentlich nicht. In Anhwiam wurde ich aus Neugier angesprochen, die Kinder waren damit zufrieden, wenn ich ihnen zugewunken hatte. Wenn man mit den Leuten geredet hat, waren sie freundlich, nicht aufdringlich, nur interessiert. Liegt diese aggressiv wirkende Art mir gegenüber am zunehmenden Tourismus hier in den Küstenstädten? Ich finde keine einfache Antwort. Mir scheint in der Erinnerung an meine Zeit in Anhwiam, Wiawso, in der Volta Region, in Bolgatanga, Kumasi und selbst in Accra, dass ich dort irgendwie besser klargekommen bin. Ich beschließe, mit trotz alldem nicht dazu hinreißen zu lassen, auf Distanz zu gehen und mich nur noch in teuren Hotels und Restaurants und sonstigen Elitetreffs aufzuhalten.

Gegen 11:00 Uhr verlasse ich das Palace Hotel und laufe zur Elmina Station, wo ich für nur 40 Cedi (tatsächlich mal kein Geld fürs Gepäck!) einen Platz in einem Trotro nach Elmina bekomme, das recht schnell voll ist und dann losfährt. Schon von weitem kann ich das Sankt George Castle und das Fort San Jago sehen. Sehr viele Palmen säumen die Straßen. Sie prägen auch das gesamte Landschaftsbild hier. Das Hollywood Hotel ist ausgeschildert, dort nehme ich ein zwar teures, aber lohnendes Zimmer mit Ventilator, Licht, Doppelbett sowie Dusche und WC mit fließend Wasser auf der Etage. Unten ist ein Restaurant in dem ansprechenden Hinterhof. Danach gehe ich los, die Stadt erkunden. Es ist Fischmarkt und in der Lagune total viel los. Das Fort liegt auf einem Hügel, von dort aus überblicke ich den Markt und die Lagune. Die Strände um Elmina herum sehen mehr als einladend aus mit hellgelbem Sand und Palmen... wie im Film. Allerdings kann ich dort als Alleinreisender nicht ohne Weiteres schwimmen gehen. Zum einen könnte ich nirgendwo meine Klamotten unbeaufsichtigt lassen, zweitens würde ich mich keine zwei Minuten alleine aufs Handtuch legen können, ohne sofort umringt zu sein, vor allem von Kindern. Ich laufe am Strand Richtung Cape Coast entlang. Es ist wirklich wunderbar. Im Elmina Motel, einer großzügigen Anlage mit allem Drum und Dran, mache ich Rast auf der Terrasse mit traumhafter Aussicht und versuche, mir klarzumachen, wo ich mich in diesem Moment befinde, was andere jetzt darum geben würden, hier unter den Kokospalmen zu sitzen, in der angenehmen Hitze. Vieles nehme ich schon als selbstverständlich hin, denke sogar oft daran, dass es schön sein wird, im Herbst mit Henrieke an der Nordsee zu sein... Natürlich wird das toll, aber wie soll man das denn nennen, was ich jetzt gerade erlebe? Ich denke, mir fehlt ein Mitreisender, mit dem ich die ganzen Erlebnisse und Eindrücke teilen, besprechen, aufarbeiten kann.

Nach dem Aufenthalt im Elmina Motel gehe ich zurück ins Dorf. In der Dämmerung fange ich ein bisschen Abendstimmung auf. Es ist angenehm und ich freue mich drauf, das hiesige, laut West Afrika Reiseführer sehr lebendige Nachtleben kennenzulernen. Im Hotel ist gerade auf meiner Etage kein Wasser, dafür kann ich aber unten duschen. Das Restaurant, auf das ich mich so gefreut hatte, ist leider geschlossen. Aber ich werde mit einem hervorragenden Kenkey mit Fisch und Stew einwandfrei entschädigt: Bei einer Frau, deren Straßenstand sehr gefragt ist, denn die ghanaischen Kunden stehen Schlange davor. Danach tauche ich in das Leben in den abendlichen Straßen Elminas ein. Der Himmel ist wolkenfrei und der fast volle Mond wirft ein kaltes Licht auf das Castle und das Fort. Jetzt gerade finde ich es wieder schade, allein zu reisen: Zu zweit könnte man solche Augenblicke viel mehr genießen. Im weiteren Verlauf des Abends gehe ich in eine Open Air Bar, wo unter strohgedeckten Runddächern getanzt wird – zunächst auf Yvonne Chaka Chaka, dann auf Reggae Sound.

Am Morgen, nach einer gut durchschlafenen Nacht, packe ich meine Sachen, bevor ich mich aufmache, dass Castle zu besichtigen. Bis 11:00 Uhr habe ich Zeit, bis dahin muss ich das Hotelzimmer geräumt haben. Die Besichtigung ist einmalig, zumal ich einen Guide für mich alleine habe, der auch noch sehr gut Englisch spricht und mir extrem sympathisch ist. Wenn Cape Coast Castle schon interessant und beeindruckend war, so ist das Elmina Castle (Sankt George Castle) noch eine Steigerung. Schon von außen ist es imposant, die komplette Anlage in ihrer Systematik und Funktionalität ist beeindruckend. Bedrückend, dass so etwas als Sklavenumschlagplatz genutzt wurde. Es ist ein ungutes Gefühl, in den Dungeons zu stehen, wo einst tausende von Sklaven, ohne Licht, ohne ausreichende Lüftung wortwörtlich in ihrer Scheiße gestanden haben und das zum Teil Monate lang! Die Geschichte des Castle ist extrem vielschichtig: die verschiedenen Nationen, die es beherbergte, die Veränderungen, die von den jeweils neuen Besitzern veranlasst wurden, das Heranschaffen nahezu aller verbauten Materialien (außer Sand und Wasser) aus Europa, womit das Castle als erstes europäisches Gebäude in Schwarzafrika gilt! Es gibt zwei aufwändige Regenwasserauffangsysteme, das zweite wurde von den Holländern gebaut, da befürchtet wurde, dass das ursprüngliche von den Portugiesen vergiftet wurde. Die Engländer konnten es nie einnehmen, sondern haben es irgendwann gekauft.

Nach der Besichtigung hole ich meine Sachen aus dem Hotel und ab geht es nach Cape Coast und von dort sofort weiter nach Winneba – mit einem Minibus, der nach Swedru fährt und mich an der Winneba Junction rauslässt. Von dort gelange ich mit dem Taxi in die Stadt. Als Unterkunft gönne ich mir einen Bungalow im Sir Charles Tourist Center, das liegt zwar etwas abseits des wirklich schönen Städtchens, aber unwahrscheinlich idyllisch. Eine Palmenallee führt dorthin, gleich nebenan ist ein typisches Fischerdorf. Die Anlage ist zurzeit kaum bewohnt, sie wird hauptsächlich am Wochenende von Touristen aus Accra und Kumasi besucht. Da es zudem Nebensaison ist, kann ich für 2.200 Cedi sauber, geräumig und mit Blick aufs Meer wohnen. Ich nehme es für zwei Tage. Luxus! Endlich ein Strand, indem man schwimmen und die Atmosphäre genießen kann.

Bis 15:00 Uhr bin ich der Einzige am Strand, dann kommen noch einige andere Besucher. Und zur großen Überraschung und Freude sind es alles Volu-Workcamper, die ich zum Teil bereits mehrfach in den vergangenen Wochen getroffen habe! Riesen-Hallo! Der Nachmittag wird rundum gelungen, wir erzählen, schwimmen, essen Orangen, Mandarinen, Kekse und weil alles so schön ist, verabreden wir uns für den Abend. Die anderen wohnen in einem College in der Nähe des Tourist Center, wo sie als Volunteers fast nichts zahlen müssen. Nicht schlecht, hätte ich auch drauf kommen können. Wir gehen zunächst in einer Chop-Bar sehr gut essen, dann in eine Kneipe was trinken und um 20:30 Uhr ins Kino: Der Prinz aus Zamunda! Es ist eigenartig, ausgerechnet diesen Film hier in Ghana zu sehen. Ich verlasse die Video Hall mit total gemischten Gefühlen, den anderen geht es genauso. Aber es war mal gut...

Ja, und dann gehe ich zurück und dieser Rückweg ist wohl unvergesslich. Es ist Vollmondnacht, keine Wolke am Himmel, ich laufe durch die Palmenallee und kann mich an dem Anblick der in den Himmel ragenden Palmen vor dem Vollmond gar nicht satt sehen. Die Oberflächen der Palmblätter leuchten silbrig glänzend vor dem Sternenhimmel als Hintergrund. Als ich an den Strand komme, ist es dort so hell, dass man jede Sandwelle am Boden genau erkennen kann. Ein ganz leichter Wind weht durch die Palmblätter und es hört sich an, als würde es regnen. Es ist warm und ich würde gerne schwimmen, tue es aber nicht – zu zweit hätte ich es sicher gemacht – begnüge mich einfach damit, im Wasser zu stehen und zu staunen. Es ist einfach wunderbar... Warum ist Henrieke jetzt nicht hier? Es könnte eine der schönsten Nächte überhaupt sein. In der Nacht träume ich abwechselnd vom Prinz aus Zamunda und vom Palmenstrand im Vollmond.

Morgens gehe ich eine Runde im Meer schwimmen. Es ist klasse. Draußen auf dem Meer fahren jede Menge Fischerboote und am Strand vor dem Dorf sind schon die ersten Fischer von ihrer nächtlichen Fahrt zurückgekommen. Der Fisch wird, sobald er abgeladen ist, lautstark gehandelt, an einigen Ständen schon zubereitet. Die Boote werden mit vereinten Kräften ans Ufer gewuchtet, es herrscht ein Mordstrubel hier. Im Gegensatz dazu ist die Atmosphäre im Dorf eher ruhig, die Menschen freundlich. In Winneba gibt's nicht so viel Aufregendes zu sehen, daher entschließe ich mich, nochmal ins Kino zu gehen, wo heute Blood Sport läuft. Es ist wie immer interessant, in Ghana in einer Video Show zu sitzen und so beobachten, wie die Ghanaer mitgehen – dass sie bei brutalen Szenen lachen irritiert mich weiterhin.

Am Abreisetag liege ich nach der morgendlichen Schwimmrunde im Meer bis 9:00 Uhr am Strand, dann verzieht sich die Sonne und ich beschließe, mich anzuziehen und nach Accra aufzubrechen. Den Weg zum Lorry Park finde ich recht gut durch Fragen, ein Minibus nach Accra fährt auch kurz nach meiner Ankunft ab. Es ist wieder so eine der Klapperkisten, bei denen der Boden so unwahrscheinlich heiß wird. Aber es ist ja nicht weit bis in die Hauptstadt. Dort selber braucht das Trotro aber noch einige Zeit, bis es sich durch den wahnsinnigen Verkehr gekämpft hat. Im Volu-Office (fast wie zu Hause!) ist noch viel Platz, ich treffe dort einige Bekannte. Es ist leider kein Brief für mich da. Ich gehe erst mal durch die Stadt, esse im Restaurant mein mittlerweile geliebtes Grilled Cheese Sandwich und fühle mich sauwohl. In den letzten Tagen in Accra genieße ich die Frühstücke und Abendessen mit Volu-Leuten. An einem Abend, als mir nicht nach Gesellschaft ist, laufe ich allein zum Kwame Nkruma Circle, esse dort sehr gut, fahre mit dem Taxi zurück, setze mich noch auf ein Bu-Bra in den Wato Club bevor ich im Volu-Schlafsaal bei der Musik von Henriekes Kassette auf dem Walkman einschlafe.

Bei den Ausflügen zum Labadi Beach ist es praktisch, in einer Gruppe am Strand zu liegen und sich keine Sorgen um seine Klamotten machen zu müssen, wenn man mal am Strand herumlaufen oder schwimmen will. Die Tage vergehen entsprechend schnell. Überraschend taucht Bernd im Volu-Office auf: total abgemagert, mit Malaria und Amöben! Er war in Ouagadougou, wo es ihn dann erwischt hat. Von dort ist er, da er die lange Busfahrt nicht ausgehalten hätte, nach einigen Tagen Ruhe und ärztlicher Behandlung über Abidjan nach Lomé geflogen und von dort aus nach Accra gefahren. Die Krankheiten hat er sich im Workcamp in Nalerigu zugezogen, die Malaria hat sich in der Leber festgesetzt. Er muss daraufhin wohl auch psychisch fertig gewesen sein und immer davon geredet haben, dass er bald sterben müsse. Er hat dann auch im Haus des amerikanischen Arztes aus dem Baptist Medical Center gewohnt. Irgendwann kommt auch Johannes malariageschwächt in Accra an – mittlerweile sein dritter Anfall! Beide reisen schnellstmöglich zurück nach Deutschland und müssen sich in Hamburg im tropenmedizinischen Institut einer langwierigen Behandlung unterziehen.

Die Flugbestätigung bei Ghana Airways läuft problemlos für mich. Anschließend, im Immigration Office, wartet die nächste positive Überraschung: schon nach 10 Minuten bekomme ich meinen Pass ausgehändigt. Überglücklich fahre ich im Taxi zurück zum Volu-Office. Es ist ein herrliches Gefühl, jetzt die zwei letzten Tage in Accra vor mir zu haben, ohne Stress und Angst, den Pass nicht oder nicht rechtzeitig zu bekommen. Der vorletzte Tag in Accra ist ein Einkaufstag. Und ein ausgesprochen erfolgreicher. Am Ende habe ich alle Klamotten für meine Leute beisammen, habe mich daneben noch gut amüsiert, die Märkte und die zahlreichen Straßen Accras mit den kleinen Shops bis zum letzten durchstreift.

Der Abflugtag ist – wie überhaupt die letzten Tage in Accra – total entspannt, harmonisch und einfach schön. Bei bestem Wetter sind wir in einer größeren Gruppe von Volunteers nach einem ausgiebigen Frühstück zum Labadi Beach gefahren und haben dort den leeren Strand und alles andere drumherum genossen. Am Nachmittag bin ich zurück, dusche und statte dem Wato Club einen letzten Besuch ab. Danach ist Packen angesagt – und vor der Taxifahrt zum Flughafen noch eben eine Portion Rice, Beans and Stew. Der Abschied ist kurz und schmerzlos, beim Einchecken alles ohne Probleme. Kein Gedrängel, keine Hektik und der Flug einigermaßen pünktlich.

Buch II

7 Nairobi

Heute bekommt Johan die aktuellen Reise- und Sicherheitshinweise des Auswärtigen Amtes für Kenia – Stand 07.02.2024 – auf seinen Bildschirm: „Suchen Sie für unvermeidliche Reisen mit dem Auto in die nördlichen und nordöstlichen Landesteile Kenias, in die Küstenregion nördlich von Malindi, in die Nordostprovinz sowie in die nördliche Küstenprovinz – vor allem nach Lamu – unbedingt den Schutz in einem bewachten Konvoi. Meiden Sie in Nairobi den Central Business District (CBD), das State House sowie die Stadtteile Kibera und Mathare während Demonstrationszeiten komplett. Ebenso die Straßenzüge Moi Avenue, Kenyatta Avenue, Haile Selassie Avenue und Harambee Avenue. Besuchen Sie die Altstadt von Mombasa auch tagsüber nur mit ortskundigen Personen".

Beim Lesen kommen in ihm unweigerlich die Erinnerung an seine Reisen durch Kenia 1990 hoch, speziell durch den Norden, und die vielen Wochen, die er in Nairobi verbracht hat. Auch seine Aufenthalte in Mombasa fallen ihm ein – als Highlights seiner an Höhepunkten nicht armen Zeit in Ostafrika. Es erstaunt und deprimiert ihn gleichermaßen, dass die heutige Meldung nahezu identisch ist mit denen, die er 1990 in der Vorbereitung auf seinen Einsatz gelesen hatte.

Die Tour begann wieder in Düsseldorf. Nach einem schweren Abschied von Henrieke am Flughafen flog Johan im Hochsommer des Jahres 1990, inmitten eines Pulks von Geschäftsreisenden, mit einem Swissair Flug nach Zürich. Am Nachbargate wurden die Passagiere des Ghana Airways Fluges nach Accra abgefertigt und in seiner damaligen Gemütslage wäre er viel lieber dorthin geflogen als nach Nairobi, in das ihm trotz aller Vorbereitung noch ziemlich bis völlig fremde Kenia mit dieser – laut diversen Erzählungen – sehr gefährlichen Hauptstadt. Dieses Mal flog er jedoch nicht nur mit Vorfreude und Neugier in eine unbekannte Destination, sondern auch mit gezielt angeeignetem Wissen, das es nun einzusetzen galt, konkreten Arbeitsplänen und den Erwartungen vieler Projektbeteiligter im Gepäck – zum ersten Mal in seinem Leben, ohne zu wissen, dass ihn diese Situation noch unzählige Male in seinem weiteren Berufsleben erwarten würde.

Die Vorbereitungen waren intensiv. Nicht nur, weil er in etwas mehr als neun Monaten Unterricht in einer Kleingruppe von drei Personen Kisuaheli hatte lernen sollen. Er hatte sich beim ASA-Programm der Carl Duisberg Gesellschaft (ASA stand für Arbeits- und Studienaufenthalte in Afrika, Asien, Lateinamerika) auf das Projekt „Landwirtschaftliche Betriebssysteme in ariden und semiariden Gebieten am Mount Marsabit in Nord-Kenia" beworben und den Zuschlag erhalten – zusammen mit einem anderen Bewerber. Bernhard war ein deutlich älterer Landschaftsplaner, dessen Kenntnisse und Erfahrungen die seinen perfekt komplettierten, sodass sie formal ein gutes Team zur Bearbeitung der in der Projektskizze aufgeführten Aufgaben darstellten. Das Projekt sollte jedoch nicht nur aus der Arbeit dieser beiden ASA-Stipendiaten bestehen. Es war als Zuarbeit für das laufende GTZ-Vorhaben „Range Management Handbook in Kenia" konzipiert, und als sinnvolle Ergänzung der zwei ASA-finanzierten Studenten der Planungswissenschaften war die Mitarbeit von zwei Studentinnen der Agrarökonomie mit Schwerpunkt Tierproduktion der Freien Universität Berlin vorgesehen.

Johan und Bernhard lernten Susanne und Julia kurz nach dem ersten ASA-Vorbereitungsseminar kennen. Die Anbindung an das GTZ-Projekt hatte den Vorteil, dass das Projektteam auf die Unterstützung der GTZ in der Vorbereitung und – noch wichtiger – vor Ort in Kenia setzen und deren Infrastruktur in Nairobi und Marsabit nutzen konnten. Vor allem die zwei Geländewagen für die Reisen nach Marsabit und zurück sowie durch den ganzen Marsabit Distrikt und (ohne dass das formell abgestimmt war) weit darüber hinaus sollten sich als ganz entscheidender Pluspunkt herausstellen. Andererseits mussten Bernhard und Johan einige Änderungen der ursprünglichen Projektidee und Anpassungen an die Anforderungen der GTZ und der kenianischen Partner, allen voran des Ministry of Livestock Development hinnehmen. Seitens dieses Ministeriums und des kenianischen Ministry of Agriculture wurden dem Projektteam zwei Absolventen der Landwirtschaftlichen Fakultät der Universität Nairobi als

Unterstützung und zum Austausch zugewiesen. Somit würde ein Sechser-Team gemeinsam an den komplexen Aufgabenstellungen in Marsabit arbeiten.

Es gab großen Abstimmungsbedarf in der Vorbereitungsphase und zu den drei Vorbereitungsseminaren, die für alle ASA-Stipendiaten obligatorisch sind, kamen für Bernhard und Johan noch spezielle Seminare für ASA-Projekte, die in Zusammenarbeit mit der GTZ durchgeführt werden, dazu. Außerdem wurden Treffen mit den Professoren an den beteiligten Universitäten in Berlin (Professor Weisz) und Weihenstephan (Professor Reinhardt) angesetzt. Die fachlichen Abstimmungen und das Feilen am Arbeitsplan für die Projektumsetzung zwischen den Treffen liefen – wie zu der Zeit üblich – per Briefwechsel, also recht langsam und anfällig für Missverständnisse. Die Koordination der Reisen wurde schwierig, bereits gekaufte Flugtickets für Bernhard und Johan mussten umgetauscht werden, was nur aufgrund der speziellen Verbindungen der GTZ zu den Airlines und der ihr als staatlicher Durchführungsorganisation der deutschen Entwicklungszusammenarbeit zugebilligten Kontingente einigermaßen problemlos möglich war. Schließlich konnte es losgehen und Johan flog mit einem dieser Tickets nach Zürich, von wo aus er in sein großes Abenteuer nach Nairobi startete.

Johan erinnert sich an seine Aufzeichnungen, an die gewissenhaft geführten Tagebücher, die er während seiner Afrikaaufenthalte geschrieben hatte. Er ist sich sicher, darin etwas zu den damaligen Reisewarnungen zu finden. Es dauert nicht lange, und er hat das Kenia-Tagebuch, die große graue Kladde, in der litauischen Kommode gefunden und ist in den Zeilen versunken.

„Gleich nach der Landung am Züricher Airport versuche ich, Bernhard zu treffen, der laut Flugplan bereits eine Stunde vor mir hier gelandet sein musste. Nach knapp zwei Stunden Suche, in denen ich den gesamten Flughafen durchstreift habe, sehe ich ihn endlich und setze ich mich zu ihm an die Bar einer Flughafenkneipe. Hätte ich ihn zu dem Zeitpunkt schon so gut gekannt wie ein paar Monate später – ich hätte sofort dort nach ihm geschaut. Nach einem Bier ist es für uns Zeit zum Einchecken für den Flug 1238 mit Swissair nach Nairobi. Pünktlich abgeflogen landen wir ebenso pünktlich an unserem Bestimmungsort. Nach der reibungslosen Zollabfertigung dann die erste negative Überraschung an der Gepäckausgabe: Unser Zelt fehlt. Wir warten, bis das letzte Gepäckstück vom Fließband genommen wird, gehen zum Lost and Found Schalter und geben ohne große Hoffnung den Verlust an.

Freudige Überraschung dann hinter der Zollabsperrung des Jomo Kenyatta international Airports: Wir erkennen inmitten des Gewimmels von ankommenden und abholenden Menschen Frank, einen der ASA-Stipendiaten aus unserem Jahrgang, der bereits vor Wochen nach Kenia ausgereist ist. Er holt uns ab und in diesem Moment, in dem meine Gefühle zwischen gespannter Erwartung, Zweifel und Unsicherheit schwanken, ist der Anblick Franks und die Gewissheit, jetzt erst einmal in eine Unterkunft gefahren zu werden, ohne zuvor Diskussionen mit den uns bedrängenden Helfern der Taxifahrer führen und noch ein Hotel suchen zu müssen, genau das, was ich brauche. Frank darf einen Wagen der GTZ nutzen, um uns vom Flughafen abzuholen. Er erzählt uns, wir könnten erstmal im Haus einer GTZ-Mitarbeiterin wohnen, die zurzeit für mehrere Wochen in Deutschland sei. Er und Peter, den wir ebenfalls aus der gemeinsamen Vorbereitung kennen und mit dem er zusammen ein Projekt für die Carl Duisberg Gesellschaft in der Umgebung von Nairobi durchführt, wohnen auch dort. Das klingt großartig!

Von der ersten Fahrt durch das nächtliche Nairobi bekomme ich nicht viel mit und kann mir noch keinen ersten Eindruck von der Stadt verschaffen, von der alle sagen, sie sei so anders als andere afrikanische Städte. Die Ankunft im Haus in der Chalbi Drive, wo wir uns nun erstmal ausruhen, sortieren und für die Expedition nach Marsabit vorbereiten können, ist überwältigend: Es liegt in einem großzügigen, üppigen Garten, der vor allem in der Dunkelheit und der Beleuchtung durch einige Lampen und Strahler leicht verwildert und tropisch wirkt. Auch das Gebäude an sich ist dicht mit Grün bewachsen, Palmen und Papaya-Bäume stehen davor, eine Veranda mit alten Möbeln, afrikanischen Kunstgegenständen und Gefäßen liegt rechts vom Eingang. Der alte Land Rover vor dem Gebäude vervollständigt das Bild. Allerdings, die vielen Ketten und Schlösser vorne vor dem Tor und vor der Haustür, der Askari (abgeleitet vom Kisuaheli-Wort für Soldat werden die Wachleute, die vor den Häusern und Einrichtungen eingesetzt sind, als Askaris bezeichnet) und die vier Hunde (von denen ich nicht glaube, dass sie sehr gefährlich sind) vermitteln gleichzeitig unweigerlich den Eindruck eines goldenen Käfigs. Von innen ist das Haus absolut gemütlich eingerichtet und obwohl man wegen der Dunkelheit draußen die Umgebung nicht sehen kann, habe ich das Gefühl, dass hier alles zueinander passt. Es passt vor allem in das Bild, welches man sich vom kolonialen Afrika macht. Die Geborgenheit des Hauses, die Gespräche mit Frank und Peter, der nach einiger Zeit von einer Feier zurückgekommen ist und sich zu uns gesellt hat, beruhigen mich und lassen schnell Euphorie aufkommen. Das Bier schmeckt gut, wir losen und ich darf in dem Bett der Hausbesitzerin schlafen. Es gibt warmes Wasser, beste Voraussetzungen also, sich zu akklimatisieren und auf die Arbeit in Marsabit vorzubereiten.

Die erste Nacht in Kenia verbringe ich etwas unruhig, ab und zu durch das laute Hundegebell aufgeschreckt, aber alles in allem recht angenehm. Wie ich am nächsten Morgen feststelle, als Peter mir erklärt, wo die Schalter zum Auslösen eines Alarms sind, habe ich in der Nacht in der Absicht, die Nachttischlampe auszuschalten, den Alarmknopf gedrückt und damit wohl für einige Verwirrung beim Askari, den Hunden und dem Personal der Wach- und Schließgesellschaft gesorgt. Aber das Haus wurde nicht gestürmt, es hat nicht einmal jemand angeklopft. Nach dem Aufstehen, es ist Samstag, frühstücken wir vier gemütlich und lassen es ruhig angehen. Ich schaue mich in Haus und Garten sowie in der Nachbarschaft um. Der Nachmittag ist dann ein weiteres Highlight beim perfekten Eingewöhnen: Susanne und Julia kommen in die Chalbi Drive, gefahren von Jörg, einem GTZ-Mitarbeiter, den sie am Vorabend auf einer Party kennengelernt haben. Wir verbringen das Wochenende im Garten, lassen uns die Sonne auf die Körper scheinen, spielen mit den (Wach-)Hunden, beobachten die Kaninchen, Enten und Gänse, spielen Tennis auf dem Rasen ohne Netz und Feldbegrenzung, trinken Kaffee oder Tee – kurz: Wir relaxen. Abends geht es so weiter mit Essen kochen, Bier trinken, Pläne machen und erzählen. Zwischendurch versuche ich, ein Päckchen, das ich von einem meiner SPRING-Kollegen mitbekommen habe, einem GTZ-ler zu übergeben, aber er ist nicht zu Hause. Zudem lerne ich weiter fleißig Kisuaheli. Obwohl ich eigentlich in diesen ersten Tagen nichts Anstrengendes vollbringe, bin ich abends immer wahnsinnig müde und schlafe traumhaft.

Gesundheitlich gibt es bis hier hin überhaupt keine Probleme, ganz im Gegenteil: Ich fühle mich rundum wohl. Das Wasser in Nairobi ist okay, afrikanisches Essen von der Straße hatte ich noch nicht kaufen können, abgesehen von Bananen und Samosas. Außerdem wurde abends ja eigenhändig gekocht. Und diese Mahlzeiten waren nährreich und gut: viel Gemüse, auch Fleisch, Käse. Ganz anders als meine Diät in Ghana. Am Montag geht es dann zum ersten Mal Richtung Downtown Nairobi. Bernhard und ich neh-

men ein Matatu (Linie 48) von Lavington Green zur Stadt-
mitte (Hilton Hotel). Dort warten Susanne und Julia bereits
seit fast einer Stunde, da wir noch in einer Bank waren und
es dort länger gedauert hat als erwartet. Zunächst gönnen wir uns in   einem   Café ein zweites Frühstück,   dann
suchen wir die Deutsche Botschaft auf.

Wir werden vom Botschafter persönlich empfangen, er
nimmt sich sogar viel Zeit für uns und bietet uns schließlich
an, Briefe von uns mit nach Deutschland zu nehmen, da er
am Abend nach Berlin reisen muss und er sie dort einwerfen kann. Auf diese Weise kann ich Henrieke ziemlich
schnell eine erste kurze Nachricht zukommen lassen. Seit
wir in Nairobi angekommen sind, ist das Wetter immer
besser geworden. Es regnet nicht mehr und am Nachmittag
scheint die Sonne, sodass es warm genug ist, im Hemd her-
umzulaufen. So auch am Montagnachmittag. Wir fahren
zum ersten Mal zum GTZ-Haus in die Lenana Road – Linie
46, Aussteigen am YaYa Center. Als Erstes stellen wir uns
Frau Grimm vor, der Assistentin der Büroleitung, und besprechen die ersten grundlegenden Dinge entspannt bei
einem Kaffee. Zudem treffen wir Jörg rr, der uns – da er
auch dort zu tun hat – zum Ministry of Livestock Development fährt, wo wir einen Termin mit Mister Shabaani haben, dem kenianischen Verantwortlichen für das Range
Management Handbook Projekt und somit Projektpartner
von Professor Reinhardt. Wir werden freundlich aufgenommen, die Stimmung ist locker, sehr angenehm! Hier
werden uns endlich auch Amos und Neville vorgestellt, die

zwei Studenten aus Nairobi, die unsere Arbeit in Marsabit unterstützen sollen. Anschließend statten wir Mister Chege, dem Leiter des Range Management Departments, einen Besuch ab. Er hält einen langen Monolog mit der Quintessenz: Planung und Entwicklung im Marsabit Distrikt ist sehr wichtig, er freut sich, dass wir dort arbeiten wollen. Er ist an den Arbeiten und den zu erwartenden Ergebnissen sehr interessiert und er wünscht uns nun viel Glück.

Nach diesem Besuch im Ministerium fährt Jörg uns in das Thorn Tree Café, wo wir mit Peter und Frank verabredet sind. Amos und Neville haben sich nach den Meetings bis morgen früh, wo wir sie im GTZ-Office treffen wollen, verabschiedet. Das Thorn Tree ist ein Café im Erdgeschoss des Stanley Hotels an der Kimathi Road, das eine gewisse Tradition hat, da seit ewigen Zeiten die Reisenden den Baum, der mitten im Außenbereich des Cafés steht (und ihm seinen Namen gibt), als schwarzes Brett benutzen. Heute ist zu diesem Zweck eine große Pinnwand an dem Baum angebracht, die sich großer Beliebtheit erfreut, und das Café ist ein Treffpunkt für Geschäftsleute und Traveller aus aller Welt. Wir sind dort mit verschiedenen Leuten verabredet, zudem läuft uns Gaby, ASA-Stipendiatin für Mauritius, mit ihrem Freund über den Weg. Leider müssen die beiden am Abend noch einen Flug bekommen, sodass sie nicht mit ins Safeer, ein indisches Restaurant, kommen können. Das indische Essen übertrifft alle Erwartungen und auch die Atmosphäre ist toll, ich habe nur Schwierigkeiten, mir in diesem Restaurant inmitten meiner

Bekannten und Arbeitskollegen klarzumachen, dass wir gerade mitten in Nairobi, in Kenia, in Afrika, sitzen. Anschließend fahren wir zu sechst im Käfer, der zum Haus gehört, in dem wir wohnen und den wir benutzen dürfen, zum YWCA, um Susanne und Julia dort abzusetzen und von dort aus weiter zur Chalbi Drive.

Am Dienstagmorgen sollen wir um 8:30 Uhr im GTZ-Büro sein, damit uns ein Fahrer zum Central Büro of Statistics und anschließend zum Range Management Department fahren kann. Gegen 9:15 Uhr wachen Bernhard und ich auf, circa zwei Minuten bevor Frau Grimm uns anruft. Susanne und Julia sind auch noch nicht da! So wird ein Wagen zuerst zu uns in die Chalbi Drive geschickt, danach fahren wir zum YWCA und lassen Susanne und Julia zusteigen. Bei der GTZ wird unsere Verspätung am zweiten Arbeitstag zwar mit einigen launigen Bemerkungen kommentiert, aber richtig böse scheint niemand zu sein. Bei Mister Shabaani bekommen wir das benötigte Kartenmaterial ausgehändigt, aber im zentralen Statistikbüro sind wir trotz mehrfacher Anläufe bei unterschiedlichen Ansprechpersonen nicht erfolgreich. Bei der Anmietung der zwei Mietwagen gibt es ebenfalls Probleme, die trotz der Bemühungen von Frau Grimm nicht gelöst werden können. Offensichtlich sind die für uns reservierten Fahrzeuge anderweitig unterwegs. Wir regen uns bei Kaffee und Kuchen in einem Café ab und arbeiten noch etwas im GTZ-Büro. Abends zeigt Peter uns ein famoses äthiopisches Restaurant – zwar sehr nobel und ganz anders, als ich afrikanisches Essen in Ghana kennengelernt habe, aber unbestreitbar typisch afrikanisch. Es wird sofort mein Lieblingslokal. Anschließend erstmals Bierchen trinken im Norfolk Hotel. Unser Debüt dort zieht sich bis in die Nacht, wir sind die Letzten. Jörg bringt uns gegen Mitternacht nach Hause, Last Order war – very british – um 11:00 Uhr PM.

Am Mittwochmorgen kommen wir pünktlich ins GTZ-Office – zu pünktlich, denn gegen 8:15 Uhr ist kaum jemand dort. Julia, Susanne, Neville und Amos sowie Frau Grimm trudeln nach und nach ein. Wir können wieder keine Mietwagen auftreiben, dafür bringt Mister Shabaani die gewünschten Luftbilder mit und überreicht uns einen Brief, der uns im Marsabit Distrikt alle Türen öffnen sollte. Mittags gehen wir im YaYa Center Essen. Ein GTZ-Fahrer fährt uns in die Biashara Street, wo wir Jerrycans (so werden hier sowohl die Kanister für das Trinkwasser, als auch für Kraftstoff bezeichnet), ein Moskitonetz für Bernhard und weitere Ausrüstungsgegenstände für die Fahrt nach und den Aufenthalt in Marsabit kaufen. Zurück bei der GTZ müssen wir feststellen, dass auch am Donnerstag die Mietwagen für uns nicht da sein werden und es keinen Grund gibt, morgen ins Büro zu kommen. Das ist ein ganz neues Gefühl: Der morgige Tag steht uns (fast) völlig zur freien Verfügung und das in einer Stadt, in der es noch so viel zu entdecken gibt. Abends kochen wir wieder selber, ich schreibe endlich einige der fälligen Briefe. Seit Montag schon teilen Bernhard und ich uns das Doppelbett unserer abwesenden Gastgeberin, da an den Wochentagen nachts die Kinder von Tanja, der sympathischen, patenten und jedem Klischee entsprechenden Haushälterin im Kinderzimmer schlafen und daher Bernhard dort ausziehen musste. Dennoch habe ich weiterhin keine Probleme mit dem Schlafen, allerdings werden erste Schwierigkeiten im Umgang mit Bernhard spürbar.

Am Morgen des freien Tages liege ich länger als sonst im Bett, kann aber dennoch mit den anderen frühstücken. Dann geht es endlich erstmals auf eigene Faust alleine in die Stadt. Erst zur Post in Lavington Green, dort kaufte ich Schreibutensilien, unter anderem für mein Reisetagebuch, dann mit einem Matatu der Linie 48 in die Stadt, Downtown Nairobi. Ich lasse mich treiben, durchstreife das Zentrum zunächst streng systematisch, dann immer weniger. Natürlich checke ich die Mitteilungen an der Pinnwand im Thorn Tree Café und hinterlasse auch welche – zusammen mit Bernhard, der rein zufällig auch dorthin kommt und sich an meinen Tisch setzt. Anschließend gehe ich weiter durch die Stadt, jetzt ist die River Road und Umgebung dran. Danach zurück in die Chalbi Drive, einkaufen in Lavington Green mit Frank, Musik hören, lesen... Abends wieder ein gemütliches Austauschen und Beisammensein. Zwischendurch ist Bernhard doch noch mal in der GTZ gewesen und hatte erfahren, dass die Wagen zwar mittlerweile zurück in der Autovermietungsstation seien, allerdings beide reparaturbedürftig und auch in dieser Woche nicht abholbereit. Aus Interesse fährt Bernhard bei der Station der Autovermietung vorbei. Dort die Überraschung:

die für uns vorgesehenen Suzuki Sierra sind viel zu klein für unsere Zwecke! Wir beschließen, am Freitag alle früh in die GTZ zu kommen, um zu versuchen, andere Wagen aufzutreiben. Bis Mittag hat sich trotz intensiver Bemühungen von Frau Grimm und Jörg noch nichts getan und Amos und Neville gehen gegen Mittag nach Hause und wollen am Abend bei uns anrufen und fragen, ob eine Abreise am Samstagmorgen möglich sein wird.

Beim Mittagessen im selbst an europäischen Maßstäben gemessen recht noblen YaYa Einkaufscenter sehen wir amerikanische Nachrichten. CNN berichtet vom Einmarsch der Irakis in Kuwait. Komisch, wie wenig von dem Konflikt bis zu uns vorgedrungen ist und wie wenig uns das Thema jetzt beschäftigt. Am Nachmittag dann die Wende: Jörg schlägt vor, seinen Wagen – einen Toyota Pick-up mit einer Fahrerkabine für vier Personen – für unsere Reise zur Verfügung zu stellen, da er ihn bis Ende September nicht mehr braucht. Somit müssen wir nur noch ein weiteres Fahrzeug auftreiben. Und das steht plötzlich auch zur Verfügung. Ein wie aus der Luft aufgetauchter Engländer, der seit 15 Jahren in Kenia lebt, bringt uns in eine Autowerkstatt in einem Industrieviertel Nairobis, dort checkt Bernhard einen zwanzig Jahre alten Land Rover durch und fragt mich, ob ich den fahren könne und wolle. Klar will ich – der Defender ist ein Traum und mit dem Getriebe, das man noch mit Zwischengas fahren muss, komme ich gut zurecht, das habe ich ja bei einem alten MAN-40-Tonner bei der Bundeswehr gelernt. Wir nehmen ihn. Es kann also losgehen: Mit dem allradbetriebenen Toyota von Jörg, der über eine komplette Wüstenausstattung wie zum Beispiel einen zweiten Tank verfügt, dem Land Rover, der vor zwanzig Jahren wahrscheinlich für genau das Gelände, das nun vor uns liegt, gebaut wurde, und mit einem VW Passat, den Jörg sich ausgeliehen hat, um uns bis Isiolo zu begleiten, fahren wir los, um die letzten Ausrüstungsstücke zu besorgen.

In Isiolo befindet sich eine Station, die Professor Weisz einst aufgebaut hat und die heute noch von der GTZ betrieben wird. Jörg hat dort einiges zu erledigen – praktisch für uns. Wir wollen dort übernachten. Mit diesen zwei großen Wagen (der Land Rover ist ein Siebensitzer) verfügen wir über ausreichend Platz, um auch Peter und Frank mit nach Marsabit nehmen zu können. Neville und Amos wird telefonisch Bescheid gesagt, Julia und Susanne regeln Organisatorisches, während Bernhard und ich die Autos mit der ganzen Ausrüstung, die bei der GTZ lagert, beladen: Kocher, Gasflaschen (3 kg), Werkzeug (wichtig: Air Jack), Sandsäcke, Reservekanister, Wasserkanister, Reserveräder (zwei pro Fahrzeug), Zelte. Bernhards Zelt war inzwischen wieder aufgetaucht und wurde von SwissAir zur GTZ gebracht! Zurück in der Chalbi Drive können wir Peter und Frank die freudige Nachricht überbringen, dass es morgen nun endlich losgeht. Und wir können Tanja nun mit Gewissheit auf ihre tägliche Frage antworten, ob wir denn am nächsten Tag nochmal im Haus übernachten werden. Die Unterkunft in diesem Haus und das Zusammensein mit

Frank und Peter waren ganz wichtige Faktoren für mein Wohlbefinden in der ersten Zeit in Nairobi. Daher liegt mir viel daran, dass wir die zwei nun mit nach Marsabit nehmen und uns in gewisser Weise revanchieren können.

Der letzte Abend im Haus in Nairobi ist gemütlich, aber kurz. Ich lege mich früh ins Bett und höre zum ersten Mal in Kenia Musik aus dem Walkman zum Einschlafen. Morgens lassen wir uns schon um 5:45 Uhr wecken, packen unsere Sachen, frühstücken und sind kurz nach sieben am GTZ-Haus. Etwas zu spät kommt Jörg mit Julia und Susanne (da ist sogar Amos diesmal pünktlicher!). Bis wir alle in den Wagen sitzen, noch einige Dokumente kopiert haben, Susanne irgendwo angerufen hat, ist es auch schon 8:00 Uhr. Wir tanken, fahren zu Amos (um seine Sachen zu holen) und zu Neville, um ihn in unsere Truppe aufzunehmen. Von dort aus geht es dann endlich los auf die erste Etappe der Tour Nairobi – Marsabit. Am Ende des Tages legen wir einen Zwischenstopp in Isiolo ein. Bis dorthin führt uns der Weg über überraschend gut ausgebaute Landstraßen durch die abwechslungsreiche, hügelige Landschaft mit abrupten Wechseln der Vegetation. Ich kann mich kaum sattsehen, muss aber meine Aufmerksamkeit überwiegend dem Verkehr schenken. Aber ich habe riesigen Spaß am Fahren des mächtigen Land Rovers und das Gefühl, etwas Einmaliges zu erleben.

Wir nehmen die Route westlich um den Mount Kenia herum, über Thika, Nyeri und Nanyuki bis Isiolo. Da es an diesem Tag sehr dunstig ist, können wir den Mount Kenia nicht in seiner ganzen Pracht sehen. Eine erste Pause zum Kaffeetrinken machen wir in Karatina, einem nebeligen Dorf in den Highlands. Bis dorthin geht die Reise durch grünes, fruchtbares Land. Es nieselt, die Straße ist rutschig, die Fahrt nicht ungefährlich. Von Karatina nach Nanyuki fährt man circa eine Stunde, die Landschaft wechselt ständig ihr Gesicht, von grün und hügelig über braun und sandig bis steinig. Vor dem Ortseingang überschreiten wir den Äquator und machen in der Nähe, auf dem Landsitz eines Bekannten von Jörg, die zweite Rast. Wir erreichen das etwa drei Kilometer außerhalb der Stadt gelegene Anwesen über eine staubige und recht unwegsame Piste. Empfangen werden wir von dem Besitzer und seinen Hunden. Bei Bier und Samosas – das angekündigte Essen musste leider ausfallen, da ihm der Koch am Vorabend „weggelaufen" sei – bewundern wir die Umgebung und das alte, offensichtlich aus den britischen Kolonialzeiten stammende Haus. Es liegt an einem kleinen Fluss in einem großzügigen Garten, ist aber keine Farm. Anschließend geht die Fahrt weiter bis Isiolo, laut Reiseführer dem „letzten Außenposten der Zivilisation und Treffpunkt zwischen Hochland und Wüste". Bis hierher reicht die Asphaltstraße, danach gibt es nur eine steinige, bisweilen sandige und sehr staubige Piste nach Marsabit.

In Isiolo machen wir einen kurzen Stopp an der Tankstelle, der uns einen ersten Eindruck von der Stadt als Sammelplatz von Menschen aus verschiedenen Volksgruppen liefert. Sofort sind wir umringt von Händlern, Kindern, und einer Menge weiterer Interessierten. Wir fahren zügig weiter zur GTZ-Station, die 24 Kilometer vom „Stadtzentrum" entfernt in der Halbwüste liegt. Für die Strecke benötigt man fast 45 Minuten, so schlecht ist sie. Man muss einige Wadis durchqueren und zwei Flussbetten führen noch Wasser. Wir überqueren sie an Furten, an denen die Wassertiefe weniger als einen Meter beträgt. Des Öfteren bleiben wir inmitten großer Viehherden stecken. Die Landschaft ist unglaublich, eine weite Ebene mit markanten Erhebungen, absolut sparsamer Vegetation, braun mit braun-grünen Punkten, weit auseinanderstehenden Schirmakazien, Felsen und „Wildlife": Gazellen, Antilopen, Sekretäre, Straußen, Dikdiks (sehr kleine Antilopen) und viele Tiere mehr, vor allem Vögel in allen Variationen. In den Bäumen hängen Nestkugeln der Webervögel. Dann immer wieder die einheimischen Samburu und Massai in ihren farbenfrohen Trachten mit den Hunderten von Perlen, Knöpfen, Bändern, Ohr-, Nasen- und was-weiß-ich-Ringen.

Die Station besteht aus einigen Blockhäusern, eingezäunten Koppeln, Wassertanks, einer Solaranlage und eben den dort lebenden Menschen. Josef ist unsere Ansprechperson. Er ist ein Massai aus der Gegend von Nanyuki, lebt aber schon seit einigen Jahren auf der Station, die dem Integrated Project for Arid Lands angegliedert ist. Hier wurde in einem Projekt von Professor Weisz eine Kamelherde aufgebaut. Josef kümmert sich um diese Tiere sowie um die Herden der Pastoralisten und der Händler in der Region.

Isiolo ist der südlichste Punkt, zu dem die Nomaden gelangen, daher befinden sich in der Nähe die Quarantänestation für die Rinderherden, die verkauft und weiter Richtung Süden getrieben werden. Wir bekommen eines der Blockhäuser – in dem laut Josef auch die Familie Weisz gewohnt hatte – als Unterkunft zugewiesen und sind von der Aussicht, hier einen Abend und eine Nacht zu verbringen, begeistert. Unsere freudige Erwartung wird in keinster Weise enttäuscht. Zunächst fahren wir noch einmal mit Josef und einem weiteren Massai in die Stadt, um in einem Somali-Restaurant zu essen, und danach Bier zu kaufen. Die Rückfahrt in der nun sternenklaren Fast-Vollmond-Nacht ist einfach einmalig. Unbeschreiblich. Auch die Stimmung in der Gruppe ist gut, sodass der Abend wirklich ein großartiger Auftakt unserer Expedition wird.

Die Nacht verbringen wir entweder in der Hütte oder auf dem Teil der Veranda, der mit Moskitogittern eingegrenzt ist. Es ist so hell, dass ich schlecht einschlafen kann, zudem sind da ständig Geräusche, die mir noch fremd sind – und so nah, dass sie mir das Einschlafen wirklich schwer machen. Den Sonnenaufgang am nächsten Morgen habe ich so gerade noch erwischt – fünf Minuten früher wäre aber noch besser gewesen. Bei klarer Witterung kann man von der Station aus den Mount Kenia sehen, heute kann man ihn nur schemenhaft erkennen. Dennoch ist der Morgen alles andere als trübe: ein tolles Licht, gute Stimmung im Lager, ein langer Spaziergang mit Josef zu einem großen Tal, und eine völlig entspannte Abfahrt, zunächst nach Isiolo. An der Tankstelle lässt Bernhard den Toyota durchchecken und passt dabei gleichzeitig auf den Land Rover mit unserem ganzen Gepäck auf, während wir anderen in ein Restaurant zum Frühstücken gehen. Dort werden unsere Bestellungen in einem solchen Abstand serviert, dass das Frühstück länger dauert als geplant. Bis wir endlich losfahren, ist es 12:00 Uhr und eine Fahrzeit von sechs bis acht Stunden für die Strecke bis Marsabit ist uns prognostiziert worden. Und wir wollen noch im Hellen ankommen – schwierig, wenn hier in Äquatornähe die Sonne kurz nach 18:00h untergeht! Die Fahrt geht durch die Halbwüste, über eine steinige oder sandige, in jedem Falle extrem staubige Straße, teilweise schnurgerade aus. Die Umgebung ist geprägt von einzelnen eindrucksvollen Bergmassiven in der Dornbuschsavanne. Wir sehen Giraffen, Affen, Gazellen und Antilopen, Wüstenfüchse und einfach die sagenhafte Landschaft. Was ich wohl kaum auf ein Foto bringen kann (zumindest nicht mit der relativ einfachen Kamera, die ich mitgebracht habe), ist die unendliche Weite, die Menschenleere, die vereinzelten Wirbelwinde und das gesamte Flair.

An einem Punkt werden wir alle sehr unruhig: Circa 500 Meter von uns entfernt erkennen wir einige Wagen, die am Straßenrand stehen, sowie zahlreiche Menschen, die herumrennen, von einer Straßenseite auf die andere springen und wild gestikulieren. Bernhard und die Mitfahrer im ersten Fahrzeug denken an einen Überfall oder eine Schlägerei und halten an, wir stoppen direkt hinter dem Toyota. Gemeinsam beobachten wir die Szene mit Bernhards Fernglas, können aber immer noch nicht einschätzen, was dort vor sich geht. Dann kommen zwei Kinder auf uns zugelaufen. Amos geht ihnen entgegen und fragt sie. Schließlich gibt er uns Zeichen, weiterzufahren. Mit verbarrikadierten Türen und Fenstern fahren wir an den Autos vorbei und sehen, dass es sich um zwei Touristenbusse auf dem Weg zum Buffalo Springs-Reserve handelt, die eine Panne haben und die von neugierigen Samburu umlagert werden. Unsere Angst war nicht unbegründet. In Nord-Kenia kommt es immer wieder zu Überfällen, die Shifta sind noch lange nicht vergessen, man hat uns von vielen Seiten davor gewarnt. Der Rest der Fahrt verläuft relativ problemlos. In einer Phase, in der Bernhard mit dem Toyota vorfährt und ich ihm mit dem Land Rover folgen muss, jagen wir ziemlich über die Wellblechpiste, um Zeit gutzumachen. Oft kann ich vor lauter Staub nichts sehen. Auf dem sandigen Untergrund mit den harten, querlaufenden Wellen ist der Land Rover nur schwer in der Spur zu halten. Eine Situation hätte ins Auge gehen können: Es ist noch staubiger als ohnehin schon, Bernhard fährt weit rechts, da dort der Straßenbelag besser ist, ich direkt hinter ihm. Wir sind gerade wirklich schnell unterwegs, als uns ein Bus entgegenkommt. Der Rover driftet direkt auf das entgegenkommende Fahrzeug zu und als ich ihn weiter nach links ziehen will, sehe ich, dass dort ein riesiges Schlagloch in der Fahrbahn klafft – und dahinter die Böschung gut zwei Meter abfällt. Ich trete auf die Bremse, halte mit aller Kraft das Lenkrad fest, komme einen halben Meter neben dem Loch zu stehen und der Bus rast auf der anderen Seite mit einem nach unserem Geschmack viel zu geringen Abstand an uns vorbei. Nach dieser Situation müssen wir alle erst einmal durchatmen, Bernhard hält an, wendet und kommt zu uns und fragt, ob alles in Ordnung sei. Ja, es ist schnell alles wieder okay. Nach unserer Rückkehr nach Deutschland sollten wir erfahren, dass einer der ASA-Stipendiaten in Westafrika in einer ähnlichen Situation ums Leben gekommen ist.

Der Rest der Fahrt ist zwar anstrengend, aber auch weiterhin aufregend und zu keinem Zeitpunkt langweilig. In Laisamis werden wir zum so-und-so-vielten Male von einem Police Check aufgehalten. Erneut werden wir ausgiebig gefragt, müssen Dokumente vorzeigen und uns in eine Liste eintragen. Wir trinken in dem Nest eine Cola und nehmen einen der Police Officer mit nach Marsabit. Er stellt sich als Sohn eines Farmers heraus und ist somit einer unserer zukünftigen Interviewpartner. In den Bergen von Marsabit machen wir den letzten Stopp und lassen uns von der Aussicht verzaubern. Das viele Grün plötzlich an den Hängen des Vulkankegels, der den Mount Marsabit ausmacht. Die zahlreichen Hügel, die wie kleine Vulkane mitten in der Halbwüste stehen und sich im Abendlicht dunkel von der roten und gelben Erde und dem sich in spektakulären Rottönen verfärbenden Horizont abheben. Das ist einfach zu beeindruckend – vor allem nach all den Kilometern durch Halbwüste, Sand und Staub. Ich kann nur hoffen, dass die Fotos etwas geworden sind!"

8 Marsabit

Noch bevor wir zum ersten Mal in den Ort Marsabit hineinfahren sehen wir den Wegweiser zum Kenia Agriculture Research Institut – KARI. Hier sollen wir versuchen, Unterkünfte und einen Arbeitsraum für die Feldphase unserer Projektarbeit zu bekommen. Bei der Premieren-Einfahrt nach Marsabit lassen wir die Abbiegung zum KARI zunächst links liegen, da wir vermuten, dass am Sonntag niemand dort sein würde. In der Nähe, gleich um die nächste Straßenbiegung, liefern wir den Polizisten ab, der uns bei dieser Gelegenheit seine ganze Familie vorstellt. Wir machen ein Interviewtermin aus und fahren dann in die Stadt, um ein Hotel zu suchen.

Was muss man über Marsabit wissen? Marsabit ist bis 2010 die Hauptstadt des gleichnamigen Distrikts im Norden von Kenia. Heute ist es das Marsabit County. Der Ort Marsabit ist ein Außenposten der städtischen Zivilisation in der Wüste. Er liegt am Mount Marsabit, einem großen Inselberg vulkanischen Ursprungs, der aus der umliegenden Wüste und Halbwüste bis auf eine Höhe von 1.700 Meter aufragt. Im Gegensatz zur Umgebung sind die Hügel hier stark bewaldet und haben ihr eigenes „insulares" Ökosystem. Einzelne Flächen sind bedingt für den Ackerbau geeignet. Rund um die Vulkankraterseen und den Wald auf der Spitze des Berges wurde ein Schutzgebiet eingerichtet. In einem Nationalpark lebt eine große Population afrikanischer Elefanten. Sie reißen gelegentlich Zäune nieder und beschädigen oder vernichten die Ernte der örtlichen Bauern.

Die in jüngerer Zeit in der Region lebenden Volksgruppen der Rendille, Borana, Gabbra und Samburu lebten bis circa 1900 als nomadische Viehzüchter, manche von ihnen suchten das Gebiet des heutigen Marsabit nur in der Trockenzeit oder bei Dürre auf. Diese Gemeinschaften, die in den Trocken- und Halbtrockengebieten leben, machen zwar fast 30 Prozent der kenianischen Bevölkerung aus, werden aber häufig an den Rand gedrängt und sind mit unzureichenden sozialen Diensten, schlechter Infrastruktur für ihre weit verstreut liegenden Siedlungen konfrontiert. Auch die Armut ist hier höher als im Rest des Landes. Die wiederkehrenden Dürren haben bereits ihre Lebensgrundlagen – Weidewirtschaft und kleinteilige Landwirtschaft – stark beeinträchtigt, was ein Grund für die unterschiedlichen Projekte kenianischer Behörden und internationaler Organisationen im Bereich Landwirtschaft und Ressourcenschutz ist.

Bei der Suche nach einer Übernachtungsmöglichkeit gehen wir davon aus, dass wir die Auswahl haben. Es gibt überraschend viele Hostels und Hotels im von Peter als Frontstadt bezeichneten Marsabit. Aber hier übernachten nicht nur Entwicklungshelfer und die wenigen Touristen, die es hierher verschlägt, sondern auch Nomaden und afrikanische Reisende auf dem Weg Richtung Süden. Zudem steigen Händler, die Waren aus ihren Dörfern, Bomas und

Homesteads in Marsabit auf dem Markt anbieten, in den einfachen Gasthäusern ab. So müssen wir feststellen, dass fast alle Hotels ziemlich voll sind und überall im Ort herumfragen, bis schließlich Peter, Frank und ich in der Kenya Lodge zu dritt ein Doppelzimmer bekommen, und die anderen im Al Jazeer in zwei Dreierzimmern unterkommen können. Die Unterkünfte sind so weit in Ordnung, in der Kenya Lodge, die etwas sauberer und schöner angelegt ist, kostet die Übernachtung 90 Kenia-Schilling im Doppelzimmer, im Al Jazeer bezahlt man 35 Kenia-Schilling pro Person im Dreierzimmer.

Nachdem wir uns geduscht haben – wir waren alle vollkommen zugestaubt – treffen wir uns und gehen essen. Es wird ein harmonischer Abend, nach dem Essen im Restaurant geht es noch in eine Kneipe mit Disco-Musik. Ich genieße es, müde, satt und neugierig auf die kommenden Tage mit den anderen aus der Gruppe am Tisch in der Bar zu sitzen, ein paar Biere zu trinken und fühle mich absolut wohl. Marsabit, die grüne Oase in mitten einer nahezu reinen Wüste. Frontstadt. Basis für unsere Arbeit in den nächsten Monaten. Ich glaube, ich kann mich hier gut für eine längere Zeit einrichten.

Es wird alles noch besser. Am Morgen, dem ersten Morgen in Marsabit, wache ich schon gegen 4:30 Uhr auf, da um diese Zeit der Muezzin zu rufen beginnt. Zeitgleich bricht mein Moskitozelt zusammen (wobei es den kausalen Zusammenhang, den ich schlaftrunken vermute, wahrscheinlich nicht gibt). Dennoch bleibe ich liegen und schlafe weiter bis 8:00 Uhr. Nach einer ausgiebigen Morgenwäsche und Rasur gehen Peter, Frank und ich zum Al Jazeer Hotel, wo die anderen übernachtet haben. Wir suchen eine Möglichkeit zum Frühstücken. Letztendlich nehmen wir unsere Frühstücke in zwei verschiedenen Lokalitäten ein: Teil eins in der Kenya Lodge, Teil zwei in einer arabischen Kneipe mit stark äthiopischem Einschlag. In Marsabit gibt es so einige Bars, Cafés und Ähnliches und ich freue mich darauf, sie in der kommenden Zeit alle kennenzulernen.

Zwischen den Frühstücken müssen wir in eine Autowerkstatt: Der Reifen hinten rechts beim Land Rover ist platt. Zudem war mir gestern beim Versuch, die Tür mit dem defekten Schloss zuzuschlagen, die Fensterscheibe an der Beifahrerseite herausgeflogen. Man erkennt also, dass auch ein so stabiles Fahrzeug wie der Land Rover unter der Belastung einer solchen Strecke wie der von Nairobi nach Marsabit stark leidet. Am Toyota ist nach der Fahrt der Behälter für die Kühlflüssigkeit defekt. In der Werkstatt wird deutlich, dass Land Rover hier den Markt beherrscht. Für den alten Wagen sind nahezu alle Ersatzteile auf Lager, für den neuen Toyota nicht. Wir müssen uns mit einem notdürftigen Flicken am Kühlflüssigkeitsbehälter begnügen.

Danach geht es für uns vor allem darum, einen Officer des Ministry of Agriculture oder des Ministry of Livestock Development aufzusuchen, uns vorzustellen und zu fragen, ob es eine Möglichkeit gibt, im KARI zu wohnen – oder zumindest einen Arbeitsraum zu bekommen. Wir fahren also zum District Commissioner's Office, um das herum die Niederlassungen der verschiedenen Ministerien im Distrikt angesiedelt sind. Dort finden wir Mister Gullit, den Livestock Officer des MoLD in Marsabit. Er ist sehr erfreut über unsere Ankunft und sagt uns sofort seine Hilfe zu. Jörg hatte ihn vorsichtshalber vorher noch angerufen, wie wir später erfahren. Da auch Mister Gullit der Meinung ist, dass wir für eine erfolgreiche Arbeit eine praktische, gemeinsame Unterkunft brauchen, fährt er mit uns zu KARI und stellt uns und unser Anliegen dem dortigen Direktor vor. Dieser Herr ist sehr freundlich, interessiert, leider aber in Zeitnot. Dennoch kann er uns helfen. Er ruft nach Mister Hussein, einer Art Hausmeister, der uns das Hostel von KARI zeigen soll. Wenn wir wollten, könnten wir dort wohnen.

Von diesem Hostel sind wir sofort begeistert – natürlich wollen wir in diesem Bungalow wohnen! Es ist ein schmaler, einstöckiger, langgestreckter Flachbau, in dem jedes der nebeneinander angeordneten Zimmer eine Fensterseite nach hinten hinaus und eine auf die überdachte Veranda hat. Vor dort aus betritt man einen großen Raum, den wir uns sofort als perfekten Wohn- und Arbeitsraum vorstellen können. Es gibt eine gut ausgestattete Küche, die alle Erwartungen und Hoffnungen übertrifft, ein geräumiges und sauberes Bad, einen großen Raum mit Sesseln, Kommode, Schränkchen und Tisch mit sechs Stühlen, dann drei Schlafzimmer mit je einem Doppelstockbett und einem Einzelbett, also ideal für unsere Sechsergruppe. Die Betten sollen für uns bereitet, Wasser herbeigeschafft und das Geschirr entstaubt werden. Dafür zuständig ist eine Art Haushälterin, die uns als „The Boss" vorgestellt wird. The Boss ist resolut, traditionell gekleidet, sie spricht Kisuaheli, aber kein Englisch. Als Amos und ich nach dem Mittagessen im Al Jazeer Restaurant noch mal zu KARI herausfahren, um zu fragen, ob Peter und Frank für ein paar Tage ebenfalls im Hostel bleiben dürfen, ist sie schon dabei, die Betten zu beziehen. Peter und Frank dürfen natürlich bei uns übernachten!

Schon vor dem Mittagessen habe ich mein Hotelzimmer in der Kenya Lodge geräumt und zu meiner Überraschung sogar das für den Tag bezahlte Geld zurückbekommen. Peter und Frank kostet der plötzliche Auszug eine Schachtel Zigaretten, dann bekommen auch sie ihre Vorauszahlung zurück. Am Nachmittag ziehen wir dann im KARI ein. Frank schläft für die Zeit seines Aufenthaltes im Zimmer mit Bernhard und mir, Peter bei Amos und Neville. Susanne und Julia haben den Schlafraum ganz außen für sich. Die Begeisterung für das Haus an sich und auch über die perfekte Lage, die großartige Aussicht und die praktische Ausstattung wird von allen geteilt. Das KARI liegt von Isiolo kommend circa einen Kilometer vor dem Zentrum Marsabits, etwas vom Trans East African Highway entfernt, inmitten der Halbwüste. Von der Veranda aus blickt man über eine scheinbar unendliche Dornbusch- und Lavasteinsavanne, aus der sich in mittlerer Entfernung fünf unterschiedlich große Hügel erheben. Sie sind nur spärlich bewachsen. Aus den ebenen Flächen ragen zahlreiche weithin sichtbare Schirmakazien heraus. Hinter den Hügeln fällt das Gebiet ab in eine weite Ebene, die anscheinend durch nichts begrenzt ist.

Direkt vor der Veranda blühen einige mir unbekannte, aber wunderhübsche Sträucher in einem angelegten, von Lavabrocken umrandeten Beet. Auch ein riesiger Kaktus und zahlreiche kleinere kaktusartige Pflanzen stehen dort. Alles in allem: klischeehaft, Out Of Africa, Daktari – alles zusammen. Traumhaft. Unsere Wagen vor dem Haus vervollkommnen das Bild. Es gibt Strom, der Herd wird morgen repariert, The Boss wird gegen Bezahlung unsere Wäsche waschen, sie spült unser Geschirr ab – es ist fast zu viel des Guten. Daher entschließen wir uns auch, zumindest nach dem Abendessen selber zu spülen, sodass für The Boss nur das Frühstücksgeschirr bleibt, bei gleicher Bezahlung. Die Toilette ist ein Plumpsklo in einem Wellblechverschlag circa 20 Meter vom Haus entfernt. Ach ja: Es gibt sogar einen Kühlschrank!

Da wir noch nicht eingekauft haben, essen wir in der Stadt. Vorher holen wir Mister Gullit aus seinem Büro ab und fahren mit ihm zum Vulkankrater Gof Choba, nördlich von Marsabit am Rande der Chalbi Desert gelegen. Diese Wüste erstreckt sich im Norden bis nahe der Grenze zu Äthiopien sowie westlich bis zum Turkana-See. Da ich nicht mit einem solchen Ausflug gerechnet hatte, habe ich meinen Fotoapparat nicht mit dabei – und das ist ein Fehler. Denn die Aussicht vom südlichen Kraterrand über den Krater und die dahinter unmittelbar beginnende Wüste ist unbeschreiblich. Wir essen im Marsabit Highway Hotel. Im ersten Stock ist eine Kneipe, die sich gegen 20:00 Uhr ziemlich füllt. Bis das Essen serviert wird – zum ersten Mal eine Art Pommes mit frittiertem Fleisch, Tomaten und Ketchup – vergeht eine Zeit, die wir uns mit dem Genuss von Tusker Bier verkürzen.

Wie meistens in der letzten Zeit ist die Stimmung ausgezeichnet. Mit fast allen komme ich super aus, die beiden Kenianer scheinen mich zu mögen und ich sie auch. Nur zwischen mir und Bernhard gibt es immer mal wieder kleinere Spannungen, wenn ich einen seiner immer öfter auftretenden Versuche einer Bevormundung wahrnehme und mich dagegen wehre. Ziemlich spät fahren wir nach Hause und versuchen, unsere Moskitonetze aufzubauen. Allein bei mir bleibt es bei dem Versuch. Der Haken, den ein KARI-Mitarbeiter extra in die Zimmerdecke geschlagen hat, nützt nicht viel im zweiten Stock des Doppelbettes, da dort keine ausreichende Höhe gegeben ist. So schlafe ich ohne Moskitonetz, werde aber auch von keiner Mücke belästigt oder gar gestochen. In der Nacht bläst der Wind heftig ums Haus, es ist eine ganz spezielle Atmosphäre, die ich gleichzeitig beruhigend und aufregend empfinde und ich schlafe sehr gut.

Früh morgens, ich bin kurz aufgewacht, liegt die ganze Umgebung im Nebel, sodass man die Hügel nicht sehen kann. Der kräftige Wind vertreibt die Nebelschwaden und bringt im nächsten Moment neue heran. Als ich dann später erneut aufwache, ist der Nebel gänzlich verschwunden und die Sonne scheint. Der erste Tag beginnt mit unserem ersten gemeinsamen, ausgiebigen Frühstück in „unserem" Haus. Die Stimmung ist weiterhin ausgesprochen gut, allein Bernhard braucht morgens wohl etwas mehr Anlaufzeit und einige Tassen Kaffee. Ich bin schon auf Hochtouren, wenn ich nur den gedeckten Frühstückstisch sehe: mit Brot, Kaffee, Tee, Eiern, Schinken, Papaya... und dazu der immer wieder faszinierende Blick aus dem Fenster in eine der wunderbaren Weiten Afrikas. Der Tagesplan sieht vor, dass wir zum Ministry fahren und dort zusammen mit Mister Gullit die Erlaubnis einholen, eine Tour durch den Nationalpark nach Tonga machen zu können.

Etwas später als geplant, so gegen 9:15 Uhr, fahren wir los. Doch im Ministry gibt es keine Erlaubnis. Man versucht, auf die Schnelle noch etwas zu regeln, aber vergeblich. Nach einiger Zeit sagt man uns, wir könnten erst morgen mit der Erlaubnis rechnen, heute würde es kaum noch was werden. Alternativ schlägt uns Mister Gullit vor, eine Farm – die des Vaters eines Mitarbeiters des Ministeriums – zu besuchen. Wir sagen zu und los gehts. Die Shamba liegt nordöstlich von Marsabit, der Farmer ist ein Burji, Mister Gullit kann sich mit ihm auf Boran verständigen. „Shamba" steht im Kisuaheli für 'Plantage' und bezeichnet ein agroforstwirtschaftliches System, das insbesondere in Kenia praktiziert wird: auf den Flächen einer Shamba werden verschiedene Kulturen kombiniert, zum Beispiel Bananen, Bohnen, Süßkartoffeln, Mais, dazu kommen Holzanbau, Bienenzucht und Anbau von Viehfutter. Dank dieser Polykultur erzielen die Landwirte einen höheren Anteil an Einkommen.

Wir notieren Details zu den angebauten Getreide-, Gemüse und Fruchtarten sowie zu den Anbaumethoden. Wir sind beeindruckt angesichts reifer Mangos, Bananen, Pfeffer, Avocado sowie Limonen und Orangen, die der Farmer veredelt hat. Diese pflanzt er dort, wo Bananen wegen der Steine im Boden nicht mehr wachsen können – Orangen kommen mit ihren Wurzeln zwischen den Steinen hindurch. Nach dem Besuch auf der Shamba bringen wir die beiden Officer zum Ministry zurück und fahren zur Kenya Lodge, um etwas zu essen. Die Mahlzeiten in den Restaurants in Marsabit bestehen bisher fast immer aus „Chapati with Beef Curry". Es gibt zudem „Chapati na nyama karanga" - aber das ist fast das Gleiche. Die Angebote in Restaurants sind also nicht gerade sehr vielseitig. Das wundert mich, denn es werden in Kenia und gerade in Marsabit so viele Nahrungsmittel angebaut und auch das reichliche Fleisch könnte man doch auf verschiedene Weise anrichten, die Mahlzeiten auf verschiedene Weisen zusammenstellen. Ich habe das Gefühl, dass das Angebot an unterschiedlichen Speisen in Ghana trotz geringerer Vielfalt an Grundnahrungsmitteln größer war und diese in mehr

Varianten zubereitet wurden. Zum Beispiel wurde mit Mais Kenkey, Fufu und einiges mehr gemacht, hier habe ich bisher nur Ugali aus Maismehl und Wasser bekommen.

Nach dem Essen fahren „die Jungs" nach Hause (mit „zu Hause" meine ich mittlerweile das KARI), die Frauen gehen noch auf dem Markt zum Einkaufen. Den Nachmittag ab 15:30 Uhr nutze ich zum Schreiben und Lesen, Bernhard bastelt mal wieder am Auto, Peter und Amos schlafen. Es ist wie im Film, so kann ich mir die kommenden Wochen als eine wunderschöne Zeit vorstellen. Gegen fünf fährt Bernhard zur Post, nimmt auf dem Rückweg Julia und Susanne mit. Susanne fängt an zu waschen (sie will ihre dreckige Wäsche nicht der Haushälterin geben), Julia setzt sich zu mir und liest ebenfalls. Peter kommt auch auf die Veranda. Später laufe ich noch etwas durch die Gegend, höre Musik auf dem Walkman, beobachte den Sonnenuntergang. Am Abend kocht Susanne mit Peters Hilfe Chili con Carne mit Tomatensalat, wir diskutieren über die Probleme der ariden Gebiete, Herausforderungen der Entwicklungszusammenarbeit, über unsere Arbeit und Pläne. Bernhard und Neville holen noch Bier. Wir betrachten den Sternenhimmel. Als es nicht mehr nur um Themen rund um unser Projekt geht, laufen Amos und Neville zu Hochform auf – wir lachen ohne Ende. Trotz der ausgelassenen Stimmung arbeiten wir noch nach dem Abendessen bis Mitternacht. Es geht um den Fragenkatalog für die Gespräche mit den Direktoren in den Ministerien und den nachgeordneten Behörden hier vor Ort, die wir ab morgen durchführen wollen. Zudem besprechen wir einige strategische Überlegungen für das Treffen mit Mister Gullit.

Die ersten Tage, in denen wir mit der Arbeit an unserer Studie beginnen, verlaufen so harmonisch, dass es einen schon fast stutzig machen muss. Ich fühle mich sauwohl. Nach und nach tauen Amos und Neville auf. Sie sind zwei völlig unterschiedliche Charaktere. Neville steht gerne im Mittelpunkt und schwadroniert ausführlich über seine Sicht der Dinge. In Bezug auf Frauen ist das nicht unproblematisch angesichts der Tatsache, dass in unserem Team zwei Frauen arbeiten und das gerne auf Augenhöhe tun würden. Noch können wir alle über seine lebhaft vorgetragenen Ausführungen zum weiblichen Geschlecht im Allgemeinen, seine Ansprüche an eine Freundin im Speziellen und seine Methoden zu „go and get a girlfriend" lachen. Neville liebt „medium-sized boobs, medium-sized asses, and the eight figure". Um solche Frauen zu finden, geht er ins Utali College in Nairobi oder in ein Medical Training Center (Nurses!) oder in die Kenyatta University. Amos ist ruhiger, hintergründiger. Er stellt seine Religion – er ist Christ irgendeiner speziellen strengen Ausrichtung, die unter anderem den Genuss von Alkohol verbietet – oft in den Vordergrund. Aber sein trockener Humor ist geeignet, in scheinbar festgefahrenen Diskussionen Lachanfälle bei uns allen auszulösen. Ich mag Amos sehr. Er ist ein einmaliger Typ, ganz anders als Neville, der auch witzig ist und seine Show macht. Amos ist lakonisch, arbeitet mit einer ganz eigenen, minimalistischen, aber wirksamen Gestik und Mimik. Er weiß, dass er bei uns gut ankommt und sich dafür nicht aufspielen muss.

Für die Rückreise von Frank und Peter nach Nairobi ergibt sich überraschend eine großartige Möglichkeit: Sie können mit Jörg, der mit einem gecharterten Flugzeug nach Marsabit kommen wird, zurückfliegen. Sofort planen wir, wie wir den Besuch von Jörg und die Transportmöglichkeit optimal nutzen können. Wir schreiben Briefe, die wir mit nach Nairobi geben können. Ich mache mich an einen Brief für Henrieke, den Frank ans Schwarze Brett im Büro der Carl Duisberg Gesellschaft in Nairobi heften soll, für den Fall, dass Henrieke wie geplant ihren Aufenthalt in Kenia organisieren konnte und ausgereist ist. Das war zum Zeitpunkt meines Abfluges noch nicht klar und seitdem habe ich von ihr keine Nachricht bekommen. Ich hoffe so sehr, dass unsere Pläne aufgehen, sie ebenfalls nach Kenia kommt, eine Zeit in einem Workcamp arbeiten kann – so wie ich im letzten Jahr in Ghana – und wir uns anschlie-ßend, wenn wir mit der Arbeit hier in Marsabit fertig sind, in Nairobi treffen. Dort wollen wir zusammen wohnen, bis ich auch meine Arbeit am Bericht fertiggestellt habe und wir die dann freie Zeit gemeinsam herumreisen können: Mombasa, Sansibar und einige Nationalparks stehen auf dem Programm. Vielleicht bekommen wir sogar einen Ab-stecher nach Simbabwe hin, wo wir Elias, unseren ehemali-gen Kommilitonen und meinen Ex-Mitbewohner im Stu-dentenwohnheim in Dortmund, besuchen wollen, der dort seinen ersten Job als Planer in Bulawayo angetreten hat. Das

Schwarze Brett der Carl Duisberg Gesellschaft wähle ich, weil ich nicht weiß, ob Henrieke meine ersten Briefe erhalten hat, in denen ich ihr schrieb, dass Bernhard und ich – obwohl mit einem ASA-Stipendium der CDG unterwegs – uns regelmäßiger im GTZ-Haus aufhalten.

Mit unserer Arbeit läuft es jetzt langsam an. Als sichtbares Zeichen dafür haben wir zwanzig Karten des Ministry of Livestock Development über den Marsabit Distrikt im Wohn-, Ess- und Arbeitsraum aufgehängt. Die Tage sind nun gefüllt mit Terminen für Interviews und Besichtigungen. Zudem gibt es eine Menge zu lesen: Statistiken und Dokumentationen, die wir in den Ministerien auffinden, unterschiedlichste Berichte zu den GTZ Projekten im Distrikt, Diplomarbeiten und Dissertationen von Studenten und Forschern zu Landnutzungssystemen in ariden und semiariden Gebieten, Tier- und Pflanzenbestimmungsbücher. Nebenbei möchte ich mein Kisuaheli hier weiterentwickeln, auch wenn ich feststellen muss, dass Kisuaheli im Marsabit Distrikt nicht so verbreitet ist wie angenommen. Die Leute hier sprechen in der Regel zwei oder drei der lokalen Sprachen wie Gabbra, Boran, Samburu.

Morgens schaffen wir es nicht immer, so zeitig aufzustehen, wie wir es uns vorgenommen haben, dennoch bleibt alles in einem einigermaßen akzeptablen Zeitrahmen. Vieles muss improvisiert werden, Pläne drohen zu scheitern, aber am Ende klappt dann doch so einiges. Die Erlaubnis, den Nationalpark zu durchfahren, lässt lange auf sich warten – in dieser Zeit können wir bestimmte Gebiete, in denen wir Interviews durchführen wollen, zum Beispiel Songa, nicht erreichen. Unsere Anfragen nach Guides für bestimmte Touren in noch nicht kartiertes Gelände oder nach Übersetzern für Interviews in einer der lokalen Sprachen benötigen Zeit, und nicht immer sind die Zusagen verlässlich. Eines Tages besorgt Mister Gullit uns zwei Guides, von denen wir aber feststellen müssen, dass sie zumindest an dem Tag zu nicht viel zu gebrauchen sind, da sie völlig unter Drogen, wahrscheinlich Miraa, einer Alltagsdroge aus den Blättern und Zweigspitzen des Kathstrauchs, stehen. Manche Guides oder Übersetzer führen uns zu irgendwelchen Bomas (Boma ist ein Kisuaheli-Ausdruck für ein oder mehrere mit einer Art Palisade befestigte Gebäude) an der Grenze zur Chalbi-Wüste, auf denen die Farmer, mit denen sie irgendwie verbandelt sind, Teff anbauen – zwar interessant, aber nicht unsere Zielgruppe. Einmal werden wir trotz Widerstands zu einem Burji-Farmer, den wir bereits besucht hatten, geschleppt. Aber das nimmt uns nichts von unserem Schwung.

Es hat sich eine gute Gemeinschaft gebildet, zu der ich auch Peter und Frank zähle, obwohl sie nicht zu unserem Projektteam gehören. Sie haben ihr eigenes Projekt in Nairobi und Umgebung und nun müssen sie dorthin zurück. Ich finde das schade, habe ich doch das Gefühl, dass sie ein fester Bestandteil der Gruppe sind – ich bin seit meiner Ankunft in Kenia durchgehend mit ihnen zusammen und es hat absolut keine Schwierigkeiten gegeben. Am Tag der telefonisch bei Mister Gullit angekündigten Ankunft von Jörg in Marsabit sehen wir auf dem Weg vom Ministerium zum KARI-Hostel ein Flugzeug sich von Süden her nähern. Das kann nur Jörg sein und so wenden wir und fahren schnell zum Airstrip in Marsabit, um ihn zu empfangen. Wie sich herausstellt, handelt es sich um das Flugzeug von Nick, einem in Kenia geborenen Briten, der es auch fliegt. Mit an Bord ist tatsächlich Jörg, aber auch Kevin, Nicks Sohn, ein kenianischer Soldat, sowie ein Rendille aus Korr. Zum Glück sind wir mit beiden Wagen gekommen. Wir fahren vollgeladen zum KARI, wo Peter bereits damit begonnen hat, das Abendessen zuzubereiten. Bis zum Essen vergeht die Zeit zum größten Teil damit, Nick zuzuhören, wie er, vor einer unserer Kenia-Karten sitzend, erzählt: vom Turkana-See, der einer der schönsten Seen der Welt sei, vom Rift Valley, über das zu fliegen ein großartiges Erlebnis sei. Er erzählt von vielen Orten in ganz Kenia und ich bin ganz Ohr - seine speziellen Tipps trage ich mir in meine eigene Karte ein.

Morgen also werden Jörg und der Rendille mit Nick und Kevin nach Korr und von dort zurück nach Nairobi fliegen. Und sie nehmen Frank und Peter mit, die dadurch das große Glück haben, mit einem kleinen Flugzeug in geringer Höhe auf einer traumhaften Route über den Turkana-See und über das Rift Valley zu fliegen. Beim Essen führt Jörg aus, Korr werde demnächst die Hauptstadt der Kamele im Norden Kenias sein: Die GTZ plane dort ein Demonstrationsvorhaben zur Kamelhaltung. Kurzerhand beschliessen wir, dass wir alle zusammen dorthin fliegen oder fahren werden. Vier von uns können (neben Nick als Pilot) mit in das Flugzeug. Da Frank und Peter ohnehin ab Korr nach Nairobi fliegen dürfen, losen wir die Plätze unter den verbleibenden Personen aus. Die anderen müssen mit den zwei Wagen nach Korr fahren – und dementsprechend schon etwas früher aufstehen. Es wird gelost – ich „darf" fahren ...

Der weitere Abend verläuft feucht-fröhlich, recht früh gehen Nick, Jörg und einige andere schlafen, während Kevin, Frank, Amos, Peter, Neville und ich noch zu einem Fest gehen, dessen Gesänge und Trommeln bis zu uns herüberschallen. Wir sind neugierig, es scheint ganz in der Nähe zu sein. Ein Askari von KARI begleitet uns – nicht zum Schutz, sondern um zu feiern. Es ist doch weiter entfernt als gedacht, aber der Weg durch die nur von Sternen beleuchtete Dunkelheit unter der Führung des Askari ist schon an sich ein Erlebnis. Als wir die Feiernden finden, stellt sich heraus, dass es sich um eine Feier im Vorfeld einer Hochzeit handelt. Die Frauen stehen eng beieinander in einem Kreis in der einen Ecke der Manyatta und singen, die Männer bilden einen anderen Kreis an einer der gegenüberliegenden Seite. Auch sie singen, aber tanzen dazu, indem sie rhythmisch mit den Füßen auf ein am Boden liegendes Fell stampfen. Dieses Fußstampfen verursacht die vermeintlichen Trommellaute, die wir im KARI gehört haben! Man nimmt kaum Notiz von uns und stimmt ständig neue Lieder an. Amos und der Askari machen ab und zu mit. Manchmal springen die Sänger mit beiden Beinen hoch und vollführen in der Luft mit ihren Körpern schlangenartige Bewegungen. Laut Neville ist das eine Art Ritual: Die Kunst, sich möglichst hoch in die Luft zu schrauben, soll die Frauen beeindrucken. Die Nacht ist fast klar, der Mond gibt so viel Licht, dass wir ohne unsere Taschenlampen zu nutzen umherlaufen können. Das fahle Licht lässt die ganze Situation noch unwirklicher erscheinen, als sie mir in meinem leicht angeduselten Zustand ohnehin schon vorkommt. Als wir wieder im KARI sind, ist es spät in der Nacht und sofort Schlafen angesagt.

Ich freue mich riesig auf den nächsten Tag und so komme ich am Morgen auch problemlos aus den Federn, obwohl ich nicht viel geschlafen habe. Es ist noch sehr früh und ziemlich kühl. Die Aussicht, mich nur mit ein wenig kaltem Wasser zu waschen, begeistert mich nicht. Das bisschen Wasser, dass mir zur Verfügung steht, nutze ich für eine Nassrasur und zum Zähneputzen. Da wir gestern versäumt haben, Brot zu kaufen und es so früh am Morgen in Marsabit keines zu kaufen gibt (erst ab 14 Uhr im Marsabit Highway Hotel), bringt uns Bernhard Samosas und Mandasi zum Frühstück mit – auch nicht schlecht! Frank denkt da anders und bekommt eine Magenverstimmung.

Vor der Abfahrt beziehungsweise dem Abflug nach Korr müssen wir unbedingt die für Sonntag geplante Tour nach Songa absagen. Endlich hatten wir die Erlaubnis zur Durchfahrt des Nationalparks bekommen, da scheitert das Vorhaben an unseren plötzlich geänderten Plänen. Susanne und ich fahren nach dem Frühstück zu Mister Gullit und erklären ihm den Sachverhalt. Erwartungsgemäß ist er etwas enttäuscht, was sich aber schnell legt, als wir ihm die Pläne vorstellen, heute nach dem Mittagessen nach Korr und morgen nach Maikona zu fahren und wir ihn fragen, ob er nicht mitkommen möchte. Er willigt freudig ein, packt schnell seine Sachen und fährt mit uns zum KARI. Dort nutze ich die verbleibende Zeit bis zum Lunch damit, die ersten Interviews auszuwerten und zu packen.

9 Korr

Nach einem etwas hektischen Mittagessen zu dreizehnt geht es sofort los. Bis nach Logologo kenne ich die Strecke bereits, bis dorthin sind wir im Rahmen der bisherigen Erkundungstouren vorgedrungen. Wir im Land Rover (Peter, Frank, Kevin, Amos, ein Guide und ich) sehen wieder viele Tiere, darunter auch solche, die ich bisher noch nicht gesehen hatte. Ein toller Auftakt! Kurz vor Logologo muss ich laut Jörgs Beschreibung links am Airstrip abbiegen, um zu einer Missionsstation zu kommen, in deren Nähe Isaak wohnt, einer von Jörgs Mitarbeitern im Camel Extension Project der GTZ. Die Gegend, die sich südlich des Mount Marsabit erstreckt, ist so bizarr, dass ich und alle anderen, die noch nie in dieser Gegend waren, erst einmal nur staunen können. Als wir in der Nähe der Mission aussteigen, haben wir zwar die vielen Hütten und einige simple Steinhäuser gesehen, aber noch nicht einen einzigen Menschen. Es ist tierisch heiß, alles wirkt so unwirklich. Und dann hört man plötzlich ganz deutlich das Klimpern eines Klaviers!

Die ersten neugierigen Kinder tauchen auf, wir machen ein paar Schritte umher, ich weiß nicht recht, ob ich fotografieren soll... Amos und der Guide gehen auf eine der Hütten zu, um nach Isaak zu fragen. Da taucht auf einmal ein Weißer auf, amerikanischer Kleidungsstil mit Baseballmütze. Er begrüßt uns und stellt sich als Bob vor, der seit 1980 hier lebt und an einem ehemaligen kirchlichen

Projekt im Rahmen der Dorfentwicklung arbeitet. Seine Frau brachte das Klavier mit und ein Praktikant übt gerade darauf. Isaaks Haus liegt noch weiter von der Mission entfernt in der Wüste. Es gibt keine Straße, aber auch kaum Hindernisse für das Auto. Man zeigt uns den Weg, das heißt, man weist in die grobe Himmelsrichtung. Das reicht aus, wir folgen der angezeigten Richtung und nach einigen Minuten Fahrt durch die vulkanische Geröllwüste finden wir Isaak. Er empfängt uns in seiner traditionellen Hütte. Innen ist sein Heim nicht ganz so traditionell. Die Möblierung erinnert an eine Studentenbude: Schreibtisch, viele Bücher, Büromaterial, ein GTZ-Kalender, Solartaschenrechner und ein Radio. Issak erweist sich auf Anhieb als ein sehr sympathischer Mensch, der sich, als wir ihm erzählen, dass Jörg ihn in Korr treffen möchte, sofort umzieht und mitkommt.

Zu siebt geht die Fahrt nun weiter. Und was für eine Fahrt – die Straße ist sandig, aber gut zu fahren, auf jeden Fall besser, als die Piste von Isiolo nach Marsabit! Die Vegetation und die ganze Umgebung ändern sich ständig. Wir gelangen von einer spektakulären Landschaft in die nächste, noch atemberaubendere. Nicht überall können wir halten, um Fotos zu schießen. Wenn, dann stoppen wir hauptsächlich dort, wo es Tiere zu sehen gibt – und das allein ist schon oft genug. Ich mache mir Sorgen um die Aufnahmen, die ich bereits geschossen habe: Einen Film spult der Apparat schon nach fünf Bildern, die ich heute früh am Morgen gemacht hatte, zurück. Mit der

Hand vor dem Objektiv knipse ich fünfmal ins Dunkel und spule entsprechend vor und fotografiere weiter, bis die Kamera beim 17. Foto wieder zurückspult. Ich kann also auf der Rückfahrt keine Fotos machen!

Korr liegt südwestlich von Marsabit, die Fahrt dauert gute drei Stunden. Irgendwann auf der Strecke fliegt das Flugzeug mit den anderen über uns hinweg. Es knattert in niedriger Höhe über uns, steigt aber wieder auf, um noch ein paar Runden über dieser fantastischen Landschaft zu drehen, bevor es in Korr landet. Etwas neidisch bin ich schon, aber die großartige Tour mit meinem Lieblingsauto gibt mir auch Einiges! Kurz nach der Landung des Flugzeuges erreichen auch wir mit dem Land Rover Korr, wo ich meine Passagiere absetze und mit dem leeren Wagen die Besatzung vom Airstrip abhole. Wir werden neugierig, aber unaufgeregt von den Bewohnern Korrs empfangen und zu einem Chai eingeladen. Übernachten sollen wir im Haus eines Ethnologen und ehemaligen GTZ-Mitarbeiters, der mit einer Frau aus Korr verheiratet ist.

In der Gegend um Korr herum dominieren über weite Flächen Dornbüsche und vereinzelte Akazien das Landschaftsbild. Kleine Hügel aus Lavagestein erheben sich hier und dort, wie zu Haufen zusammengetragen. Von einer dieser Anhöhen aus hat man eine nahezu unendliche Fernsicht nach Westen und Norden. Das weite Blickfeld begrenzen nur die Berge Baio und Illim im Süden und Halisurwa im Osten. Hier sitze ich am Abend, nachdem sich Jörg, Nick, Kevin, Frank und Peter verabschiedet haben. Ich sehe den Flieger vom Airstrip abheben und am sich langsam verfärbenden Horizont verschwinden. Zum Sonnenuntergang kommen auch die anderen zu mir rauf – und in deren Schlepptau eine Schar von Kindern des Dorfes.

Nun sind also Peter und Frank erst einmal fort, auf dem Weg nach Loiyangalani am Ostufer des Turkana-Sees, um von dort aus am nächsten Tag nach Nairobi zurückzufliegen. Es ist ein komisches Gefühl, ich vermisse die beiden schon jetzt. Schließlich waren Bernhard und ich seit unserer Ankunft in Kenia mit ihnen zusammen und haben uns mit ihnen sehr gut verstanden. Ich bin froh, dass sie mit uns nach Marsabit gekommen sind, wir hier eine so gute Zeit hatten und wir uns somit für die tolle Aufnahme im Haus in Nairobi revanchieren konnten. Beide wollen uns „hier oben" in ein paar Wochen mit ihren Freundinnen besuchen.

Nachdem der zweite Wagen mit Bernhard, Mister Gullit und den anderen ebenfalls eingetroffen ist, wird Reis mit Kamelfleisch serviert – von einem Kamel, dass erst am Morgen geschlachtet worden ist. Dazu gibt es warmes Bier. Der Abend verläuft ruhig und entspannt. Wir unterhalten uns angeregt mit unseren Gastgebern, Julia und Susanne tauschen sich mit einem Rendille aus Korr, der schon lange für die GTZ arbeitet, aus und erzählen sich Neuigkeiten über die Familie Weisz. Wir legen uns recht früh zum Schlafen in eine windgeschützte Ecke vor das Haus. Es ist eine stürmische, aber helle Nacht und es ist eine Freude, draußen zu schlafen. Es wird nicht so kalt wie ich es dachte – hätte ich mal auf Nick gehört! Ich schwitzte ordentlich in meinem Schlafsack. Nach einem Tee am Morgen und einer Besichtigung des Geländes, wo die GTZ ihr Demonstrationsprojekt aufbauen will, fahren wir nach einer herzlichen Verabschiedung zurück nach Marsabit.

Dort angekommen sind alle ziemlich fertig von der Fahrt, hungrig und unfassbar staubig. Doch mit Ausruhen, Duschen oder Ähnlichem ist nichts, denn um 14:00 Uhr soll es schon weitergehen nach Maikona. Wir essen auf die Schnelle Samosas, Mandasi mit Honig und andere Kleinigkeiten. Uns wird jetzt erst so recht klar, dass man nach Maikona mindestens drei Stunden Fahrt einrechnen muss, was bedeutet, dass wir auch diese Nacht in der Wüste verbringen dürfen. Ich habe schon ausgepackt, also suche ich meine Sachen gleich wieder zusammen und stopfe sie in den Rucksack. Da setzt auch die freudige Erregung aufs Neue ein und ich freue mich auf Maikona, wo wir an einer Hochzeitsfeier der Gabbra teilnehmen sollen.

Die Hochzeitszeremonien sind in vollem Gang, als wir in Maikona ankommen, einem Kaff, dass in einer ähnlich einsamen und unwirklichen Gegend liegt wie Korr. Die Umgebung ist nicht ganz so abwechslungsreich, eher ermüdend eintönig. Wir fahren durch endlos scheinende, relativ flache Lava- und Sandwüsten. Nach Westen schließt sich unmittelbar die Chalbi Wüste an. Es finden drei Hochzeiten gleichzeitig statt, da die Gabbra diese Zeremonie nur einmal pro Jahr feiern. Teilweise kommen mir Ähnlichkeiten mit den ländlichen Hochzeiten in Deutschland in den Sinn: Es gibt ein Zelt, in dem man als Gast in eine Liste eingetragen wird und wo man als Geschenk einen Betrag an Geld abgibt. Es wird gesungen und getanzt, und zwar die ganze Nacht! Es wird ein Hochzeitsmahl zubereitet – dafür wird frisch geschlachtet. Der Bräutigam übergibt seine Mitgift: ein weibliches und ein männliches ausgewachsenes Kamel sowie ein Kamelkalb. Die Vorbereitungen werden von den Freunden des Mannes und den Freundinnen der Braut getrennt angegangen, Bräutigam und Braut sehen sich erst dann wieder, wenn früh morgens gegen 6:00 Uhr die Braut von den Frauen, barfuß und geschmückt, zur gemeinsamen Hütte geleitet wird. Diese Hütte ist eher ein aus Holzstangen, Planen und Fellen konstruiertes Zelt und wird von den Frauen innerhalb gut einer Stunde erst kurz vorher aufgebaut. Das Paar verbringt dann – wenn ich die Ausführungen verschiedener Hochzeitsgäste richtig verstanden habe – vier Tage in dem Zelt, aber eine Tante bleibt auch dabei und passt auf, dass nichts passiert! Erst danach geht es in die Hochzeitsnacht.

Alle bleiben wach bis zu dem Moment, in dem die Braut zum Bräutigam geführt wird, erst danach wird geschlafen, ab circa 6:00 Uhr morgens! Wir aber hatten schon während der Festlichkeiten abwechselnd für kurze Pausen im oder auf dem Auto gelegen und mal die Augen zugemacht. Getanzt haben wir auch – mitten in der Wüste zu Disco Music aus einer scheppernden Anlage zusammen mit den Jugendlichen. Irgendwie kann ich die ganze Zeit über nicht begreifen, was da eigentlich gerade passiert. Ich renne mit den anderen inmitten einer Zeremonie herum, von der ich nichts verstehe. Allein die Nacht in der Wüste hätte ausgereicht, ein unvergleichliches Erlebnis zu sein. Aber die hier stattfindende Feier mit den Gesängen, Trommeln, Tänzen, alles ohne künstliches Licht, nur der Mond und die Sterne tauchen alles in eine eigenartige Helligkeit – das ist, vor allem nach dem Tag in Korr, einfach zu viel, um es begreifen und verarbeiten zu können. Also lasse ich schlichtweg alles geschehen, frage hin und wieder nach Erklärungen für besonders skurril erscheinende Sachverhalte, beobachte und höre zu. Ich quatsche mit Amos, Neville, Julia, Susanne und allen, die Englisch sprechen - darunter ein Atomphysiker, der in Norwegen arbeitet und für die Hochzeiten in seine Heimat gereist ist. Mister Gullit und seine Freunde trinken ohne Ende und sind schnell mehr als angeheitert.

Am Morgen wachen wir gegen 8:00 Uhr auf, es ist bedeckt. In einer Kneipe, die als solche nur daran zu erkennen ist, dass an der Wand eine Catering License hängt, bekommen wir Chapati und Chai, dann laden wir noch einige Leute auf, die uns gestern um einen Lift nach Marsabit gebeten hatten. Im Land Rover sind schließlich sieben, im Toyota sechs Personen, und so fahren wir heim. Den Nachmittag haben wir natürlich frei, alle sind vollkommen geschafft, die meisten legen sich sofort hin. Ich nutze die Zeit, um meine staubigen und verdreckten Klamotten zu waschen, Tagebuch zu schreiben und ein paar alte Zeitungen zu lesen. Schließlich dusche ich als letzter und setze mich zu den anderen, die langsam mit der Zubereitung des Abendessens begonnen haben. Es ist richtig toll: Das aufregende Wochenende klingt ruhig und entspannt aus. Im Bett schreibe ich dann aber noch den Brief an meine Eltern zu Ende.

Die folgende Arbeitswoche startet perfekt. Zum Frühstück am Montagmorgen bin ich total fit. Es gibt Toast, den Neville für uns im Backofen zubereitet, Eier, Kaffee, Fanta, Papaya, Honig…Um 9:00 Uhr wollen wir bei Mister Gullit sein und das schaffen wir auch fast. Heute geht es endlich durch den Nationalpark nach Songa. Aber es ist nicht so eindrucksvoll und ergiebig, wie wir gedacht haben. Unsere Interviewpartner können uns zwar viel zeigen und erklären, aber weder auf dem Weg durch den Park noch in der Tree and Fruit Nursery des Ministry of Agriculture gibt es die für uns interessanten Anbaumethoden oder Techniken – oder eben Auswirkungen nicht nachhaltiger Landnutzung zu besichtigen. Wir bekommen die typischen Fruchtbäume vorgeführt – keine Besonderheit angesichts der Lage dieser Farmen, des geschützten Waldes drumherum und der Verfügbarkeit von Wasser. Hier oben auf dem Berg kann ordentlich bewässert werden. Die Landschaft ist natürlich völlig anders als die übrige Gegend um den Nationalpark herum: dicht, grün, saftig, große Bäume. Anschließend besuchen wir einen weiteren, erfolgreichen, alteingesessenen, sehr kooperativen Farmer – auch keine

Neuigkeiten hier. Ich werde etwas ungeduldig und möchte endlich mit unseren konkreten Arbeiten anfangen, statt uns immer wieder auf irgendwelche Musterfarmen schleppen zu lassen und dort mit sieben Leuten vor einem Farmer zu stehen und die Fragen des vorläufigen Questionnaires herunterzubeten. Immerhin, Mister Matheri, als Crop Officer im Ministry of Agriculture einer der höheren Beamten hier vor Ort, der uns heute begleitet, bringt mit seiner lockeren Art etwas Schwung in die Sache und beim Mittagessen, zu dem wir ihn einladen, können wir ihm erklären, was genau wir wollen und brauchen. Konkret bitten wir ihn, jemanden zu finden, der die Central Division kennt und der uns weiterhelfen kann, eine systematische Beschreibung der Ackerbaugebiete dort zu bekommen, damit wir etwas zielgerichteter unsere Interviews planen und durchführen können.

Das Mittagessen mit Mister Matheri nehmen wir im Al Banadir ein, einem äthiopischen Restaurant, das neben dem Al Jazeer zu unserem bevorzugten „place to eat" wird. Der Nachmittag geht für Einkaufen, Arbeiten, Lesen und Milo trinken drauf. Bernhard muss Amos ins Krankenhaus in Marsabit fahren, da dieser befürchtet, eine Malaria zu haben. Tatsächlich werden Erreger im Blut festgestellt, und er bekommt drei Fansidar, die er am Abend einnimmt. Man merkt ihm kaum etwas an und er sagt auch, es gehe ihm gut, lacht und will weiter mit uns arbeiten. Fansidar nehme er öfter, wenn er Malaria habe…

So langsam stellt sich bei uns ein Arbeitsalltag ein. Als Gruppe einigen wir uns auf eine grobe Struktur für den Tagesablauf: zwei Interviews pro Gruppe und Tag, fünf Tage die Woche, samstags Arbeit mit der ganzen Gruppe, sonntags frei.

Nach dem Frühstück starten wir unsere Touren in die Gebiete, in denen wir Interviews durchführen und Kartierungen vornehmen wollen. Oft fahren wir zuvor bei Mister Matheri oder Mister Gullit vorbei, um uns wichtige Informationen und Hinweise einzuholen, oder aber um die Übersetzer für die jeweils an dem Tag benötigten lokalen Sprachen abzuholen. So langsam vervollständigen wir unsere erste Übersicht über die landwirtschaftlich genutzten Flächen im Distrikt und vor allem in der für uns interessanten Central Division. Wir können nun unser Arbeitsgebiet genauer festlegen und gezielter in die für unsere Aufgabenstellung relevanten Gebiete fahren und uns dort geeignete Interviewpartner heraussuchen. Mit unserem Fragebogen kommen wir langsamer voran als gedacht – es gibt zu viele unterschiedliche Ideen bezüglich des Aufbaus und der Handhabung. Aber nach einem „Pre-Testing" kommen wir endlich weiter. Ich habe inzwischen eine erste Karte auf der Grundlage der Map of Marsabit National Park and Reserve gezeichnet, die grob die Agricultural Areas darstellt.

Die Mitarbeiter der Distriktverwaltung und auch die interviewten Farmer sprechen immer wieder ein Problem an, dass wir vor Aufnahme unserer Arbeit hier noch nicht auf dem Plan hatten: die Zerstörung von Ernten sowie das Töten von Vieh durch wilde Tiere. Dieses Problem wird ausführlich im Marsabit District Development Plan behandelt. Es werden an manchen Stellen Game Proof Fences konstruiert, das sind zum Beispiel Stromdrähte, die in circa 2,50 Metern Höhe gespannt sind und die Elefanten sehr effektiv abhalten. Diese weichen dann aber in die Richtungen aus, in denen es solche Vorrichtungen nicht gibt, und zerstören dann gegebenenfalls die Ernten anderer Farmer, die sich die Schutzzäune (noch) nicht leisten konnten.

Erste Disharmonien in der Gruppe treten auf, vor allem Bernhard zieht sich zurück und verbreitet immer häufiger schlechte Laune. Bei eigentlich völlig belanglosen Anlässen bricht er Streit vom Zaun, so zum Beispiel als sich Julia und Susanne nach einem Gespräch mit den Mitarbeitern von Mister Matheri noch bis 15:00 Uhr in der Stadt aufhalten und wir im KARI nicht wissen, wo sie bleiben. Bernhard nutzt solchen Chancen, um den Beleidigten zu spielen und den Zeitplan für den Rest des Tages nach seinem Gutdünken zu gestalten. Wenn es um inhaltliche Fragen geht, hält er sich sehr stark zurück. Wenn aber technische oder organisatorische Fragen aufgeworfen werden, will er alles selber in die Hand nehmen, hält sich für cleverer als alle anderen und lässt keine andere Meinung oder Anregung zu. Klar, es ist schon nicht schlecht, dass er viele kleinere Reparaturen an den Autos vornehmen kann, aber vor allem ich als sein Partner bei der Durchführung unseres Projektes und der Erarbeitung eines gemeinsamen Berichts im Rahmen des

ASA-Stipendiums hätte mehr fachlichen Input, Expertise oder zumindest Willen zur Zusammenarbeit erwartet. Der Umgang mit ihm ist schwierig, einfach, weil er unhöflich und ignorant ist. Mit ihm das Zimmer zu teilen, ist nicht gerade ein Vergnügen: Er sagt nicht guten Morgen, Bitte und Danke kennt er nicht, er versucht, über alle Angelegenheiten in Gutsherrenart zu entscheiden und hält sich nicht an Absprachen.

Die Stimmung bei uns anderen fünf bleibt von alldem zum Glück unbelastet. Die gemeinsamen Abendessen und die anschließenden Abende sind fröhlich und wir haben oft einen Mordsspaß. An manchen Feierabenden arbeiten wir nach dem Essen noch weiter – aber selbst das ist meistens sehr anregend und oft lustig. Amos und Neville scheinen vor allem spät am Abend groß in Fahrt zu kommen. Die Gelegenheiten, weiter Kisuaheli zu lernen, werden für mich immer seltener.

Zeitweilig haben wir für einige Tage Untermieter, die im Raum direkt neben dem Wohn-, Ess- und Arbeitszimmer einquartiert werden. Dabei handelt es sich um neue KARI-Mitarbeiter, die noch keine feste Unterkunft in Marsabit haben. Manche von ihnen schließen sich unseren geselligen Aktivitäten an.

Ein Termin bei Mister Ibrahim, dem Livestock Marketing Officer und einem Mitglied des District Development Committee, entwickelt sich zum wichtigsten, den wir bisher wahrgenommen haben. Das bewirkt nicht allein seine ausführliche Schilderung der Probleme und Anforderungen an die Arbeit im Bereich Livestock Marketing, sondern auch seine Diskussion mit Amos und Neville, in der er ganz klar darstellt, wo in dem bisher verfolgten Ansatz der Wurm drin ist und welche Maßnahmen er für notwendig hält. Ein sehr offener, sympathischer Mann! Das Mittagessen nehmen wir im Al Banadir ein. Es ist köstlich und wieder durchaus reichlich, dennoch muss ich mir noch drei Samosas nebenbei bestellen. Mein Hunger hier ist unglaublich!

Draußen vor dem Restaurant, wir wollen gerade nach Hause fahren, sehen wir, dass sich von der Hauptstraße einer dieser typischen weißen Geländewagen nähert, welchen wir schon auf große Entfernung als GTZ-Fahrzeug erkennen können. Interessiert bleiben wir stehen, der Wagen steuert das Al Banadir an und hält direkt vor uns. Der herausspringende GTZ-Mitarbeiter stellt sich als Maurizio vor. Er ist Tierarzt, spezialisiert auf Kamele und soll die GTZ-Herden hier im Marsabit Distrikt untersuchen und impfen. Er ist soeben aus Nairobi eingetroffen. Und der Hammer: Er fragt, wer von uns Johan sei.

Kaum habe ich geantwortet, übergibt er mir einen dicken Brief von Henrieke! Damit habe ich nun wirklich nicht gerechnet! Was für eine Überraschung. Er hat sie im GTZ-Haus in Nairobi getroffen und ihr wohl erzählt, dass er hoch nach Marsabit fahre. Und sie hat die Chance genutzt, ihm den Brief mitzugeben. Klasse! Der Brief ist wunderbar lang – ich lese ihn sofort nach der Ankunft im KARI. Was heißt lesen? Ich verschlinge ihn regelrecht. Das hat den Vorteil, dass ich ihn unbedingt noch einmal lesen muss. Aber das Wichtigste: Henrieke geht es gut und sie ist in Kenia. Zusammen mit unserer gemeinsamen Freundin Ilka (wir sind im gleichen Fechtverein in Dortmund) ist sie vor einigen Tagen in Nairobi gelandet. Zwar wurde ihr Gepäck nicht im selben Flugzeug transportiert (es ist zum Zeitpunkt, in dem der Brief geschrieben wird, auf dem Weg nach Daressalam), sie hatten Schwierigkeiten, eine Unterkunft zu bekommen, aber letztendlich hat sich alles geklärt. Sie werden bald in ihr Camp nach Voi, ganz im Süden Kenias, abreisen. Und ganz wichtig: Henrieke wurde von ihrer Organisation ein Jahresticket ausgestellt, das heißt, wir können auf jeden Fall gemeinsam reisen, bevor sie zurück nach Deutschland muss, selbst wenn wir in Marsabit mit unserer Arbeit nicht rechtzeitig fertig werden oder es bei der Fertigstellung des Berichtes in Nairobi zu Verzögerungen kommt. Sie schreibt, sie sei um den 10. Oktober herum in Nairobi, wo wir uns dann treffen werden!

Maurizio kommt mit zum KARI, um unsere Reste vom gestrigen Abendessen zum Mittag zu sich zu nehmen. Dabei erzählt er so fesselnd von seiner Arbeit und den Gegebenheiten in den GTZ-Projekten und hier im Distrikt, dass ich mich riesig freue, als er erklärt, zum heutigen Abendbrot noch mal vorbeizuschauen. Diese Besuche sollen in den kommenden Wochen regelmäßig werden.

Bernhard und Neville bringen eines Tages aus der Stadt zwei sehr unterschiedliche Leute mit. Zunächst ist da Adan, ein Viehhändler, der aber zugleich Manager des Marsabit Highway Hotels und auch Vorsitzender der Bienenzüchter-Vereinigung ist. Die andere Person ist Anita aus Deutschland, Geschichtsstudentin und seit fast einem Jahr mit einem Stipendium in Kenia – und eine dieser Personen, die einem auf Anhieb unsympathisch sind: aufdringliches, künstliches und lautes Lachen, albernes Benehmen, aber gleichzeitig den super-sozialen Tonfall beim Reden, den ich so „liebe". Während Adan leider bereits nach einer Stunde gehen muss, bleibt Anita bis tief in die Nacht. Bernhard ist anscheinend nicht der Meinung aller anderen, dass sie nicht gerade die Bereicherung für unser Abendessen, zu dem Maurizio eingeladen ist, darstellt. Na ja, Maurizio sei Dank wird es dennoch ein geselliger Abend. Unsere derzeitigen Mitbewohner im KARI haben wir auch eingeladen. Sie sind eher ruhig und beteiligen sich nicht aktiv an den Gesprächen.

In dieser Zeit komme ich mit dem Kisuaheli lernen nicht weiter. Wenn ich allein bin und Ruhe habe, schreibe ich einen Brief an Henrieke, den ich Maurizio mitgeben möchte, wenn er in ein paar Tagen zurück nach Nairobi fährt. Die Abende im KARI enden jedes Mal sehr feucht-fröhlich, vor allem, wenn Maurizio bei uns ist. Ich nehme mir zwar gelegentlich vor, meinen Bierkonsum einzuschränken, aber wenn wir alle zusammensitzen, schwatzen und diskutieren – und das teilweise sehr hitzig – um plötzlich wieder gemeinsam über einen Spruch von Amos lachen, dann passen die Tusker einfach perfekt zu dieser Stimmung.

Einmal gibt es Unstimmigkeiten und sogar etwas Streit wegen der Miete für die Unterkunft. Aber eigentlich ist das gar nicht der Hauptgrund, sondern eher die Tatsache, dass sich Amos und Neville dadurch beleidigt fühlen, dass Julia angeboten hat, ihnen beim Umlegen der jetzt deutlich erhöhten Miete finanziell entgegenzukommen. Wir sollen nun 75 Kenia-Schilling pro Kopf pro Tag bezahlen statt 75 pro Raum, was eine Verdopplung der Miete bedeutet, aber wohl korrekt ist, da die erste Information anscheinend ein Missverständnis unsererseits war. Weiterhin hat Julia nach einem gemeinsamen Essen unbedacht Amos aufgefordert, ihr beim Tischabräumen zu helfen – ebenfalls eine Beleidigung. Mit Mühe können wir die Angelegenheit einigermaßen klären und die Gemüter beruhigen. Ich gehe mit Neville einkaufen und das Mittagessen, das er aus den gekauften Zutaten zaubert, ist das Beste bisher in Kenia: ganz tolles Ziegenfleisch mit Reis und einem gelungenen Sukuma Wiki (einer Art Grünkohl nach Suaheli-Art), und als Nachtisch Fruchtsalat aus Banane und Papaya. Danach ist alles fast wieder wie sonst auch, nur Amos ist weiterhin ziemlich schlapp, was aber an seiner Malaria liegt – oder an den Injektionen, die er dagegen heute im Hospital bekommen hat.

Abends kann man traumhaft auf der Terrasse des KARI in der noch warmen Sonne sitzen und auf den Sonnenuntergang warten. Ein leicht kühlender Wind streicht vorbei, die Vögel machen den hier üblichen Lärm, und wenn nicht gerade die KARI-Angestellten vorbeifahren, ist es richtig ruhig hier draußen. Julia und ich genießen dieses Setting, aber ein leichtes Unwohlsein kommt auf, wenn wir sehen, dass unsere Haushälterin noch arbeitet. Wir führen uns die Situation vor Augen: Die Experten aus Europa und Nairobi hängen in luftiger Kleidung in der Sonne, während die Haushälterin aus dem Ort in der Küche arbeitet. Aber was soll man machen? Wenn wir abspülen, passt es The Boss auch nicht. Sie schaut schon deutlich pikiert, wenn sie sieht, dass einige von uns ihre Wäsche selber waschen. Und die „Wasserbringer" kommen immer mit ihrem Land Rover und viel zu vielen Leuten, sodass man da auch nicht wirklich helfen kann.

Nach einem solch geruhsamen Nachmittag gehen wir abends in die Stadt zum Al Jazeer, Karanga na Chapati essen. Die nächste Station ist die Mountain Bar auf vier Tusker Premium – leider warm, aber was soll`s! Ich liebe diese schummrige und trotz ihrer Größe gemütliche Bar, und ich könnte nur so da sitzen und die Besucher, diese wild zusammengewürfelte Truppe, beobachten. Anschließend wechseln wir in einen Biergarten nördlich von Marsabit, treffen dort einige Bekannte, bestellen ein Kilo Nyama Choma und ein Kilo Karanga mit zehn Bier. Das ist bereits meine dritte warme Fleischmahlzeit an diesem Tag, trotzdem haue ich kräftig rein, das Nyama Choma schmeckt vorzüglich. Gegen 1:00 Uhr nachts hält es Neville nicht mehr in unserer gemütlichen Ecke im Biergarten aus. Er hatte bereits vorher die zum gleichen Komplex gehörende Disco erkundet und schleppt uns nun dorthin. 25 Kenia-Schilling Eintritt und wir sind in einem Tanzschuppen, der diese Bezeichnung wirklich verdient: Jeder ist in Bewegung, die Musik ist zwar nicht mein Geschmack, aber irgendwann zieht sie auch mich auf die Tanzfläche. Früh am Morgen machen wir uns auf den Heimweg. Unterwegs liefern wir Maurizio in der Kenya Lodge ab.

Das war ein grandioser Freitagabend – der folgende Samstagmorgen schließt perfekt daran an: Aufstehen gegen 10:00 Uhr, wie durch Telepathie fast alle gleichzeitig – bis auf Bernhard, der schon den Teig für Pfannkuchen gemacht hat und gerade das Auto wäscht. Die Sonne scheint, alle erscheinen in kurzen Hosen und T-Shirts, die Stimmung ist richtig entspannt und wir fangen an, Frühstück zu machen. Bald riecht es nach Bananenpfannkuchen, Kaffee, Milo, Obstsalat, warmen Mandasi. Den Übergang zu den herzhaften Speisen bilden Susannes Zwiebelpfannkuchen. Also, von mir aus kann ab jetzt jeder Samstag so beginnen.

10 Logologo

Unsere Arbeitsbeziehungen mit den sehr sympathischen Herren Gullit, Matheri und Ibrahim vertiefen sich und werden immer besser. Alle helfen uns, wo sie nur können. So bekommen wir fast überall Zugang, wo wir ihn benötigen. Eine der wenigen Ausnahmen erleben wir, als Bernhard, Neville, Amos und ich eines Abends hoch auf den Berg in unmittelbarer Nähe Marsabits fahren wollen, auf dessen Gipfel ein Windrad steht. Leider gibt's hier Probleme, man will uns offensichtlich nicht gerne dort haben und schickt uns weg. Dadurch verpassen wir wahrscheinlich einen der schönsten Sonnenuntergänge bisher: Die Witterung und alle anderen Bedingungen, die eine Rolle bei der Entstehung eines beeindruckenden Sonnenuntergangs spielen, sind heute nahezu ideal. Allerdings ist es vom KARI aus ebenfalls schön anzusehen, aber vom Windrad aus wär's noch besser gewesen – und ich hätte sogar meine Kamera dabei gehabt!

Die Interviews laufen und wir sind mit den ersten Ergebnissen zufrieden. Zudem macht es riesigen Spaß, morgens in zwei Teams in die jeweiligen Zielgebiete aufzubrechen. Jedes der Teams wird von einem Dolmetscher für die von den Interviewpartnern gesprochene Sprache begleitet. Meine ersten Gespräche führe ich zusammen mit Susanne, Neville und dem Dolmetscher Mohammed in Dirib Gombo durch. Diese Sub-Location liegt schon nah an der Grenze zu den nicht mehr bebaubaren Böden im Osten. Es ist tierisch heiß und unglaublich staubig – besonders am Sagante Well, einem Brunnen, in dessen Umgebung die Viehherden anstehen, um getränkt zu werden. An einem anderen Tag arbeiten Amos und ich mit Mohammed in der Gegend um Manyatta Jillo, an der Straße nach Moyale, ebenfalls ganz hart an der natürlichen Grenze des Ackerbaus. Es ist erschreckend, wie weit diese Grenze schon bis in die Wüste hinein verlegt wurde. Endlich bekommen wir nun interessante Interviews mit Farmern, die vorher Pastoralisten waren, die ihr Nomadenleben erst vor kurzem aufgegeben haben und nun auf weit exponierten Farmen versuchen, mit Getreideanbau zu wirtschaften. Sie alle hätten lieber wieder ihr Vieh, doch das Risiko, alle Tiere in einer Dürre zu verlieren, ist zu groß. Es gibt kaum noch Grasland, was ihnen in der Trockenzeit als Rückzugsraum zur Verfügung stehen würde, denn dort sind heute die Farmen.

Wir müssen viel zu Fuß gehen, da die Shambas einiger Befragten nicht mit dem Land Rover zu erreichen sind. Mir macht das Laufen trotz der Hitze und des Staubs großen Spaß, zumal die Aussicht von den Hügeln, die wir hin und wieder besteigen, phänomenal ist. Viele Interviewpartner freuen sich über unsere Besuche. Von einem der erfolgreicheren Farmer haben wir vier Perlhühner geschenkt bekommen! Wir können sie abholen, wenn wir einen Karton zum Transportieren mitbringen. In den Pausen oder nach Rückkehr aus den teilweise recht entlegenen Gebieten, in denen die Interviews und Ortsbegehungen stattfinden, kehren wir meist im Al Banadir, in der Mountain Bar oder im Al Jazeer ein und sprechen dort noch mit Menschen, die sich in Lokalpolitik und Kommunalarbeit engagieren. Sie haben viel zu berichten und können meist spannend erzählen, sodass diese Gesprächsrunden oft erst sehr spät am Abend enden.

Mit Mohammed als Dolmetscher kann ich sehr gut arbeiten – alles bestens. Schwierigkeiten habe ich mit Neville. Er ist unzufrieden, zeigt keine Initiative und – was mich ganz besonders ärgert und in Verlegenheit bringt – verhält sich extrem arrogant gegenüber unseren Interviewpartnern, eigentlich all denjenigen Bewohnern hier in der Region gegenüber, mit denen wir zu tun haben. Heute ist einer dieser Tage, an denen ich mich am liebsten weigern würde, mit ihm zusammenzuarbeiten. Obwohl er weiß, dass wir um 8:00 Uhr bei Mister Gullit sein wollen (er hatte dem auch zu zugestimmt), steht er erst kurz vor acht auf. Da haben wir bereits mehrfach an Tür und Fenster seines Zimmers geklopft. Er murrt herum, zeigt keinerlei Interesse, sich zu beeilen und lässt sich gegen 8:45 Uhr mit der zweiten Gruppe zu unserem Treffpunkt mit Mohammed zur Shell Tankstelle fahren, steigt dort zu uns ins Auto und sagt erstmal kein Wort. Den ganzen Tag über benimmt er sich dann trotzig und arrogant. Schwierig....

Am Morgen darauf ist Neville bester Laune, lässt sich nichts anmerken. Mir soll es recht sein. Hin und wieder treffen wir Maurizio. Er taucht immer wieder überraschend in der Stadt, auf der Straße oder bei einer der Kamelherden auf. Wer ihm begegnet, lädt ihn zu uns ein und Maurizio schlägt keine dieser Einladungen aus. Er ist häufiger Gast zum Abendessen bei uns im KARI.

Die Lage im Golf spitzt sich zu. Hauptgesprächsthema am Abend wird immer öfter der sich anbahnende Golf-krieg. Es ist spannend zu sehen, welche unterschiedlichen Positionen die Europäer und die Kenianer einnehmen.

An einem Freitagabend überreden mich Amos und Neville, mit ihnen durch die Stadt zu fahren. Zwischen 18:00 und 19:00 Uhr sei die beste Zeit. Also nehmen wir den Land Rover und cruisen durch Marsabit City – immer schön langsam durch die beliebtesten Straßen, am Flücht-lingscamp vorbei und wieder zurück. Gegen 19:00 Uhr fah-ren wir zum Division Office, beziehungsweise zu Mister Ibrahims Haus. Dort soll man gegen Abend gut die Elefan-ten beobachten können. Wir sehen zwar keine, aber die Stimmung ist gut. Außerdem reden wir mit einem alten Mann, der uns lebhaft von den riesigen, aber ruhigen und relativ ungefährlichen Elefanten, und von den kleinen, akti-ven und angriffslustigen berichtet. Danach fahren wir nach Hause, wo Susanne einen hervorragenden Bohneneintopf zubereitet hat. Wir essen also, trinken Bier und lachen. Das Verhältnis zwischen Neville und mir scheint wieder ganz normal zu sein und ich genieße den Abend.

Gegen 22:00 Uhr fahren wir Jungs noch einmal in die Stadt. Anfangs wechseln wir die Bars recht schnell, kommen aber letztendlich wieder auf die sich zu unserer Lieblingsbar entwickelnden Banana Bar, die in Wirklichkeit Keffar's heißt, zurück. Dort setzte ich mit Amos an einen Tisch direkt auf der Veranda des Hauses, in dem die Disco stattfindet. Die beiden anderen gehen hinein. Im Laufe des Abends kommen immer mehr Leute an unseren Tisch, gesellen sich zu uns, trinken ein Bier mit. Darunter sind zwei unserer Nachbarn, die beim KARI arbeiten und auf dem Gelände in einem der Häuser wohnen, ein Polizist, einige Leute, die wir irgendwo mal kennengelernt haben… Ein großartiger Abend und eine geniale Nacht. Früh am Morgen fährt Bernhard uns alle nach Hause. Ich bin noch kein Stück müde und bleibe wach bis zum Frühstück.

Da kaum etwas zu Essen im Kühlschrank ist, fahre ich zurück in die Stadt, um im Al Jazeer Samosas zu kaufen. Ich lasse die einzigartige Atmosphäre eines frühen Morgens in dieser eigenartigen Stadt auf mich wirken. Als ich wieder zurück im KARI bin, wird mir schlecht, und ich lege mich hin – 38° Fieber, eigentlich nichts Besonderes, aber ich machte mir Sorgen wegen der vielen Zeckenbisse, da Kenia ja Meningitisgebiet ist. Der Nachmittag bringt dann für mich Kopfschmerzen, Bauchschmerz und Müdigkeit. Ich widerstehe Bernhards und Amos Versuche, mich ins Krankenhaus zu bringen, lasse mir nur von Amos etwas warmes Wasser machen und wasche mich zur Abwechslung warm.

Danach bleibe ich im Bett bis zum nächsten Morgen. Zum Glück ist Wochenende.

Am nächsten Morgen, nach einem langen Schlaf, geht es mir schon viel besser. Und da ich es an den arbeitsfreien Tagen ruhig angehen lassen und mich schonen kann, bin ich am Sonntag bereits wieder weitestgehend fit. An den Sonntagen gibt es immer etwas an den Autos zu reparieren oder auszubessern. Da kommt uns Bernhards Geschick in diesen Dingen sehr zugute. Ich gehe ihm in der Regel zur Hand, einige Reparaturen kann ich beim Land Rover auch selber durchführen. So sind wir regelmäßige Gäste bei der Service Station im Ort. Anschließend bleibt noch Zeit und wir unternehmen zusammen Sonntagsausflüge. Dabei kombinieren wir das Vergnügen mit dem Nützlichen und schauen uns die für unsere Arbeit relevanten Gegenden an und versuchen, uns einen weiteren Überblick zu verschaffen.

Da es aktuell kaum regnet, ist der Wassermangel durchaus ein Problem für uns. Manchmal bekommen wir mehrere Tage hintereinander kein Wasser. Mohammed erzählt mir, dass es einfach für die ganzen Menschen in Marsabit nicht genügend Wasser gäbe und dass es nicht nur ein Verteilungsproblem sei. Die Situation würde sich noch bis zur nächsten Regenzeit verschärfen. Während ein Teil der Gruppe – Julia, Susanne und ich – dann Wasser sparen und uns tagelang nur notdürftig waschen und das Wäschewaschen einstellen, um ja kein Wasser zu verschwenden, ist der andere Teil der Gruppe (und zu meiner Verwunderung zählen gerade auch unsere afrikanischen Kollegen dazu) nicht der Meinung, sich einschränken zu müssen und wäscht täglich mit großen Mengen Wasser sich und die Klamotten.

Hin und wieder gibt es Stromausfälle, daran gewöhnen wir uns schnell. Als es uns einmal genau zu der Zeit erwischt, zu der Amos und Neville ihre Pommes zubereiten wollen, weichen wir zum Frittieren auf den Gaskocher aus und das Abendessen – neben Pommes auch Spiegelei, Tomaten, Zwiebeln und Ketchup – wird so gut, dass anschließend keiner mehr in die Stadt will. Alle sind nun zu träge. Die Mahlzeiten, die wir selber im KARI zubereiten, werden immer experimenteller. Mit Julia fusioniert Amos afrikanische und deutsche Küche: Fleisch mit Zwiebeln gebraten, dazu Kochbananen und Sauce. Alles läuft gut, es riecht fantastisch, da löscht Julia das Fleisch in der Pfanne mit Bier ab – Amos will nun kein Stück davon anrühren, da er sehr religiös sei und als Christ keinen Alkohol anrühre. Eine neue Frühstücksvariante ist, dass Julia und Susanne Samoas und Mandasi holen, ich Eier koche und den Tisch decke.

Wir entdecken, dass man im Al Jazeer mittags großartiges Nyama Choma bekommen kann, man muss es nur vorher bestellen. Das wird eine bevorzugte Option für mich, neben dem ebenfalls sehr schmackhaften Karanga na Chapati. Aber auch das Nyama Choma in der Mountain Bar und das Essen im Al Banadir sind keine schlechten Alternativen. Während eines Mittagessens im Al Jazeer gibt es für mich eine Riesenüberraschung: Julia ist bei der Post gewesen, um die Poste Restante zu durchforsten, kommt zurück und hält mir einen Brief von Henrieke unter die Nase! Damit habe ich nicht gerechnet! Sie hat ihn einfach an „Johan, KARI, Marsabit" adressiert! Es geht ihr fantastisch, das Camp scheint toll zu sein und das Camp-Leben macht ihr Spaß. Sowas hört man gerne. Außerdem liebt sie mich!

Meist essen wir in den Gruppen, in denen wir gerade für die Interviews unterwegs sind. Oft kommen dann Bekannte dazu und verlängern die Mahlzeiten um ein paar Bierchen. Es ist eigentlich immer gesellig. Für die Momente, in denen ich mich aus zu viel Geselligkeit herausziehen muss, habe einen neuen Lieblingsplatz jenseits der Terrasse des KARI-Hostels gefunden: Er liegt auf einem der nahegelegenen Hügel, von dem man eine fabelhafte Aussicht in die westlich gelegene Wüste hat. Wenn ich in die unter der tief stehenden Sonne immer rötlicher werdende Ebene schaue mit den einzelnen, wie riesige, verstreut liegende Ameisenhaufen wirkenden Hügeln, dann den Blick über die gelb leuchtenden Wüstenebenen im Norden schweifen lasse, fühle ich mich unbedingt am richtigen Ort.

Ab und zu müssen wir uns bei der GTZ in Nairobi melden und berichten, wie es bei uns läuft. Bei einem dieser Routineanrufe wird uns mitgeteilt, dass Professor Reinhardt am kommenden Donnerstag nach Marsabit komme, und zwar mit dem Flugzeug, wir sollen ihn am Airstrip abholen. Wir können zudem das Flugzeug nutzen, um Luftbildaufnahmen zu machen! Der Professor wird Zeit haben, mit uns unsere bisherige Arbeit und die weiteren Pläne zu diskutieren, aber schon am Abend wieder Richtung Nairobi abdüsen. Das sind großartige Neuigkeiten! Als ich am Tag vor der erwarteten Ankunft vor dem Post Office stehe, in dem Bernhard versucht, Professor Reinhardt in Nairobi zu erreichen– wir müssen nach der Arbeit schließlich den Dolmetschern sagen können, ob die Interviews morgen ausfallen – bringt Julia mir schon wieder einen Brief von Henrieke zum Wagen, der bei der Post lagerte!

Am Abend schreibe ich noch schnell einen Antwortbrief an Henrieke, den ich morgen Professor Reinhardt mitgeben möchte. Außerdem komme ich endlich dazu, mir Details aus dem Marsabit Development Programm durchzusehen. Die Nacht ist richtig erholsam und am Morgen wache ich erfrischt auf. Daran hat die Vorfreude auf Professor Reinhardt und vor allem auf den Rundflug über Marsabit mit Sicherheit ihren Anteil! Gegen 11:00 Uhr überfliegt die kleine Propellermaschine, in der wir Professor Reinhardt vermuten, unsere Unterkunft, wir rennen in die Autos und folgen dem Flieger zum Airstrip. Dort landet das Flugzeug und es gibt ein großes Hallo! Das ist immerhin das erste Treffen mit Professor Reinhardt in Kenia. Er hat auch Post aus dem GTZ-Haus in Nairobi mit – für mich persönlich leider keine, aber von Peter und Frank und vom Sansibar-Projekt je einen Brief an Bernhard und mich zusammen. Zudem bringt er den Käse, den wir in Nairobi vergessen haben, die neue Zeitung und vieles mehr. Dann können Bernhard, Amos und ich ins Flugzeug und der Pilot (Professor Reinhardt hat die Maschine in Nairobi gechartert) startet zu einem Rundflug um und über den Mount Marsabit.

Durch eine geöffnete Klappe im Flugzeugboden, über der wir ungesichert hocken, machen wir Luftbilder von den Kraterseen, den sie umgebenden dichten Wäldern, den angrenzenden Vegetationszonen an den Hängen des Berges und den sich in alle Richtungen in die Halbwüste ausdehnenden landwirtschaftlich genutzten Flächen. Wir erkennen die Strukturen der Manyattas und Bomas, die mit Dornengestrüpp umzäunten Flächen, auf denen das Vieh gehalten wird, die unbewachsenen, staubigen Sandflächen um die wenigen Wasserstellen in diesen Gebieten. Und in der Ferne nur endlose, gelbe Weite. Es ist auf jeden Fall einer der Höhepunkt des Aufenthalts in Marsabit bisher. Nach dem Flug essen wir mit Professor Reinhardt und dem Piloten im Al Jazeer zu Mittag, anschließend geht es für die Gruppe, die schon geflogen ist, plus Professor Reinhardt zum Kaffeetrinken „zu uns" ins KARI, die anderen fahren zum Airstrip und machen „ihre" Runde. Das Gespräch mit Professor Reinhardt ist extrem hilfreich und interessant, er liefert plausible Erklärungen für einige unserer ersten Beobachtungen und gibt uns wertvolle Tipps. Im Großen und Ganzen stimmen unserer Arbeit und unser Vorgehen hier vor Ort mit seinen Erwartungen und den Vorstellungen überein. Der Abschied ist herzlich und eigentlich zu früh, er hätte von mir aus ruhig noch länger bleiben können! Bernhard fährt ihn und den Piloten wieder zum Airstrip, ich mache mich dann daran, die Briefe von Frank und Peter und dem Sansibar-Projekt zu beantworten.

Wir nutzen jede Gelegenheit, Briefe mit Bekannten auf den Weg nach Nairobi zu geben. Mir wird immer deutlicher bewusst, dass ich seit fast zwei Monaten absolut keine Nachricht von meinen Eltern, Verwandten, Bekannten und Freunden bekommen habe! Auch die Nachrichten aus Deutschland, zum Beispiel zu den Entwicklungen nach der Wende, gelangen nur spärlich – wenn überhaupt, dann extrem verspätet – zu uns. Zum Glück schreibt mir Henrieke fleißig, wenn auch ihre Schreiben recht unregelmäßig und auf abenteuerlichen Wegen hier ankommen. Mich nervt zunehmend, dass ich sie nicht erreichen kann. Als nach einem Arbeitstag der Toyota von seiner Tour zurückkommt, bringt mir Julia einen weiteren Brief von Henrieke – es handelt sich dabei um denjenigen, den sie als allererstes, vor über einem Monat geschrieben hat! Darin teilt sie mir die Adresse mit, unter der ich sie in Kajire hätte erreichen können. Nun ist es zu spät, sie ist wahrscheinlich bereits auf dem Weg zur Küste. Mich wurmt, dass da jetzt so viele Briefe von mir irgendwo herumliegen und völlig veraltet sind, wenn Henrieke sie endlich bekommt.

Als Maurizio sich eines Morgens Richtung Nairobi verabschiedet, beeile ich mich, noch schnell meine Post an

Henrieke zu Ende zu bringen, die ich ihm mitgebe. Bei der Verabschiedung treffen wir Isaak, der uns bei dieser Gelegenheit nach Logologo einlädt. Wir sollen eine Ziege mitbringen, die dann für uns zubereitet wird!

Eines Abends machen Julia, Susanne und ich uns auf, um beim Division Office zu schauen, ob wir dort die Elefanten sehen können. Ein Angestellter des Office ist noch da und er erklärt uns, die Tiere seien heute weiter draußen in Richtung Dirib Gombo zu finden. Er schlägt vor, uns zu führen, also fahren wir los. Lange passiert nichts, aber die Stimmung ist erwartungsvoll und angespannt, denn es ist nicht ganz ungefährlich: Die Dickhäuter sind zerstörerisch, wenn sie in der Dunkelheit den Wald verlassen. An einer Kreuzung sehen wir dann Spuren, die darauf hinweisen, dass vor wenigen Minuten einige Tembos (Kisuaheli für Elefanten) vorbeimarschiert sind. Wir stellen den Motor ab und horchen. Nach einer Weile hören wir in der Nähe aufgeregte Stimmen, Geschrei, Peitschenknall...

Es sind Bauern, die verzweifelt versuchen, die Tiere von ihren Feldern zu verjagen. Wir lauschen gespannt in die Nacht, auf dem Land Rover sitzend und unser Begleiter erzählt Geschichten über die Elefanten und das Unheil, dass sie anrichten. So stehen wir fast eine Stunde bei sternenklarem Himmel an der Kreuzung. Schließlich kehren wir zurück, ohne einen der grauen Riesen gesehen zu haben, aber es war dennoch ein eindrucksvoller Abend. Den Rest davon verbringen wir im Keffar's, wo uns gleich zu Beginn Mister Matheri an seinen Tisch zerrt und wo wir bis zum Schluss bleiben. Auf dem Rückweg macht das Fahren im Land Rover dann noch mehr Spaß als nüchtern. In unserem Bungalow im KARI, bereiteten wir uns noch ein Nachtmahl mit Eiern, Käse und Ketchup zu – das zweite, da es im Keffar's schon Nyama Choma gab, bewundern den nun fast untergegangenen Mond um 3:00 Uhr nachts und gehen schlafen.

Als ich am Morgen so gegen 9:00 Uhr aufwache, machen sich Bernhard und Amos bereits auf dem Weg, um Besorgungen in der Stadt zu erledigen. So bereite ich für Julia, Susanne und mich Pfannkuchen zum Frühstück vor – für mich mit Käse, Zwiebeln und Ketchup. Ein guter Start in den Tag! Wir haben beschlossen, morgen gegen 6:00 Uhr nach Logologo und von dort aus zum aktuellen Aufenthaltsort der Kamelherde, die vom GTZ-Projekt betreut wird, zu fahren. Daher müssen wir heute eine Ziege kaufen. Das ist ein kleines Erlebnis für sich: Auf dem großen Viehmarkt in Marsabit suchen wir zunächst das Tier aus. Zum Glück sind Susanne und Julia auf Tierproduktion spezialisiert und können zumindest gesunde von kranken Ziegen unterscheiden. Dennoch merkt natürlich jeder Viehhändler, dass wir wenig von der Materie verstehen, weshalb es von allen Seiten Angebote, Erklärungen, Vorschläge hagelt.

In diesem Gewirr versuchen wir, für eine gemeinsam ausgesuchte Ziege den Preis zu verhandeln, bezahlen schließlich 260 Kenia-Schilling und haben keine Ahnung, ob das ein fairer Preis ist oder nicht. Wir verstauen das verdutzte Tier auf der Ladefläche des Toyotas und fahren ins KARI. Um zu verhindern, dass Mbuzi (Kisuaheli für Ziege) sich während der holprigen Fahrt verletzt, steigen Amos und ich ebenfalls auf die Ladefläche, wo ich versuche, die zappelige Ziege zu beruhigen, sie schließlich mit beiden Armen umfasse und so festhalte. Im KARI angekommen, binden wir sie auf der Veranda fest. Es stellt sich schnell heraus, dass es sich um ein recht zutrauliches Tier handelt. Sie ist auch gar nicht so hässlich wie viele der anderen.... Am Abend gelingt es ihr, sich loszureißen, als ich mit dem Land Rover etwas zu zügig in die Einfahrt des Bungalows gefahren komme. Doch bevor sie im Dornengestrüpp verschwinden kann, erwische ich sie mit einem Hechtsprung gerade noch am Schwanz und kann sie wieder herauszerren. Julia lacht sich kaputt, es ist anscheinend ein Bild für die Götter.

Am Morgen stehen wir alle zwischen fünf und 5:20 Uhr auf, mit Ausnahme von Neville, der bereits gestern gesagt hatte, dass er heute nicht mitkommen würde. Wir frühstücken, Bernhard holt einige befreundete Rendille, die uns um einen Lift nach Logologo gebeten haben, aus der Missionsstation, in der sie leben, ab. Wir laden währenddessen die Ziege in den Land Rover. Die Sonne ist gerade im Osten erschienen, die Ebene südlich des Mount Marsabit erstrahlt in einem unbeschreiblichen Licht. Nach einer Stunde Fahrt erreichen wir Logologo, wo wir Isaak überraschen, denn so früh hatte er nicht mit uns gerechnet. Von seiner Hütte aus geht es zu einem Brunnenloch, um Wasser für die Kamele in die dafür extra mitgebrachten Jerrycans zu füllen und mit zu der Stelle zu nehmen, wo das Camel Camp der GTZ ist. Drei Rendille aus der Mission, Sofia, Josef und Stephen, fahren mit uns. Sie wollen ihre Verwandtschaft besuchen, aber selbst vom Camp aus sind das noch vier bis fünf Stunden Fußmarsch mitten durch die Wüste. Wir bieten an, sie dorthin zu bringen. Allein die Fahrt zu diesem temporären Lager der Kamelherde, mitten im Nirgendwo, zieht mich wieder völlig in ihren Bann – an dieser Art von Landschaft kann ich mich gar nicht satt sehen!

Das Camp besteht aus einem Zelt und einigen unterschiedlich großen Schlägen, die mit Dornengeäst, welches hoch und dicht zusammengelegt ist, kreisrund abgesteckt sind. Zwei Hirten, die auf uns gewartet haben, begrüßen uns. Es ist unschwer zu erkennen, dass es sich bei ihnen um sogenannte Moran handelt, junge Samburu-Männer aus der Altersklasse der Krieger, die für die Rinder- und Kamelherden verantwortlich sind. Sie erklären uns, die Kamelherde sei schon aufgebrochen. Allerdings sei ein schwerkrankes Kamel zurückgeblieben. Davon hatte Maurizio uns bereits viel erzählt. Isaak hat Medikamente mitgebracht, welche er dem Patienten nun spritzen will. Doch es ist so, wie Maurizio es uns geschildert hat: Immer, wenn ein weißes Auto sich dem Camp nähert, nimmt dieses Kamel trotz seines kranken Beines Reißaus, da es in dem Wagen Maurizio vermutet, der es einst einer sehr schmerzhaften Behandlung unterzogen hat. Nach einiger Zeit gelingt es den Hirten, das Tier einzufangen, sodass es seine Injektion unter lautstarken Gebrüll bekommen kann. Nach dieser Aktion wird erstmal Chai am offenen Feuer gekocht und getrunken. Es ist bereits sehr heiß, obwohl es erst 10:30 Uhr ist, und es soll noch viel heißer werden.

Es ist eine lustige, interessante und bunte Runde, die da zusammen Tee trinkt. Die Samburu-Krieger und die Rendille, die wir aus Logologo mitgenommen haben, tragen traditionelle Kleidung, Schmuck und Waffen. Isaak trägt praktische, khaki-farbene Arbeitsklamotten für den Einsatz in heißen und staubigen Gegenden und wirkt darin einfach cool. Wir anderen sehen dagegen im wahrsten Sinne des Wortes blass aus. Bei dem gemütlichen Teetrinken ergeben sich witzige Episoden, zum Beispiel als einer der Moran zum ersten Mal durch ein Fernrohr sieht. Zudem ist Amos von den Kriegern ganz angetan, die mit langen Speeren und Messern schwer bewaffnet sind. Er überredet einen von ihnen, ihm die Waffen zu geben und posiert dann vor uns in der typischen Haltung der Samburu-Moran, wie sie scheinbar völlig unangestrengt und ausdauernd konzentriert an ihre Speere gelehnt stehen. Als er einen Sperrwurf versucht, lachen sich die Moran halb tot und demonstrieren uns, wie es richtig geht – beeindruckend!

Nach der Tea Time bringen Bernhard und Isaak die Ziege inklusive Feuerholz zu einer Stelle, an der wir Mittagessen wollten, um sie dort in die Hände derer zu geben, die sie für uns zubereiten sollen. Anschließend fahren wir querfeldein, um zur Kamelherde zu gelangen. Unterwegs sehen wir wieder viele Wildtiere und eine wie stets beeindruckende Landschaft, die Stimmung ist ausgelassen. Klasse! Auch als wir die Herde erreichen, uns umsehen und mit den Hirten Späße machen, fühle ich mich sauwohl. Das hatte ich immer schon erleben wollen. Nachdem Isaak die Herde inspiziert hat, geht es wieder zurück zum Camp, wo mittlerweile „das Essen angerichtet" ist: Ein Teil der Ziege liegt gebraten auf einem Kissen frischer grüner Blätter, der andere Teil schmort noch über dem Feuer auf einer originellen Grillkonstruktion.

Alle schlürfen nun erstmal eine Cola aus dem Getränkevorrat, den wir mitgebracht haben, und wir richten uns ein Lager im Schatten zum Essen her. Obwohl die Ziege nicht ganz durchgebraten, damit aber ganz nach dem Geschmack der Moran ist, die normalerweise zu zweit eine komplette Ziege am Tag essen können, schmeckt es großartig. Mit großen Messern oder den Sperrspitzen werden die Fleischstücke herausgeschnitten und weitergereicht. Es wird viel erzählt – vor allem erstaunliche Geschichten über die Krieger der Samburu. Isaak kann ganz großartig aus dem Alltag in dieser Gegend berichten. Er ist ein sympathischer Typ und ich glaube, er hat mit uns seinen Spaß. Nach dem Mahl – ich habe mal wieder ordentlich zugeschlagen, was durchaus positiv aufgefallen ist – bleiben wir einfach noch im Schatten sitzen. Ein kühler Wind weht, es ist mehr als angenehm und wir trinken alle eine weitere Cola oder Ähnliches. Zum ersten Mal probiere ich das Zähneputzen mit einem Holzstückchen (es muss ein ganz bestimmtes Holz sein) – es macht Laune und wirkt in Verbindung mit Sonnenbrille beim Land Rover fahren extrem cool, ganz besonders, wenn es durch dermaßen unebenes Gelände geht, wo man hin und wieder den Vierradantrieb zuschalten muss.

Nach dem Essen und einer herzlichen Verabschiedung von den Moran geht es weiter in Richtung der Familie von Sofia, Josef und Stephen. Da sie Pastoralisten sind und mit ihrem Vieh in der Gegend herumziehen, haben die drei sie schon acht Monate nicht mehr gesehen. Es dauert etwas, bis wir ihren aktuellen Aufenthaltsort gefunden haben. Es geht weiter querfeldein, kein Weg, nix! Wir wundern uns, wir man hier die Orientierung behält und möchten gar nicht dran denken, was wäre, wenn wir hier liegenbleiben würden. Man sieht keine Dörfer, Hütten oder irgendwas, was auf Menschen hindeuten könnte, nur Buschfeuer in einiger Entfernung. Dreimal kommen wir an temporären Lagern von Nomaden vorbei, doch es sind immer die falschen Familien. Allerdings können sie uns mit Richtungsangaben weiterhelfen. Schließlich finden wir die richtige Familie. Wir werden freudig begrüßt und man zeigt uns alles, was wir sehen wollen. Sofia stellt uns ihrer Mutter vor, danach tauschen alle Neuigkeiten aus. Da sie und Josef die Unterhaltungen teilweise für uns übersetzen, bekommen wir einen Eindruck davon, welche Themen die Familie beschäftigen. Am Ende fällt die Verabschiedung schwer. Stephen entscheidet, eine Nacht zu bleiben und morgen den langen Fußweg nach Logologo anzutreten, um von dort aus irgendwie nach Marsabit zu kommen. Er verspricht, uns im KARI zu besuchen.

Vom Lager der Familie aus fahren wir noch zu einem mit Windkraft betriebenen Brunnen, den wir uns anschauen, und dann zurück nach Logologo. Dort lockt eine winzige Kneipe, wo wir Chai bestellen. Ich trinke dazu zum ersten Mal das Local Water – ich kann die ganzen süßen Getränke, die hier unter Soda zusammengefasst werden, nicht mehr sehen. Nichts gegen den Chai – aber das Verlangen nach einem Schluck klarem Wasser ist einfach zu groß. Ich gehe das Risiko ein und will sehen, ob es damit Probleme gibt. Das Wasser sieht ganz in Ordnung aus (was gar nichts heißt, das weiß ich...). Bei der Gelegenheit fällt mir ein, dass ich auch schon im Camp hin und wieder aus Versehen einige Schluck Wasser getrunken habe. Isaak überrascht uns mit der deutschen Entsprechung für das englische „Most probably": „mit an Sicherheit grenzender Wahrscheinlichkeit" – nicht schlecht. Wir haben weiterhin Spaß zusammen und aus der Laune heraus verabreden wir uns gleich für nächste Woche Samstag (9:00 Uhr Abfahrt), um nach Ngurunit zu fahren. Dort gibt es Natural Swimmingpools, natürliche Becken, die aus warmen Wellen gespeist werden. Man kann angeblich darin schwimmen. Ich bin sofort gespannt und begeistert. Wir wollen dort übernachten.

Vor der Rückfahrt nach Marsabit füllen wir unsere und auch Isaaks Jerrycans mit Wasser aus einem nahegelegenen Brunnen, das auch dort warm aus der Erde kommt. Es wird streng kontrolliert, ein Askari schließt und öffnet nach Bedarf die Wasserleitung. Zwei Samburu-Frauen bitten um eine Mitfahrt, steigen schnell zu uns in die Autos und wir fahren los. Unterwegs sehen wir wieder einen traumhaften Sonnenuntergang. Es ist so unwirklich und wirklich ein Tag, der mir sicher lange in Erinnerung bleiben wird.

11 Ngurunit

So langsam spüren wir etwas Zeitdruck. Für die nächsten Wochen haben wir uns daher vorgenommen, konzentriert die geplanten Interviews durchzuführen. Somit ist
die Zeit gefüllt mit ganz normalen Interview-Tagen. Wobei
„normal" in keinem Fall gleichförmig oder gar routiniert
bedeuten würde. Unsere Gruppe, in dieser Woche bestehend aus Julia, Susanne und mir, verlässt an einem Tag
bereits um 8:00 Uhr das KARI, da Julia zu Hause anrufen
will und Susanne und ich pünktlich um 8:30 Uhr zur Schal-
teröffnung in der Bank sein wollen. Das klappt auch so
weit, aber da die Kurse noch nicht vorliegen, können wir
kein Geld wechseln und müssen zwischen zwölf und 13:00
Uhr dort noch mal vorbeischauen, was sich gut mit der
Mittagspause verbinden lässt. Wir verbringen sie im Al
Banadir. Die Nachmittags-Interviews dauern dann sehr
lange. Um 17:00 Uhr verabschieden wir uns von den letzten
Interviewpartners und müssen noch gut 40 Minuten von
deren Shamba zu der Stelle zu laufen, wo wir das Auto
parken mussten, da es nicht mehr weiter ging.

Apropos Auto: der Land Rover muss vielleicht was
mitmachen! Allein heute haben wir vier- oder fünfmal auf-
gesetzt. Dabei ging uns ein Verbindungsstück vom Gaszug
verloren, was wir jedoch zum Glück mit einer Büroklammer ersetzen konnten. Von der allgemeinen Beanspruchung
durch Sprünge, Hopser, überfahrene Büsche, Äste und so

weiter gar nicht zu reden. Er macht einfach alles mit. Ein toller Wagen! Na ja, jedenfalls sind wir erst nach 18:00 Uhr wieder in der Stadt, wo wir Bernhard und Neville treffen, die zum Ministry of Water Development wollen, um Wasser zu holen. Wir versuchen, an der Service Station das Ersatzteil für den Land Rover zu bekommen. Wider Erwarten haben sie es nicht da und können es auch nicht organisieren. So fahren Bernhard und ich zu der Stelle zurück, wo wir das gute Stück verloren haben, suchen mit Taschenlampen in der bereits fortgeschrittenen Dunkelheit – und finden es auch tatsächlich wieder. Ich tausche es gegen die Büroklammer aus, die gute Dienste geleistet hat, während Bernhard sich erneut beim Ministry of Water Development anstellt, um unsere sechs Jerrycans auffüllen zu lassen. Als wir endlich alles erledigt haben ist der Hunger so groß, dass wir ins Al Banadir gehen und Injera essen.

Später schlendere ich durch die Stadt und lasse die Abendstimmung auf mich wirken. Es sind Busse angekommen, die Menschen wuseln durch die Straßen. Der Fast-Vollmond scheint so stark, dass die ganze Szenerie gut ausgeleuchtet ist. Ich kaufe die Nation von Sonntag, Schokolade, schaue, was in den Video-Kinos läuft, und steuere dann das Marsabit Highway Hotel an, um dort in der Bar im ersten Stock die Zeitung zu lesen und ein Bierchen zu trinken. Das mit dem Zeitungslesen wird kompliziert, da auf einmal das Licht in der ganzen Stadt ausgeht. Zudem setzt sich ein junger Kenianer neben mich, der mich in ein Gespräch verwickelt. So werden aus dem einen Bier zwei und ich komme erst später als geplant aus dem Highway Hotel weg. Auf meinem Weg komme ich in bester Stimmung beim Al Banadir an, wo mein Auto steht und ich Susanne, Bernhard, Sofia und David, den Rendille-Dolmetscher der Toyota Gruppe, im Gastraum essen sehe. Ich setze mich dazu und es wird ein schöner Abend mit einem netten Ausklang: Susanne und ich bringen David zur Mission, wo Sofia wohnt, da er dort übernachten soll. Von dort aus fahren wir Sofia in ihre Schule, eine Boarding School, in der der Unterricht morgen beginnt und wo die Mädchen heute eintreffen müssen. Sofia darf die Schule nur zu besonderen Anlässen verlassen, obwohl sie nur circa 300 Meter weiter weg wohnt. Sie muss sich den Gepflogenheiten des Internats unterwerfen. Im KARI trinken Susanne und ich noch ein Bierchen, schwatzten mit den Nachbarn, und ruckzuck ist schon Zeit zum Schlafen. Wie so oft in letzter Zeit liege ich zufrieden im Bett in meinem Schlafsack und schlafe entspannt ein.

Neville und Amos sind aus unserem Bungalow ausgezogen, ganz ohne großes Aufsehen oder lange Erklärungen. Sie haben die Möglichkeit genutzt, innerhalb des KARI-Geländes zwei Häuser weiterzuziehen und wohnen dort mit einem alten Bekannten von Amos aus Universitätszeiten, der nun bei KARI arbeitet. Mit dieser Lösung fahren sie wohl finanziell etwas günstiger, aber ich denke, auch die Tatsache, dass sie nicht mit zwei Frauen unter einem Dach leben und sie im gemeinsamen Haushalt als gleichberechtigt ansehen möchten, hat nicht unerheblich zur Entscheidung beigetragen. Für uns ist die Situation nun auch entspannter, da wir nicht mehr so häufig Nevilles Provokationen ausgesetzt sind. Er kennt die Punkte genau, an denen er ansetzen kann. Sobald ihn eine Diskussion nicht interessiert oder passt, wechselt er das Thema und philosophiert laut über Frauen: dass man sie am besten schlägt, dass ein Mann sie sogar schlagen muss, dass er selbst so viele Frauen hatte und noch niemals verlassen wurde...

Morgens wache ich gut ausgeschlafen und voller Tatendrang auf, unsere Gruppe schafft es regelmäßig, um 08:30 loszufahren, um rechtzeitig bei Mister Gullit zu sein. Da Amos (wie auch Neville) sehr oft verschläft, lassen wir ihn in diesen Fällen von Bernhard mit in die Stadt nehmen – die zweite Gruppe startet weiterhin immer etwas später. Wir frühstücken in der Zeit im Al Jazeer, gehen zur Post, besprechen uns ohne ihn mit Mister Gullit und kaufen ein, bis er dann zu uns stößt. Manchmal verzichten wir dann auf die Mittagspause, um verlorene Zeit aufzuholen. Die Dolmetscher sind immer pünktlich, wir gabeln sie meistens auf dem Weg in das jeweilige Untersuchungsgebiet auf. So vergehen die Tage recht ruhig, angenehm ruhig. Die Interviews laufen gut, menschlich kommen wir in unserer Interviewgruppe hervorragend miteinander aus. Das schließt auch den neuen Übersetzer KK ein. Die anderen, die nicht mit ihm arbeiten, halten ihn für komisch. Neuerdings nehmen wir immer ein Päckchen Zucker mit zu den Farmern – als Geschenk. Wir haben gemerkt, dass Zucker am besten als Gastgeschenk ankommt. Das war ein

Tipp von KK. Wenn möglich, bringen wir auch eine Kanist-
erfüllung Wasser mit. Einmal fahren wir ganz weit raus
Richtung Norden, bis hinter Gar Qarso und fast an den Gof
Choba, dann östlich in die Ebene hinein. Die Siedlung haben wir vom Flugzeug aus gesehen, dorthin gefunden haben wir eigentlich nur durch Zufall, über eine kleine Straße
von Manyatta Jillo aus in die grob anstrebte Richtung. Die
Straße wurde irgendwann zu einem Viehpass und die Fahrt
zu einer Tortur – vor allem für das Fahrzeug! Als wir dort
erfahren, dass die Familien gerade nicht mal Wasser haben,
um uns Tee zu kochen und sie ihr Trinkwasser üblicher-
weise aus der Secondary School in Marsabit holen müssen,
aus 14 Kilometern Entfernung, nehmen wir ihre drei Jerrycans, fahren zum Ministry of Water Development und
lassen sie dort mit dem sauberen Wasser füllen. Noch am
selben Nachmittag schaffen wir es, sie vor Einbruch der
Dunkelheit zurückzubringen. Die Leute sind völlig aus dem
Häuschen, die Mühe hat sich für uns wirklich gelohnt.

Wenn man zum späten Mittagessen ins Al Jazeer
kommt, kann man Glück haben und es gibt Fried Karanga
na Pilau – großartig, das Beste, was man hier kriegen kann!
Gibt's bloß nicht immer, aber in dieser Woche habe ich an
zwei aufeinanderfolgenden Tagen Glück.
Wenn uns unsere Touren durch Marsabit City führen und wir (ausnahmsweise) nicht essen wollen, trinken
wir ein kaltes Soda (also Cola, Fanta oder Krest – richtiges
Mineralwasser wäre ein Traum) und essen Kekse im Kiosk

an der Kenya Lodge – für diesen Zweck einer meiner Lieblingsplätze in Marsabit.

An einem dieser normalen Interview-Tage besuche ich abends Mister Ntara an seinem Arbeitsplatz im Marsabit District Hospitals, wie ich es ihm zuvor im Keffar's versprochen habe. Seine Einladung zu einem Grillabend am Samstag – es soll eine Ziege geschlachtet werden – muss ich leider absagen, da wir ja am Samstagmorgen nach Ngurunit fahren wollen.

Der Alltag macht also richtig Spaß, wenn es nur nicht immer heißer werden würde! Morgens ist es neuerdings ziemlich lange bedeckt, nebelig, und auch etwas kühl. Wenn dann aber die Sonne gegen 11:00 Uhr herauskommt, wird's schnell mehr als warm. Die zunehmende Bewölkung soll schon das erste Anzeichen der nahenden Regenzeit sein. Die Farmer und Viehhalter hier im Distrikt erwarteten sie in diesem Jahr früher als gewöhnlich. Das wäre für uns nicht so toll, denn es würde unsere Tour an den Lake Turkana gefährden. Nach den ersten Regenfällen werden viele der Straßen im Norden unpassierbar sein. Nairobi soll zurzeit ganz mieses Wetter haben – also, mich zieht da gar nichts hin. Eigentlich fühle ich mich wohl und könnte es noch lange hier aushalten. Es ist wahnsinnig, wie die Tage verrinnen. Ich sitze gerade auf der Veranda, es ist stockdunkel draußen und die Sterne leuchten. Der Mond schafft es heute nicht, den Himmel so zu erhellen, wie er es hin und wieder tut, sodass man keine Taschenlampe braucht und die Landschaft um uns herum in einem fahlen, fast künstlich erscheinenden Licht daliegt. Es ist lange nicht mehr so windig wie letzte Woche, wo es nachts fast schon gestürmt hat. Eine leichte Brise geht durch die Büsche und Bäume auf dem KARI-Gelände, man hört einige Grillen und sonst nichts – außer den Geräuschen, die wir selber verursachen. Aber das sind wenige, denn Bernhard sitzt im Wohn- und Arbeitszimmer und liest, Susanne und Julia hocken neben mir auf der Veranda, in irgendwelche fachlichen Dossiers vertieft.

Ich habe zur Zeit Schwierigkeiten, mich auf irgendwas zu konzentrieren. Weder darauf, Kisuaheli zu lernen, noch auf die GTZ-Berichte, die ich schon lange durchgearbeitet haben wollte, noch auf andere Materialien, die ich mir aus der KARI-Bibliothek leihen will. In den vergangenen Tagen habe ich auch viele Briefe geschrieben, was mir aber zunehmend schwerer fällt, sodass ich das nun erst mal gestoppt habe. Ich gehe oft in Gedanken meine mir im Kopf zusammengestellte Reiseroute für die Zeit nach Abgabe unseres Berichtes durch. Dann kann ich die Reisezeit mit Henrieke kaum erwarten. Im selben Augenblick wiederum fällt mir auf, wie idiotisch doch dieser Gedanke ist, da ich mich doch hier in Marsabit so wohlfühle. Eine einzige Gefühlsduselei, bei der mir eines auffällt: Eigentlich sollte ich sagen können, ich sei glücklich, aber dazu fehlt etwas. Und dieses etwas kann ich nicht fassen, nicht davon träumen, nicht identifizieren. Es zu bekommen wäre vielleicht auch zu viel des Guten…

Zum Geburtstag meiner Mutter will ich zum ersten Mal bei meinen Eltern anrufen und ihr gratulieren. Schon gegen 7:45 Uhr müssen Julia und ich zum Post Office fahren, um noch vor 8:30 Uhr eine Verbindung zu bekommen – ansonsten wäre meine Mutter bereits zur Arbeit gewesen. Als ich sie an der Strippe habe, fällt mir gar nicht ein, was ich alles erzählen und sagen und fragen will. Zum Glück vergesse ich nicht, ihr zum Geburtstag zu gratulieren. Meine Mutter ist ebenfalls aufgeregt. Wie ich da so im trubeligen Post Office zwischen den schmalen Wänden stehe, die das Telefon gegen die Umgebung abschirmen, nehme ich die wichtigsten Neuigkeiten, in aller Eile in die Hörermuschel gestammelt, wahr: Es ist alles in Ordnung, mein Bruder kann sein Studium zum Wintersemester in Münster aufnehmen, er hat auch schon eine Wohnung. Zahlreiche Briefe warten anscheinend auf mich in Nairobi, meine Post ist weitestgehend bei den Empfängern angekommen – mehr bekomme ich eigentlich gar nicht mit. Mit meinem Vater kann ich nur ganz kurz sprechen, was mir leidtut. Mitteilen kann ich den beiden immerhin, dass es mir gut geht, dass ich noch keine Nachricht aus Deutschland habe, dass ich aber Post von Henrieke bekomme und sie am 10. Oktober treffen werde, dass ich mich hier am richtigen Platz fühle und sie sich keine Sorgen um mich machen müssen.

Unser letzter Interviewtag fängt schon gut an, denn gegen 9:00 Uhr ist es immer noch so neblig, dass wir kaum 50

Meter weit sehen können. Also bleiben wir bis 10:15 Uhr im Al Jazeer – ich liebe die Vormittagsstimmung dort! Dann geht es aber los, und zwar in die Gegend hinter KARI. Wir müssen circa vier Kilometer laufen, um zu der ersten Farm zu kommen. Anschließend besuchen wir noch eine weitere Farm, aber dann beschließen wir, den Members' Day zu begehen und den Wirt im Al Jazeer zu interviewen. Die Stimmung ist prima, selbst Amos hat nach dem Essen keine Lust, nach Hause zu fahren. Mohammed läuft zu Hochtouren auf. Er stellt uns seine Frau und seine Schwiegermutter vor, die auf dem Markt in Marsabit einen Stand haben, anschließend überredet er uns, doch noch auf ein Bier zu Keffar's zu gehen – nicht schlecht, die Idee. Es ist absolut gemütlich, bei Sonnenschein, blühenden Bäumen, kühlem Bier und guter Stimmung in diesem Biergarten zu sitzen und sich einfach treiben zu lassen. KK schaut vorbei, aus der einen Getränkerunde werden zwei, dann wollen wir wirklich fahren – schließlich sind wir abends ja schon wieder mit der anderen Gruppe verabredet. So setzen wir KK in der Mountain Bar ab und begeben uns in unseren KARI-Bungalow. Dort steht Wäschewaschen an, danach erholen wir uns bei einem weiteren Bier und mit Lesestoff versorgt auf der Veranda.

Gegen 18:30 Uhr kommt der Toyota vorgefahren, in ihm die andere Interviewgruppe samt Dolmetscher. Sie sind gerade erst von ihrer Tour zurück und entsprechend hungrig und durstig. Wir machen uns alle schnell ausgehbereit und ab gehts zunächst ins Al Jazeer. Dort stoßen recht bald Mohammed und Abdullah, einer der Dolmetscher der anderen Gruppe, zu uns. Ich fahre schnell los, um auch KK zu holen. Sein Haus ist richtig gemütlich, seine Frau eine Wucht mit ihrer tiefen Stimme und der vor allem im Vergleich zu KK sehr stämmigen Figur. Die Kinder sind zum Knuddeln und KK ist ganz der stolze Vater. Wir trinken noch einen Chai zusammen und dann brechen KK und ich auf. Auf dem Weg muss KK sich noch Miraa besorgen und wir steuern das Sakuu an. Eigentlich wollen wir die anderen suchen, aber im Sakuu sitzen bereits ein paar Bekannte von uns, wir setzen uns zu ihnen und versacken dort. Irgendwann stoßen dann auch die anderen zu uns, die ihrerseits nach uns gesucht und dabei den Weg über Keffar`s genommen haben. Somit ist die Runde auf mehr als zehn Personen angewachsen! Das kühle Bier fließt in Strömen, wir erzählen, diskutieren – es ist ein stimmiger, großartiger Freitagabend! Vor allem, da ich absolut nicht müde werde, denn ich habe zum ersten Mal Miraa gekaut. Die Wirkung hat mich voll überzeugt und auch am Morgen danach spüre ich weder vom Miraa noch vom Bier irgendwelche Nachwirkungen. Ich bleibe einfach lange wach, eigentlich nicht mehr. Keine richtige Rauschwirkung, zumindest nicht bei der Menge, die ich gekaut habe. Julia, Susanne und ich überlegen, wie wir es anstellen können, unser eigenes Miraa in Deutschland anzubauen – vor allem, wie wir es nach Deutschland kriegen können. Die größte Schwierigkeit wird sein, die Pflanzenstecklinge zu transportieren, da es keinen Samen vom Miraa gibt, den man einfach einpacken und irgendwann aussähen kann.

Der Abend läuft richtig klasse. Unter anderem unterhalte ich mich lange mit dem Chancellor von Korr, den ich damals im Land Rover mitgenommen habe und der mir unwahrscheinlich sympathisch ist. Weiterhin ist ein ehemaliges Mitglied des kenianischen Parlaments bei uns, mit dem ich über die GTZ-Projekte in Kenia und über die kenianische Politik diskutiere. Er ist ziemlich sauer auf die kenianische Regierung und sagt das auch mehr als deutlich, worauf andere in der Diskussionsrunde versuchen, ihn zu stoppen, das Thema wieder auf unsere Interviews zu bringen und ihm zu sagen, dass man solche Dinge nicht an einem solchen Ort diskutieren solle. Der Ex-MP antwortet daraufhin, das sei ein Beispiel dafür, welche Angst in Kenia herrsche und dass er nicht hoffe, dass diese Leute ihn morgen melden würden. Gegen 1:00 Uhr nachts ist dann Aufbruch angesagt.

Und dann passiert noch etwas, was ganz am Schluss die Hochstimmung, in der wir uns befinden, trübt. Neville und KK kriegen sich in die Wolle. Das steigert sich langsam, bis sie kurz vor KKs Haus so weit sind, sich schlagen zu wollen. Es ist ein großes Geschrei und nur durch unser energisches Einschreiten können wir eine Prügelei verhindern. KKs Frau kommt aus dem Haus zum Gartentor, ein Askari taucht aus dem Nichts auf und alle zusammen schaffen wir es, KK etwas zu beruhigen und Neville ins Auto zu zerren. Es ist ätzend, wir müssen schnell fahren und haben keine Zeit mehr, ein paar erklärende, entschuldigende Worte zu KK und seiner Frau zu sagen. Auf der Rückfahrt schweigen alle. Im KARI angekommen bin ich aufgekratzt, kein Stück müde und kann erst mit der Morgendämmerung einschlafen.

Am Morgen darauf soll es ja eigentlich früh losgehen, nach Ngurunit, aber es wird natürlich recht spät, diesmal sogar sehr viel zu spät. Statt um 9:00 Uhr erreichen wir Logologo, wo wir eine Verabredung mit Isaak haben, erst um 13:00 Uhr. Der Grund ist im gestrigen Abend zu sehen und in unserer üblichen morgendlichen Unorganisiertheit. Es muss noch gefrühstückt, eingekauft, getankt werden. Schließlich müssen wir noch beim Chancellor vorbeifahren, da wir gestern versprochen haben, ihn mitzunehmen. Als wir in Logologo ankommen, ist Isaak weg, und zwar im Camel Camp, wo das kranke Kamel gestorben ist. Wir warten bis er gegen 15:00 Uhr zurück ist, dann geht's endlich los. Die Fahrt ist, wie immer, ein Erlebnis. In Ngurunit sind wir überwältigt: Dieser Ort ist ja eine Oase! Die Umgebung entlang der Strecke ist zunächst ähnlich der von Korr, aber dann ändert sich das Bild schlagartig: hohe Berge, die schroff und steil aus der Ebene herausragen, in der es auf einmal viel Grün zu sehen gibt. Der Empfang im Dorf ist herzlich, wir werden direkt zu einem Haus geführt, in dem die Tochter des Chancellors lebt. Auf diesem Grundstück wachsen Mangos, Bananen und weitere Früchte. Der Ort ist umrahmt von den hohen, felsigen Bergen, eingebettet in grüne Bäume, durchzogen von Wadis. Am Abend fahren wir zur KARI-Station in Ngurunit und besichtigten diese, solange es noch hell ist. Hier hat die Familie von Professor Weisz gelebt und geforscht. Der Platz ist nicht schlecht gewählt, kann ich da nur sagen! Als wir zurückkommen – wir haben noch ein Bierchen getrunken und die Vorteile von fließendem Wasser genossen – ist das Abendessen bereitet und wir essen mit Heißhunger in einer gemütlichen Runde. Anschließend wird geredet, aber obwohl wir Kaffee trinken, werden wir alle ziemlich schnell müde – der Kaffee ist so dünn, dass wir erst denken, es sei Tee.

Wir einigen uns, dass die Männer draußen schlafen. Wir suchen eine geschützte Ecke vor dem Haus und bereiten unsere Nachtlager vor. Zudem bilden wir mit den Autos eine Art Wagenburg um unseren Schlafplatz. Die Frauen übernachten in einem Raum, der extra für sie ausgeräumt wird. In beiden Schlafstätten ist es recht gemütlich, aber ich bin froh, draußen schlafen zu können. Auch Julia und Susanne möchten noch etwas von der nächtlichen Stimmung in der Oase genießen, also holen wir uns ein paar der mitgebrachten Bierchen aus dem Land Rover, setzen uns auf das Dach, unterhalten uns und lachen viel, bevor wir uns zum Schlafen hinlegen. Die Nacht ist zunächst so warm, dass ich in meinem Schlafsack tierisch schwitze und daher oft aufwache. Ohne Schlafsack zieht es dann aber doch etwas und gegen 3:00 Uhr wird es sehr kühl. Während der ganzen Nacht hören wir Gesänge von Männern aus dem Dorf, die wahrscheinlich feiern. Dazu kommen Geräusche von den Hunden, Hühnern, Ziegen und von den Kindern im Raum neben meiner Schlafstelle, die lachen und schreien. Alles in allem zwar eine unruhige Nacht, dennoch gefällt es mir außerordentlich, in der freien Natur zu liegen und zu dösen. Und am nächsten Morgen bin ich auch sofort fit.

Zum Frühstück gibt es Chai (jede Menge!) und kleine, noch warme Mandasi. Anschließend machen Julia, Susanne und ich einen Rundgang durchs Dorf, Bernhard repariert ein Auto unseres Gastgebers. Der nächste Punkt im Tagesablauf und wohl der Höhepunkt unseres Aufenthalts in Ngurunit: Baden in den Natural Swimmingpools. Diese bestehen aus Wasserbecken, die ein ständig fließender Gebirgsbach, der in der Regenzeit zu einem reißenden Fluss anschwillt, in den felsigen Untergrund gewaschen hat. Traumhaft, nach über zwei Monaten mal wieder mit dem ganzen Körper in sauberes, nicht zu kaltes Wasser zu tauchen! Dazu der Blick in die imposante Umgebung. Es gibt an der Stelle, an der wir baden, mehrere Becken unterschiedlicher Form und Ausdehnung. Das größte ist circa 1,40 Meter tief und gut vier mal fünf Meter groß. Alle springen ins Wasser. An einer Stelle kann man über eine lange, glatte, glitschige Furche, durch die immer ein wenig Wasser fließt, von einem Becken hinunter in ein anderes rutschen. Natürlich wird diese Naturrutsche ausgiebigst genutzt! Die Sonne knallt vom Himmel, heizt die Steine auf und trocknet uns nach einem Bad so schnell, dass wir ständig wieder ins Wasser müssen. Ich nutze die Gelegenheit, meine Socken, T-Shirt und Unterhose auszuwaschen. Gegen 14:00 Uhr werden wir gerufen, ein Mittagessen ist angesagt.

Und was für eins: Hier hat sich die Frau des Hauses über-
troffen. Es gibt Spaghetti, Chapati, Karanga, Sukuma Wiki,
Tomaten und Zwiebeln – fantastisch. Wir können es uns
richtig gut gehen lassen in dieser Zeit viel zu kurzen Zeit in
Ngurunit. Schon bald nach dem Essen müssen wir fahren.
Mit dem Land Rover und sieben Passagieren verlasse ich
gegen 16:00 Uhr den gastlichen Ort. Bernhard hilft noch
beim Reparieren eines weiteren Autos und kommt mit dem
Toyota und dem Rest der Gruppe später nach. Die Rückfahrt verläuft reibungslos. In der Ferne sehen wir Buschfeuer.

Nachdem wir an diesem Wochenende den Abschluss
der Interviewphase würdig gefeiert haben, steht uns nun
die Auswertungsphase und die Berichterstellung bevor.
Erstmal keine täglichen tollen Fahrten in die Umgebung
mehr. Am Montag nach der Rückkehr aus Ngurunit gelingt es uns erst gegen 15:00h, alle an einen Tisch zu bekommen und etwas zu diskutieren. Viel schaffen wir nicht,
da vor allem bei Neville seine Ablehnung der Gruppenar-
beit und insgesamt fehlendes Interesse an den Ergebnissen
unserer Arbeit deutlich wird. Er setzt sich zwar zu uns,
platziert sich aber abseits des Tisches in einen Sessel, liest
die Zeitung und erklärt auf Nachfrage, er sei jetzt krank,
heute Abend um 20:00 Uhr aber wieder fit. Da immer die
Gefahr besteht, dass Amos und Bernhard sich auf Nevilles
Seite stellen, wenn wir anderen allzu heftig auf seine Provokationen reagieren, lassen wir ihn einfach machen.

An einem Morgen zu Beginn unserer Auswertungsphase sind Bernhard und ich zusammen in Marsabit Downtown, um Wasser zu holen, nach Post zu schauen und Mister Mutheri eine Tasche zu bringen, die er tags zuvor im
Land Rover liegenlassen hat. Auch zum Mittagessen sind
wir alleine – ganz sonderbar, das passiert nicht oft. Ich denke, beide Seiten versuchen, solche Situationen zu vermeiden. Obwohl wir im selben Zimmer schlafen, halten wir
uns – außer im Schlaf – dort fast nie gemeinsam auf und
sprechen kaum ein Wort miteinander. So reden wir auch
bei diesem Mittagessen sehr wenig, so wie das bei uns normal ist. Plötzlich beginnt Bernhard, über „die Mädels" – so
nennt er Julia und Susanne – herzuziehen: Die machten sich
einen schönen Kenia-Urlaub, seinen nur hier, weil sie auf
Schwarze Männer stehen – er muss ganz schön frustriert
sein. Ich möchte wirklich nicht wissen, was er so über mich
loslässt, wenn ich nicht dabei bin.

Gespannt bin ich, wie er sich in den anstehenden Diskussionen über den Inhalt des Berichts schlagen wird. Mit
seinem bisschen Englisch hat er sich in den Gesprächen, die
wir bisher zu Fachthemen geführt haben, sehr zurückgehal-
ten. Ich habe das Gefühl, dass ihm die inhaltliche Arbeit gar
nicht so liegt, daher auch sein immer wieder ernsthaft vor-
getragener Vorschlag, die Fragebögen in die Sprachen der
Samburu, Rendille, Boran, Gabbra etc. übersetzen zu lassen
und in den Bericht zu integrieren, dann hätten wir
schon gut 20 Seiten der von Professor Reinhardt vorge-
schlagenen 50 Seiten zusammen! Im Übrigen kommt er

ständig auf seine Bemerkung zurück, dass die Professoren und all die „Studierten", keine Ahnung hätten und dass die fähigen Leute unter denen zu suchen seien, die vor Ort arbeiten. Damit hat er sicherlich nicht ganz unrecht (tendenziell), aber seine Urteile sind immer so generell und dann unumstößlich. Außerdem steht das im Widerspruch zu seiner Art, sich bei den Professoren einzuschleimen, wann immer er sie trifft. Daher überlege ich mir einen Plan B: Nach den bisherigen Erfahrungen schätze ich die Chance, den Abschlussbericht, wie es in unserem Stipendienprogramm gefordert ist, gemeinsam mit Bernhard erarbeiten zu können, als sehr gering ein. Ich denke, er wird in dem Moment, in dem wir aus Marsabit zurück in Nairobi sind, sein eigenes Ding machen. Daran lassen seine Äußerungen keinen Zweifel. Also werde ich einen eigenen ASA-Abschlussbericht schreiben und diesen dann an Professor Reinhardt weitergeben. Der kann dann entscheiden, was damit passiert, ob er ihn ganz, teilweise oder überhaupt nicht gebrauchen kann.

Bei einer Gelegenheit, die sich ergibt, als wir alle in der Stadt zunächst essen und dann auf ein Bier ins Sakuu gegangen sind, erkläre ich Amos, warum ich bisher mit unserer Arbeit nicht so zufrieden bin: nicht kreativ genug, zu wenig Gedankenaustausch, keine inhaltlichen Diskussionen in der Gruppe. Wir nutzen unsere diversen Erfahrungen, Perspektiven und fachlichen Kenntnisse meiner Meinung nach nicht aus. Zu meiner Überraschung teilt er die meisten Kritikpunkte mit mir. Wieder zurück im KARI spielen Neville, Bernhard und ich noch einer Runde Mensch-ärgere-dich-nicht (ich hab gewonnen). Dadurch kann ich etwas zur Entspannung der Lage beitragen und es macht mir zudem Spaß. Die Arbeit am nächsten Morgen ist dann wirklich gut. Wir besprechen die grobe Gliederung des Berichts und gehen auch teilweise in die Details. Neville arbeitet mit und hat brauchbare Ideen. Alles läuft recht entspannt ab. Gegen Mittag machen wir eine Pause, in der ich in die Stadt fahre, dort im Al Jazeer esse, auf dem Markt einkaufe – und mir in einem dieser klassischen Friseurläden in Afrika die Haare schneiden lasse. Ist gut geworden und hat nur 20 Kenia-Schilling gekostet.

Nach der Pause soll es eigentlich weitergehen. Aber dann taucht ein Mitarbeiter von KARI auf und fragt, ob wir nicht mit einem unserer Autos ein Fass Wasser holen könn-ten für die KARI-Leute, da deren Auto kaputt sei, zudem kein Sprit mehr zur Verfügung stünde und … Na ja, wir sagen natürlich zu. Also hätte die Arbeit erst um 16:00 Uhr fortgeführt werden können. Dann rückt Amos aber damit raus, dass er um 17:00 Uhr unbedingt in die Stadt muss, und Neville anscheinend auch. Da wir noch in der Phase sind, in der alle an den Besprechungen teilnehmen sollten (Untergruppen können wir erst später bilden) ent-schließen wir uns, die Arbeit für heute ganz sein zu lassen und morgen um 8:30 Uhr weiterzumachen. Daraus wird mit Sicherheit 9:30 Uhr, dann kommt wieder was dazwi-schen… Hakuna haraka. Ich bin wirklich gespannt, ob wir es schaffen, den Bericht bis zur Abreise zumindest weitestgehend fertigzustellen. Weitestgehend hieße, dass er so weit steht, dass er in Nairobi nur noch getippt werden muss.

Der neue Trend ist Mensch-ärgere-dich-nicht. Einmal damit angefangen, wollen vor allem Amos und Neville bei jeder Gelegenheit spielen. Da ich zu Beginn eine Glückssträhne habe und alle Partien gewinne, können die beiden immer Revanche einfordern und so etabliert sich langsam ein gemeinsames Hobby. Wenn ich in dieser Zeit keine Lust auf Mensch-ärgere-Dich-nicht hab, gehe ich alleine in der Stadt, esse meistens im Al Banadir Injera (ganz vorzüglich) und trinke ein Bierchen im Sakuu. Dort verabrede ich mich hin und wieder mit interessanten Leuten, die ich bei unterschiedlichen Gelegenheiten kennenlernen konnte und mit denen ich gerne ein längeres Gespräch führen will. So zum Beispiel treffe ich Simon, den ich an einem Abend im Sakuu kennengelernt habe, mittags auf eine Portion Spaghetti. Er ist Tierarzt und arbeitet von Wamba aus im gesamten Samburu Distrikt. Zudem hat er eine eigene Kamelherde in Marsabit. Manchmal gelingt es mir, ruhige Nachmittagsstunden auf der Veranda bei ein paar kühlen Bierchen und Musik zu verbringen.

12 Moyale

In der Regel beginnen wir mit unserem Tagespensum nun um 9:15 Uhr, kommen meist bis zur Mittagspause gut voran und müssen uns nachmittags gegenseitig aufrütteln und disziplinieren. Aber nach ein paar Tagen haben wir einige Ideen und Ansätze zur Auswertung der Fragebögen zusammen und ein Gerüst für den Bericht entworfen. Als Belohnung für unsere Disziplin und den Fortschritt der Arbeit wollen wir am Wochenende von Freitag bis Samstag nach Moyale fahren und am Samstagnachmittag zur Marsabit Lodge in den Nationalpark. Zu Letzterem sind wir von einem unserer Bekannten, dem ehemaligen Member of Parliament, eingeladen worden. Mit ihm zusammen sollen wir dann auch umsonst in Nationalpark hinein können. Am Sonntag wollen wir dann arbeiten – nachdem Amos in der Kirche war. Auf Moyale freue ich mich sehr, da wir schon so viel Spannendes von dieser Grenzstadt zu Äthiopien gehört haben. Die Idee, die Freitagnacht dort zu verbringen, finde ich überzeugend – sie kam von Neville und Amos.

Ich sitze auf der Veranda und genieße den Wind, die Aussicht und betrachte einen wirklich spektakulären Sonnenuntergang. Er rührt wohl daher, dass der Himmel im Westen in Horizontnähe voller Rauchschwaden ist, die von einem größeren Buschbrand ausgehen. In letzter Zeit können wir einige solcher Brände beobachten, die manchmal dazu dienen, das Land für eine Farm zu „clearen". Aber die Regenzeit kommt ja... Heute Morgen ist es richtig nass in Marsabit und bis gegen 10:00 Uhr ziehen dichte Nebelschwaden durch die Gegend, man kann aber von unserer Veranda aus gut beobachten, dass in den Ebenen die Sonne bereits scheint. Die Hügel um uns herum werden nach und nach von der Sonne angestrahlt, nur die Hänge und Kuppen Richtung Mount Marsabit bleiben noch lange im Dunst. Der Aufenthalt in Marsabit gestaltet sich für mich zu einem einzigen Wechselbad der Gefühle: Einerseits zähle ich die Tage bis zur Abreise, weil ich mich so auf die freie Reisezeit freue, andererseits denke ich, dass ich es hier ewig aushalten könnte, es geht mir ja wirklich gut hier.

Manchmal bin ich überzeugt, mit Neville und Bernhard könne man absolut nicht arbeiten und es ebenso wenig anderweitig mit ihnen aushalten, ein anderes Mal sehe ich, dass es Schlimmeres gibt und die beiden meine Hochstimmung nicht beeinflussen sollten. Ab und zu freue ich mich tierisch auf den Tag, an dem ich Henrieke treffen werde, dann wieder bin ich mir gar nicht so sicher, ob das alles so gut wird und ob nicht schon die Zeit in Marsabit das Beste meines Kenia-Aufenthalts ist. Über eines bin ich mir aber immer im Klaren: Es ist eine geniale Sache, dass ich hier sein und an einem solchen Projekt mitarbeiten kann, dass ich wertvolle Erfahrungen mache, mir das alles riesigen Spaß macht und ich sogar die Tage genieße, an denen es nicht so gut läuft. Richtig depressive Phasen hatte ich noch gar nicht, wenn ich es genau betrachte. Es ist wichtig für mich, dass ich mich immer mal zurückziehen kann. In diesen Momenten macht niemand Anstalten, mich davon abzuhalten. Auch die anderen nehmen sich hin und wieder Zeit für sich selbst – das wird akzeptiert. In dieser Hinsicht ist in der Gruppe das Zusammenleben recht effektiv geregelt.

Bernhard und ich haben zumindest keinen offen ausgetragenen Streit, einer von uns (meistens ich) muss sich halt immer seinen Teil denken. Neville und Amos könnten nicht meine besten Freunde sein. Vor allem mit Neville habe ich Schwierigkeiten, letztendlich kann ich dann doch mit ihm arbeiten. Wenn er Lust hat, ist er sogar ganz gut dabei, vor allem beim Mensch-ärgere-dich-nicht-Spielen. Und dass sich innerhalb der Gruppe nicht alle lieben (zum Beispiel hält Bernhard absolut nichts von Julia und Susanne) muss man halt akzeptieren. Dafür haben wir uns gut arrangiert. Jeder hat seinen Freiraum und wenn wir etwas zusammen unternehmen, wie zum Beispiel die Ausflüge, ist es immer aufs Neue ein rundherum tolles Erlebnis. Heute denke ich eigentlich zum ersten Mal darüber nach, wie gut es bei uns alles in allem läuft: Das Wasserholen klappt reibungslos, es gibt nie Streit ums Essen, Duschen oder Ähnliches. Die Geldangelegenheiten werden ohne Probleme geregelt, ebenso alles andere, was so anfällt: Bier holen, Zeitung besorgen, Verabredungen koordinieren und so weiter. Wenn ich recht überlege, gibt es keine unüberwindbaren Probleme. Es läuft, wenn auch manchmal aus undurchsichtigen Gründen eher zähflüssig, was dann unheimlich nerven kann. Aber ich schaffe es, mich damit abzufinden, und wenn nichts mehr läuft, mache ich das Beste aus der plötzlichen Freizeit. African Way of Living…

Die Zeit vergeht wie im Flug. Die Tage vor dem Ausflug nach Moyale stehen ganz im Zeichen der Arbeit. Morgens ist Einzelarbeit angesagt, jeder hat Interviews aus einer bestimmten Gegend auszuwerten, ab 14:00 Uhr werden die Ergebnisse diskutiert. Einmal muss die Diskussion gegen 17:00 Uhr abgebrochen werden, da Neville und Amos für den Abend einen Gast haben und dafür noch einkaufen und kochen müssen. Damit steht fest, dass an diesem Abend nicht mehr viel gearbeitet werden wird. Bernhard und ich fahren in die Stadt, essen im Al Banadir und gehen auf zwei Bierchen ins Sakuu. Dort treffen wir den ehemaligen Member of Parliament und den Chancellor und erzählen ihnen von unseren Reiseplänen. Zum Glück! Denn der EX-MP erklärt uns, dass es nicht möglich sei, später als 10:30 Uhr morgens von Marsabit loszufahren, da in Sololo, circa 60 Kilometer vor Moyale, eine Police Barrier ist, die ab 14:00 Uhr keine Fahrzeuge mehr passieren lässt – und es gibt ja nur die eine Straße! Der Grund dafür sind Überfälle der von kenianischer Seite sogenannten Shifta, die auf diesem Abschnitt des Trans East African Highway verschärft auftreten, vor allem am späten Nachmittag, da dann die Banditen leicht in die einsetzende Dunkelheit fliehen können.

Also müssen wir unsere für 12:00 Uhr anvisierte Abfahrt auf 10:00 Uhr vorziehen. Um die Zeit wollen wir uns nun mit dem Ex-MP an der Shell Station treffen und zusammen einen Freund von ihm in Moyale anrufen, der uns dort führen, beim Einkaufen helfen und vor allem über die Grenze nach Äthiopien bringen soll. Da er ein großes Hotel in Moyale besitzt, soll er uns auch gleich unterbringen für die Nacht. Der MP sagt, es sei vorteilhaft, mit einem Local Business Man durch Moyale zu gehen, vor allem durch die Stadt auf der äthiopischen Seite – man werde dann nicht so schnell übers Ohr gehauen. Wir haben von vielen Seiten gehört, dass es im äthiopischen Teil von Moyale jede Menge Dinge zu kaufen gibt, die in Kenia nicht zu finden sind. Der Abend ist also recht informativ, wir reden aber auch wirklich über alles Mögliche. Es ist wahrlich eine große Freude – und ich hatte anfangs überlegt, ob ich tatsächlich mit Bernhard alleine in die Stadt fahren solle. Zu Hause angekommen, gegen 24 Uhr, sind Susanne und Julia noch am Arbeiten, wir gehen aber alle gleich ins Bett, nachdem Bernhard und ich die Planänderung für den morgigen Tag erläutert haben.

Am Morgen vor der Abfahrt stellen wir fest, dass der Land Rover einen Plattfuß hat – also muss ein Reifenwechsel vorgenommen werden. Während wir daran arbeiten, fliegt ein weißes Flugzeug ganz dicht über KARI hinweg und setzt zur Landung am Airstrip an. Wir denken, dass es möglicherweise Professor Reinhardt sei, der hier vorbeikommt und aus vielen plausibel erscheinenden Gründen nach dem Rechten sehen will. Und womöglich Post mitbringt. Susanne und ich jagen daraufhin mit dem Toyota zum Airstrip – aber es sind leider nur uns unbekannte Engländer, die irgendwelche Ersatzteile liefern. Zurück im KARI ist der Land Rover wieder einsatzbereit und wir machen uns auf den Weg, zunächst allerdings fahren wir noch bei Mister Gullit vorbei. Dort wartet eine Nachricht von Frau Grimm beziehungsweise Professor Reinhardt auf uns: Wir müssen unbedingt am 25. September zurück in Nairobi sein! Keine Begründung. Wahrscheinlich Probleme wegen des Mietwagens. Montag sollen wir zurückrufen.

Die Fahrt nach Moyale ist wieder einmalig: großartige Landschaften, beste Stimmung im Wagen, tolle Aussichten, mithilfe der Freunde „unseres" Ex-MPs nach Äthiopien rüber zu können. Wir fahren zügig durch, machen nur eine Fotopause und einen Stopp in einer Kneipe mitten im Nirgendwo, und erreichen Moyale nach etwas mehr als dreieinhalb Stunden. Schon an der Police Barrier vor Moyale werden wir von Mister Ahmed, dem Freund des Ex-MPs, empfangen. Mister Ahmed ist mehr als wohlsituiert, ihm gehört ein Service Store in Moyale, ein Laden, in dem man anscheinend alles kaufen kann, von Spaghetti bis zu jeder Art von Ersatzteilen für Fahrzeuge, Baumaterialien und sogar Motorräder (auf Bestellung). Das Geschäft umfasst einen kompletten Block, im zweiten Stock wohnt die Familie: riesige Wohnung mit Blick nach Äthiopien, jede Menge Möbel, Fernseher, Kühlschränke – und unfassbar viele unglaublich kitschige Gegenstände.

Wir werden sofort mit kalten Sodas versorgt und später noch einmal im Wohnzimmer mit kaltem Apfelsaft aus der Tüte. Mister Ahmed begleitet uns über die Grenze ins Einkaufsparadies für die Kenianer: Moyale/Äthiopien. Mit ihm ist es im Immigration Office von Kenia auch nicht schwierig, die Ausreisestempel zu bekommen. Ein furchtbar arroganter Beamter gibt sie uns widerwillig. Bei der Einreise nach Äthiopien gibt es auch keine Probleme, wir werden nicht kontrolliert, bekommen aber auch keinen Einreisestempel. Ich bedaure das, es wäre ein schönes Exemplar in meinem Pass gewesen, aber ich werde aufgeklärt, dass Bundesbürger eigentlich ein Visum für Äthiopien brauchen. Damit reisen wir mehr oder weniger illegal nach Äthiopien ein.

Die Unterschiede zu Kenia sind auffällig und vielfältig. Der augenscheinlich wichtigste ist zunächst, dass die Straße ab dem Grenzübergang geteert ist. Die Häuser sind stabiler und massiver gebaut, einige haben sogar Klinker. Die Bars sehen aus wie in Italien, es ist mordsmäßig was los auf den Straßen, es gibt viele kleine Läden, die vor allem Schuhe, Kleidung, Stoffe und allerlei Kleinkram von Elektronik bis zum Taschentuch verkaufen. Dabei muss man jedoch feststellen, dass schon in Moyale/Kenia viel mehr los ist, als wir es von Marsabit gewöhnt sind. Dennoch, Moyale/Äthiopien ist noch bunter, vielfältiger und reizvoller! Die Art der Leute, in den Lokalen zu bedienen, ist perfekt und der Unterschied wird auch von den Kenianern gewürdigt, die deshalb gerne über die Grenze kommen, um hier zu feiern.

Das Bier ist in Äthiopien etwas teurer, aber sonst dürfte fast alles wesentlich günstiger sein. Neville und Amos sind im Kaufrausch… Und sie sind enttäuscht, dass wir nicht in Äthiopien übernachten können: Das ist für uns Europäer wegen der fehlenden Visa nicht möglich, wir müssen um 18:00 Uhr wieder zurück über die Grenze nach Kenia. Vor allem Neville klagt, denn hier seien die Mädchen viel hübscher, die Hotels sauberer, besser geführt und zudem noch billiger. Kein Wunder, dass unter diesen Umständen in Moyale / Kenia nur zwei Kneipen existieren können. Auch an diesem Abend ist wohl in Äthiopien mehr los als in Kenia. Neville und Amos entscheiden sich gegen 20:00 Uhr, doch noch mal über die Grenze und dort auf „Mädchenjagd" zu gehen. Sie wollen dort ein Hotelzimmer nehmen, wohl auch, weil sie unsere Hotelzimmer, die uns Mister Ahmed zugewiesen hat, gesehen haben: übelste Sorte, und ich bin ja nun in dieser Hinsicht wirklich nicht verwöhnt. Aber es war nicht ein einziges anderes Bett mehr frei. Pole sana!

Die Nacht ist einmalig, und ich amüsiere mich wieder bestens. Zunächst landen wir in einer Kneipe, die etwas weiter außerhalb liegt, die aber die zentrale Verteilerstation für das Bier auf der kenianischen Seite ist. An diesem Abend ist sie auch die einzige der zwei Kneipen, die Bier hat, da das Auto, welches das Bier zur anderen Bar bringen sollte, zusammengebrochen ist. Wir trinken dort zwei Runden mit Mister Said, dem ältesten Bruder von Mister Ahmed, dann kommt jemand auf uns zu und fragt, ob wir vielleicht mit unseren Autos Bier in die andere Bar hinüberfahren könnten. Das kommt uns natürlich gelegen, denn wir wollen eh auch den zweiten Laden kennenlernen und so ist es nur gut für uns, denn nun können wir auch dort unsere Bierchen trinken. Das tun wir dann auch, mittlerweile ist unsere Runde auf mehr als zehn Personen angewachsen. Neville und Amos sind noch vor Mitternacht wieder bei uns, denn im sozialistischen Nachbarland ist um 23:00 Uhr Schalterschluss beziehungsweise Sperrstunde. Also versuchen sie doch hier ihr Glück.

Gleich nach einigen Minuten setzt sich eine junge und recht hübsche Kenianerin zu mir, deren Absichten eindeutig sind. Nicht überraschend in so einer Grenzstadt. Ich gebe ihr ein Bier aus, die Unterhaltung mit ihr bleibt jedoch auf einige Floskeln beschränkt, da weder ihr Englisch noch mein Kisuaheli zu mehr ausreichen. Ich wende mich wieder der großen Runde zu, es wird gelacht, erzählt, getrunken, herumgeschaut. Es läuft gute Musik, einige Leute tanzen, Susanne und Julia gehen gegen 24 Uhr in Begleitung von vier Kenianern und befeuern damit Bernhards Vorurteile. Ich verlasse mit dem Rest der Truppe die Bar gegen 1:00 Uhr nachts und werde dann Zeuge, wie Neville, Amos und Bernhard versuchen, für sich und ihre Ladies Hotelzimmer zu bekommen. Sie mit in unser Hotel zu nehmen ist keine Option - Es wird streng muslimisch geführt und Ahmed hat mächtig Eindruck bei Neville und Amos gemacht und sie achten seine Autorität. Aber es gibt in Moyale für solche Fälle offensichtlich Geheimtipps: allerdings ist dort nur noch ein Hotelzimmer mit zwei Betten frei – nach langem Überlegen nehmen Amos, Bernhard und die jeweiligen Damen das Zimmer. Neville ist schon vorher abgesprungen und hat seine Bekannte einfach weggeschickt.

Er kommt mit mir in unser Hotel, wo ich eine ziemlich schlechte Nacht verbringe: Es stinkt in dem Raum, es ist zu heiß im Schlafsack, aber auf die Decke, die auf dem Bett liegt, will ich mich nicht legen, möglichst auch nicht damit in Kontakt kommen. Dann kommen mehrmals irgendwelche Typen an die Tür, klopfen penetrant und lassen sich immer erst nach wiederholtem, energischem Knurren vertreiben. Dann ruft der Muezzin zu unchristlich Zeiten, Bernhard kommt gegen 4:30 Uhr. Regen weckt mich durch das laute Prasseln auf dem Wellblechdach auf. Wenig später machen einige Vögel, die die Größe von Geiern haben müssen, einen solchen Lärm auf diesem Dach, dass ich alle Versuche, noch weiterzuschlafen, aufgebe. Auf der Toilette muss ich mich von dem Gestank fast übergeben. Das Wasser, das mir die Hotelangestellten zum Zähneputzen und Waschen bringen, schöpfen sie aus einem offenen Tank im Hinterhof. Als ich dort hineinschaue, stelle ich fest, dass darin sämtlicher Müll herumschwimmt: Kimbo-Dosen, Zigarettenschachteln und -stummel, Reifenstücke... Mir wird schwummrig bei dem Gedanken, dass ich in der Nacht diese Brühe schon benutzt habe.

Gegen 9:00 Uhr sind endlich alle wach, Neville und Amos sogar schon wieder in Äthiopien. Wir nehmen in unserem Hotel kein Frühstück, trinken nicht mal einen Chai, sondern sagen Ahmed, dass wir in Äthiopien frühstücken wollen. Das ist uns deshalb relativ leicht möglich, da wir gestern um 17:55 Uhr an der Grenze waren, um unseren Einreisestempel für Kenia zu bekommen und wieder nach Kenia einzureisen. Doch der arrogante Grenzbeamte war schon im Feierabend, obwohl die Öffnungszeiten des Immigration Office bis 18:00 Uhr gehen. Ein Soldat führte uns zu ihm – schon weit vom Office weg und er war nicht bereit, noch mal zurückzukehren, um uns einen Stempel zu geben. Wir sollten doch gefälligst morgen wiederkommen. Also reisten wir illegal aus Äthiopien aus und ebenso illegal in Kenia ein.

Heute Morgen brauchen wir also gar keinen neuen Ausreisestempel, dennoch sagt Ahmed dem Zollbeamten Bescheid, um jeden Ärger zu vermeiden. Wir frühstücken in einem alten, aber erstaunlich gut erhaltenen, dezent modernisierten Touristen-Hotel. Eine eindrucksvolle Atmosphäre: riesiger Frühstücksraum mit Bar, vielen Fenstern, Tischen, aber nur für acht Personen sind die Plätze gedeckt, mit Tischdecke, Besteck, Blume und Aschenbecher. Es gibt Omelette mit geröstetem Brot, Butter und Jam, dazu Tee – kein Chai, britisch halt! In den meisten anderen Bars gibt es sogar Espresso – italienisch! Man trinkt Brandy, Cognac und das alles erstaunlich günstig. In diesem Grenzort kann man generell auch mit Kenia-Schilling bezahlen, das Hotel, in dem wir frühstücken, liegt aber etwas weiter von der Grenze entfernt, kurz vor der ersten Police Barrier, die für uns „Illegale" die Grenze der Bewegungsfreiheit in Äthiopien darstellt. Dort können wir nur in Birr bezahlen und es ist nicht ganz so preiswert.

Nach dem Frühstück laufen wir in Gruppen über den Markt, ich kaufe mir zu den zwei T-Shirts für 30 Kenia-Schilling, die ich mir gestern zugelegt habe, noch ein Tuch für 50 Kenia-Schilling (wegen des Staubs und der Zugluft im Wagen). Anschließend treffen wir uns in einer netten Bar, trinken Brandy, Kaffee (sehr gut!), Cola, genießen die Atmosphäre, bestaunen die Einkäufe von Neville und A-mos – zum größten Teil abgrundtief hässliche Klamotten – und das fließende Wasser aus den Wasserhähnen. Julia und Susanne essen Injera, sie sieht unglaublich appetitlich aus und schmeckt einmalig. Dann müssen wir dieses schöne Fleckchen Erde leider schon wieder verlassen. Den Einreisestempel bekommen wir von dem ätzenden Immigration Officer nur nach einigem Überreden – denn es ist 12:50 Uhr und er will in die Mittagspause und wir sollen in einer Stunde noch mal vorbeikommen. In Moyale/Kenia verabschieden wir uns von Mister Ahmed und der ganzen Familie, von allen Leuten, die wir dort trafen, und machen uns dann auf den Weg. Fast müssen wir dann doch noch eine weitere Nacht in Moyale verbringen – das wäre Neville und Amos sehr entgegengekommen! An der Police Barrier will man uns nicht passieren lassen: Nach Marsabit ist die Passage nur morgens möglich, nachmittags sei es zu gefährlich. Auch hier wieder Überredung, Zigaretten, dann Weiterfahrt.

Wir nehmen uns Zeit, stoppen oft zum Fotografieren, bestaunen die karge Landschaft, die sich unmittelbar an das Grün der dicht bewachsenen Ausläufer des äthiopischen Hochlandes anschließt, die wir gestern und heute bewundern konnten. Es regnet. Wie schon gestern Nacht in Moyale. Von Moyale nach Addis fährt man, so haben wir uns von Said berichten lassen, durch fruchtbare Gebiete, in denen alles wächst und gedeiht, was man nur will. Es regnet dort fast täglich, die Landschaft muss sehr vielfältig und grün sein, kein Hinweis auf Savanne und Wüste. Die Äthiopier bezeichnen die Gegend von Moyale schon als Wüste, aus nordkenianischer Perspektive ist das allerdings bereits recht fruchtbare Gegend und auch wir sehen das so. In Torbi, einem kleinen, wirklich winzigen, vielleicht aus 15 Hütten bestehenden Ort, gibt es eine gute Kneipe direkt am Highway. Da essen wir in bester Stimmung Karanga na Chapati.

Als wir Gof Choba erreichen, ist es kurz vor Sonnenuntergang. An den Büschen und Sträuchern dort kann man schon grüne Blätter sehen – ein Zeichen dafür, dass es auch hier geregnet haben muss! Das ist viel zu früh! Wir eilen den Hügel hinauf und fotografierten den gewaltigen Krater, die vulkanische Umgebung und den Sonnenuntergang selbst. Jetzt habe ich von allen Gegenden rund um Marsabit

Fotos! Allerdings wird keine Fotos von Moyale/Äthiopien geben – wir durften keine Kameras mit über die Grenze nehmen! Ich war an diesem Wochenende zweimal in Äthiopien. Im Reisepass ist allerdings nur eine Einreise in Kenia vermerkt, und zwar mit dem Auto von Äthiopien aus, ohne dass ich allerdings laut Pass jemals in Äthiopien eingereist bin – ich war für einen Tag im Niemandsland! Ach ja, in Äthiopien hatten sie gerade Neujahr, die Straßen und Häuser waren noch in den Nationalfarben geschmückt. Unsere Hotelrechnung datiert vom 5. Januar 1983.

Die letzten Wochen in Marsabit sind mit viel Arbeit, aber auch vielen gemeinsamen Besuchen bei den kenianischen Kollegen und Freunden gefüllt. Wir zelebrieren die letzten Frühstücke in unserer Unterkunft ausgiebig mit Samosas, Fried Eggs, Toast, Honig, Ananas, und Maziwa Lala, einer Art Dickmilch, Kaffee und Milo. Und Musik! Es ist wirklich toll. An einem der letzten Sonntage sind wir bei Mister Gullit zum Essen eingeladen und es wird ein perfekter Sonntagnachmittag. Wir kommen gegen 14:30 Uhr an, nachdem wir noch kurz im Krankenhaus einen kleinen Jungen besucht haben, den die Toyota-Gruppe am letzten Interviewtag mit fortgeschrittener Malaria ins District Hospital gebracht hat.

Außer uns sind noch weitere Freunde und Verwandte der Familie Gullit eingeladen. Den Männern wird das Essen draußen vor dem Haus im Schatten serviert, die Frauen sitzen drinnen. Alle tragen ausgesprochen schicke Sonntagskleidung – und ich bin froh, dass ich meine helle Hose und ein sauberes Hemd angezogen habe! Martha, Mister Gullits Frau, trägt ein langes schwarzes Kleid und sieht wie immer traumhaft aus. Sie ist außergewöhnlich hübsch, vor allem, wenn sie lacht. Es gibt Pilau in Mengen, ebenso ganz vorzügliches Karanga, Innereien und eine Art Salat aus Tomaten, Zwiebeln, Pili-Pili, und Zitronensaft. Dazu Soda jeder Art – sogar Mineralwasser (Krest Club Soda). Als Nachtisch wird ein Fruchtsalat aus Bananen, Pawpaw, Ananas und Passionsfrucht gereicht – fantastisch! So viel habe ich lange nicht mehr auf einmal gegessen, was ich dann auch den ganzen weiteren Nachmittag und Abend im Magen spüre! Aber es ist nun mal so lecker und wir werden ja auch ständig aufgefordert, noch mehr zu nehmen… Anschließend wird der Brandy getrunken, den wir Mister Gullit aus Moyale/Äthiopien mitgebracht haben. Auch kühles Bier wurde besorgt. So kann man es gut aushalten an einem sonnigen Sonntag.

Julia und Susanne sind übrigens zu uns Männern nach draußen gekommen, da sich nach ihren Beobachtungen bei den Frauen drin nichts tut und sie auch nicht beim Spülen und sonstigen Verrichtungen helfen dürfen. So vergeht der Tag im Flug, gegen 18:00 Uhr verabschieden sich Julia und Susanne, nehmen einige der Frauen und Kinder mit und bringen sie zu ihren Häusern. Die Herren bleiben noch auf einige Bierchen. Wir verlagern uns ins Innere des Hauses, wo wir mit Mister Gullit und seinem Freund, einem Bediensteten des Krankenhauses, Miraa kauen. Spät am

Abend bringen wir den Freund von Mister Gullit in die Stadt und fahren ins KARI. Neville und Amos überreden mich zu einer Runde Mensch-ärgere-dich-nicht. Da ich selbst danach noch nicht müde bin, lese ich im Kenia Rough Guide und höre Musik bis es mir gelingt, einzuschlafen.

Mit der Arbeit kommen wir voran, doch es zeichnet sich ab, dass wir vor den Regenfällen nicht fertig werden. Wir überlegen, wie wir den Bericht in Nairobi gemeinsam zu Ende bringen können. Ziel ist es, ihn dem Landwirtschaftsministerium zu übergeben, bevor die ersten von uns – Susanne und Julia – zurück nach Deutschland fliegen. Ihre Flugdaten stehen von Anfang an fest, aber auf einmal kann sich Neville nicht mehr daran erinnern, dass wir geplant hatten, Anfang Oktober fertig zu sein, und dass es überhaupt ein Zeitlimit für unsere Arbeit gibt. Auf einmal ist er der Meinung, man müsse noch so viel arbeiten und schließlich hinge vom Arbeitsergebnis total viel ab. Er könne es sich nicht erlauben, dass die kenianischen Partner des GTZ-Projektes im Ministry of Agriculture und Ministry of Livestock Development von dem Bericht denken, er sei Bullshit. Das sagt uns ausgerechnet derjenige, der sich bisher kaum an der Arbeit beteiligt hat, der sich für alles andere als den Bericht interessiert, und der ständig einen Vorwand hat, nicht arbeiten zu können und so die ganze Gruppe am Vorankommen hindert. Und Bernhard gibt sich ganz entspannt – alles cool, kein Problem. Er hat noch nicht ein Wort für den Brief geschrieben, düst ständig in der Gegend herum. Er gefällt sich in der Rolle des Organisators und versucht, über die Zeit derjenigen von uns zu bestimmen, für die das Limit wichtig ist. Obwohl es für mich nicht so eng ist wie für Julia und Susanne, bringt mich diese Art auf die Palme. Zu Beginn der Arbeit haben wir alle über den Zeitplan abgestimmt und jeder hat ihn akzeptiert. Neville, Amos und Bernhard haben nach hinten raus ja noch genug Zeit. Sie verhalten sich völlig egoistisch und lassen in dieser Phase jeglichen Teamgeist vermissen.

Eigentlich sind ja alle Vor-Ort-Begehungen in den unterschiedlichen Gebieten abgeschlossen, doch hin und wieder fällt uns bei der Auswertung der Unterlagen auf, dass einzelne Informationen fehlen, also fahren, das heißt, meistens fährt Bernhard, der sich ohnehin nicht am Schreiben des Berichtes beteiligt, zu Nacherhebungen nach Songa oder Jirime. Eine Tour, die bereits am Anfang geplant wurde, die aber noch immer nicht stattfinden konnte, ist die in den Nationalpark und zum Lake Paradise. Man benötigt eine Erlaubnis und muss Eintrittsgebühren bezahlen. Die Erlaubnis bekommen wir in der allerletzten Woche in Marsabit. Und nicht nur das: wir können umsonst mit einem Fahrzeug des Government of Kenia dorthin fahren und müssen keinen Eintritt zahlen. Der Besuch im Nationalpark und die Fahrt zum Lake Paradise sind ein voller Erfolg. Gut, dass es so kurz vor dem Ablauf unserer Zeit hier noch geklappt hat. Wir sehen und fotografieren viele Elefanten. Zudem gibt es jede Menge Affen, Reiher und eine spektakuläre Landschaft um den fast kreisrunden, tiefblauen Kratersee! Auch die Marsabit Lodge ist einen Besuch wert: wirklich nobel. Eine Übernachtung kostet 1.800 Kenia-Schilling, aber die Tiere kommen tatsächlich direkt bis vor die Veranda. Wir diskutieren drinnen, vor dem Panoramafenster, hinter uns der brennende Kamin, mit Mister Gullit und Mister Muthuri über unser Thema – sehr interessant, und eine ganz spezielle Stimmung umgibt uns.

Zum Abschied organisieren wir ein Dinner im Marsabit Highway Hotel, zu dem wir sechs alle diejenigen einladen, die uns die ganze Zeit über freundlich gesonnen waren und uns tatkräftig unterstützt und geholfen haben. Das sind vor allem die Herren Gullit, Matheri, Ibrahim und andere Mitarbeiter der verschiedenen Distriktverwaltungen. Und auch unsere Dolmetscher, vor allem KK und Mohammed, sind eingeladen. Bernhard ist morgens nach Logologo gefahren, um zu sehen, ob er noch etwas für Isaak tun kann, bevor wir nach Nairobi aufbrechen. Er kommt gegen Mittag zurück, mit Isaak, seiner Frau und Kind sowie einer hochschwangeren Rendille-Frau, inklusive männlicher Begleitung: Alle wollen sie zum Hospital. Am Abend bringt Bernhard sie zurück nach Logologo und kommt deshalb erst nach dem Essen zu uns ins Highway Hotel. Irgendwie wird dieses Dinner für unsere Helfer nicht ganz der durchschlagende Erfolg, aber es sind fast alle gekommen, es wird gegessen und getrunken, anschließend gehen einige der Gäste mit uns zu Keffar's. Dort bleiben wir bis zum Schluss um Mitternacht.

Neville und Amos haben uns zu einem Abendessen in ihren Bungalow eingeladen. Es sind ziemlich viele Leute dort, vornehmlich aus dem christlichen Umfeld von Amos und seinem Freund: darunter äthiopische Flüchtlinge, ein Pfarrer – und zu unserer Überraschung hat Bernhard Sofia aus ihrer Boarding School abgeholt und mitgebracht. Nachdem ich mir einige Bibelstellen durchlesen musste und andere zitiert bekam (von Samuel aus Äthiopien), werden wir alle für unser Ertragen der Rezitationen und der schaurigen Musik mit einem tollen Essen entschädigt: Es gibt French Fries, Reis, Chapati, eine Art Karanga, gebratenes Fleisch, Tomaten und Zwiebeln, Sukuma Wiki und einen Bananen-Karotten Salat. Nach dem Essen wird gebetet, Samuel erzählt für alle die Geschichte seiner Bekehrung und ganz zum Schluss wird „Danke Jesus" in Kisuaheli, in Amharisch und in Englisch gesungen. Recht früh, noch vor 22:00 Uhr, verabschieden sich die Gäste. Wir bringen sie mit den zwei Autos nach Hause, beziehungsweise in die Stadt. Sofia legt Wert darauf, dass wir alle sie zusammen wegbringen. Im Auto wird klar, warum: Sie hat für jeden von uns ein Geschenk. Für mich hat sie aus Isiolo, wo sie letztens für einen Tag war, einen wunderschönen Armreif mitgebracht. Ich bin wirklich gerührt. Ich finde diesen Schmuck, den die Samburu und Rendille tragen, sowieso klasse und wollte gerne ein für mich passendes Teil davon haben. Und jetzt bekomme ich ein ganz besonderes Exemplar als Abschiedsgeschenk – das ist natürlich um Einiges besser, als ein gekauftes! Der Abschied ist schon etwas traurig, aber wir versprechen, einander zu schreiben. Wieder zu Hause trinken

Julia, Susanne und ich noch einen Brandy pur, dann gehe ich duschen und direkt ins Bett.

Wir werden Marsabit also morgen um 5:00 Uhr verlassen. Leider! Die letzten Tage sind richtig schön, sie führen uns allen nochmal vor Augen, wie gut es uns hier in Marsabit ergangen ist. Wie viele Leute wir hier kennenlernen durften, wie bequem es war, mit den Autos und in unserem Bungalow, wie sehr man sich an alles gewöhnt hat. Das abschließende Gespräch mit Mister Ibrahim ist wieder hochinteressant. Der Mann ist wirklich clever und nimmt kein Blatt vor dem Mund. Im KARI wasche ich nochmal sorgfältig meine Wäsche und lasse sie in der Sonne richtig trocknen, bevor ich alles im Rucksack verstaue. Am späten Nachmittag fahren Susanne und ich in die Stadt, um zu tanken, Luft aufzupumpen, Fotos zu machen, einzukaufen und noch mal im Al Banadir eine Injera zu essen. Und dabei treffen wir KK, unseren Gastgeber aus Ngurunit und viele unserer Freunde aus den Bars, Geschäften und und und. Am Abend bringe ich die leeren Bierflaschen aus unserer Unterkunft zurück – da ist eine Menge zusammengekommen … so viel, dass sie sich in der Mountain Bar außer Standes sehen, uns das Pfandgeld auszuzahlen. Nun gut, ich verzichte in dieser Situation gerne und lasse mich auf ein paar Abschiedsbiere einladen. Nun sitzen wir zum letzten Mal auf unserer gemütlichen Veranda, Bernhard belädt schon mal den Toyota, gleich werde ich noch ein paar Kleinigkeiten in den Land Rover werfen, dann duschen und schlafen gehen.

Zum Glück erwartet uns eine sicherlich interessante Tour: die Chalbi Desert, der Lake Turkana, das Riff Valley und so weiter. Auf diese Weise fällt der Abschied nicht ganz so schwer. Außerdem sage ich mir immer wieder, dass ich zurückkommen werde – entweder noch während dieses Keniaaufenthaltes, oder später, um Daten für meine Diplomarbeit zu sammeln.

Buch III

13 Turkana

Johan hat es weder während seines damaligen Aufenthalts in Ostafrika, noch später wieder geschafft, noch einmal Marsabit zu besuchen. Auch die Datensammlung für seine Diplomarbeit brachte ihn nicht mehr nach Kenia oder Afrika. Die Geschehnisse zum Ende des Jahres 1990 beeinflussten viele seiner Entscheidungen in einer Weise, die er nicht vorhersehen konnte.

Es gab durchaus Versuche, an die großartige Zeit in Marsabit anzuknüpfen, zumindest die Erinnerung wach zu halten und aufzufrischen. Doch auch im Rahmen einer gemeinsamen Reise mit Henrieke nach Kenia im Jahr 1995 hat er es nicht einrichten können oder wollen, hoch in den Norden nach Marsabit zu fahren. Geschockt und betroffen von den Veränderungen, die sie in den ersten Urlaubstagen an Nairobi feststellen mussten, hatten sie beschlossen, den Hauptteil ihrer Urlaubszeit nicht in Kenia, sondern in Uganda zu verbringen. Statt die bekannten und geliebten Orte aus den Aufenthalten fünf Jahre zuvor aufzusuchen, hatten sie sich entschieden, etwas Neues kennenzulernen. Wohl auch aus Angst, zu sehr enttäuscht zu werden, die großartigen Erinnerungen mit aktuelleren negativen Erfahrungen zu überschreiben. Nairobi war – so ihr Eindruck nach den ersten Erkundungstouren – steriler geworden, kaum noch Straßenhändler waren zu sehen, das Gewimmel und Gewühle auf den Straßen war einer Leere gewichen,

die den Blick darauf freilegte, wie wenig sich in den Erdge-
schossen der Gebäude verbarg. Es schien, als wären alle
Geheimnisse der Stadt gelüftet und sie zeige nun ihr un-
wirtliches Gesicht. Die Orte, die sie 1990 so gerne aufge-
sucht hatten, lagen nun fast ausnahmslos in No-go-areas.
Und diese Klassifizierung wirkte in ihren Köpfen und be-
einflusste ihre Wahrnehmung so, dass sie sich tatsächlich
nicht mehr wohlfühlten bei den neugierigen Rundgängen
durch die Gegend um die River Road, beim Besuch eines
Reggae-Konzerts und auf dem Rückweg nach einem abendlichen Restaurantbesuch.

Sie nahmen den Nachtbus von Nairobi nach Kampala
und verbrachten dort und in Jinja, an den Quellen des Nils,
einen Urlaub in neutralem, unbekanntem und nicht mit
wertvollen Erinnerungen verknüpftem Raum. Auf der
Rückfahrt nach Nairobi erreichte der Nachtbus noch vor
Morgengrauen die Busstation nahe der River Road. Dort
stiegen die Passagiere jedoch nicht aus, stattdessen wurden
die Türen des Busses von innen verbarrikadiert und alle
Insassen warteten schlafend oder dösend auf den Sonnenaufgang, auf die Heiligkeit und auf das Erwachen des all-
täglichen Lebens, bevor sie sich aus dem schützenden Inneren des Busses hinaus in die Straßen Nairobis wagten. Auf
dem Rückflug nach Deutschland, beim Blick aus dem Fenster des Flugzeugs auf den Norden Kenias, war sich Johan
sicher, dass es richtig war, nicht nach Marsabit gereist zu
sein und seine Erinnerungen beschützt zu haben.

Diese Erinnerungen führt er sich in einem abgedunkelten Zimmer im Jahr 2023 vor Augen. Er ist müde, die Augen brennen, im Raum viel verbrauchte Luft. Durch die helle, heiße Glühbirne des Diaprojektors wird sie erhitzt und durch den kleinen Ventilator zur Kühlung des Gerätes verwirbelt und verteilt. Der wilde Tanz der Staubpartikel wird regelmäßig im grellweiß aufleuchtenden Lichtkegel zwischen zwei Dias sichtbar. Und es liegt viel Staub in der Szenerie. Wann schaut man heute schon noch Dias? Sie müssen aus den Tiefen der Regale, wohin kein Staubsauger gelangt, hervorgekramt werden. Der Projektor muss ebenfalls erst sorgfältig entstaubt werden, bevor er eingeschaltet werden kann. Und sofort verströmt er den bekannten und vertrauten Geruch.

Klar, man musste auf jeden Fall Dias machen – nur so kommt die großartige, weite Landschaft zur Geltung. Und man musste Diafilme aus Deutschland mitnehmen, da es sie auf der Reise nicht überall – und definitiv nicht in Marsabit – zu kaufen gibt. Nach der Abreise aus Nairobi nach Marsabit stand somit für die Monate dort oben nur eine klar bestimmte Menge an Aufnahmen zur Verfügung. Jedes Foto musste wohlüberlegt sein, jeder geplanten Aktivität ein bestimmtes Kontingent an Fotos zugewiesen werden. Eine Kamera war nicht immer zur Hand, daher gibt es kaum spontane Schnappschüsse. Trotz allem sind dann doch mehr als 1.200 Dias zusammengekommen. Und es wurden davon beim Befüllen der Dia-Schienen kaum Aufnahmen aussortiert, obwohl nach heutigen (und wahrscheinlich auch damaligen) Maßstäben mehr als nur ein paar wenige von zweifelhafter Qualität waren. Auf der gesamten Reise hatte er die vollgeknipsten Filmrollen wie einen Schatz gehütet, auf dem Rückflug versucht, sie vor der Strahlung bei der Gepäckkontrolle zu schützen. Gleich nach der Rückkehr hatte er die Filme in ein Fotogeschäft gebracht und sie ein paar Tage später voller freudiger Anspannung vom Entwickeln abgeholt. Das hatte ein kleines Vermögen gekostet. In der Zwischenzeit hatte er zudem extra einen Diaprojektor kaufen müssen.

Die Kamera war ein sehr einfaches Modell, sie durfte nicht teuer sein, sollte aber möglichst robust den Herausforderungen durch Hitze, Staub und Erschütterungen der Reise widerstehen. Einen teuren Fotoapparat hätte er sich nicht leisten können und wenn, dann hätte er sich wahrscheinlich nicht getraut, diese mit nach Afrika zu nehmen. Erst Jahre später sollten er und seine Frau auf ihrer Hochzeitsfeier von den Freunden die erste teure Spiegelreflexkamera geschenkt bekommen, um für den nächsten Einsatz in Afrika gerüstet zu sein – und endlich bessere Dias machen zu können.

Eine Diaschiene nach der anderen schiebt Johan in den heißen Projektor. Dazu liegen zahlreiche Briefe aus jener Zeit auf dem Sofa neben ihm. Beim Durchlesen erkennt er, wie sehr sich in den Wochen des sich dem Ende entgegen bewegenden Jahres 1990 nach der Rückkehr aus Marsabit die Ereignisse in einer Art entwickelten, die er bei der Abreise so nicht eingeschätzt hatte. Was war ausschlaggebend gewesen für die Rückkehr nach Deutschland, für seinen Aufbruch aus dem Paradies? Aus seinen Aufzeichnungen wird deutlich: Er war glücklich dort in Kenia im Jahr 1990. Alles war so, wie er es sich erträumt hatte, und mit aufkommenden Schwierigkeiten kam er lässig zurecht. Glück und Liebe vereinten sich auf wundersamste Weise, um ihn Momente erleben zu lassen, die sich in Erinnerungen verwandelten, die zu jedem Zeitpunkt seines Lebens abrufbar sein sollten. Und sowohl beim Abschied aus Marsabit, als auch bei der Abreise aus Nairobi nach Deutschland stand für ihn fest, dass er ganz bald zurückkehren würde.

Ganz deutlich wird dies, als er die Kopie eines Briefes, den er kurz nach der Abreise aus Marsabit, in einer Stimmung überschwänglichen Glücks und voller Zuversicht, an seinen besten Freund Achim geschrieben hat. Es ist ein sehr langer Brief, was aber, so stellt er nach gut 33 Jahren fest, nicht so ungewöhnlich war, wie es aus heutiger Sicht erscheinen mag. In den Jahren seiner ersten langen Reisen nach Afrika, später dann auch nach Osteuropa, den Südkaukasus und Zentralasien, hat es immer einen engen Austausch mit der Familie und Freunden gegeben, im Zuge dessen er lange Briefe geschrieben, aber auch erhalten hat. Den Brief an Achim hat er – und das ist dann doch ungewöhnlich – im GTZ-Büro in Nairobi kopiert, da er es im Trubel der Tage und überraschenden, außergewöhnlichen Ereignisse nicht geschafft hatte, parallel sein Tagebuch zu führen. So liegt heute diese Kopie des Briefes inmitten der

Unterlagen aus der Projektarbeit in Marsabit und den anschließenden Reisen durch Ostafrika. Dieser Achim, das fällt ihm jetzt wieder ein, ist bei der nächtlichen Vorführung der über 1.000 Dias nach einer ausgiebigen Feier des Wiedersehens nach so langer Zeit ungefähr bei Bild 600 eingeschlafen. Lange erklärte sich der leicht gekränkte Johan das mit den vielen Bierchen, mit denen sie auf ihre persönliche Wiedervereinigung angestoßen hatten, und mit der Tatsache, dass sie bei der Diavorführung langgestreckt auf dem Bett in Henriekes Wohnung lagen. Heute schätzt er, dass auch die Langatmigkeit des Vortrags, die eher schlichte Qualität der Bilder und sein ausschweifendes Erzählen ein Grund gewesen sein können.

„Lieber Achim,

eigentlich wollte ich heute die Erlebnisse der letzten Tage für mein Tagebuch zusammenfassen, aber da habe ich gerade absolut keine Lust zu. Viel lieber schreibe ich an dich und berichte dir, was so vorgefallen ist – und das ist eine ganze Menge! Entschuldige bitte die Schrift und das zerknitterte Papier, aber ich liege gerade auf dem Boden eines billigen Hotels in Maralal, der Hauptstadt des Samburu Distrikts, und es fehlt mir einfach an einer geeigneten Unterlage.

Ich bin immer noch durcheinander von dem, was heute Morgen passiert ist… Aber der Reihe nach: Vorgestern war unser letzter Tag in Marsabit. Wie du dir vorstellen kannst, fällt einem der Abschied aus einem Städtchen, in dem man über drei Monate gelebt und in dem man viele Bekanntschaften geschlossen hat, recht schwer. Alle wären wir gerne noch länger geblieben, aber zum einen naht die Regenzeit und mit den ersten Regenfällen werden die Straßen hier im Norden Kenias unpassierbar. Zum anderen haben wir die Mitteilung aus der GTZ-Zentrale in Nairobi bekommen, dass wir früher als ursprünglich geplant wieder in Nairobi sein müssen, der zwei Mietwagen wegen. So fuhren wir dann gestern los, denn wir wollten den Rückweg durch einen kleinen Umweg über den Lake Turkana und durch das Rift Valley etwas interessanter gestalten...

Das erste Ziel war Loiyangalani am Lake Turkana. Wir brachen gleich nach Sonnenaufgang gegen 6:00 Uhr morgens in Marsabit auf, denn wir wollten gegen Mittag, wenn die Hitze am größten ist, die Chalbi Desert durchquert haben. Die Fahrt war wieder mal einmalig (letzte Woche haben wir eine ähnliche Tour gemacht, nach Äthiopien, inklusive illegaler Grenzüberschreitung!), zwar hart und unwahrscheinlich staubig (vor allem im Land Rover) aber dann, nach sechs Stunden Fahrt durch karge Landschaft und Wüste, tauchte auf einmal, wie aus dem Nichts, inmitten der ganzen Kargheit und Einöde, der Lake Turkana auf. Diesen Jade-See, das türkisfarbene Wasser umrahmt von der gelb-bräunlichen Erde zu sehen, war unbeschreiblich! Trotz der riesigen Wassermenge gibt es dort kein bisschen grüne Vegetation – auch nicht unmittelbar am Ufer! Nur Steine, Felsen und schroffe Berge – und mittendrin der gigantische See. Und ein stürmischer Wind. Vom Lake Turkana sagt man, er sei rauer als die Nordsee. Wir fuhren am Ufer entlang bis Loiyangalani, einer Oasenstadt, die sich um einige heiße Quellen herum gebildet hat. Es ist die einzige Stadt – eigentlich nicht mal ein Dorf! - am Ostufer des ehemaligen Rudolf-Sees und wir haben sie gerade noch eben so erreicht: mit einem Loch im Reifen des Land Rover, notdürftig geflicktem Gaszug und defektem Vergaser. Es ist eine Oase, wie man sie sich vorstellt, es wachsen nur zwei Baumarten hier: Dattelpalme und Kokospalme.

Es gibt eine Missionsstation und einen Airstrip, der das Dorf mit der Außenwelt verbindet. Zweimal die Woche werden von Nairobi aus Getränke, Benzin/Diesel, Gemüse, Obst etc. eingeflogen. Da die Oase auch touristisch genutzt wird, gibt es eine Oasis Lodge und ein El Molo Camp Site. Die Oasis Lodge gehört einem feisten Deutschen, der den ganzen Tag nur dumme Sprüche klopft, säuft und in seinem Nobelschuppen den Kolonialherren spielt. Vor ihm sind wir bereits gewarnt worden, also gingen wir zum El Molo Camp Site. El Molo ist der Name des Volkes, das hier ursprünglich lebt. Sie waren und sind auch heute noch das zahlenmäßig kleinste Volk hier in der Region (ich glaube sogar, in Kenia oder Ostafrika).

Der Campingplatz war traumhaft: auf einem Hügel unter Palmen gelegen, mit Swimmingpool, Bar – und absolut netten Angestellten. Mit ihnen haben wir die halbe Nacht Mensch-ärgere-dich-nicht gespielt, das ist der absolute Hit hier: Alle, denen wir es erklären, wollen nicht mehr aufhören zu spielen! Am Nachmittag waren wir im See schwimmen. Traumhaft! Vor allem, wenn man – wie wir – in den letzten Wochen nur selten Zugang zu Bademöglichkeiten und fließendem Wasser hatte. Der Wind ist so heiß, dass man schon nach einer Minute, nachdem man aus dem Wasser gestiegen ist, wieder richtig trocken ist – ungelogen! Wir kauften von ein paar El Molo Fische, die wir uns zum Abendessen zubereiten ließen – das war große Klasse, das erste Essen ohne Fleisch seit mehr zwei Monaten! Später erfuhren wir, dass vor drei Wochen an der Stelle, wo wir geschwommen sind, eine erfahrene Einheimische von Krokodilen gefressen worden war. Und dass man uns, hätten wir gefragt, niemals hätte dort schwimmen lassen! Auf den Schreck tranken wir erst mal einige Bierchen in der Bar – so eine könnte auch in Spanien stehen, nur die Aussicht ist wohl nirgendwo auf der Welt noch mal so zu finden!

Das Klima hat etwas für sich: Man muss trotz starken Bierkonsums nicht auf die Toilette, man schwitzt einfach alles aus! Heute Morgen hatten wir noch ein tolles Frühstück, dann packten wir zwei Engländer ein, die uns um einen Lift gebeten hatten, und los ging es Richtung Maralal. Dazu mussten wir wieder durch die heiße, einsame Wüste über Pisten, die uns zwischen Flächen mit Lavagestein herumführen, manchmal liegen solche scharfkantigen Lavabrocken auch auf der „Fahrbahn". Wir mussten uns mit einem notdürftig hergerichteten Vergaser, einem mit einer Büroklammer zusammengeflickten Gaszug (beides an meinem Land Rover) und mit mehrfach geflickten Ersatzreifen, von denen auch nur noch einer richtig Luft hält, auf den Weg machen. Dann, nach circa zwei Stunden, die nächste Panne: wieder ein „Platten", wie wir in Westfalen sagen. Mitten im Nirgendwo, in der Hitze. Also stehenbleiben, alle Klamotten ausladen, einen der besseren Reservereifen hervorholen und so weiter.

Da normalerweise auf diesen Pisten kaum jemand entlang kommt – gestern war uns in sechs Stunden Fahrt nur ein einziges Auto begegnet – sind wir natürlich mitten auf der „Fahrbahn" geblieben, um den Reifen zu wechseln. Aber natürlich sahen wir, gerade als der Wagen aufgebockt war, eine Staubwolke hinter dem nächsten Hügel auftauchen. Da näherte sich ein Fahrzeug. Da auf diesen langen Strecken die Fahrer von Bussen und Lastwagen oft unaufmerksam sind oder gar am Steuerrad dösen, lief ich dem heranrauschenden Bus, mit beiden Armen winkend, entgegen, um den Fahrer auf uns aufmerksam zu machen. Der sah mich auch, blinkte kurz auf und kam circa zehn Meter vor mir zu stehen. Da er mir etwas auf Kisuaheli zurief, ging ich auf das Fahrerhaus des Busses zu.

Ich bin gerade noch zwei Meter entfernt, da höre ich ein lautes „Das gibt's doch gar nicht!" und „Das darf doch nicht wahr sein!". Ich schaue auf den hinteren Teil des Busses und sehe Henriekes Wuschelkopf aus einem Fenster ragen und sie selbst wie wild winken! Zunächst habe ich gar nichts verstanden, bin nur auf sie zugegangen, habe

„Hallo" gesagt und dann auch schon Ilka, die ich gleich neben ihr erkennen konnte, die Hand gegeben. Die Leute aus meiner Gruppe müssen ganz schön gestaunt haben: Sie sehen mich auf einen Bus zugehen, jemandem die Hand geben und im nächsten Augenblick jemand anderen in meine Arme fliegen! Ich weiß nicht, wie Henrieke so schnell aus dem Bus kommen konnte! Erst als ich sie fest umschlossen halte, sie rieche, begreife ich die Situation. Aber erst nach einigen weiteren Augenblicken (im wahrsten Sinne des Wortes) konnte ich dann auch mal etwas sagen. Seit mehr als drei Monaten hatte ich meinen Schatz nicht mehr gesehen und in den letzten vier Wochen auch keinen Brief mehr von ihr erhalten, da die Post einfach nicht nach Marsabit überkam. Und nun stand sie so unerwartet plötzlich direkt vor mir, lag sogar in meinen Armen, und wir hatten nur wenig Zeit zur Verfügung. Ich weiß gar nicht, was wir alles gesagt haben, ich habe mich wahrscheinlich zu sehr darauf konzentriert, sie zu spüren und anzuschauen. Ach ja, ich hab sie den anderen vorgestellt. Währenddessen hatte sich der Bus seinen Weg durch das Geröll neben der Piste gebahnt und zeigte durch Hupen an, dass er nun weiterfahren wolle. Henrieke sagte mir nur, dass sie am Mittwoch für einen Tag und eine Nacht in Nairobi sei. Dann bin ich auch dort, sodass wir uns dort treffen können – noch vor unserem „offiziellen", in den Briefen verabredeten Treffen am 10. Oktober! Nun blieb mir gerade noch Zeit, mich schnell von Henrieke (und Ilka) zu verabschieden, die beiden rannten zum Bus und dann konnte ich nur noch eine Staubwolke und um mich herum ungläubig schauende Gesichter sehen.

Den Rest der Fahrt nach Maralal (zum Glück mit nur noch zwei Pannen, aber keinem Platten mehr) war ich völlig durcheinander und bin es immer noch.

So, letzte Nacht konnte ich wirklich nicht mehr weiterschreiben. Ich war einfach zu müde. Heute Morgen sind wir erst einmal frühstücken gewesen, haben unsere Reifen reparieren lassen, waren einkaufen und sind dann gegen Mittag losgefahren in Richtung Marigat. Die Fahrt brauchte man eigentlich nicht besonders zu beschreiben, wenn uns nicht ein Elefantenbulle angegriffen hätte, der plötzlich aus dem Busch auftauchte und auf unsere Wagen zustürmte. Hinter ihm befand sich eine komplette Herde mit einigen jungen Elefanten – ein sicheres Zeichen dafür, dass der Angriff ernst gemeint ist. Das konnten wir auch aus den Reaktionen unserer afrikanischen Mitfahrer erkennen. Um es kurz zu machen: Es gelang uns, zu wenden und erstmal aus der Gefahrenzone zu kommen. Allerdings mussten wir ja irgendwann dann doch mal die Straße passieren, eine Alternative dazu gab's nicht. Nach einer Weile, die Herde stand nicht mehr unmittelbar auf der Straße, wagten wir den Durchbruch. Er schlug fehl, da der Land Rover genau in dem Moment liegen blieb, als wir circa zehn Meter von den Elefanten entfernt waren! Die Benzinleitung war beim schnellen Wendemanöver gerissen (mit dem riesigen Wendekreis des Siebensitzers musste ich beim Wenden in das

Gestrüpp neben der Fahrbahn ausweichen, dabei muss es passiert sein)! So mussten wir also inmitten der Herde mit den Jungtieren den Wagen reparieren – das gab genug Adrenalin für den Rest der Zeit frei! Auf der weiteren Strecke zum Lake Baringo hatten wir nur noch eine unproblematische Panne, dann erreichten wir zunächst Marigat, und danach – schon in der Dunkelheit – Kabarnet, wo einer unserer kenianischen Freunde (Amos) einen Bekannten hat. Die Stadt ist interessant anzusehen: modern, sauber, relativ wohlhabend. Einer der Gründe dafür ist, dass der Präsident aus dieser Gegend stammt und sein Volk, die Kalejin, einige Vorteile aus seiner Präsidentschaft zieht.

Achim, der letzte Teil des Briefes! Ich bin wieder in Nairobi, nach einer elendigen Fahrt von Kabarnet – sechs Pannen! Aber der Empfang hier war toll. Im GTZ-Office waren sechs Briefe für mich! Tossi hat mir eine Sammlung aller Spielberichte der BVB-Spiele in dieser Saison geschickt – und noch einen zweiten Brief! Appes hat einen langen Brief geschrieben, sehr persönlich. Seine Mutter ist schwer krank... Dann war da noch ein Brief von Elias – alles okay, er erwartet mich und Henrieke in Harare! Die anderen Briefe waren von meinen Eltern. Gelesen habe ich sie alle im Hurlingham Hotel, einem alten Hotel aus der Kolonialzeit, von einem alten Briten geführt, mit schweren Möbeln, großen Bäumen, großzügigen Grünanlagen und Zimmern wie in Out Of Africa. Wir sind hier eingezogen, weil das Hotel in der Nähe des GTZ-Büros liegt, wo wir in den nächsten Wochen noch an unserem Bericht arbeiten werden. Aus den Briefen habe ich erfahren, dass du auf unbestimmte Zeit ab nach Amerika bist! Congratulations, es hat also geklappt! Arme Sabine (wie Appes treffend bemerkt!). Weiterhin weiß ich nun, dass Philipp und Simone auseinander sind, ebenso Klausi und Dorothee... Ach, Achim, ich bin zur Zeit rundherum zufrieden! Es geht mir hier in Kenia so unwahrscheinlich gut, ich lebe so frei, was meine Kreativität richtig beflügelt.

Die Arbeit geht gut von der Hand, ich mache Fortschritte in Englisch (das war mal wieder nötig!) und Kisuaheli, habe viele Pläne für die Zukunft im Kopf... Und dann merke ich, dass ich viele gute Freunde zu Hause habe, und dass diese Freundschaften die längeren Trennungen überdauern, dass es eigentlich gar keine Trennungen gibt! Ich hoffe, du freust dich über diesen Brief auch nur annähernd so, wie ich mich über die Briefe heute gefreut habe – die ersten Nachrichten aus Deutschland seit mehr als acht Wochen! Diesen Brief an dich werde ich mir kopieren und in meine Aufzeichnungen legen – nur, damit du's weißt! In den letzten Tagen war er für mich wie ein Tagebuch. Nur dass ich normalerweise versuche, auch die verschiedenen Landschaften, Vegetationen, Dörfer, Städte, Menschen etc. zu beschreiben. Ich mache einige Fotos, aber der große Fotograf bin ich nicht. Es ist unwahrscheinlich schwer, in Afrika zu fotografieren. Die meisten Leute wollen nicht geknipst werden, mit einem Fotoapparat in der Hand bekommt man kaum einen Zugang zu den Leuten. Und die unendliche Weite Afrikas und die ständige Variation der

Landschaftsformen kann man eh nicht zweidimensional dokumentieren!

So, ich komme langsam zum Schluss, denn hinter mir in unserem circa 30 Quadratmeter großen Zimmer schläft Bernhard schon in seinem viktorianischen Bett. Und ich bin auch sehr müde, die Reise war wirklich hart heute (mit einer Äquatorüberquerung um exakt 12:00 Uhr mittags!). Und das Bier, dass ich gerade noch draußen getrunken habe, tut sein Übriges. Morgen früh werde ich zum CDG-Büro gehen, wo noch weitere Briefe auf mich warten (unter anderem die von Henrieke!).

Es ist schön, wieder für eine Zeit „in der Zivilisation" zu sein, doch ich spüre schon jetzt, wie sehr mir das Leben in Marsabit fehlen wird. Aber Nairobi bietet mir nun die Möglichkeit, diese andere Seite von Afrika weiter kennenzulernen und meine Vorstellungen und schon gemachten Erfahrungen von beziehungsweise in Afrika zu ergänzen. Ich mag die Stadt schon jetzt, sie ist faszinierend, einmalig – und mithilfe unserer afrikanischen Freunde werde ich sie in den kommenden Wochen sehr gut erkunden können, inklusive des Nachtlebens!

Danach geht's wieder in die Wüste, in den Busch, in die Wälder, an die Küste – wohin auch immer! Ich glaube, ich habe die Art zu leben gefunden, die ich ein ganzes Leben lang durchhalten könnte – solange ich nicht gezwungen werde, sämtliche Kontakte zu meinen Eltern und zu meinen

Freunden abzubrechen. Mit dem Schluss machen wird es jetzt doch nichts – ich hoffe, du langweilst dich beim Lesen dieser Zeilen nicht zu Tode. Aber ich kann den Brief nicht beenden, ohne dir zu sagen, wie sehr ich an meiner Freundschaft zu dir hänge. Sie bedeutet mir wirklich viel – eigenartig, wenn man bedenkt, wie selten wir uns eigentlich sehen. Und in Zukunft wird es wohl nicht anders werden, dennoch hoffe ich, und bin mir für meinen Teil dessen ganz sicher, dass wir unsere Freundschaft als etwas Besonderes ansehen können. In den Briefen, die ich heute Abend gelesen habe, waren auch die Berichte über das diesjährige Schützenfest. Muss eine tolle Sache gewesen sein, ebenso wie Mackes Party. Vanni, Thomas, Frank, Tossi und Macke waren in Spanien – sowas muss ich auch noch mal mitmachen! Tossi hat mir eine ausführliche Berichterstattung angekündigt! Er hat mir ja übrigens vor meiner Abreise ein kleines grünes Krokodil geschenkt, das er zu einem Anstecker verarbeitet hat und welches mich beschützen und an die Schutzwürdigkeit dieser Tiere erinnern soll. Beschützt hat es mich ja tatsächlich (siehe oben) und die Schutzwürdigkeit ist mir immer vor Augen – ich habe noch kein einziges Krokodil erwürgt, obwohl sie beim Baden doch sehr stören!

Jetzt weiß ich gar nicht mehr, was ich noch schreiben soll. Mir fällt zwar einiges ein, aber das wäre alles viel zu sentimental. Du weißt ja, wenn ich absolut glücklich bin, werde ich melancholisch. Ich glaube, ich brauche noch ein paar Bierchen (ich werde hier endgültig zum Alkoholiker!).

Und ich werde gleich mal kurz in eine gemütliche Bar gehen. Lieber Achim, wie du aus diesen Zeiten sicherlich herauslesen kannst, geht es mir besser als circa 99/100 der Weltbevölkerung. Ich hoffe, du bist auch unter uns! Übrigens: Amerika ist hier total verhasst. In Äthiopien bin ich einer Schlägerei im letzten Moment dadurch entkommen, dass ich auf Kisuaheli gerufen habe ich sei in Deutscher und kein Amerikaner! Ich wünsche dir, dass du ohne emotionalen Druck das Praktikum machen und danach die USA bereisen kannst, dass deine Beziehung zu Sabine besser hält als die zu Steffi, und dass du wieder unbeschadet zurückkommst.

Pass auf dich auf und nimm nicht so viel Amerikanisches an! Obwohl ich mir bewusst bin, dass wir uns wahrscheinlich erst im nächsten Jahr wiedersehen werden, freue ich mich jetzt schon drauf. Lass mal was von dir hören oder lesen!

Kwaheri, ich weiß nicht bis wann,
dein Freund (rafiki yako), Johan"

14 Sansibar

In Nairobi lebe ich mich schnell wieder ein. In die euphorische Phase nach der Rückkehr aus Marsabit fallen zum einen das Treffen mit Henrieke, zum anderen die Feier der deutschen Wiedervereinigung. An dem Wochenende, an dem Henrieke mit Ilka in Mombasa ist, laufe ich ganz allein durch Nairobi – stundenlang – und erschließe mir die Stadt auf diese Weise. Von Ost nach West und von Nord nach Süd. Nairobi gefällt mir zunehmend besser!

In der Zeit nach dem dritten Oktober arbeite ich zusammen mit der Marsabit Gruppe intensiv am Bericht. Die Arbeit macht trotz des Stresses Spaß und ich fahre gerne morgens zum GTZ-Büro und bleibe dann dort bis abends. Wir können – wenn es irgendwie geht – die Computer benutzen und haben uns ansonsten in der Bibliothek eingenistet. Mittags gehe ich meist ins YaYa Center zum Essen und Schauen. Jetzt, da ich in der Innenstadt wohne, muss ich mit dem Matatu zur Arbeit pendeln – eine nette Erfahrung, zu erleben, wie das so ist. Obwohl ich es dabei deutlich leichter habe als der normale Werktätige im Großraum Nairobi: Ich fahre morgens von der Innenstadt in einen Außenbezirk und abends entgegengesetzt. Die gigantischen Pendlerströme gehen jeweils in die andere Richtung.

Da Nevilles Mutter gestorben ist, kann er zurzeit nicht mit uns arbeiten. Amos ist meistens anwesend, aber die Zusammenarbeit mit ihm ist mühselig. In der Diskussion um die bereits geschriebenen Textentwürfe hängt er ständig hinterher. Er hat die Texte meist nur überflogen und das, was er als inhaltlichen Beitrag einbringt, bedarf einer gründlichen Überarbeitung. Manch Arbeitstag dauert von neun bis 19:00 Uhr. Wir diskutieren, wann immer möglich mit Professor Reinhardt, haben verschiedene Geschäftsessen, arbeiten an der Fertigstellung der ersten Kapitel, diskutierten und überlegen, was noch alles zu tun ist. Es wird schnell deutlich, dass wir mehr Zeit benötigen als gedacht.

Nach Feierabend und an den Wochenenden nehme ich mir viel vor, um gemeinsam mit Henrieke die Stadt zu erkunden. Dazu finden wir uns in unterschiedlichen Gruppen zusammen. Mittlerweile ist auch Dirk, der Freund von Julia, zu uns gestoßen. Wir gehen in die Theater, Museen und Restaurants der Stadt. Manchmal verbringen wir auch die Feierabende im Hurlingham, wo Bernhard immer noch wohnt, mit Reden und Trinken. Das sind immer sehr gesellige Abende, unsere Gruppe ist stark angewachsen, da inzwischen so ziemlich alle ASA-ten, die in Projekten in Kenia arbeiten, aus ihren Feldphasen zurück sind und in Nairobi mit ihren Berichten beschäftigt sind oder auf die Rückflüge warten. Am Ende solcher Abende kann Bernhard uns dann in einem nagelneuen Toyota Pick-up nach Hause fahren – Jörg hat ihn uns zur Verfügung gestellt, solange er ihn nicht braucht.

An Ilkas letztem Abend in Kenia gehen wir ins äthiopische Restaurant DAAS, wo ich recht häufig esse. Auch einige unserer „Geschäftsessen" halten wir dort ab, aber Ilka und Henrieke kennen dieses Lokal noch nicht und haben auch noch nie äthiopisch gegessen. Es ist wirklich gut dort! An dem Abend sind wir eine echt große Gruppe. Wir haben unter anderem Cuthbert dazu geladen, einen sympathischen Typ aus Simbabwe, bei dem Henrieke und Ilka zu Beginn ihres Aufenthaltes gewohnt haben. Was für eine Überraschung, als wir herausfinden, dass er unseren Freund Elias aus Sprachschulzeiten in Mannheim kennt. Wir warten vergebens auf Frank und seinen Bekannten Ernst. Erst als wir fast fertig mit dem Essen sind, kommt Ernst herein und erzählt uns, er und Frank seien im Park auf dem Weg zum Restaurant überfallen worden: Geld, Uhren, Papiere, und sogar Schuhe, alles weg! Zum Glück ist ihnen selber nichts passiert! Nun hat Ernst keine Papiere und kein Flugticket mehr – und muss morgen nach Deutschland zurück! Ich kann ihm 1.000 Schilling leihen, Bernhard fährt ihn zu einem Botschaftsangestellten, den Ernst kennt. Frank ist ins YMCA zurückgekehrt und wollte dann nicht mehr zu uns kommen. Cuthbert bringt Ilka, Henrieke und mich ins Iqbal.

Diese Tage in Nairobi werden nicht zur Routine. An den Werktagen arbeiten wir von morgens bis abends in der GTZ an unserem Bericht, wobei es manchmal durchaus stressig wird. Aber sie sind abwechslungsreich, spannend und ich genieße sie, obwohl ich mich gleichzeitig tierisch auf die Zeit mit Henrieke an der Küste, insbesondere auf Sansibar, freue. Und ich hoffe, es auch zum Kilimanjaro – und vielleicht sogar dort hinauf – zu schaffen. Ob es mit Simbabwe klappt, liegt einzig und allein an den Finanzen. Wir werden uns in den nächsten Tagen entscheiden.

Eines Abends sind wir bei Frau Grimm zu einem üppigen Abendessen eingeladen. Es ist ganz vorzüglich, das Essen an sich und auch die Stimmung unter den Anwesenden. Neben Bernhard, Frank, Henrieke und Susanne sind auch einige Entwicklungshelfer unter den Gästen. Julia und Dirk sind nicht dabei, sie sind bereits an die Küste gefahren. Zwischendurch kommen immer wieder Anrufe von Mitarbeitenden der Botschaft und der GTZ, um uns über die Lage in Ruanda zu informieren. Spät in der Nacht dann die Information, dass 400 Deutsche aus Ruanda evakuiert werden müssen. Sie sollen in Nairobi in der deutschen Botschaft, der deutschen Schule, bei der GTZ sowie privat untergebracht werden. Der nächste Anruf ist mit der Frage verbunden, ob wir über Autos und Fahrer verfügen, um die die Evakuierten vom Flughafen zur deutschen Schule zu fahren. Bernhard und ich fahren sofort los.

Viel gemeinsame Zeit mit Henrieke habe ich in dieser Zeit nicht, aber wir trösten uns mit der Aussicht auf den anstehenden Urlaub. Die Marsabit-Gruppe arbeitet an den letzten Tagen sogar noch länger als üblich, bis in die Nacht. Am allerletzten Tag fliegt Bernhard für Jörg nach Mombasa und holt dort ein Auto ab. Ich bin große Teil des Nachmittags damit beschäftigt, Frank zum YMCA, zum Einkaufen und in die Chalbi Drive zu fahren, wo er immer noch wohnt. Zudem hole ich Jens aus dem Krankenhaus ab und bringe ihn zu seinem Gästehaus. Dazu kann ich neuen Toyota von Jörg benutzen. Erst am Abend sind wir alle für den Endspurt zusammen. So arbeiten wir bis 6:00 Uhr morgens im GTZ-Büro, dann ist die erste vorläufige Version des Berichts aus dem Drucker – unter tatkräftiger Unterstützung von Frank. Bernhard fährt uns alle in die verschiedenen Unterkünfte. Ich fühle mich trotz der Übernächtigung großartig, als ich im ersten Sonnenlicht vor dem Iqbal aus dem Wagen steige und mich von Bernhard und Amos verabschiede – mit der Gewissheit, sie zumindest einige Zeit nicht mehr zu sehen.

Wir haben jetzt eine wirklich lange Zeit eng aufeinander gehockt. Ich spüre die Erleichterung in Kopf und Herz, genieße es, heiß zu duschen, mich zu Henrieke ins Bett zu legen und noch etwas zu schlafen. Am späten Vormittag frühstücken wir beiden in aller Ruhe und können kaum fassen, dass es mit unserer gemeinsamen Reise nun losgehen kann, dass wir jetzt nicht mehr nur planen, sondern uns sofort auf den Weg machen können. Wir spazieren durch Nairobi, bestaunen den Rundblick von der Besucherplattform auf dem Kenyatta International Conference Centre und treffen uns schließlich gegen 15:00 Uhr mit Susanne im Iqbal, um zusammen zum Bahnhof zu laufen. Henrieke hatte für uns alle die Tickets für den 17:00 Uhr Zug von Nairobi nach Mombasa gebucht. Es ist ein neues, angenehm entspanntes und doch aufregendes Gefühl, jetzt endlich mit Henrieke ohne irgendwelche Verpflichtungen reisen zu können. Ich freue mich riesig auf die Eisenbahnfahrt und auf Mombasa. Und ich werde nicht enttäuscht. Die Fahrt in dem komfortablen Zug mit den Vier-Bett-Abteilen in der zweiten Klasse ist genial: zunächst zwei Stunden durch den Nairobi Nationalpark in die Abenddämmerung hinein, dann durch die afrikanische Landschaft in Dunkelheit. Ich schaue aus dem Fenster, bis ich in der mondlosen Nacht nichts mehr sehen kann. Erst die Gewissheit, keine unvergleichliche Aussicht, keinen spektakulären Blick zu verpassen, lässt mich die ganze Nacht hindurch tief und fest schlafen. Henrieke und Susanne machen das Gleiche zwei Abteile weiter – bei der Belegung der Liegewagen wird nach Geschlechtern unterschieden.

In Mombasa steigen Henrieke und ich im Cosi Guest House ab: billig, ohne spezielle Atmosphäre, aber okay. Nichts Besonderes. Aber die Stadt gefällt uns auf Anhieb. Nach einer Dusche und einem Frühstück lasse ich mir in einem der vielen kleinen Friseurläden einen wirklich guten Schnitt verpassen. Dann wird Mombasa in aller Ruhe besichtigt. Zum Glück entdecken wir gleich zu Beginn die Rooftop Bar des Splendid Hotels – anders als der Name vermuten lässt, handelt es sich nicht um eine prächtige, aufgemotzte In-Location, sondern eher um eine vergessene Bar auf dem Dach eines Hotels, über das die Jahre hinweggezogen sind, deren ursprüngliche Idee aber noch zu erkennen ist und die etwas Charme für den zweiten Blick über die Zeit gerettet hat. Ein perfekter Ort für ein kühles Bier und einen Snack. In den nächsten zwei Tagen besuchen wir Fort Jesus, laufen am Strand entlang und fahren zum Schwimmen mit dem Bus zum Diani Beach raus. Täglich durchkreuzen wir die Altstadt und mindestens einmal die Bar auf dem Dach des Splendid. Wir statten uns in der Biashara Street mit Kikois für die kommenden Tage in Sansibar aus. Am letzten Abend essen wir bei dem berühmten Araber in der Altstadt dessen in den Reiseführern gerühmten Swahili Dishes. Ich nehme mir vor, in meiner Zeit hier in Kenia nach Henriekes Rückkehr nach Deutschland unbedingt noch einmal nach Mombasa zu kommen.

An einem Sonntag geht es dann mit dem Bus zum Mombasa International Airport – ein richtig angenehmer, winziger, offener Flughafen. Von dort aus fliegen wir mit Kenia Airways nach Sansibar. Der Flug ist nur 45 Minuten kurz, bietet aber einzigartige Blicke aus der Vogelperspektive auf den kenianisch-tansanianischen Küstenstreifen. Die Zollabfertigungen bei Ausreise aus Kenia und Einreise nach Sansibar sind relativ unproblematisch. Als wir nach kurzer Fahrt aus dem Taxi steigen, das uns vom Flughafen in die Nähe des Flamingo Guest House gebracht hatte (Tipp von Frau Grimm), liegt auch schon die fantastische Altstadt von Sansibar Stadt vor uns. Im Flamingo Gästehaus treffen wir die beiden Engländer, die wir von Loiyangalani mit nach Nakuru genommen hatten. Beide haben Malaria, es geht ihnen alles andere als gut. Zudem läuft uns dort Gaby über den Weg, eine ASA-Stipendiatin, die ich aus der Vorbereitung in Deutschland kenne und auch schon in Nairobi getroffen habe. Sie arbeitet in einem Projekt in Tansania und kann uns viele Anregungen und Tipps geben. Den Nachmittag und Abend verbringen wir mit der Erkundung von Stone Town.

Es ist unglaublich, dass trotz des (zumindest in meinen Ohren) wohlklingenden und lockenden Namens und der einmaligen Schönheit der Stadt und der Insel Sansibar der Tourismus kaum entwickelt scheint. Die Optionen für Übernachtungen im Zentrum oder in Nähe der Altstadt sind sehr überschaubar, Aufenthalte im Inneren der Insel oder an der Küste muss man sich selbst organisieren, wenn es Ressorts gibt, so bekommt man davon nichts mit. Am nächsten Tag befassen wir uns mit der Organisation unseres Ausflugs an die Ostküste Sansibars, wo wir an den dort wirklich unberührten Stränden ein paar Tage verbringen wollen. Dabei lernen wir Bernd und Thorsten kennen und beschließen, gemeinsam mit den beiden nach Transport und Unterkunft zu suchen. Schnell bekommen wir heraus, dass man sich am besten über einen Mittelsmann in einer Hütte in einem der Dörfer einmietet, und sich dann mit einem Taxi dorthin bringen und wieder abholen lässt. Thorsten hat von irgendwo her Empfehlungen für einen besonders paradiesischen Strand und für eine Hütte, die man dort mieten kann. Zum Glück! Zwar haben auch wir eine Liste mit ausführlichen Informationen und Hinweisen für Sansibar bekommen: Die ASA-ten, die hier ein Projekt hatten, haben sie uns nach Nairobi geschickt. Leider habe ich jedoch meine Kopie davon im GTZ-Haus vergessen. Also verlassen wir uns auf Thorstens Tipps und entscheiden uns, mit den beiden ein Taxi nach Bwejuu zu nehmen und dort ein paar Tage zu viert in einem einfachen, gemauerten Bungalow am Rand des Dorfes direkt am Strand zu verbringen.

Besser hätten wir es nicht treffen können. Zumal Bernd und Thorsten mehr als nett sind. Wir kommen gut miteinander aus. Vor allem Bernd verbreitet ständig gute Laune und es ist immer witzig mit ihm. Bwejuu erweist sich wirklich als absolut traumhaft. Wie wir später der vergessenen Liste entnehmen können, ist dieser Flecken nach Einschätzung aller, die Sansibar bereist haben, einer der schönsten an der gesamten Ostküste Sansibars. Wir sind begeistert vom weißen Sandstrand, den Palmen und dem in unterschiedlichsten Türkistönen schimmernden, fast 30 Grad warmen Meer. Es geht immer ein etwas kühlender Wind. Unsere Versorgung wird durch die Dorfbewohner gesichert. Sie scheinen durchaus Erfahrung mit Touristen zu haben, sie wissen, was sie anbieten und gut verkaufen können (Lobster!) – und die Kinder verlangen nach den üblichen „Jambo, Jambo" Rufen routiniert und unmissverständlich Money, Penny, Watch oder Ähnliches. Aber die geniale Verpflegung lässt uns locker darüber hinwegsehen: Hummer, Krabben, Fisch, Coconut Rice, Salat und verschiedene Kleinigkeiten werden uns ins Haus gebracht werden. Wir brauchen dann nur noch zu essen – draußen auf der Terrasse natürlich. Sogar abgewaschen wird für uns und einen Askari (Mister T!) haben wir auch!

Was die Ostküste von Sansibar so einzigartig macht, ist unter anderem, dass hier kaum Touristen sind und es keine touristischen Einrichtungen gibt, abgesehen von kleinen Hütten, die privat vermietet werden, und zwei Gästehäusern. In Mombasa beziehungsweise Diani Beach ist der Strand zwar auch sagenhaft, aber es sind dort fast ausschließlich weiße Touristen. Allerdings muss man hier damit leben, dass sich das geballte Interesse der gesamten Dorfbevölkerung auf die wenigen Besucher konzentriert und man sich von ihr bedienen lassen muss. Man hat keine andere Wahl, es gibt keine Läden, in denen man einkaufen könnte. Wir lassen uns von einem Fischer in seinem Boot zum Riff rausfahren und schnorcheln dort ausgiebig. Die meiste Zeit verbringen wir einfach auf der Terrasse, wenn wir nicht gerade im warmen Wasser herumdümpeln, bei Flut etwas schwimmen oder schnorcheln. Ich sehe aus Meer, höre den Wind durch die Palmen rauschen und bin mehr als zufrieden.

Die Rückfahrt von Bwejuu gestaltet sich schwieriger als erwartet. Denn obwohl wir mit Mister Ali, unserem Mittelsmann bei der Buchung der Unterkunft und des Taxis, ausgemacht hatten, dass er uns am Freitag gegen 14:00 Uhr abholt (für 8.000 Tansania-Schilling) und wir zu seiner Sicherheit ein Deposit von 2.000 Tansania-Schilling hinterlegt haben, taucht der Kerl nicht auf. Es kommt an diesem Tag zwar ein anderes Taxi, darin sind aber nur noch zwei Plätze frei. Diese beiden Sitzplätze nehmen Thorsten und Bernd, da es für sie wichtiger ist, pünktlich zurück zu sein, da sie am Sonntagmorgen nach Deutschland fliegen. Für Henrieke und mich bleibt als Transportmöglichkeit nur der Local Bus um 2:00 Uhr Samstagmorgen. Bis 2:00 Uhr können wir zum Glück im Bungalow bleiben (für sieben US Dollar). Pünktlich um zwei in der Nacht stehen wir am vereinbarten Ort und der Bus kommt tatsächlich.

Die Fahrt allerdings ist der reine Horror: ein völlig überfüllter Pritschenwagen, über die Ladefläche, wo die Passagiere auf wackeligen Holzgestellen hocken, ist eine olivgrüne Plane gespannt. Darunter herrschen eine unglaubliche Hitze und ein Gestank von Fisch und Treibstoff. Die unbequemen Sitzgestelle bieten kein Platz für die Beine. Und in dieser Situation müssen wir es fast sechs Stunden lang aushalten, denn der Bus schleicht höchstens im zweiten Gang (völlig hinüber, das Teil!). Bei Steigungen auf der Strecke müssen einzelne Passagiere aussteigen und schieben – aber das kenne ich schon aus Ghana. Als wir bei Ankunft in Zanzibar Town unser Gepäck in Empfang nehmen, ist es über und über mit einer weißen Substanz eingepudert, die sich schnell als Fischmehl entpuppt. Die Rucksäcke stinken nun dramatisch nach totem Fisch. Übers Ohr gehauen hatte man uns auch, indem man uns 500 Tansania-Schilling pro Kopf für die letzten beiden Plätze abgenommen hatte - viel zu viel, das wussten wir, aber wir hatten ja keine andere Wahl um 2:00 Uhr nachts in Bwejuu ohne Zimmer...

Zurück in Sansibar Stadt steigen wir diesmal im Malindi Gästehaus ab, was sich als Glückstreffer erweist. Es verbreitet eine wesentlich einladendere Atmosphäre als das Flamingo, in den meisten Räumen gibt es hohe Holzdecken, auch in unserem: ein tolles Doppelzimmer mit Fenstern zu zwei Seiten, Ventilator, Moskitonetze in hellblau. Das in einem wunderbaren Frühstücksraum servierte Frühstück ist im Preis von zwölf US-Dollar inbegriffen. Ein weiterer Vorteil des Malindi wird offensichtlich, als wir Verena (eine ASA-tin mit Projekt direkt auf Sansibar) am Morgen in der Joghurtbar in der Githera Street treffen und sie uns erzählt, Bernhard sei auch auf Sansibar und zusammen mit Gerlinde im Flamingo abgestiegen...

Es ist Verenas letzter Tag, so können wir nur ganz oberflächlich einige Neuigkeiten austauschen. Ihr hat es anscheinend ebenso gut in ihrem Projekt gefallen wie mir in Marsabit. Bernhard, Gerlinde und einige Schweizer treffen wir am Abend auf der Terrasse des Africa House, wo wir uns mit Thorsten und Bernd zum Sonnenuntergang verabredet haben. Es wird ein geselliger Abend voller Erzählungen, die bereits vermischt sind mit aufkommendem Bedauern über die bald anstehenden Rückreisen. Einige aus der Runde habe schon Kontakt mit Mister Mitu, dem wohl besten Spice Tour Veranstalter auf Sansibar, aufgenommen. Da auch Henrieke und ich geplant haben, auf jeden Fall eine

Spice Tour und diese, wenn möglich, mit Mister Mitu zu machen – und es zudem bei Buchung mit mehreren Leuten ja billiger werden würde – schließen wir uns der Gruppe an. Das Abendessen nehmen wir mit Thorsten und Bernd im Sindbad ein, das zu unser aller Lieblingsrestaurant geworden ist. Da es ihr letzter Abend ist, laden die beiden uns ein. Am nächsten Morgen sehen wir sie nur noch zum Frühstück, dann müssen sie los zum Flughafen.

Henrieke und ich wollen nach Prison Island. Dieses Inselchen mit seinem Traumstrand, der bei Flut mehr und mehr vom kristallklaren Wasser überspült wird, bis er schließlich ganz verschwunden ist (eine Art Sandbank also), mit seinen Riesenschildkröten, dem namensgebenden alten, verfallenen Gefängnis sowie einem Hotel mit Restaurant, ist ein kleines Paradies (auch auf die Gefahr hin, dass dieses Wort ordentlich abgedroschen wirkt). Am Sonntag ist es relativ voll dort. Was den schönen Tag etwas eintrübt, ist die Geschichte mit Yusuf. Er hatte uns am Vorabend angesprochen und gesagt, er hätte Plätze in einem Boot nach Prison Island für 2.800 Tansania-Schilling. Wir sagen zu und geben ihm zusätzlich 800 Schilling für zwei Tauchermasken mit Schnorcheln, die wir auf der Insel erhalten sollen. Das war ein Fehler! Denn Yusuf kommt keineswegs mit auf das Eiland, auch nicht der Kapitän des Bootes, mit dem er verhandelt hat, denn dessen Kahn macht nach einigen Metern schlapp, und wir steigen in ein anderes Boot zu denselben Konditionen um. Auf Prison Island bekommen wir natürlich weder Taucherbrillen noch

Schnorchel. Also verbringen wir den Tag, ohne zu schnorcheln und mit dem Vorsatz, uns die 800 Tansania-Schilling von Yusuf wiederzuholen. Wir wandern, schwimmen, es sind wirklich wunderbarere Stunden auf der Insel.

Am Strand machen wir Bekanntschaft mit zwei Deutschen, die Bernd und Thorsten im Flugzeug kennengelernt haben und die auch am nächsten Tag die Spice Tour mitmachen wollen. Sie fragen uns, ob sie mit uns im Boot zurückfahren könnten – sie haben die Nacht auf der Insel verbracht und keine Rückfahrtmöglichkeit. Na klar, wird ja nur billiger dadurch, denken wir. Unser Captain sieht das anders und nach kurzer Diskussion ist klar, dass es trotz größerer Anzahl an Passagieren bei den vereinbarten 2.800 Schilling bleibt. Im Afrikahaus treffen wir Yusuf und fordern von ihm die 800 Schilling für das Schnorchelequipment, das wir nie erhalten haben, zurück. Er lehnt natürlich ab, schleppt uns wieder zum Hafen, um die Sache zu klären. Dort erfährt er dann, dass wir tatsächlich die Masken nicht bekommen haben, will aber dennoch nicht das Geld zurückgeben, schließlich hätte er für uns ja Zeit verschwendet, die 800 seien auch eine Anzahlung fürs Boot gewesen und wir sollten uns das zu viel gezahlte Geld beim Captain zurückholen. Ich bin nun genervt und angestachelt, auch weil sowohl im Africa House als auch am Hafen mittlerweile jeder von dem Streit mitbekommen hat – und ich will nicht zum zweiten Mal an diesem Tag klein beigeben. Unterstützt werde ich durch die inzwischen von der lautstarken Diskussion angelockte Menge. Ich stelle fest, dass ich mein Kisuaheli auch in Streitfällen gut einsetzen kann. Nach circa 30 Minuten bietet Yusuf mir 600 Schilling an, mit denen wir uns zufriedengeben. Das war schon Stress gewesen, hat aber auch ab einem gewissen Punkt Spaß gemacht und wir haben einmal mehr einiges gelernt! Ähnliche Erfahrung bleiben uns dann auch in der restlichen Zeit auf Sansibar erspart.

Die Spice Tour ist ein voller Erfolg, Mister Mitu wirklich ein idealer Guide. Jeweils mit vier Personen in einem schicken, geräumigen Oldtimer-Taxi fahren wir in einem Konvoi von vier Wagen zu verschiedenen Farmen, wobei wir unterwegs immer wieder anhalten und aussteigen, um uns Sehenswürdigkeiten von Mister Mitu zeigen und erklären zu lassen. Er erzählt uns eindrucksvoll von der abwechslungsreichen Geschichte Sansibars. Auf den Farmen werden uns die Eigenschaften und Nutzen einer Vielzahl an Kräutern, Gewürzen, Nüssen und Früchten vorgeführt, wir essen Jackfruit, Mango, Starfruit, Ananas, Kokos in Mengen, Zimt, Nelken, Vanille, Parfüm, Blüten, Kardamom, wir probieren Chili und Pfeffer, tasten und riechen an Pflanzen, aus denen man Lippenstift, Haargel, desinfizierende Flüssigkeiten, Seife oder Farben gewinnen kann. Der Abschluss ist ein fantastisches Swahili-Essen mit allem was dazugehört, serviert auf den Kühlerhauben der wunderschönen alten Taxen. Alles in allem dauert die Tour sechseinhalb Stunden und jeder der 2000 Tansania-Schilling pro Kopf ist gut angelegt.

Die Tage vergehen in alter Sansibar-Manier mit Rum-
hängen in verschiedenen Cafés und Restaurants, Bummeln
durch die Altstadt, Briefe schreiben... Ein Problem ist immer wieder das Einlösen der Traveller Checks – wir tauschen letztendlich nur noch US-Dollar auf dem Schwarz-
markt, vorzugsweise bei einem netten Angestellten des
Malindi Guesthouse. Als wir Prison Island an einem normalen Wochentag besuchen, bekommen wir ohne Probleme
ein günstiges Boot, „unser Captain" von Sonntag begrüßt
uns am Hafen freundlich. Als wir uns für ein anderes Boot
entscheiden, würde er uns sogar für 1.000 Schilling fahren!
Aber wir haben schon einem Kapitän für 2.000 zugesagt
und schippern dann auch mit ihm auf das Trauminselchen.
Das zeigt sich diesmal als einsames Eiland, dafür ist das
Wetter schlechter – es regnet sogar zeitweise. Wir lesen viel
(ich habe mir einen alten Schinken von 1930 bei einem alten
Mann in Stone Town gekauft: Famous Plays of Today),
wobei wir uns unter einen Felsvorsprung legen, essen im
Inselrestaurant, ich schwimme im absolut klaren Wasser
(besser als in Mombasa und an der Ostküste Sansibars!),
und so ist es trotz des Wetters ein erholsamer Tag.

Als wir die Tickets für das Schiff nach Daressalam kaufen (900 Tansania-Schilling und 90 Schilling Port Tax pro
Person), stellen wir fest, dass aus den geplanten vier bis
fünf Tagen doch fast zwei Wochen auf Sansibar geworden
sind – aber jeder Tag davon hat sich gelohnt. Ich fühle mich
hier unbeschwert und frei. Wir verbringen den letzten Tag

auf der Insel geruhsam in der Altstadt und im Museum, bevor wir zum letzten Mal zum Essen ins Sindbad gehen.

Die Schiffsfahrt nach Daressalam ist wesentlich übler, als ich es mir vorgestellt habe. Schon beim Gedanken daran wird mir wieder ganz schlecht. Um es kurz zu machen: circa zwei Drittel der Insassen des relativ kleinen, völlig überfüllten Schiffes werden nach spätestens einer der insgesamt fünf Stunden Fahrt seekrank. Neben der rauen, extrem kabbeligen See tragen auch der penetrante Dieselgestank und die vom Schiffsmotor ausgehende Hitze dazu bei. Natürlich müssen auch Henrieke und ich und nach einer Weile übergeben, da helfen keine Tabletten. Spätestens, als wir an der Reihe sind, einen der Kübel mit Erbrochenem weiterzureichen, sind wir fällig. Die Reling ist ständig von Überbeugern belegt, die Kotzeimer zirkulieren fleißig. In Daressalam haben wir dann Druckstellen an den Oberschenkeln, Knien und an der Brust – an den Stellen also, auf denen unser Gewicht ruhte, wenn wir uns zum Übergeben über das Schiffsgeländer beugen mussten. Soviel zu dieser Bootsfahrt. Immerhin habe ich nicht meinen Humor verloren und versucht, Henrieke durch Liedchen wie „Wir lagen vor Madagaskar" und „Eine Schifffahrt, die ist lustig" aufzuheitern, was mir aber nicht wirklich gelingen will.

15 Kilimanjaro

In Daressalam finden wir zunächst kein Hotel, dafür laufen wir Gerd vom ASA-Projekt auf Sansibar über den Weg. Er sieht etwas ramponiert aus und erklärt uns, er sei in Tanga überfallen worden, konnte aber seine Wertsachen verteidigen und kam mit ein paar Wunden im Gesicht davon. Wir erzählen uns nur kurz das Aktuellste und verabredeten uns für den nächsten Morgen, da Henrieke und ich dringend ein Hotelzimmer brauchen, noch zur Bank müssen – und nichts im Magen haben: Sämtlicher Inhalt schwimmt im Indischen Ozean.

Eine Unterkunft finden wir gleich beim ersten Versuch im Mbowe Hotel, recht heruntergekommen und teuer im Vergleich zu Sansibar und Kenia (1.500 Tansania-Schilling für ein Doppelzimmer), ziemlich dunkel und nicht sehr sauber, aber etwas verblichenen Charme kann man noch erkennen und Atmosphäre spüren, wenn man sich die Mühe macht. Nachdem wir uns bei einer Cola in der Hotelbar gestärkt haben, starten wir den ersten Streifzug durch die Stadt. Im Kilimanjaro Hotel bekommen wir eine grobe Karte von Daressalam geschenkt, woanders wollte man 2.000 Tansania-Schilling dafür haben! An einem Schalter im Foyer wechseln wir Geld und gehen dann zum Bahnhof, um unser Glück beim Kauf von Zugtickets zum Kilimanjaro für den nächsten Tag zu versuchen.

Nach intensivem Vorsprechen bei einigen Station Masters gelingt uns ein Teilerfolg: am nächsten Morgen sollen wir uns zwei Dritte Klasse-Tickets abholen können – wir bekommen eine entsprechende Bescheinigung. Doch wen wir auch in der Folgezeit sprechen – Gerd, zwei Travellerinnen, denen wir schon in Sansibar und auf dem Schiff begegnet sind – alle sagen sie uns, die dritte Klasse sei die Hölle: keine Fenster, beziehungsweise kein Glas in den Löchern in der Waggonwand und sehr unsicher. So beschließen wir, kurz vor der Abfahrt zu versuchen, auf die zweite Klasse upzugraden, zumal wir erfahren, dass es den zwei Weltreisenden auf diese Weise gelungen ist, noch an Zweite Klasse-Tickets zu kommen.

Die Zeit in Daressalam verbringen wir, unter anderem, bei einem Vortrag über die Arbeit der Stone Town Conversation Society in Sansibar von Professor Meffert im Goethe-Institut. Gerd, der auch an der Veranstaltung teilnimmt, zeigt uns die Stadt und empfiehlt uns diverse Straßenstände, an denen wir uns mit sehr leckerem Essen versorgen. Im Kontrast dazu gönnen wir uns ein Dinner im Rooftop Restaurant des Twiga Hotels. Am folgenden Morgen holen wir die bestellten Dritte Klasse-Tickets ab, was mithilfe eines freundlichen Tansaniers recht fix geht. Den Tag gestalten wir eigentlich genauso, wie den zuvor, bis es Zeit wird, uns zum Bahnhof zu begeben. Als wir dort die Waggons der dritten Klasse sehen (mit den entsprechenden Geschichten im Hinterkopf), steht für uns fest, dass wir alles dransetzen werden, in die zweite Klasse zu kommen. Erst einmal aber ist da nichts zu machen, wie mir der TTC erklärt – das ist der für die Gastbelegung im Zug zuständige Mitarbeiter (wir fanden ihn nach längerem Suchen). Erst wenn die Eisenbahn in Bewegung sei und klar werde, welcher Platz auch tatsächlich belegt wurde, könne der Schaffner im Waggon sagen, ob wir gegen Zahlung eines Aufpreises einen Platz in der zweiten Klasse bekommen können. Also steigen wir in eines der Zweite Klasse-Abteile, legen dort unser Gepäck in die Ablage und hoffen.

Als der Zug mit einiger Verspätung endlich losfährt, merken wir, dass wir nicht die einzigen sind, die noch einen Sitzplatz zweiter Klasse ergattern wollen. Ich male mir schon aus, wie wohl eine über 16-stündige Zugfahrt im Stehen auf diesem Gang zu überstehen sei... Doch Dank des uns wohlgesonnenen Schaffners bekommen wir zwei Plätze – zwar weit auseinander, aber immerhin ein Platz für jeden. Dann, nachdem wir den Aufpreis gezahlt haben, wieder der Haken an der Sache: Henrieke sitzt auf dem Platz des Zugbegleiters, der diesen natürlich in der Nacht selber besetzen will! Das heißt für sie: Ab in den Gang, wenn der Schaffner ruhen möchte. Zum Glück sind wir im ersten Waggon hinter der Zugmaschine, sodass weniger Durchgangsverkehr herrscht. Allerdings ist es dort saukalt und es zieht, wie ich dann ab 3:30 Uhr nachts merke, als Henrieke und ich die Plätze tauschen. Am Morgen werden wir mit einem Blick auf die wolkenfreien Gipfel des Kilimanjaro für die fürchterliche Nacht einigermaßen entschädigt. Kilimanjaro – allein dieser Name weckt bei mir seit jeher Fernweh. Und nun sehe ich ihn vor mir liegen, seine schneebedeckten Gipfel scheinen über die Savanne mit ihren imposanten Baobabs.

In den Stunden, die die Fahrt noch dauert, kann ich die Augen nicht von diesem Berg lassen. In Moshi angekommen, werden uns schon am Bahnhof Angebote für Touren zum Kilimanjaro unterbreitet. Eine Drei Tage-Tour für 140 $ ist darunter. Mehr als drei Tage können wir uns für die Tour ohnehin nicht nehmen, da Henrieke wegen ihres Rückflugtermins zurück nach Nairobi muss. Und 140 $ sind machbar, zumal noch die Möglichkeit einer Preisreduzierung im Raum steht: Eventuell können wir den Eintritt in den Nationalpark zum Resident Price erhalten, da wir entsprechende Bescheinigungen bei uns haben. Das ist wesentlich weniger, als Henrieke und ich erwartet haben. Henrieke, deren Abneigung gegen Bergsteigen (keine Kondition, nicht schwindelfrei) durch Gerlindes Erzählungen (bis zur Schneegrenze sei es gar nicht steil, ein Spaziergang!) und meine begeisterten Zitate aus Beschreibungen von Kilimanjaro-Touren inzwischen stark abgeschwächt ist, hat eigentlich nur noch wegen des Preises Einwände gegen die von mir immer wieder mit steigendem Nachdruck ins Spiel gebrachte „Tour auf den Kili".

Zunächst einmal nisten wir uns im Coffee Tree Hotel ein (großartiger Tipp von Gerd), eines der besseren Hotels im Ort, geräumiges Zimmer mit eigenem Bad und – ganz wichtig – mit Blick auf den Kilimanjaro. Nach einem ausgiebigen Bad gehen wir eine Kleinigkeit essen im Rooftop Restaurant mit noch besserem Blick auf die Kilimanjaro-Gipfel. Ich bin im Handumdrehen wieder fit. Und die Überlegungen gehen weiter: Ngorogoro Krater oder Kilimanjaro, eine dieser beiden Alternativen wollen wir unbedingt realisieren. Wir gehen also ins New Castle Hotel zu Mister Wilson, der uns am Bahnhof angesprochen hatte, und informieren uns genauer über Kosten und Leistungen der von ihm angebotenen Tour. 100 $ pro Person sind Fixkosten, die müssen wir nicht an ihn zahlen, sondern am Gate zum Kilimanjaro Nationalpark. Dieser Betrag beinhaltet zwei Übernachtungen in den Hütten, die Entrance Fee, und eine Rescue Fee. Für zwei Träger, einen Guide, Lebensmittel sind an Mister Wilson 75 deklarierte US-Dollar gegen Stempel zu zahlen – die zuvor genannten 40 $ beziehen sich auf Schwarzgeld. Da wir keine schwarzen US-Dollar mehr haben, sondern nur noch Checks (und uns keine Bank in Tansania für US-Dollar Checks US-Dollar Cash auszahlen würde), stehen für uns die 75 $ pro Person als Fixkosten fest. Einsparungsmöglichkeiten sind somit nur noch bei den 100 $ pro Person am Gate vorhanden. Das heißt, wir müssen versuchen, zum Resident Price hineinzukommen, notfalls mit Bestechung. Dafür stehen uns 60 D-Mark zur Verfügung – schwarz. Da uns das für das Erlebnis drei Tage Kilimanjaro, einschließlich Lebensmittel und bekocht werden, nicht zu teuer ist, beschließen wir – sehr zu meiner Freude – es anzugehen.

Darauf wird erstmal getrunken und gegessen, im Friendship Restaurant mit Lionel Richie Musik. Ich bin völlig aufgedreht! Dass sich innerhalb so kurzer Zeit ergeben hat, dass wir nun doch auf den Kili steigen, wenn auch nur bis zur Horombo-Hütte, immerhin 3.750 Meter über Normal Null. Wir laufen noch etwas durch Moshi, kaufen uns schließlich eine Zeitung und lesen sie im wirklich ganz genialen Hotelzimmer. Zum Sundowner begeben wir uns ins Rooftop Restaurant, bleiben dort bis zum Abendessen, genießen den Blick auf den Kilimanjaro. Ab 18:00 Uhr sind die Gipfel klar und deutlich zu sehen und steigern unsere Vorfreudefreude auf die Besteigung. Am Abend packen wir dann die kleinen Rucksäcke mit den für die Tour notwendigsten Dingen und schlafen früh, um fit zu sein. Außerdem ist ja die Nacht zuvor im Zug nicht gerade erholsam gewesen.

Am nächsten Morgen brechen wir nach einem guten Frühstück im Rooftop Restaurant (wo auch sonst, war im Preis fürs Hotel mit drin) auf ins New Castle Hotel, wo wir die großen Rucksäcke und das sonstige Gepäck, das wir nicht mit auf die Tour nehmen wollen, deponieren. Anschließend gehen wir zur Kibo Bank, um 200 US $ zum offiziellen Kurs in Tansania-Schilling einzutauschen, drei Viertel davon gehen an Mister Wilson, und um 10:00 Uhr fahren wir mit unserem Guide Mister Kamili los. Ein Fahrer bringt uns mit seinem VW Bulli zum Gate bei Marangu, circa 46 Kilometer von Moshi entfernt. Unterwegs steigen noch zwei Engländer aus dem YMCA ein, die eine Sechs-

Tage-Tour machen wollen. Wir erzählen allen, die es hören wollen, wir hätten für zwei Wochen auf Sansibar für die Stone Town Conversation gearbeitet. Das erweist sich als ganz hilfreich, denn um die Geschichte zu überprüfen, die wir vortragen, um zum Resident Price eingelassen zu werden, schaut derjenige, bei dem die Entscheidung liegt, in unsere Pässe, um zu sehen, ob wir auch wirklich auf Sansibar waren. Bestechen müssen wir ihn dann letztendlich doch, weil wir ja kein Zertifikat haben. Er nimmt unsere schwarzen 60 D-Mark. Na ja, immer noch viel günstiger als die für Non-Residents fälligen 200 $ zu zahlen. Bevor es auf die erste Etappe von circa dreieinhalb Stunden zur Mandara Hütte geht, vertilgen wir erstmal unsere Lunch Pakete. Dabei lernen wir die anderen Leute, die mit uns aufsteigen werden, kennen. Alle von denen wollen versuchen, Uhuru Peak zu erreichen. Etwas neidisch bin ich ja schon...

Die erste Etappe geht durch den Regenwald, der an diesem Tag seinen Namen alle Ehre macht: Es regnet, und wir stapfen teilweise durch tiefen Schlamm bis in 2.700 Meter Höhe. Die Wanderung ist dennoch atemberaubend und obwohl ich im letzten Jahr genug Regenwald gesehen habe, bin ich von der Vegetation begeistert. Dazu kommen die Geräusche, die man beim Laufen durch den Morast verursacht, die Träger mit den riesigen und schweren Körben, die sie auf dem Kopf transportieren, die feuchte, schwere und zum Glück recht kühle Luft... Es ist einfach nur wunderschön. Mandara Hut ist eine ziemlich große Station, es können dort in Zeiten der Hochsaison 170 Personen gleichzeitig übernachten. In der Nacht, die wir dort verbringen, sind keine 20 Gäste da. Die Träger und Guides haben ihr eigenes Quartier. Es gibt eine Küche, aus der es schon wenige Minuten nach der Ankunft aus allen Löchern dampft: Das Abendessen wird gekocht und zum Entspannen und Aufwärmen – es ist nun schon recht kalt – Tee gekocht. Auf dieser Hütte gibt es noch Strom, auf den nächsten dann nicht mehr. Henrieke und ich bekommen zwei Betten in einer Vier-Bett-Hütte, in der auch die beiden Engländer, die mit uns im VW Bulli zum Gate gebracht worden waren, schlafen. Es ist wirklich gemütlich darin und ich schlafe sehr gut, obwohl wir kurz vorm Hinlegen noch das wirklich üppige und gute Mahl von unserem Chefkoch Wilson (einem der beiden Träger) genossen haben.

Am nächsten Morgen sind Henrieke und ich fast zu spät zum Frühstück und schaffen es gerade so, unsere Sachen rechtzeitig zu packen, als es gegen 7:30 Uhr losgeht auf die Fünf Stunden-Strecke zur Horombo Hut in 3.750 Metern Höhe. Schon nach kurzer Zeit erreichen wir die Waldgrenze. Wir laufen nun durch eine einmalige Moor- und Heidelandschaft. So eine Vegetation habe ich noch nicht zuvor gesehen und ich bin froh, dass wir öfter eine Pause machen, damit ich mir die Umgebung richtig anschauen kann. Ich merke am zweiten Tag deutlich die Höhe – ich habe mich schließlich bislang niemals auf einer solchen Höhenlage befunden! Und man muss ganz langsam laufen, pole pole, vor allem diejenigen, die noch weiter hinauf zum Gipfel wollen. Leider regnet es auch heute circa anderthalb Stunden in Strömen, es ist ständig bedeckt, sodass uns der Blick auf die Gipfel des Kilimanjaro, Kibo und Mawenzi, verwehrt bleibt. Der Regen an sich macht mir nichts aus. So kann ich meine Regenjacke zumindest einmal anziehen, wo ich sie in all den Monaten mit mir herumschleppe. Allerdings sind die nassen Hosen bei der Kälte auf der Horombo Hütte mehr als unangenehm, und wir haben keine zum Wechseln mit. Nach dem Begrüßungstee bei der Ankunft verbringen Henrieke und ich daher den Nachmittag bis zum Abendessen, das schon gegen 17:00 Uhr serviert wird, im Schlafsack, um uns zu wärmen, was nur zum Teil gelingt. Diesmal haben wir eine Vierer-Hütte für uns allein. Das Abendessen ist wie am ersten Tag ein Highlight. Dem folgt sofort ein weiterer Höhepunkt: der Sonnenuntergang. Einfach unbeschreiblich, weshalb ich es auch gar nicht erst versuche.

Die Nacht wird, wie erwartet, sehr kalt. Eng nebeneinander in unseren Schlafsäcken auf einem Bett liegend können Henrieke und ich uns gerade so weit wärmen, dass es einigermaßen reicht, um zeitweilig schlafen zu können. Ich nutze den Jugendherbergsschlafsack, den ich für warme Nächte mitgenommen habe, als Inlay in meinem richtigen Schlafsack, da dieser teilweise nass geworden ist. Wie so oft gibt es auch diesmal nach einer unbequemen Nacht eine mehr als ausreichende Entschädigung: Sonnenaufgang über den Wolken, unterhalb der beiden Gipfel des Kilimanjaro, die nach und nach von der Sonne beschienen werden und schneebedeckt aufleuchten und über dem Camp strahlen! Es ist fantastisch, das mit anzusehen! Dafür hat sich der Aufstieg wahrlich gelohnt und ich würde so gerne noch bis zum Kraterrand aufsteigen... Aber neben dem Zeitmangel hindert uns auch die fehlende Ausrüstung daran, durch Schnee und Eis bis zur Kibo Hütte hoch zu kraxeln. Dieser Sonnenaufgang bleibt unvergesslich. Nach dem guten, reichlichen Frühstück geht es dann bergab. Bei gutem Wetter können wir die Gipfel deutlich in ihrer ganzen schnee-weißen Pracht sehen, wenn wir zurückblicken. In nicht einmal zweieinhalb Stunden gelangen wir zu Mandara Hütte, wo wir uns in einer etwas längeren Pause mit dem Inhalt des Lunchpakets stärken. An diese Mittagspause schließt sich ein weiterer Zwei-Stunden-Marsch bis zum Gate des Nationalparks an – alles zügig und stetig steil bergab. Da es so schnell geht, hätten wir gut mehrere Pausen machen und die Gegend noch einmal genießen können. Aber das Tempo ist uns andererseits auch sehr recht, denn wir wollen ja am selben Tag noch weiter nach Arusha, um dort zu übernachten.

Am Gate tragen wir uns zum letzten Mal in ein Buch ein. Das ist hier sehr beliebt: solche Einträge mussten wir bereits beim Eingang und auf jeder Hütte machen. Und jetzt halt beim Verlassen des Nationalparks. Wir fragen einen der Wärter nach einem Matatu und er verweist uns an die Fahrzeuge, die auf dem Parkplatz stehen. Dort bietet man uns eine Fahrt nach Moshi für 8.000 Tansania-Schilling an – viel zu viel! Wir lehnen empört ab und verlassen das Gate,

nicht ahnend, dass sich die nächste Matatu- und Bushalte-
stelle fünf Kilometer entfernt in Himo befindet – und der
Weg dorthin steil bergab führt. Aber wir bleiben bei unserer
Linie, obwohl die Füße nun, nach gut fünf Stunden stetigen
Bergabwanderns, anfangen zu schmerzen und es wahnsinnig heiß wird. Unterwegs versuchen wir, per Anhalter mitgenommen zu werden und winken den sich aus der richtigen Richtung nähernden Fahrzeugen mit zum Boden
gerichteter Handfläche zu (Daumen hoch ist hier keineswegs das Zeichen für Hitchhiking). Und wir haben Glück –
wahrscheinlich, weil ich immer, wenn ich in Kenia mit
einem Auto unterwegs war, auch Anhalter mitgenommen
habe … Wir bekommen einen Lift für 70 Tansania-Schilling
auf der offenen Ladefläche eines Pick-ups. Die Fahrt wird
ein Abenteuer, denn der Fahrer lässt – um Kraftstoff zu
sparen – den klapprigen Wagen einfach bei ausgeschalte-
tem Motor die Hänge des Kilimanjaro hinunterrollen und
erreicht dabei ein atemberaubendes Tempo! Wir stehen auf
der Ladefläche direkt hinter der Fahrerkabine und halten
uns am Überrollbügel fest. Schneller als gedacht kommen
wir ordentlich zerzaust und durchgepustet in Himo an, wo
wir direkt in den Bus nach Moshi umsteigen können. Dort
angekommen, holen wir unser Gepäck aus dem New Castle
Hotel und stapfen zur Arusha Station.

Bevor wir im Busbahnhof in den Bus nach Arusha steigen, trinken wir noch eine Cola, die ich mir hätte schenken
können, da sie innerhalb von fünf Minuten wieder aus allen
Poren herauskommt. Seit drei Tagen bin ich nun fast stän-

dig durchgeschwitzt, denn beim Wandern am Kilimanjaro war ebenfalls schon nach ein paar Kilometern der Rücken total nass, unabhängig von der Außentemperatur. Umso mehr freuen wir uns auf ein Hotelzimmer mit Dusche in Arusha. Die Fahrt ist sehr angenehm, hin und wieder können wir letzte Blicke auf Kibo und Mawenzi erhaschen. Als wir den Kilimanjaro nicht mehr sehen können, taucht irgendwann der Mount Meru auf. In Arusha, kurz vor 18:00 Uhr, ist es gar nicht so einfach, ein Hotelzimmer zu bekommen. Zunächst laufen wir von der Busstation zum YMCA. Dort ist aber alles belegt und man macht uns kaum Hoffnung, heute noch etwas zu finden, wo man gegen Tansania-Schilling ein Zimmer bekommt. Wir sollen es im Luther Haus (oder so ähnlich) probieren. Auf dem Weg dorthin treffen wir mal wieder die zwei Travellerinnen (ich nenne sie so, weil sie schon seit Jahren herumreisen und ich nicht einmal weiß, aus welchem Land sie kommen), die uns empfehlen, im Greenland Hotel nach einem Zimmer zu fragen.

Das tun wir auch und der Versuch ist von Erfolg gekrönt. Zwar können wir nicht direkt ins Zimmer, da der Mitarbeiter mit den Schlüsseln auf dem Markt ist, aber wir können das Gepäck dort deponieren. Mit der Gewissheit, eine Dusche am Abend und eine Schlafgelegenheit sicher zu haben, gehen wir in der Stadt etwas trinken – für mich zur Feier des Tages eines der schlechten, aber teuren tansanischen Safar Biere für 250 Tansania-Schilling, vermischt mit Cola. Anschließend beziehen wir unser Zimmer. Es ist riesig, mit vier Betten, vielen Fenstern, und recht sauber. Wir duschen ausgiebig, verarzten unsere Füße (Blasen!) und sind froh, die Beine mit den vollkommen verhärteten Muskeln heute nicht mehr benutzen zu müssen. Wir sind ja nun wirklich an diesem Tag einiges gelaufen, fast ausschließlich bergab, was unglaublich in die Waden geht. Meine Schuhe, die ich für 49 D-Mark in Dortmund gekauft habe, haben sich am Kilimanjaro ein weiteres Mal bewährt, sie sind wirklich bequem, und erst beim Abstieg bekam ich eine Blase, die mit einem Pflaster zur rechten Zeit zu verhindern gewesen wäre...

Der Muskelkater in den Beinen in den folgenden Tagen ist nicht von Pappe! Wir eiern ungelenk durch Arusha. So etwas habe ich noch nie erlebt, wir können die Beine kaum strecken, und nach jeder Sitzpause ist es eine riesige Überwindung, wieder loszulaufen, insbesondere mit dem Gepäck. Ein schneller Spurt ist vollkommen ausgeschlossen, was erhebliche Gefahren im hiesigen chaotischen Stadtverkehr mit sich bringt! Treppensteigen ist eine erhebliche Qual... Trotz dieser Nachwirkungen der Kilimanjaro Tour steht für mich fest: Ich will da unbedingt wieder hin, dann aber wird Uhuru Peak in Angriff genommen!

Von Arusha nach Nairobi gelangen wir in Rekordzeit. Wir haben das sagenhafte Glück, für sieben US-Dollar und unsere letzten 1.000 Tansania-Schilling in einem gut erhaltenen Minibus, in dem nur acht Leutchen sitzen, mitgenommen zu werden. Der Fahrer hat einen Termin in Nairobi und kann daher nicht warten, bis die üblichen 20 bis 30 Passagiere zusammen sind. Das ist die angenehmste Fahrt in einem afrikanischen Trotro, Matatu, Minibus, oder wie auch immer. Die Abfertigung an der Grenze zu Kenia läuft so schnell und problemlos ab, dass wir uns ärgern, nicht viel mehr Geld schwarz getauscht zu haben: Die Declaration Form wird achtlos entgegengenommen und weggelegt! Bei der Personenkontrolle lassen wir das Gepäck einfach im Minibus und geben auf Nachfrage an, es sei schon kontrolliert worden. Jetzt habe ich meinen dritten Einreisestempel für Kenia im Pass, diesmal gilt das Visum aus unerklärlichen Gründen nur einen Monat. Aber das reicht in diesem Fall ja.

In Nairobi angekommen, laufen wir geradewegs zum Iqbal Hotel. Dort ist zwar im Moment kein Zimmer frei, aber wir können unser Gepäck abgeben und am Abend dann ein Doppelzimmer belegen. Wenn das kein Glückstag ist! Wir gehen darauf in Henriekes Lieblingsfrühstückscafé (Prestige), kaufen eine Zeitung und begeben uns auf ein Bierchen (endlich wieder Tusker!) ins Thorn Tree. Für den Abend haben wir uns vorgenommen, die letzten Karten und Briefe zu schreiben. Ich hole zwei große Schokoladen ins Zimmer, wir schreiben noch ein wenig und schlafen früh ein – es waren ja anstrengende Tage.

Schon auf der Rückfahrt von Arusha nach Nairobi entscheiden wir uns, es nach den letzten ereignisreichen, span-

nenden, aber eben auch strapaziösen Reisetagen in Henriekes verbleibender Zeit in Kenia etwas ruhiger angehen zu
lassen. Dazu wollen wir schnellstmöglich nach Mombasa
weiterreisen und dort am Strand relaxen, sobald Henrieke
ihren Flug bestätigt hat. Am nächsten Morgen geht sie als
Erstes zur Bank, ich gebe in der Zeit die Wäsche im Iqbal
ab. Wir treffen uns zum Frühstück im Prestige, zahlen das
Hotel und laufen dann sofort zum Bahnhof, um Tickets für
den 17:00 Uhr Zug nach Mombasa am nächsten Tag zu
kaufen.

Anschließend fahren wir zunächst ins DSE-Büro. Dort
erwarten Henrieke jede Menge Briefe. Wir laufen weiter zur
GTZ, wo mir Frau Grimm erzählt, dass oben in der Bibliothek Adan vom Bee Keeping Project aus Marsabit auf Professor Reinhardt wartet, der gegen 14:00 Uhr vorbeikommen will. Das sind natürlich zwei großartige
Überraschungen! Adan freut sich sichtlich, mich zu sehen.
Wir unterhalten uns eine Weile und verabreden uns zum
Mittagessen. Dann endlich kann ich meine Post in Empfang
nehmen. Im Store stelle ich eine Tragetasche voller Dinge
aus meinem Rucksack ab, die ich in den nächsten Wochen
nicht brauchen werde. Zudem nehme ich 5.000 Kenia-
Schilling aus meinem dort deponierten Umschlag und lege
überschüssige Checks hinein. Die Mittagszeit verbringen
Henrieke, Adan und ich im italienischen Café im YaYa Center. Adan erzählt eine Menge über sein Projekt, über Marsabit und über die aktuelle politische Lage in Kenia. Seine
Analysen und Einschätzungen trägt er wie immer offen,

nachvollziehbar und geduldig vor, lässt sich vollkommen auf unsere Nachfragen ein. Das Gespräch ist wieder ein Gewinn für uns – interessant, aber auch besorgniserregend.

Als wir wieder im GTZ Haus sind, ist es bereits nach 14:00 Uhr und Professor Reinhardt trifft ein paar Minuten später ein. Wir unterhalten uns kurz und wir machen einen Termin für ein Treffen zum ausgiebigen Austausch über den Berichtsentwurf aus. Nach der Verabschiedung von Professor Reinhardt und Adan machen Henrieke und ich uns auf den schnellsten Weg in die Stadt, denn schließlich brennen ja die vielen Briefe unter unseren Fingern! Zuerst aber lassen wir uns in den Büros von Swissair und Gulf Air Computerausdrucke der Abflugzeiten unserer Heimflüge geben, Henrieke bestätigt auch gleich ihren Rückflug bei dieser Gelegenheit. Dann endlich setzen wir uns in das Café im Corner House und verschlingen die ersten Briefe.

Ein wunderbares Nachmittagsprogramm! Wir lesen uns gegenseitig Passagen vor, informieren uns über die Entwicklungen in Deutschland, von denen uns in den Schreiben berichtet wird, und tauschen Klatsch und Tratsch aus. Ich kann unter anderem die Spielberichte der Bundesliga, die Torsten mir geschickt hat, beisteuern.... Es ist eine einmalige Sache, nach langer Zeit in der Ferne, abgeschnitten von Nachrichten aus der Heimat, Briefe von Eltern und Freunden zu lesen. Für mich ist das ein Höhepunkt ganz besonderer Art auf meinen Reisen. Ich freue mich tierisch über jeden Brief, vor allem, wenn ich zum ersten Mal einen Brief von jemandem bekommen habe. Von Achim war wieder mal kein Brief da. Langsam gebe ich die Hoffnung auf... Briefe von meinen Eltern sind immer eine Klasse für sich. Wie es ihnen geht, was sie über meine Aktionen denken, was sich bei Ihnen so tut, ist mir wichtiger, als ich es mir vorgestellt hatte.

Später am Abend gehen wir ins Extel-Office, wo Henrieke sich eine Telefonverbindung mit ihren Eltern geben lässt, um ihre Ankunftszeit durchzugeben mit der Bitte, vom Flughafen in Frankfurt abgeholt zu werden. Nach einer Portion Karanga mit Reis im Restaurant gegenüber vom Iqbal gehen wir noch auf einen Absacker ins Friends Corner, wo mir ein betrunkener US-Amerikaner mit kenianischen Wurzeln, wie er lang und breit erklärt, noch ein zweites Bier ausgibt. Am nächsten Morgen gibt es sensationellerweise zum zweiten Mal hintereinander noch gegen 8:00 Uhr heißes Wasser im Iqbal! Zum Ausgleich müssen wir an der Rezeption eine Stunde warten, bis unser Gepäck im Store untergebracht ist. Henrieke wird schon ziemlich sauer! Wenn sie um 10:30 Uhr noch kein Frühstück hat... Das besorgen wir uns dann im Bull Café, wo ich mir gerne auch das Full Breakfast mit Steak gönne.

Anschließend schlendern wir durch das am Samstagmorgen noch umtriebigere Nairobi. Wir halten in allen möglichen Läden Ausschau nach Mitbringseln, die wir vor dem Rückflug noch kaufen wollen. Auf dem Markt treffen wir Gerlinde, die mit Bernhard am Vortag aus Sansibar zurückgekommen ist. Wir unterhalten uns lange und stellen mal wieder fest, dass uns die Frau sehr sympathisch ist. Sie muss am selben Tag zurück nach Deutschland fliegen und hat eigentlich noch keine rechte Lust. Durch das ganze Herumschauen in den Geschäften und auf dem Markt kommt Henrieke in eine Art Kaufrausch. In der Biashara Street besorgen wir uns unter anderem Kikois für uns und als Geschenke. Zum Mittagessen setzen wir uns ins Blukat in der Muigi Mbingu Street und essen Chicken Masala. Gestärkt geht es weiter.

Gerade noch vor Geschäftsschluss erstehe ich bei Hardcore ein curryfarbenes Tusker Shirt in Unterhemden-Form. Zufrieden laufen wir zum Thorn Tree Cafe. Nach einem schnellen Drink ist es Zeit, zum Iqbal zu gehen, die Sachen aus dem Store zu holen und uns auf den Weg zum Bahnhof zu machen. Das war ein ganz fantastischer Samstag in Nairobi. Ich habe die Stadt an diesem Tag wieder in vollen Zügen genossen. Das hatte nicht viel mit Afrika zu tun, aber es war einfach eine unbeschwerte Entspanntheit, mit Henrieke durch die Straßen zu laufen, in denen ich mich mittlerweile gut auskenne, uns treiben zu lassen, hier und da genauer zu gucken und vielleicht etwas zu kaufen, an netten Orten oder einladenden Locations etwas zu essen oder zu trinken… Ein fast schon heimisches Gefühl. Dazu das gute Wetter! Nairobi gefällt mir als Stadt, vor allem im Zentrum und in den Vierteln um die River Road, durchaus. Natürlich bin ich mir bewusst, dass ich bei meinen Betrachtungen aus der Perspektive eines Samtagnachmittagsflaneurs die zahlreichen Probleme der Stadt außen vor lasse.

16 Mombasa

Im Zug nach Mombasa lernen wir Volker kennen, der bei mir im Zugabteil reist, und Ulrike, die bei Henrieke im Abteil untergebracht ist. Da die zwei anderen Plätze in meinem Abteil unbesetzt bleiben, verbringen wir vier den Abend dort zusammen, lesen die Süddeutsche Zeitung (nur einen Tag alt!), trinken Bier und unterhalten uns. Im Laufe des Abends entscheiden wir, dass wir gemeinsam zur Twiga Lodge reisen wollen. Zum Schlafen müssen Henrieke und Ulrike natürlich in ihr Abteil! Volker und ich trinken ein weiteres Bier, beobachteten den Vollmond über der Savanne, durch die unser Zug fährt, und klönen noch etwas. Irgendwann steigt ein dritter Mann zu, kurz darauf legen wir uns schlafen. Es ist wieder eine sehr erholsame Fahrt. Am Morgen geht erst Volker frühstücken, dann passt er auf unser Gepäck auf, während Ulrike, Henrieke und ich uns das Frühstück im Zugrestaurant für 80 Kenia-Schilling in aller Ruhe schmecken lassen: Bacon, Eggs, Sausage, Jam, Juice, Brot und Tee. Und das alles während der Zug in Mombasa einfährt! Im Bahnhof buchen wir als Erstes die Rückfahrt für Mittwochabend um 19:00 Uhr, dann laufen wir zur Post, um den Bus zur Likoni Ferry zu nehmen.

Nach dem Übersetzen steigen wir in den nächsten Bus Richtung Diani Beach und lassen uns an der Junction zum Tiwi Beach absetzen. Dort bekommen wir ein Taxi zur Twiga Lodge. Diese circa drei Kilometer sollte man nie zu Fuß gehen, da es auf dem Abschnitt sehr oft Überfälle, selbst am helllichten Tag, gibt. Gegen 9:30 Uhr sind wir an der Lodge, schauen uns die Anlage und die Bungalows an (380 Kenia-Schilling für ein Doppelzimmer) und sind begeistert: große, helle Zimmer, eigenes Bad und Dusche, Veranda auf beiden Seiten. Alles direkt am Strand... Wir nehmen einen Bungalow, packen die Sachen aus und liegen dann auch schon im Schatten der Palmen am Wasser.

Es gibt hier eine Bar, ein schönes Restaurant, Cottages und eben die Bungalows mit den Zimmern, sowie einen Laden mit Lebensmitteln. Alles weiß verputzt mit traditionell gedeckten Dächern (Palmenblätter oder so). Dazwischen stehen riesige alte Bäume, darunter besonders auffällig ein gigantischer Baobab. Für ein paar Tage Nichtstun die ideale Umgebung, zumal zu dieser Zeit gerade mal sechs Zimmer belegt sind. Der Sand ist weiß, das Wasser klar, der Himmel blau. Den ganzen Tag verbringen wir am Strand, ich nehme das Kisuaheli-Lernen wieder auf. Gegen 14:30 Uhr kommt die Flut und man kann richtig schwimmen. Abends essen wir – nach einem perfekten Sonnenuntergang – im Restaurant. Das Essen ist köstlich! Es geht uns hier wirklich wie den Königen! So habe ich auch geschlafen...

Dann, vor dem Frühstück, die erste Runde schwimmen – solange das Wasser noch da ist! Bei Ebbe ist Schwimmen nur eingeschränkt möglich, da dümpeln wir eher im flachen

Wasser herum. Abends kann man vom Strand oder von der Bar aus den roten Mond betrachten und träumen. Der abendliche Mondaufgang über dem Meer wird ein weiterer unvergesslicher Eindruck bleiben – daran können Henrieke und ich uns gar nicht satt sehen. Der Mond erscheint am Horizont erst als dunkel-orange Scheibe, verliert dann aber beim Aufgang etwas an Farbintensität. Zudem spiegelt er sich unten auf der zu dieser Zeit vollkommen glatten Wasseroberfläche des Meeres – einfach großartig, man kann nur immer wieder hinschauen (wenn man in oder an der Bar hockt) oder ständig auf das Schauspiel starren (wenn man am Strand im Sand sitzt). Der Wind in den Palmen gehört als weiteres Element zu diesem Multimedia-Spektakel.

Wir erholen uns einwandfrei in diesen Tagen am Tiwi Beach. Dass wir Volker getroffen haben, ist ein Glücksfall, er wird uns von Tag zu Tag sympathischer. Ulrike reist früher ab, da sie noch nach Lamu möchte. Mit Volkers Tauchermaske und Schnorchel schwimme ich hin und wieder zum Schnorcheln etwas weiter raus aufs Meer. Es gibt da draußen mehr und vor allem verschiedenartigere Fische zu sehen, als ich dachte. Am Abreisetag bekommen wir nach dem Frühstück zunächst kein Taxi von der Twiga Lodge zur Diani-Mombasa Road. Erst gegen 12:00 Uhr bietet sich für uns die Gelegenheit, bis zur Straße gebracht zu werden – mit einem Bus, den eine organisierte Reisegruppe in Nairobi gemietet hat, um damit nach Südafrika zu fahren. Dort bekommen wir direkt den KBS Bus nach Likoni, wo wir erstmals mit der neuen, erst letztens von Präsident Moi eingeweihten Fähre nach Mombasa übersetzen. Und weiter geht es mit dem KBS Bus bis zum Post Office.

Wir versuchen nun, unser Gepäck in irgendeinem Hotel bis zur Abfahrt des Zuges nach Nairobi zu deponieren. Beim ersten Versuch werden wir abgewiesen, dann gehen wir zum Cosi Guesthouse (liegt ja eh auf dem Weg zum Bahnhof), wo wir das Gepäck für 40 Kenia-Schilling abstellen dürfen. Henrieke setzt nach einem kurzen Besuch bei der Bank ihren in Nairobi begonnenen Souvenir-Feldzug gleich in einem Geschäft an der Moi Avenue fort, wo sie Kugeln aus äthiopischem Silber für eine Kette und diverse andere Dinge ersteht. In der Biashara Street – auf dem Weg dorthin machen wir Rast bei unserem mittlerweile altbekannten „Fruit Juice and Fruit Salat" Kiosk – kaufen wir in fast jedem Laden etwas zum Verschenken: einen Bastteppich in knalligen Farben, Kikois und Kangas, Mützen.

Danach ist Henriekes Tagesrucksack zum Platzen voll, das Geld ziemlich zu Ende, wir beide glücklich. So steuern wir ein uns bekanntes Eckrestaurant am Rande der Altstadt an und essen Mutton Biryani beziehungsweise Chicken Tika. Anschließend steht noch die Rooftopbar im Splendid Hotel auf dem Programm, bevor wir zum Cosi und zum Bahnhof müssen. Die Fahrt nach Nairobi ist wieder absolut angenehm. Diesmal reisen in unserem Waggon (Henrieke und ich sind in zwei Abteilen direkt nebeneinander untergebracht) unter anderem die beiden Neuseeländer, die wir auf der Spice Tour auf Sansibar getroffen haben, und wir unterhalten uns bestens.

Am Morgen in Nairobi ist es recht kühl. Wir streben Richtung Latema Road, Henrieke und ich ins Iqbal, Volker steigt im Sunrise Hotel ab. Im Iqbal gibt es heute kein Wasser, daher muss das Duschen ausfallen. Wir frühstücken im Prestige und fahren anschließend mit dem Matatu nach Hurlingham. Dort kauft Henrieke Blumen für die Mitarbeiterinnen in den CDG- und DSE-Büros, wir essen in der French Bakery im YaYa Center und laufen dann zur GTZ. Dort sortieren wir unsere Sachen aus dem Store und schauen bei Frau Grimm vorbei (Henrieke hat Post, ich leider nicht). Am Kopierer treffen wir Professor Reinhardt, von dem ich erfahre, dass ich auf jeden Fall morgen noch mal ins Büro kommen muss. Henrieke ist etwas sauer, da sie ihren letzten Tag mit mir verbringen wollte, aber es lässt sich nichts dran ändern. Am Nachmittag fahre ich mit Professor Reinhardt ins Ministry of Livestock Development, bespreche mit ihm und einem seiner Mitarbeiter grob die Anmerkungen, die sie zum Bericht haben. Wieder im GTZ-Office fange ich an, die gesamten Interviewbögen zu kopieren. Gegen 17:30 Uhr höre ich auf und fahre mit dem Matatu in die Stadt, da ich um 18:00 Uhr mit Henrieke verabredet bin. Ich habe schlechte Laune, da ich weiß, dass Henrieke nicht glücklich darüber ist, dass ich morgen nicht den ganzen Tag mit ihr verbringen kann. Aber sie lässt sich kaum etwas anmerken und zeigt mir, was sie am Nachmittag alles erstanden hat.

Wir gehen essen im French Corner, wo es ein sehr gutes vegetarisches All You Can Eat Special gibt. Dort treffen wir auch Volker. Da ich total müde bin, wird es heute nichts mit dem Modern Green, wir verschieben es auf morgen. Henrieke und ich gehen schlafen, im Raum Nummer 24, da wir in der Nacht zuvor in Nummer 25 ein Bett zerstört haben, als wir uns beide gleichzeitig drauf setzten – so die offizielle Version. Am nächsten Morgen nehme ich mein mittlerweile hochgeschätztes Steak zum Frühstück im Bull Café ein und fahre dann gestärkt zur GTZ. Dort sind alle Mitarbeiter auf einem Betriebsausflug zum Lake Baringo, ich habe daher alle Ruhe, die restlichen Interviewbögen zu kopieren. Wie verabredet kommt Professor Reinhardt dazu und wir gehen noch mal seine Korrekturen durch. Bernhard taucht auch heute nicht auf. Wir kommen gut voran und gegen 12:00 Uhr sind wir fertig. Wir verabreden uns für das nächste Treffen, ich schreibe eine entsprechende Nachricht an Bernhard und hinterlasse sie beim diensthabenden Askari, der mich und Bernhard inzwischen gut kennt, und fahre in die Stadt. Ich habe mit Henrieke ausgemacht, dass sie ab 14:00 Uhr so alle Stunde mal im Thorn Tree schauen soll, ob ich schon da bin. Nun bin ich viel zu früh, kann aber die Zeit, bis Henrieke gegen 13:40 Uhr kommt, gut mit Ken verplaudern, der mit Henrieke im Camp war und den wir auch auf Sansibar getroffen haben. Den weiteren Nachmittag verbringen Henrieke und ich zunächst im Honey Pott, dann im Iqbal, wo ich versuche, einen Müdigkeitsanfall zu überwinden und Henrieke damit beginnt, ihre Sachen zu packen.

Abends in der Stadt kauft Henrieke das allerletzte Souvenir: einen Maralit-Armreif. Den passenden Ring will sie ebenfalls ergattern, tut es dann doch nicht – ganz gut so, denn so kann ich ihn ihr zu Weihnachten schenken! Anschließend gehen wir ins Thorn Tree, wo wir Volker treffen. Das (vorläufig!) letzte gemeinsame Abendessen in Kenia nehmen wir auf meinen Vorschlag hin im Safeer ein. Henrieke ist begeistert, ich hab's genossen (dass Henrieke sich gefreut hat und das Essen). Anschließend nehmen wir alle noch ein paar Getränke im Friends Corner, bevor es weiter ins Modern Green geht. Nachdem ich ein weiteres Bierchen getrunken habe, hat Henrieke genug gesehen – ist mir ganz recht. Wir verabschieden uns und wechseln in unser Hotel gleich gegenüber.

Der Samstag ist Henriekes Abflugtag. So gehen wir zum Frühstück natürlich in Ihr Lieblingscafé, in den Prestige Palace. Etwas schwermütig bummeln wir die River Road hoch und runter, ein Stück die Tom Mboya und Moi Avenue lang und dann ist es auch schon Zeit, das Gepäck aus dem Iqbal zu holen und zum Kenia Airways Office in der Koinange Street zu gehen, wo um 11:30 Uhr der Airport Bus abfährt. Am Flughafen gibt es etwas Theater beim Einchecken. Erst fehlt die Flugnummer für Henriekes Flug nach Frankfurt: Sie steht nicht auf dem Ticket, da Henrieke dieses bei der Reconfirmation nicht dabei hatte. Dann stellt sich heraus, dass man die Airport Tax nicht mit einem Scheck bezahlen kann, also muss sie noch zur Bank, Geld wechseln. Danach müssen wir auf das Ticket warten, auf welchem weitere Korrekturen handschriftlich vorgenommen werden müssen. Vorher kann Henrieke das Gepäck nicht durch den Zoll bringen.

Als endlich alles geschafft ist, können wir uns gerade noch für zehn Minuten in die Cheri Bar setzen und einen Pineapple Juice trinken, dann ist es auch schon Zeit für Henrieke, sich zum Gate zu begeben. Wir verabschieden uns – ist ja nicht für lange – und weg ist sie. Ich schaue mir noch etwas den Flughafen an und nehme dann den Bus in die Stadt. Im Laufe des Tages merke ich, wie sehr mich Henrieke Abreise durcheinanderbringt. Ich spüre nun, wie sehr sie mir fehlt, wie sehr ich mich mal wieder dran gewöhnt habe, sie um mich zu wissen. Komischerweise unternehme ich am Nachmittag all die Sachen, die wir eigentlich noch zusammen unternehmen wollten: auf zwei Bierchen und ein Sandwich ins Accra Hotel auf die Terrasse im ersten Stock (wirklich toll dort!). Und später dann ins Kino im 20th Century Plaza (Lord of the Flies – hat mir gefallen, auch wegen der ganzen Atmosphäre des Kinos, mit Popcorn, einer Art kenianischer Wochenschau, Werbung und Nationalhymne).

Sonntagmorgen, nach zehn Stunden Schlaf (die Tage und Wochen mit Henrieke müssen mich ganz schön geschafft haben!), ziehe ich erst mal um, und zwar ins

Dolat Hotel in der Mfangano Street. Dort habe ich ein Einzelzimmer mit eigenem WC, Dusche und Waschbecken, geräumig, Twin Bett und gutem Service (jeden Morgen wird sauber gemacht!). Außerdem stehen Tisch und Stühle im Zimmer, was mir wichtig ist, da ich ja arbeiten muss. Das Zimmer kostet 180 Kenia-Schilling pro Nacht; ein Einzelzimmer im Sunrise Hotel hätte auch schon 130 gekostet und dort haben die Räume nicht mal ein Fenster! Im Iqbal hätte ich 150 Kilo Schilling für ein Doppelzimmer zahlen müssen, ansonsten hätten sie das zweite Bett belegt (es gibt dort keine Einzelzimmer!). Nach dem Umzug gönne ich mir ein Frühstück nach meinem Geschmack im Bull Café: Steak mit Brot und Salat, anschließend noch eine Sausage, weil noch Brot übrig ist und weil man sich halt dran gewöhnt hat... Im Fernsehen läuft CNN mit Nachrichten aus der Golfregion.

Später möchte ich den Maralit-Ring besorgen, den Henrieke nicht genommen hat, als sie ihren Armreif gekauft hat und worüber sie sich im Nachhinein geärgert hat. Ich mache mich auf den Weg zum Souvenirmarkt an der Ecke Kigali Road – Kimathi Street. Nach einer geschickten Verhandlung mit einigen Verkäufern erstehe ich den schönen, breiten Maralitring für 50 Kenia-Schilling – und mein Sweatshirt. Den weiteren Morgen verbringe ich, obenherum nur noch mit einem T-Shirt bekleidet, in einem netten Cafe damit, Briefe mit Schilderungen des Fortschritts bei der Arbeit am Bericht an Julia und Susanne, die bereits seit längerem wieder in Deutschland sind, zu schreiben. Anschließend verlagerte ich mich in ein anderes Lokal, um einen Brief an Henrieke zu beginnen – ich habe sie ja wahrlich lange nicht mehr gesehen. Nein, es ist wirklich schon wieder notwendig, ihr zu schreiben, dass ich sie liebe und sie vermisse und dass ich ihr wohl viel zu wenig gezeigt habe, wie sehr ich es genossen habe, mit ihr durch Kenia und Tansania zu reisen.

Zunächst am Uni Campus, dann vor dem National Theater liege ich genüsslich in der Sonne beziehungsweise im Halbschatten und lese Zeitung (The Nation), bevor ich zum Mittagessen ins Norfolk gehe. Eigentlich will ich dort nur ein Bierchen trinken, aber dann fällt mir ein, dass ich schon ein Sandwich vertragen könnte. Als es dann vor mir auf dem Tisch steht, ist es ein riesiges Steak-Sandwich mit Pommes und Salat für schlappe 110 Kenia-Schilling! Na ja, immerhin habe ich jetzt schon mal im Norfolk zu Mittag gegessen und es hat gut geschmeckt. Ich habe gerade noch so viel Geld dabei, nicht spülen zu müssen... Ich ziehe weiter in die Jevanjee Gardens, um dort auf einer Parkbank zu lesen. Es ist eine prächtige Sonntagnachmittagsstimmung: viele Leute, eine Open Air Messe irgendeiner Sekte (mit viel per billiger Lautsprecher verstärkter und verzerrter Musik), Sonne, einige weiße Wölkchen am blauen Himmel, die sich in der Spiegelglasfront eines Hochhauses spiegeln. Gegen Abend laufe ich durch die Stadt (kriege ich nicht genug von), trinke ein Tusker im Accra Hotel auf der Terrasse, gehe dann recht früh ins Hotel, lese im Kenia Rough Guide, um mir Ideen zu verschaffen, wie ich meine Tage bis zur Abreise am besten ausfüllen kann.

Ich denke immer öfter an den Rückflug und an zu Hause. Irgendwie freue ich mich höllisch auf meine Rückkehr, auf Henrieke, meine Freunde, Eltern... Andererseits möchte ich mein Leben hier nicht missen. Es ist die Art zu leben, von der ich immer geträumt habe. Und ich will sie auf jeden Fall über meinen Aufenthalt in Kenia hinaus fortsetzen. Es steht für mich absolut fest, dass ich versuchen werde, eine Tätigkeit in der Entwicklungszusammenarbeit aufzunehmen. Das Stipendium hat mir wichtige Einblicke ermöglicht, Einsichten gefördert und Eindrücke vermittelt, die meinen immer schon vorhandenen, aber noch vagen Wunsch in einen konkreten Plan verwandelt haben. Wenn dies das Ziel des Nachwuchsförderprogramms ist, dann ist es in meinem Fall voll umfänglich erfüllt. Wobei mir klar ist, dass ich sowohl mit dem Projekt, aber auch mit dem Einsatzland Kenia, viel Glück habe, es ist sicherlich nicht überall auf der Welt so traumhaft und für mich als neugierigen Fremden, als Ausländer, so problemlos. Die Freiheit, in der verfügbaren Zeit einfach zu reisen, wohin man will, zu bleiben, wo es einem gefällt, sich das alles leisten zu können, solange man keine zu hohen Anforderungen stellt oder nicht von den gewohnten Standards lassen kann oder möchte – diese Freiheit ist das, was meine Zeit hier so unvergleichlich und wertvoll macht. Und ich bin mir nicht sicher, ob ich nochmal ohne eine solche Freiheit leben möchte. Mit diesen Gedanken schlafe ich ein.

Nach einer sehr guten Nacht, einer Dusche, dem Weggeben der Wäsche ans Hotelpersonal zum Waschen, dem Gang zum Post Office und dem Kauf einer Zeitung, dann beim Frühstück im Y-Not an der Tom Mboya Street die erste gute Nachricht des Tages: Borussia Dortmund schlägt Bayern München drei zu zwei im Münchener Olympiastadion! Große Klasse! Diese Meldung hat neben der übrigen Berichterstattung aus dem Ausland Beachtung in der kenianischen Zeitung gefunden. Na, da muss der Tag doch einfach gut werden. Zunächst fahre ich zur GTZ (keine Post da!). Dort erfahre ich von dem Askari, dem ich die Nachricht für Bernhard gegeben habe, dass der bisher noch nicht aufgetaucht sei, und von Frau Grimm, dass er vermutlich erst am Mittwoch oder noch später kommt. Nun gut, mir ist es mittlerweile egal. Allein zu arbeiten ist eh angenehmer und effektiver als mit ihm und womöglich noch mit Amos und Neville. Und so viel ist ja auch nicht zu tun bis Freitag. Ich schreibe ihm eine neue Nachricht und lege sie bei uns ins Fach. Dann sage ich schnell bei Frau Grimm Bescheid, dass ich während der Woche noch mal vorbeischauen werde, und laufe anschließend zum Ministry of Agriculture an der Cathedral Road. Der Weg dorthin von der GTZ ist etwas weiter, aber bei dem Wetter (sonnig, aber nicht zu heiß) macht es Spaß zu laufen. Die Gebäude der Ministerien sind auf dem Nairobi Hill angeordnet, mit Blick über den Uhuru Park und auf Nairobi Downtown.

Nachdem ich etwas mehr als eine Stunde lang in der Bibliothek des Ministry of Agriculture Daten aus den Jahresberichten vom Marsabit Distrikt herausgeschrieben habe, muss ich die Arbeit für eine Stunde unterbrechen, da von 13:00 bis 14:00 Uhr Mittagspause und die Bibliothek geschlossen ist. Diese Pause nutze ich, um in der Kantine im Hill Plaza (Ministry of Livestock Development) etwas zu essen und dann im Uhuru Park in der Sonne zu sitzen und Zeitung zu lesen, im Hintergrund das mit Mikrofon und Lautsprecher verstärkte Geschrei von zwei Predigern, von denen der eine auf Englisch schreit und der andere ebenso laut auf Kisuahli übersetzt. Es ist ganz schön was los in dieser Ecke Nairobis zur Mittagszeit– ich liebe diese Stimmung. Es gibt einige Kioske, sogar mit Tischen und Stühlen davor, alle Plätze sind besetzt, auf den Freiflächen sitzen und liegen die Leute (vor allem im Uhuru Park), essen, trinken und schwatzen… Und ich mittendrin. Mir macht es gar nichts aus, jetzt hier zu sein und nicht, wie eigentlich geplant, auf Lamu. Das ist ein Ziel, das wir nicht erreicht haben. Wir wollen das aber unbedingt nachholen, wenn wir ganz bald wieder herkommen. Aber erstmal sollten wir zu Elias nach Simbabwe reisen, denn auch das werde ich im Rahmen dieser Reise nicht mehr schaffen. Es wäre einfach zu hektisch und zu teuer geworden. Und außerdem möchte Henrieke ja unbedingt mitkommen.

Ab 14:00 Uhr arbeite ich noch in der Bibliothek bis 16:00 Uhr – nach Hinweisen von einigen Mitarbeitern in Professor Reinhardts Projekt bin ich ziemlich erfolgreich bei

der Datensammlung. Beschwingt schlendere ich dem Feierabend entgegen, durch den Uhuru Park in die Innenstadt.
Nachdem ich meine Unterlagen ins Hotel gebracht habe
(dort bekomme ich meine Wäsche spitzenmäßig gewaschen
zurück), schlenderte ich noch durch die Gaborone Road, wo
es um diese Zeit (wie eigentlich immer) so geschäftig zu-
geht, wo aus den vielen Bars die Musik dröhnt und aus
etlichen gutaussehenden, einladenden Restaurants die Gerüche auf die Straße strömen. Diese Ecke wird in die Favori-
tenliste aufgenommen! Mein Frühstück nehme ich mittlerweile gerne im hiesigen Judy's Café ein. Heute Abend
probiere ich das Restaurant Malindi Dishes aus, wo ich
einen Mutton Pilau esse. Es ist nicht ganz so toll, wie im
Rough Guide beschrieben ... So sitze ich dort und überlege,
ob ich ins Kino (Spätvorstellung um 20:30 Uhr) oder einfach
nur noch in eine der vielen, mir noch unbekannten, aber
interessant aussehenden Bars in der Gegend ums Dolat
Hotel gehen soll. Ich gehe ins Kino. Der Film ist ziemlich
mies: Spring Fever USA, aber naja, das Flair...

Nach langem Ringen und Abwägen habe ich mich ent-
schlossen, eine Safari in den Nairobi National Park zu machen. Zunächst habe ich überlegt, einfach den Bus zu nehmen (Nummer 124 oder 24), zum Main Gate zu fahren und
auf einen Lift zu warten. Doch das war mir dann zu unsicher, vor allem an einem normalen Wochentag außerhalb
der Saison, an dem alle, die ein eigenes Auto haben, arbeiten müssen. Also gehe ich zu einem der Vermittler von
Safaris, handele den Preis von 450 auf 350 Kenia-Schilling

hinunter und schlage zu. Leider muss ich im Voraus bezahlen, was ich seit der Erfahrung mit Yusuf ja eigentlich nicht mehr so gerne mache, bekomme dafür aber eine Quittung. Die Safari in den Nationalpark ist schön, aber nicht atemberaubend. Wir sind nur zu fünft in einem Minimus, also recht bequem, und jeder hat einen Platz am Fenster.

Die Landschaft an sich ist nichts Besonders, vor allem, wenn man im Norden Kenias herumgereist ist. Aber es ist interessant, wenn inmitten der Savannenlandschaft die Skyline von Nairobi auftaucht. Die Tierbeobachtungen sind nicht schlecht, aber Ähnliches hatte ich ja bereits abseits von organisierten Safaris gesehen. Neben Gepard, Büffel, Antilopen, Wildebeest, Zebras, Giraffen, Gazellen, Straußen und vielen anderen Vögeln gibt es auch Nashörner zu sehen. Ganz zum Schluss kommt ein Nashorn recht nah, aber zu dem Zeitpunkt jagt der Fahrer schon auf den Ausgang zu und bleibt nicht mehr stehen. Ärgerlich auch, dass der Fahrer nicht zum Hippo-Pool fährt, obwohl noch Zeit dafür wäre. Er macht sowieso einen trägen Eindruck und hat sicherlich nicht sein Letztes gegeben, um uns an einige besondere Tiere zu führen. Routiniert steuert er bestimmte Stellen an, wo wahrscheinlich immer irgendwelche Viecher zu sehen sind. Also, begeistert bin ich nicht, aber ich denke, man sollte das schon gemacht haben, wenn man längere Zeit in Nairobi ist.

In den folgenden Tagen ist das Wetter beschissen – so macht es deutlich weniger Spaß, durch Nairobi zu laufen.

Die Zeit vergeht langsamer. Die Dinge, die ich unbedingt noch machen muss oder will, sind bald alle getan und ich fange schon an, Mitbringsel, Geburtstags- und Weihnachtsgeschenke zu kaufen. Ich sehe mir im Kino nun auch die weniger guten, das heißt die noch schlechteren Filme an, probiere immer neue Cafés, Bars und Restaurants aus, versuche Fotos zu machen... Ich beschließe, nach dem vereinbarten Treffen mit Professor Reinhardt nochmal nach Mombasa zu fahren.

Der Freitag, an dem das Treffen mit Professor Reinhardt geplant ist, fängt mies an: Ich bekomme kein Ticket für Samstagabend mit dem Zug nach Mombasa und ich glaube, der Ticketverkäufer gibt mir nur deshalb keins, weil ich mich über die Kenianer aufgeregt habe, die sich penetrant vorgedrängelt haben. Dann stellt sich heraus, nachdem ich zweieinhalb Stunden im GTZ-Büro gewartet habe, dass das Treffen zwischen Professor Reinhardt, Bernhard und mir ausfallen muss, da Professor Reinhardt absolut keine Zeit hat. Bernhard ist ohnehin gar nicht erst aufgetaucht. Zufällig treffe ich ihn, als ich auf dem Weg zur Matatu-Haltestelle bin. Er will gerade den Wagen von Jörg abholen, den dieser ihm mal wieder geliehen hat (der Toyota, der auch mit uns in Marsabit war). Anschließend wolle er zu GTZ, teilt er mir mit. Also, entweder ist der Kerl absolut dreist, oder naiv, oder er kriegt nicht alles mit, was um ihn herum so passiert. Oder aber – und das ist das Wahrscheinlichste – diese drei Möglichkeiten sind die einzelnen Faktoren, die im Groben und Ganzen seinen Charakter und sein Auffassungsvermögen kennzeichnen.

Was den Tag etwas rettet, ist die Tatsache, dass im GTZ-Büro viel Post auf mich wartet – unter anderem von Henrieke! Das ging ja fix! Ein Brief – der Geburtstagsbrief für Andre – kam zurück: nicht zustellbar! Aus dem, was Henrieke berichtet, sind anscheinend einige Briefe und Karten nicht übergekommen. Das ist mehr als ärgerlich, bei all der Mühe, die wir uns bei der Auswahl derjenigen gemacht haben, denen wir schreiben wollten, und die wir uns mit dem Schreiben selbst gegeben habe! Aber ganz wichtig: Henrieke ist gut angekommen und liebt mich.

Am Samstag wird das am Vortag verschobene Treffen mit Professor Reinhardt nachgeholt. Diesmal ist auch Bernhard anwesend. Die Besprechung der Anmerkungen zum Bericht fällt kürzer aus, als ich dachte, wir gehen nicht zu sehr ins Detail. Hauptsächlich besprechen wir die Organisation des weiteren Vorgehens und das Treffen in Deutschland. Wichtigstes Verhandlungsergebnis für mich: Professor Reinhardt fährt am morgigen Sonntag nach Mombasa zu einem Workshop und ich kann bei ihm mitfahren! So komme ich ganz umsonst bequem und auch noch am Sonntag wieder an die Küste!

Am Sonntagmorgen geht es dann etwas hektisch zu: Ich bin spät dran, hole die Zeit durch ein schnelles Frühstück bei Wimpy an der Kenyatta Avenue wieder heraus, verliere sie erneut, als mich der Busfahrer auf dem Weg zum Fairview Hotel, wo Professor Reinhardt mich um 11:00 Uhr auflesen will, nicht dort aussteigen lässt, wo ich will, sondern erst am Kreisverkehr vor Hurlingham. Von dort hetze ich zum Treffpunkt, komme verspätet an, aber Professor Reinhardt ist noch später dran, da es in der Nacht bei ihm einen Einbruchsversuch gegeben hat. Ab da geht dann alles glatt, die Fahrt ist angenehm: schön, die Strecke auch mal bei Tage gesehen zu haben! An der Fähre nach Likoni steige ich aus, verabschiede mich und nehme den Bus zum Post Office. Von dort aus geht es direkt zum altbewährten Cosi Gästehaus, wo leider kein Einzelzimmer frei ist, sodass ich ein Doppelzimmer für 140 Kenia-Schilling nehmen muss. Es liegt im vierten Stock – eine tolle Aussicht!

Die Tage in Mombasa sind wie erwartet erholsam. Die Stadt bietet einen guten Kontrast zu Nairobi und ist Ende November noch heißer, als ich es im Oktober erlebt habe. Und so verbringe ich den ersten Tag am Shelly Beach, den zweiten am Traumstrand von Diani Beach und den dritten in Mombasa selbst, gehe dort aber auch um die Mittagszeit für circa zweieinhalb Stunden beim Fort Jesus schwimmen. Jeden Abend beende ich die Tour durch die Altstadt (hauptsächlich Essen und Trinken) mit einem oder zwei Tusker in der Rooftop Bar des Splendid Hotels. In der ganzen Zeit probiere ich nur zwei neue Dinge aus, die sich beide als Volltreffer erweisen: das Splendid View Restaurant (traumhafte Location mit Tischen draußen auf dem Bürgersteig) und die Fruit Bar vor dem Kino an der Straße, die am Post Office von der Digorode Richtung Old Town abgeht. Ansonsten halte ich mich an das Altbewährte. Also, diese drei Tage Mombasa haben sich vollkommen gelohnt! Allein wegen der Strände, der Atmosphäre in der Stadt (beim Friseur, dem altbekannten, war ich auch wieder!) und des Essens. Am Stand mit den Fruit Juices und Mixes vor dem Kino werde ich von den jungen Besitzern zu meinem Lieblingsfruitmix eingeladen.

Auf der Rückfahrt bin ich wirklich bedrückt, dass ich Mombasa diesmal für eine lange Zeit verlassen muss. In Nairobi angekommen kann ich nicht vor 10:00 Uhr ins Hotelzimmer. Also gehe ich zu Swissair, frage nach, ob mit meinem Flug alles klar geht (alles klar!) und machte mich dann schnell auf den Weg, um bei meinen Eltern anzurufen. Die Verbindung kommt auch recht schnell und in guter Qualität zustande. Die beiden holen mich am Sonntag um 8:50 Uhr in Düsseldorf am Flughafen ab. Ich freue mich riesig und sie sich auch! Bevor ich ins Hotel gehe, frühstücke ich in einem Café in der Mama Ngina Road, wo ich mit Bernhard, Julia und Susanne an meinem allerersten Morgen in Nairobi Downtown Kaffee getrunken habe. Der Tag vergeht damit, dass ich zur GTZ fahre, um einen Teil meiner Sachen aus dem Store zu holen. Das Ticket, die Disketten mit dem Bericht und andere Wertsachen lasse ich noch im Safe, denn ich werde ja noch mal am Freitag wiederkommen und Frau Grimm Blumen als Dankeschön überreichen.

Im Hotel beginne ich mit dem Sortieren und Packen meiner Klamotten und Unterlagen. Anschließend habe ich eine ganz eigenartige Laune, die ich nicht recht beschreiben kann. Irgendwie habe ich Lust auf alles und auch auf gar nichts. Zunächst setze ich mich in die City Square Snack Bar, trinke zwei Glas Milch und einen halben Kuchen (der war nicht ganz so groß), und als das nicht hilft, wechsle ich in die Accra Bar, bestelle ein Tusker, merke aber auch da, dass ich keinen richtigen Spaß dran habe, lasse das halbe Bier stehen und gehe zurück ins Hotel.

Am nächsten Tag sehe ich nach einem Frühstück im Superhotel in der River Road Dorith und Andreas, zwei ASA-ten, im Thorn Tree sitzen. Wir quatschen knapp ein Stündchen beim Kaffee, dann müssen die beiden los zur County Bus Station – sie wollen noch mal vor ihrem Abflug am Montag nach Masinga, wo sie ihr Projekt hatten. Andreas gibt mir sein Herbarium mit der Bitte, es im DED Büro abzugeben. Ich machte mich also auf den Weg zum GTZ-Haus – vorläufig zum letzten Mal. Allerdings steige ich diesmal in Hurlingham aus, wo ich einen großen Blumenstrauß für Frau Grimm kaufe, und laufe den Rest des Weges. Der Abschied von den Leuten von der GTZ und vom DSE/CDG Büro ist kurz und angenehm. Viele treffe ich nicht an, und ich suche auch gar nicht unbedingt. Post ist keine mehr da, auch für Henrieke nicht. Zu meiner großen Freude überreicht mir Frau Grimm aus dem Safe nicht nur das Ticket, die Disketten und meine Checks, sondern auch 20 $ in bar für die Airport Tax! Dass auch daran gedacht wurde, finde ich großartig! Ich schreibe noch eine Nachricht an Professor Reinhardt, unter anderem mit der Wegbeschreibung zum Recoda Hotel in der Nyeri Street im Mombasa und einer Briefmarke mit der Aufschrift „Deutsche Einheit" – danach hatte er mich mal gefragt („Nur wenn Sie eine entbehren können!").

Ich nehme von einigen Mitarbeitern Päckchen und Briefe entgegen, die ich in Deutschland einwerfen soll, verabschiede mich von allen und sehe dann zu, dass ich meine wertvolle Fracht sicher ins Hotel bekomme. Dort angekommen sortierte ich mal wieder: Schecks, Ticket, Kopien der wichtigsten Dokumente… Schließlich gehe ich in die Stadt zum Einkaufen. Und wen treffe ich, beziehungsweise wer ruft auf einmal meinen Namen? Amos! Wir gehen ins Coffee House auf einen Kaffee und erzählen. Er sucht einen Job, schreibt Bewerbungen, langweilt sich ansonsten. Komisch, dass er sich unter diesen Umständen nicht mehr in die Arbeit an unserem Bericht eingebracht hat. Da er einen Termin an der Uni hat und anschließend Nairobi Richtung Heimat verlassen will, verabschieden wir uns nach einer halben Stunde. Schön, dass ich ihn noch mal getroffen habe!

Epilog

Die letzten Zeilen der über 30 Jahre alten handschriftlichen Tagebuchaufzeichnungen.

„Nach zwei Abendessen nacheinander im City Hotel und im Prestige schlendere ich am Iqbal vorbei, schaue hinein und sehe dort einige Bekannte sitzen. Wir schwatzen ein halbes Stündchen, einige von ihnen wollen gleich nach Mombasa, andere sind auf dem Weg nach Lamu. Die begeisterten Schilderungen ihrer Pläne bringt mich durcheinander: Bin ich doch noch nicht reif für die Rückreise? Die Vorstellung, nach Lamu zu reisen, reizt mich schon sehr. Etwas verwirrt gehe ich direkt zum Hotel, wo ich beginne, die letzten Tage, oder das Wichtigste davon oder das, was ich davon in diesem Moment gerade noch im Kopf habe, niederzuschreiben. Das wäre jetzt soweit getan. Wenn ich nun zurückblicke…

Eine recht lange Zeit und wie ausgefüllt sie war…
Marsabit scheint schon wieder so weit weg, so lange her zu sein…
Es sind einige Seiten geworden, die ich im Laufe dieser Zeit beschrieben habe, obwohl ich nicht konsequent jeden Tag (und nicht einmal jeden zweiten) geschrieben habe. Vor allem nicht mehr, nachdem wir aus Marsabit zurückgekehrt sind. Form und Stil lassen zu wünschen übrig, aber es war von mir ja nicht beabsichtigt, ein komplett ausformuliertes

Manuskript eines Reiseberichtes zu produzieren. Diese Notizen sind eine Erinnerungshilfe, viele kleine Details will ich hier festgehalten wissen. Für eine Zeit, in der ich mich an diese Details nicht mehr werde erinnern können.

Naturgemäß sind die Erlebnisse in Tagebüchern weitgehend chronologisch dargestellt. Hier und da habe ich persönliche Ansichten, Einsichten und Eindrücke eingebaut. Manchmal ist es darauf angekommen, schnell zu schreiben. Da konnte ich nicht immer auf Satzstellung, Wechsel der Zeiten, Wortwahl etc. achten. Es wäre von Vorteil gewesen, mir über die gewünschte Form der Aufzeichnungen – zum Beispiel für jeden Tag ein eigenes Kapitel – Gedanken gemacht zu haben, ein Konzept zu haben. Beim nächsten Mal!

Denn eines klar: ich bin stolz, dieses Tagebuchschreiben durchgezogen zu haben und unendlich froh, das vollgeschriebene Buch nun vor mir zu haben, wissend, dass der Wert für mich mit jedem Tag steigen wird. Zu Hause werde ich es zu den Schulkladden, in die ich meine Aufzeichnungen während der Reise durch Ghana geschrieben habe, legen.

Und bei der nächsten Reise wird wieder Tagebuch geführt.

Morgen ist also der Tag des Rückflugs. Schon in Marsabit habe ich hin und wieder von meiner Ankunft in Düsseldorf geträumt und mir vorgestellt, wie es wohl sein wird beziehungsweise sein könnte. Und doch war ich die ganze Zeit über so froh, in Kenia zu sein, dass ASA-Stipendium und die Möglichkeit zur Mitarbeit an einem Projekt zu haben, das nicht allein als Selbstzweck durchgeführt wird. Es war alles so einmalig, die Zeit in Marsabit, die Arbeit am Bericht im GTZ-Büro, die Erlebnisse zusammen mit Henrieke. Nun kommt der Abreisetag und ich bin gerade so weit, dass ich sagen kann: Jetzt kann ich aber auch mal wieder zurück ...

Wehmut? Kaum, jedenfalls im Moment nicht, vielleicht morgen auf dem Weg zum Flughafen, wenn die Gefühle stärker werden als die Gedanken, in denen ich mir immer wieder sage, dass ich jederzeit wiederkommen kann und es, wenn ich mich dafür entscheide, Möglichkeiten, gute Chancen gibt, auf ähnliche Weise wie jetzt Kenia, andere Länder und andere Arbeitssituationen kennenzulernen."

Johan blättert noch weiter durch die folgenden Seiten der großen grauen Kladde, in die verschiedene Eintrittskarten, Namens- und Adresslisten, Kartenausschnitte, Flug-, Bahn- und Bustickets eingeklebt sind. Irgendwann klappt er sie mit einem tiefen Seufzen zu und legt sie in den roten Karton, in dem auch die vier Schulhefte mit den Ghana-Notizen und die Fotos liegen. Die Dias stehen in einem anderen Regal direkt neben dem Projektor – leichter zugänglich als die Bücher und Fotos in der Kommode, sodass sie schnell mal gezeigt werden können. Nur ist das in den vergangenen 20 Jahren kaum einmal der Fall gewesen. Keiner will mehr Dias sehen, für so viele hat man eh keine Zeit und für einen langen Vortrag ohne Multimedia-Einsatz ist niemand mehr zu begeistern.

Er blickt aus dem Fenster in den Garten.

Er kann sich immer noch gut in die Person hineinversetzten, die die Zeilen in den vergilbten Kladden vor mehr als 33 Jahren schrieb. In ihren Gedanken liegt bereits so viel von dem, was ihm auch heute noch im Kopf umhergeht.

Das Leben ist gut gelaufen, wenn auch nicht so, wie es sich die Person, die das Tagebuch schrieb, vorgestellt hat. Aber wie sollte man sich mit Mitte 20, in den frühen 90ern des letzten Jahrhunderts, auch das Leben vorstellen? Wie all die Szenarien denken, die sich entwickeln könnten?

Als er Ende 1990 nach langem Flug in Düsseldorf landet, ist es eine Rückkehr in ein anderes Deutschland. Wie sollte er wissen, was nach der Wiedervereinigung passieren würde.

Wer hat damals geahnt, was aus dem Golfkrieg erwachsen würde?

Wer hat zu der Zeit erkannt, dass die Revolutionen in der Sowjetunion und in Mittel- und Osteuropa und mit dem Ende des kalten Krieges keineswegs eine lange Friedensperiode für die Welt oder auch nur Europa bringen würden?

Wie hätte er um die Auswirkungen einer sich erst grob abzeichnenden Klimakrise wissen sollen?

1990 hat er nur wenige Flüchtlinge in Marsabit wahrgenommen. Viele davon waren Farmer oder Hirten, nur wenige von ihnen lebten in dem Flüchtlingscamp in Marsabit, an dem er so oft vorbeigekommen war. Niemand hatte in diesem Camp ein Problem gesehen. Kenia hatte seit den 1960er Jahren Flüchtlinge aufgenommen. 1991 beherbergte das Land Flüchtlinge aus Uganda, Äthiopien und Somalia, aber die Gesamtzahl betrug nicht mehr als 5.000. Die Flüchtlinge hatten Zugang zu Arbeit und konnten sich frei bewegen. In Marsabit versuchten sie sich als Bauern oder Viehhalter. Mit den Bürgerkriegen in Äthiopien, Sudan und Somalia 1991 bis 2007 stieg die Zahl der Flüchtlinge auf etwa 200.000. Die kenianische Regierung gab die direkte Betreuung der Flüchtlinge auf und überließ diese Aufgabe dem UNHCR. Ende Oktober 2023 lebten 623.000 registrierte Flüchtlinge und Asylsuchende in Kenia. Die meisten von ihnen haben in den Lagern Dadaab und Kakuma in den Bezirken Garissa und Turkana Zuflucht gefunden, die beide von der Dürre betroffene Trockengebiete sind. Diese hatten bereits 1989 die Lebensgrundlagen – Weidewirtschaft und Landwirtschaft – beeinträchtigt. Seitdem hat sich die Situation stetig verschlechtert. Dürren und plötzliche Sturzfluten haben den Viehbestand reduziert; in Kenia haben schlechte Regenfälle die Ernten um bis zu 70 Prozent unter das normale Niveau gedrückt, was die Lebensmittelpreise in die Höhe schnellen ließ.

Am 17. Januar 2022 fiel im Bezirk Marsabit fast das Doppelte der als "stark" eingestuften Tagesmenge an Regen, wodurch mehr als 100.000 Ziegen und Schafe getötet wurden. Der Klimawandel sorgt verstärkt dafür, dass wiederkehrende Dürren, unregelmäßige Niederschlagsmuster und Überschwemmungen die ethnischen Konflikte um die Kontrolle natürlicher Ressourcen verstärken.

Er hat seine Diplomarbeit nicht über landwirtschaftliche Betriebssysteme in ariden und semiariden Gebieten geschrieben. Er war nicht noch einmal in Marsabit.

Zurück im wiedervereinigten Deutschland schrieb er seine Diplomarbeit zu Auswirkungen der EU-Umwelt- und Regionalpolitik auf die Entwicklung von Regionen in den neuen Bundesländern. Er fand eine Stelle in einer kleinen Stadt unweit Berlins, in der er heute noch wohnt.

Er ist mit Henrieke nach Simbabwe gereist und sie haben dort Elias und seine gesamte Familie besucht.

Er hat nach knapp sieben Jahren Arbeit in Planungs- und Ingenieurbüros in Berlin und Brandenburg wieder eine Tätigkeit in der Entwicklungszusammenarbeit aufgenommen. Fast wäre er auch wieder nach Afrika gekommen, er hatte eine Stelle in der Delegation der Europäischen Kommission in Sierra Leone. Aber 1997 eskalierte dort der Bürgerkrieg, die Delegation wurde evakuiert und statt in Freetown trat er seine Stelle in Vilnius, Litauen an.

Bevor sie für zwei Jahre dorthin ausreisten, hat er Henrieke geheiratet und ihre Tochter wurde geboren. Nach der Rückkehr aus Vilnius machte er sich als Freiberufler in der internationalen Zusammenarbeit selbständig. Nach der Geburt ihres Sohnes konnte die ganze Familie ihn oft zu seinen Einsätzen nach Slowenien begleiten. Seine Einsätze führen ihn in nahezu alle Staaten Ost-, Mittel- und Südosteuropas, in den Südkaukasus, nach Zentralasien, Indien, China und Vietnam.

Er war nie wieder in Afrika.

Er hat nie wieder Tagebuch geführt.